つけ　力強い動作を表現する効果音。また、足音・破壊・争闘などの擬音。上方では「かげ」。

道具幕《どうぐまく》　舞台転換の効果をあげるため、本舞台を見せる前に、舞台の前方に吊る幕。山幕・浪幕・網代《あじろ》幕など。

遠見《とおみ》　背景に用いられる書割りのうち、とくに遠景を描いたもの。山遠見・野遠見・海遠見など。また、遠景の人物の代わりに子役を使う演出をもいう。

ト書き　脚本でせりふ以外の動作、演出を書いた部分。片仮名の「ト」で始める習慣からの称。

とど　とどのつまりの略。一連の演技が終って、の意味。

鳥屋《とや》　花道のつき当たりの揚幕の中の小部屋。花道を使う役者が出を待つ部屋。

鳴物《なりもの》　三味線以外の下座音楽の総称。

西・東《にしひがし》　江戸の芝居で舞台に向って左側(下手)を西、右側(上手)を東という。

二重《にじゅう》　大道具の一種。舞台の上を高くするため、家屋の床・堤・河岸などを飾るとき土台として据える木製の台。また、この台を使って作った場所も「二重」という。

暖簾口《のれんぐち》　民家の場面で、屋体の正面に設ける出入り口。わらび手などを染めぬいた木綿地の暖簾をかける。

橋懸(掛)り《はしがかり》　舞台左の奥寄りの舞台と出入り口。

花道《はなみち》　下手寄りの観客席を貫く通路。特殊演出の舞台ともなる。仮花道は上手寄りに仮設される。

引抜き《ひきぬき》　舞台上で瞬時に衣装を変える方法。

引っぱり　舞台にいる俳優たちが、緊張感をたもち形をつけてきまること。幕切れなどに「引っぱりの見得」が行われる。

拍子幕《ひょうしまく》　拍子木を一つ大きく打ち、つづいて早間《ま》から大間《ま》に打って幕を引くこと。また、その打ち方。

平舞台《ひらぶたい》　二重舞台をつくらず、舞台平面を用いた舞台をいう。

本舞台三間《ほんぶたいさんげん》　舞台中心の三間四方の所より拡大されたが、台本の冒頭の指定に慣習的に用いられた。

見得《みえ》　一瞬動きを止め、身体で絵画美を表現

山台《やまだい》　舞踊劇で、出囃子、出語りの音楽を

よろしく　作者が現場に演技や演出をまかせ

六方《ろっぽう》　手足を大きく動かす歩く芸の一種。

「双蝶々曲輪日記」〈清水浮無瀬の場〉 中央左より，二世中村扇雀〔三世鴈治郎〕（与五郎），六世沢村田之助（吾妻）

同〈堀江角力小屋の場〉 左より，二世中村扇雀〔三世鴈治郎〕（放駒長吉），三世実川延若（濡髪長五郎）

写真提供日本芸術文化振興会
（国立劇場）

「双蝶々曲輪日記」〈乱朝恋山崎〉 左より、六世沢村田之助（吾妻）、二世中村扇雀（三世鴈治郎）（与五郎）

同〈八幡の里引窓の場〉 左より，七世尾上菊五郎（南方十次兵衛），八世坂東彦三郎（濡髪長五郎）

「本朝廿四孝」〈諏訪明神お百度の場〉　左より，五世中村松江〔二世魁春〕(唐織)，二世市村吉五郎(長尾景勝)，三世実川延若(斎藤道三)，十一世嵐三右衛門（横蔵），初世中村栄治郎〔初世亀鶴〕(入江)

同〈桔梗ヶ原の場〉　左より，十七世市村家橘（高坂弾正），三世中村扇雀（唐織），三世市川右之助（入江），初世片岡進之介（越名弾正）

「本朝廿四孝」〈勘助住家裏手竹藪の場〉　左より，
三世中村鴈治郎（慈悲蔵），十二世市川団十郎（横蔵）

同〈謙信館十種香の場〉　左より，十二世市川団十郎（勝頼），
二世片岡秀太郎（濡衣），三世中村鴈治郎（八重垣姫）

kabuki on-stage 19

双蝶々曲輪日記
本朝廿四孝

権藤芳一 編著

監修
郡司正勝
廣末保
服部幸雄
小池章太郎
諏訪春雄

白水社

凡例

一、本巻所収の作品の底本は、巻末の解説中の〔底本〕の項に記載される。
一、作品の表記は現代仮名遣いに改めてあるが、「〱・々・ゝ」などの踊り字はそのまま採り入れた。難読字には適宜ルビを付す。
一、台本用語集＝各巻共通に用いられる用語の注釈を前後の見返しに掲げる。脚注に「⇩用語集」とあるのは、「この注釈を参照せよ」の指示である。
一、梗概＝各作品の荒筋を一括して巻頭に掲げる。
一、脚注＝注番号は、見開きページを単元として数え、語の肩に付ける。
一、芸談＝古今の名優による芸談を作品に即して引用・抜粋して掲げる。
一、解説＝〔通称・別題〕〔初演年月日・初演座〕〔作者〕〔初演の主な配役〕〔題材・実説〕〔鑑賞〕〔底本〕などを内容とする解説を一括して巻末に掲げる。

=目次=

梗概

読者の鑑賞に際しての参考のため、本書には収録されていない場面も、原作である人形浄瑠璃の本文により全段の荒筋を紹介しておきます。なお、『双蝶々曲輪日記』の場合は、原作で各段冒頭にある、その段の内容を示唆したカタリも併記しておきます。

〔　〕内は収録した歌舞伎台本での場名です。（「　」）は場の通称、〃　〃は『双蝶々』の原作にあるカタリです。

双蝶々曲輪日記《ふたつちょうちょうくるわにっき》

第一段　浮瀬《うかむせ》奥庭の段・新清水《しんきよみず》舞台の段

〃浮瀬の居続《いつづけ》に相図《あいず》の笛売《ふえうり》〃

〔序幕　第一場　清水浮無瀬《きよみずうかむせ》の場

第二場　清水観音舞台の場〕

山崎与五郎は、清水《きよみず》の料亭浮瀬《うかむせ》に居続けして、馴染《なじ》みの吾妻《あづま》やその姉女郎の都《みやこ》らと遊んでいる。吾妻には西国侍《さいごくざむらい》の平岡郷左衛門《ごうざえもん》、都には与五郎の番頭権九郎《ごんくろう》がそれぞれ執心である。平岡の吾妻身請けの話が進んでいるのを聞いた与五郎はあせり、権九郎の悪計にはまる。都の愛人で、山崎家の家来筋の、今は笛売りに落ちている南与兵衛《なんよへえ》が、辱められている与五郎の急場を救う。（「浮無瀬」）与兵衛は待ち伏せしていた平岡や権九郎らに、清水観音で襲われるが、傘をさして清水の舞台から飛び降りて難をのがれる。（「清水観音」）

第二段　高台橋《たかきやばし》南《みなみ》詰《づめ》相撲場《すもうば》表《おもて》の段

〝相撲の花扇《はなおうぎ》に異見の親骨《おやぼね》〟

〔二幕目　堀江《ほりえ》角力小屋《すもうごや》の場〕

相撲は七日目で、濡髪《ぬれがみ》と平岡らが後押しをしている素人の放駒《はなれごま》の勝負が町の人気をよんでいる。息子の放《ほう》蕩《とう》ぶりを聞いた山崎与次兵衛《よじべえ》は、与五郎から濡髪への贈り物をとどけに来た手代の庄八《しょうはち》に対して、扇子にたとえてそれとなく息子へ意見をする。近くにつないだ川舟の中でそれを聞く与五郎は小さくなっている。（歌舞伎台本では、扇子にたとえての意見は省略されている。）そのあと濡髪が放駒に負けたとの知らせが入る。濡髪は与次兵衛から受けた恩返しに、与五郎の吾妻の身請けの事で、平岡らにとりなしを頼むために、放駒との勝負にわざと負けてやったのだが、放駒はその申し出を断わる。（「相撲場」）

第三段　新町井筒屋《しんまちいづつや》の段

〝揚屋町《あげやまち》の意気づくに小指の身がわり〟

与兵衛は平岡らと通じている悪者の封間佐渡七《ほうかんさどしち》を殺害するが、その時、小指を噛《か》み切られる。吾妻（歌舞伎台本では都）は与兵衛をかくまい、番頭権九郎をあざむいて、小指を切らせ、犯人に仕立てる。吾妻と与五郎は、平岡らに辱められるが、濡髪によって救われる。都は夜番の時刻をわざと打ち違わせ、与兵衛と駆け落ちする。（「新町井筒屋」）

第四段　大宝寺町《だいほうじまち》搗米屋《つきごめや》の段

〟大宝寺町の達引《たてひき》に兄弟のちなみ〟

放駒は搗米屋の一人息子であるが、その喧嘩《けんか》好きを直そうと、姉のおせきは真実心から一計を案じ強意見《こわいけん》をする。放駒は改心し、切腹しようとするのを、恨みを述べに来合わせた濡髪がとめる。そして姉の頼みによって、二人は義兄弟の契りを結ぶ。（「米屋」）

第五段　難波芝居裏《なんばしばいうら》の段

〟芝居裏の喧嘩に難波のどろ〱〟

〔三幕目　難波芝居裏殺しの場〕

廓《くるわ》をのがれた与五郎と吾妻は、平岡らに捕らえられ、さんざんな目にあう。急を聞いて駆けつけた濡髪がそれを助ける間に、侍二人と悪者二人も殺してしまう。濡髪は、覚悟をきわめ切腹しようとするが、放駒の言葉に従い後事を託して落ちてゆく。（「難波芝居裏」）

第六段　治部右衛門《じぶえもん》住家《すみか》の段

〟橋本の辻駕籠《つじかご》に相輿《あいごし》の馳落《かけおち》〟

枚方《ひらかた》から橋本まで一つ駕籠に乗って関所破りをして来た与五郎と吾妻は、橋本の本妻お照《てる》の実家治部右衛門の所まで来る。お照は夫の放蕩のため親里へ呼び戻されていた。治部右衛門は、与五郎にお照への去り状をかかせた上で、二人をかくまう。お照を連れ戻しにきた山崎与次兵衛と治部右衛門とが言い争いになるが、吾妻の実父である駕籠屋の甚兵衛《じんべえ》が仲裁し、与次兵衛は法体《ほったい》となり浄閑《じょうかん》と名のり、隠居して与五郎に名をつがせることにする。与五郎には廓から追手がかかるが、放駒がその危急を救う。しかし、与五郎は発狂する。〔「橋本」〕

第七段　道行《みちゆき》　菜種《なたね》の乱咲《みだれざき》

〔五幕目　乱《みだれて》朝《けさ》恋《こいの》山崎《やまざき》〕

狂い歩く与五郎を放駒と吾妻が抱きとめる。濡髪も来合わせるが、与五郎は正体なく咲き乱れる菜種の花の中をさまよう。

第八段　南与兵衛住家の段

〝八幡《やはた》の親里に血筋の引窓《ひきまど》〟

〔四幕目　八幡の里引窓の場〕

濡髪は八幡にある実母お幸《こう》の家を訪ねてくる。実母は与兵衛の父の後妻に入ったが、今は、継子《ままこ》の与兵衛とその嫁になったもと都のお早と三人で暮らしている。与兵衛は郷代官《ごうだいかん》に取り立てられ、姓名も南方十次兵衛《なんぽうじゅうじべえ》となり、濡髪捕縛の命を受けて帰って来る。母と嫁は濡髪をかくまおうとする。事情を知った与兵衛、更に濡髪の四人は、互いに義理と人情の機微の間に悩み、その去就に苦しむが、結局、濡髪は前髪を剃《そ》り落とし、与兵衛は自分の役目は夜の内ばかり、夜が明けたと逃がしてやる。〔「引窓」〕

第九段　幻《まぼろし》竹右衛門《たけえもん》住家《すみか》の段

〝観心寺《かんしんじ》の隠家《かくれが》に恋路のまぼろし〟

河内《かわち》の観心寺村で相撲の勧進元《かんじんもと》をする幻竹右衛門のところに、濡髪は身を隠している。竹右衛門の一人娘は濡髪を慕うようになる。迫って来た追手から、竹右衛門は濡髪を落とそうとする。そこへ放駒がやって来て、吾妻と与五郎の一件は落着したと告げ、自ら濡髪と名乗って、竹右衛門と共に追手を悩ます。(「竹右衛門住家」)

ここへ南方十次兵衛も来合わせ、放駒と竹右衛門はゆるされ、濡髪は大坂《おおざか》へひかれていく。(「観心寺」)

本朝廿四孝《ほんちょうにじゅうしこう》

初段　大序《だいじょ》　室町御所の段。中《なか》　誓願寺《せいがんじ》の段。切《きり》　室町御所奥殿の段。

〔序幕　第一場　足利館《あしかがやかた》の場

第二場　足利館奥殿の場〕

足利将軍義晴《よしはる》公の愛妾賤《しず》の方《かた》の懐胎祝いに正室手弱女御前《たよわめごぜん》をはじめ大名たちが集っている。長尾(上杉)・武田両家は、諏訪明神《すわみょうじん》の法性《ほっしょう》の兜《かぶと》をめぐって反目している。手弱女御前は、両家和睦のため、謙信の娘・八重垣姫《やえがきひめ》と晴信《はるのぶ》(信玄)の子・勝頼《かつより》との縁組を決める。(「室町御所」)賤の方は安産祈願のため誓願寺に参詣する。(「誓願寺」)井上新左衛門と名乗る浪人が、義晴公に鉄砲献上と偽って、義晴を射殺、逃げ失せる。騒ぎの内に、曲者が賤の方を奪い去る。長尾・武田両家は、将軍の三回忌までの二カ年の期限つきで休戦し、犯人捕縛に努める。もしそれまでに犯人を捕まえられていない時は互いの息子の首を差し出すと誓約する。(「室町御所奥殿」)

二段目　口《くち》　下諏訪明神社頭《しもすわみようじんしやとう》の段。切　信玄館の段。

〔第二幕　第一場　諏訪明神お百度の場(A)
　　　　第一場　諏訪明神お百度石の場(B)
　　　　第二場　武田信玄館切腹の場〕

事件から二年後、将軍暗殺の犯人はまだ判明しない。下諏訪明神境内の力石に腰を掛けた車遣いの簑作《みのさく》は悪者に因縁をつけられるが、武田家の奥家老板垣兵部《ひようぶ》がその場を救い、頼みがあるといって館へ連れ帰る。武田家の腰元濡衣《ぬれぎぬ》が若殿勝頼の延命息災の祈願のためお百度詣りに来る。その後、横蔵《よこぞう》が来て、賽銭《さいせん》を盗み更に謙信の嗣子長尾景勝《かげかつ》が奉納した太刀まで奪う。長尾の家来に見つけられるが、横蔵は彼等を殺す。そこへ景勝が来るが、横蔵の顔を見て命を助け立ち去る。ほっとした横蔵が先の力石に腰をかけると、先の悪者が因縁をつけに来るが、横蔵に追い払われる。横蔵が力石を持ち上げると下の穴から異形の老人(井上新左衛門実は斎藤道三)が現われる。互いに家来になれと言い争うが、再会を約して別れる。(「諏訪明神社頭」)

信玄の館へ、手弱女御前への誓約によって村上義清《よしきよ》が勝頼の首を受け取る上使としてやってくる。信玄の奥方と勝頼を慕う濡衣の二人は、勝頼を逃がそうとするが、義清に見つかり、勝頼は切腹する。そこへ兵部が簑作を連れて帰ってくる。兵部は簑作を勝頼の身替わりにと考えていたのだが、今となっては無用となったので殺そうとする。そこへ信玄が現われ兵部を手にかける。実は兵部は自分の子と勝頼が瓜《うり》二つであったので、これを取り替えて育てていたのである。信玄は早くからそれを知りつつ、万一を考えそのままにしていたのである。簑作こそ真の勝頼とわかったが、そのままの姿で、謙信から兜を取り戻すためまた将軍暗殺の犯人詮議のため、濡衣と共に出立する。(「勝頼切腹」)

三段目　口　桔梗ヶ原《ききょうがはら》の段。切　勘助住家《かんすけすみか》の段。

〔第三幕　第一場　信濃国《しなののくに》桔梗が原の場
　　　　第二場　山本勘助住家の場
　　　　第三場　勘助住家裏手竹藪《たけやぶ》の場
　　　　第四場　元の勘助住家の場〕

甲斐《かい》と越後《えちご》の国境を示す立木のある桔梗が原。下人どもの草刈りから、武田家高坂弾正《こうさかだんじょう》の妻唐織《からおり》と長尾家越名《こしな》弾正の妻入江《いりえ》とが、境目争いの口論となる。一行が立ち去ったあと、百姓慈悲蔵《じひぞう》が、老母への孝養のため赤子を原に捨ててゆく。これを見つけた高坂弾正と越名弾正は、捨て子につけられた名札に、高名な軍師の名である「山本勘助」と記されているので、互いに赤子を手に入れようと争う。両人の妻が乳房をふくませ、その乳を吸った方が拾うこととし、結局、高坂夫婦が赤子を手に入れる。(「桔梗が原」)

山本勘助はすでに没し、後家《ごけ》の老母越路《こしじ》が二人の遺児と住んでいる。兄の横蔵は横道者、弟の慈悲蔵は孝心厚いが、老母は何故《なぜ》か横蔵に甘く、慈悲蔵にはつらく当たる。老母が慈悲蔵を杖で打とうとしたはずみに下駄が脱げて飛ぶ。その下駄を、長尾景勝が拾って捧げ、横蔵を家来にしたいと望み、老母は承知する。山から帰った横蔵は慈悲蔵夫婦に無理難題をいう。高坂の妻唐織は、先の赤子を抱いて慈悲蔵を武田家に召し抱えにくる。妻お種《たね》は喜ぶが、慈悲蔵は老母の命に従って申し出を断わる。唐織は門口に赤子を残して去る。門口で泣く我が子の愛にひかされて、門の戸を破って赤子を抱くが、手裏剣が飛んできて赤子を殺す。雪中の竹藪の中で、横蔵と慈悲蔵は争い、土中から箱を取り出す。その時、老母が声をかけ、兄に景勝に仕え、身替わりになれと死装束をつきつけるが、自ら左眼をつぶし、これで身替わりになれないと、本心をあかす。彼は以前から武田信玄に仕え、その命で、賤の方を奪いとってかくまい、若君を自分の子として育てていたのである。横蔵は父の名跡、山本勘助を継ぐ。一方慈悲蔵は長尾の家臣直江山城守《なおえやましろのかみ》であることを告げ、兄から父の軍書を譲られる。二人は戦場での再会を約して別れる。（「勘助住家」）

四段目　道行似合《みちゆきにあい》の女夫丸《めおとがん》。跡《あと》　和田山別所《わだやまべっしょ》の段。切　謙信館の段。

〔第四幕　道行　似合の女夫丸〕

〔第五幕　第一場　長尾謙信館鉄砲渡しの場

　　　　第二場　同　十種香《じゅしゅこう》の場〕

〔大詰　第一場　長尾館奥庭狐火《きつねび》の場

　　　　第二場　同　見現わしの場〕

簑作こと勝頼と濡衣は薬売りに姿をかえて信濃へいそぐ。（「道行似合の女夫丸」）

北条氏時《ほうじょううじとき》の別所で下部《しもべ》達が百物語をしている所へ、狐狩りから帰って来た村上義清は、折から使者として訪れた高坂・越名の両弾正を殺し、横恋慕していた八ツ橋（手弱女御前の腰元）を手に入れる。しかしすべては狐のしわざで、薄原《すすきはら》へ主人を探しに来た家来達は化かされている村上を見つけて連れ帰る。（「和田山別所」）（歌舞伎台本では省かれている。）

簑作と濡衣は謙信館に入り込む。花作りの関兵衛《せきべえ》は、簑作を只者でないと思い、謙信に引き合わす。謙信は簑作を勝頼と見抜き、武士に取り立てる。一方、関兵衛には預かっていた鉄砲を渡し、将軍暗殺犯人の詮議を命ずる。（「鉄砲渡し」）謙信の娘・八重垣姫は許嫁の勝頼の死を悼み、絵像に十種香を焚いて回向する。姫の腰元になった濡衣も勝頼として切腹した恋人を弔っている。二人の心を察し、勝頼も涙する。簑作を見て姫は驚き、勝頼様かとすがりつく。濡衣は姫に取り持つ条件に法性の兜を盗み出すことを頼む。簑作も勝頼であることを明かす。謙信は簑作に塩尻への使いを命じ、その後、すぐに討手を差し向ける。（「十種香」）姫は奥庭に祀《まつ》ってある法性の兜に祈願すると、神の使いの白狐が現われ、姫にのりうつり、勝頼の跡を追う。（「奥庭」）関兵衛は鉄砲で手弱女御前を討つが、実の娘である濡衣の身替わりであった。関兵衛は景勝・勝頼らに取り囲まれ、斎藤道三であることを明かし、義晴暗殺も自分だと告げ、自滅する。（「見現わし」）法性の兜は武田家にもどり、勝頼と八重垣姫は結婚することになる。

五段目　戦場《いくさば》の段

武田・上杉両軍の戦は、北条氏時、村上義清を亡ぼすための策であり、生け捕られた氏時・義清は斬《き》られる。（「戦場」）（歌舞伎台本では省かれている。）

双蝶々《ふたつちょうちょう》曲輪《くるわ》日記《にっき》

序幕

第一場　清水浮無瀬《きよみずうかむせ》の場
第二場　清水観音舞台《きよみずかんのんぶたい》の場

役名

南与兵衛《なんよへえ》
藤屋都《ふじやみやこ》
山崎与五郎《やまざきよごろう》
藤屋吾妻《ふじやあづま》
井筒屋《いづつや》おまつ
藤屋利八《ふじやりはち》
[一]手代《てだい》　権九郎《ごんくろう》
[二]丁稚《でっち》　治郎吉《じろきち》
[三]芸妓《げいこ》　豊野《とよの》
同　歌野《うたの》

[四]仲居《なかい》　おしげ
同　おはる
同　およし
同　おたつ
同　おきみ
同　おとき
[五]太鼓持《たいこもち》　佐渡七《さどしち》
同　六つ八《むつはち》
同　喜多六《きたろく》
同　藤作《ふじさく》

一　頭（かしら）に立つ人の代理をする者。江戸時代の商家では、番頭と丁稚との中間に位する身分。
二　商人の家に年季奉公をする年少者。
三　芸者。江戸時代には、芸者といえば男。女は芸妓、芸子とよんだ。酒宴に出て、酒をくみ、三味線をひき、踊りなどみせて興を助ける女性。
四　遊女屋、料理屋などで客に応接して、その用を弁じる女中。
五　酒席に侍して、遊客の機嫌をとり、遊興を助ける男芸者、封間（ほうかん）。
六　江戸時代、大坂天王寺の西、新清水の北坂にあった有名な料理屋。あわび貝で作った「浮む瀬」という大盃をはじめ、種々の盃を秘蔵していた。店の名は「浮瀬」。浄瑠璃本文も「浮瀬」であるが、歌舞伎台本では「浮無瀬」としている。
七　⇨用語集
八　高さ一尺四寸（約四二センチ）の二重（⇨用語集）。
九　⇨用語集
一〇　⇨用語集
一一　⇨用語集（上手・下手）
一二　⇨用語集
一三　⇨用語集

平岡郷左衛門《ひらおかごうざえもん》　　役人　堤藤内《つつみとうない》
三原有右衛門《みはらありえもん》　　捕手《とりて》　二人

第一場　[六]清水浮無瀬《きよみずうかむせ》の場

（[七]本舞台。三間《さんげん》の間《あいだ》、[八]常足《つねあし》[九]二重屋体、正面に[一〇]暖簾口《のれんぐち》、その[一一]上手《かみて》に襖《ふすま》二枚の出入り口あり。二重の上手へ一間《いっけん》の渡り廊下に続いて離れ障子屋体、[一二]下手《しもて》は高塀、[一三]平舞台、上手よりに石の[一四]手水鉢《ちょうずばち》、正面に[一五]沓脱石《くつぬぎいし》、下手に屋根つきの木戸、その他よき所に植込み、すべて[一六]大坂新清水浮無瀬《しんきよみずうかむせ》の体《てい》。

二重上に仲居おしげ、おはる、およし、おたつ、おきみ、おとき、いずれも[一七]赤前垂れがけ仲居のなりにて話しいる[一八]見得、[一九]騒ぎ唄にて幕あく）

おしげ　なんと皆さん、今日《きょう》は山崎の若旦那与五郎さんのお座敷で賑やかなことじゃござんせぬか。

おはる　それにマア、[二〇]新町《しんまち》から[二一]藤屋の都さん吾妻さんと二人の[二二]太夫《たゆう》さんが見

一四　手水はテミズの音便。手や顔などを洗う水を入れておく鉢。立て石の上面を削って水を入れたもの。
一五　玄関や縁側などの上がり口に、はきものをぬぐために据えた平らな石。
一六　江戸時代、大阪は「大坂」と表記した。発音は「おおざか」。
一七　上方の色茶屋の仲居や料理屋、旅籠屋の下女などがしていた赤い無地の前垂れ。店の名を白ぬきにしたものもある。
一八　様子。見得を切るのミエではない。
一九　歌舞伎下座音楽（⇨用語集）の一。世話狂言の廓の場面で、揚屋のにぎやかな様子を表現する。
二〇　大阪市西区新町橋の西にあった遊里。寛永年中、幕府から新たに地を賜わって一廓を開き、諸方の遊女を集めたのを起源とする。京の島原、江戸の吉原とともに日本三廓の一。
二一　新町にあった置屋の一。
二二　本来は律令制の位階の五位の通称。ここでは最上位の遊女をいう。

えてじゃが、アノ美しいことわいの。

およし　おはるさんの言わしゃんすとおり、女子《おなご》でも惚《ほ》れ〴〵する器量よし、[一]いずれがあやめ杜若《かきつばた》。

おたつ　[二]したが、与五郎さんの相方は確か吾妻さんじゃと聞いていたに、なんで都さんまで来ていさんすのじゃえ。

おきみ　[三]さいな、都さんと吾妻さんはほんの姉妹《きょうだい》もおよばぬ仲よしで、こうして遠出なさんす時はいつでも一緒に出やしゃんすといな。

おとき　それにしても肝心の与五郎さんがまだ見えぬと。

おしげ　吾妻さんが[四]きついお待ちかね。

おはる　ほんに、もう見えそうなものでござんすなア。

（ト奥にて）

吾妻　与五郎さんはまだかいなア。

（ト藤屋の吾妻、[五]女郎の姿、あとより[六]井筒屋おまつ[七]茶屋女房の姿、豊野、歌野いずれも芸妓《げいこ》の姿、太鼓持佐渡七、六つ八、喜多六、藤作、いずれも太鼓持の形《なり》にて出る）

おまつ　まあ〳〵お前のように急《せ》かしゃんしたとて迎えに行くこともならず、[八]まそっと落ち着いたがよいわいなア。

一　アヤメとカキツバタは共にアヤメ科の多年草。よく似ていて、見分けにくいもののたとえ。
二　しかし。けれども。
三　さればいなの略。そうですね。まったく。
四　物事の程度がはなはだしいこと。ひどい。
五　女色を売る遊女の別称。
六　新町にあった茶屋の一。
七　本来は製茶を販売する家。のち客に飲食、遊興をさせることを業とする家をいうようになる。芝居茶屋、料理茶屋、相撲茶屋など。この場合は、遊廓で、遊客を妓楼に案内する引手茶屋。
八　もうすこし。もうちょっと。

吾妻　イエ〳〵落ち着いてはいられぬわいなア。あの好かぬ郷左衛門づら[九]がわたしを身請[一〇]けしようと言うて、うちの親方[一一]さんに掛け合《お》うているとのこと、ちっとも早う与五郎さんと談合《だんこう》[一二]しようと思うているに、何をしていやしゃんすことじゃやら、どうぞ郷左衛門の方へ行かずに済むように、頼みに思うはおまつさん一人、力になって下さんせいなア。

おまつ　そりゃもう頼まれるまでもござんせぬ。日ごろから真実の妹か、わが子同然に可愛がるお前の事。好いたお方に添わせたいはやま〳〵。とは言うものの金ずくの話、ことにお前の親方、藤屋の利八どのは人一倍欲[一三]の皮の張ったお人、難儀なことでござんすなア。サアもう与五郎さんも見えなさんすであろうほどに、取りちらかした奥座敷を片づけて待とうわいなア、皆さん来やしゃんせ。

（ト二人こなし[一四]あって捨て[一五]ぜりふにて奥の一間に入る。床《ゆか》[一六]の浄瑠璃になり）

〽すぎわい[一七]は草の種とて様々に、世[一八]の憂きふしの笛細工。

（ト揚幕[一九]の内にて）

九　つら＝顔のことから、更にその人間を侮蔑的に言う。
一〇　年季を定めて身を売った遊女、芸妓などの身代金を払って、その商売から身をひかせること。
一一　親と頼む人。遊女などの抱え主。
一二　話しあうこと。相談すること。
一三　大層欲張りである。
一四　⇩用語集
一五　⇩用語集
一六　舞台上手にしつらえてある浄瑠璃語り・三味線方の台。
一七　世を渡るための職業。なりわい。
一八　世の中を憂しと思う→浮き沈み→節の縁語で笛と洒落たもの。
一九　⇩用語集

与兵衛　サア〱買《こ》うたり〱、横笛鹿笛[一]唐人笛《とうじんぶえ》[二]。

〽傘に小笛をぶら〱と、子供たらし[三]の荷《にな》[四]い売り。

（ト与兵衛好み[五]の形《なり》、まわりに笛をぶらさげたる大きな傘を担い出て、
花道[六]よき所にて）

与兵衛　鼻で吹くのが猪笛《いのししぶえ》[七]らっぱちゃ[八]るめら笙《しょう》[九]の笛。

〽吹き立て〱売り立てる合図の笛と聞くよりも。

（ト与兵衛本舞台へ来て、門の外で笛を吹く）

〽待つ間《ま》遅しと駆け出る都。

都　与兵衛さん。

（ト与兵衛内に入り）

与兵衛　都か。

一　牝鹿の鳴き声に似せた笛。猟師が鹿を誘い寄せるのに用いた。
二　チャルメラの異称。
三　子供だまし。
四　店をかまえるのでなく、商品を荷って売りあるくこと。
五　役者の注文による衣裳。
六　⇩用語集
七　猪の鳴き声に似せた笛。
八　唐人笛。管の主要部は木で造り、上部に芦笛を挿入し、下部は銅製で、ラッパ状に開く。チャルメラはラテン語で芦の意。
九　本来は雅楽の管楽器。長短一七本の竹管を環状に立て、それぞれの管にあけられた指穴をおさえ、吹口から吹きまた吸って鳴らす。その音色を似せた子供の玩具の笛の一種。伊勢土産として知られる。その音色から呼ばれた「ヒョウの笛」が訛ったという説もある。

都　与兵衛さん、よう来て下さんした、逢いたかった〳〵、逢いたかったわいなア。まあ〳〵ここへかけなさんせ。

（ト二人縁《えん》に腰をかける）

与兵衛　サアおれもわ[一〇]が身の[一一]文《ふみ》見ると、宵に来《こ》うかと思うたが、この浮無瀬[一二]は揚屋《あげや》と違《ちご》うて夜はちょっとも逢われまいと思うたゆえ、商いの出がけに寄ってみたわいの。

都　ほんにマア以前は[一三]八幡《やはた》で南方《なんぽう》の与兵衛様と言うて人に人を使《つこ》うたお身の上、[一四]わしゆえに今このお姿、仕つけもせぬ商いできつうお顔のやつれよう、いとしゅうてならぬわいのう。

与兵衛　ア、コレ〳〵、忙しいわしを呼びつけて用事というのはそれ言おうためか、ア、[一五]わっけもない、こちゃそれほど隙《ひま》ではござらぬわい。

都　[一六]イイエイナ、急な用とは他の事でもござんせぬ。[一七]お前も知っていやしゃんす与五郎さんの手代の権九郎、[一八]たいこの佐渡七もろともに、昨日《きのう》から[一九]段々とわしに言うのを聞かしゃんせ。追っつけ[二〇]年《ねん》も明くげならば、何かにつけて[二一]心に叶《かな》わぬ事があろ、[二二]借銭《しゃくせん》万事を請け込もうほどにどうぞ逢《お》うてくれんかと、あの佐渡七づらまでが同じように[二三]アタ憎らしい。どこで聞いたやら、お前の事まで言いくさるわいなア。

一〇　目下の相手を指す語。おまえ。そち。
一一　手紙。
一二　遊里で遊女屋（置屋）から遊女を呼んで遊ばせることを稼業とする家。
一三　京都府南部、宇治川、木津川と合流する木津川左岸。現八幡市。旧石清水八幡宮領。
一四　（一人称ワタシの約）わたくし。近世、主として女性が用いた。
一五　訳もない。言うまでもない。たわいもないから、つまらない。たわいもない意。
一六　いいえ。しかし。そんなにおっしゃいますけれどの意（婦人語）。
一七　二人称代名詞。もとは、目上を、後には同等あるいは目下をさす。ここでは「あなた」。
一八　前出（一六頁注五）、太鼓持に同じ。
一九　かずかず。いろいろ。
二〇　年季の略。奉公人などをやとう約束の年限。
二一　こちらの思うようにならない。希望通りにゆかない。
二二　借金。借財。
二三　憎み嫌うさまを更に強めていう場合に用いる。アタいやらしい、アタいまいましいなど。上方語。

与兵衛　そりゃ死[一]にしなに楽しゅうなると、よい鳥がかかって幸せ、逢《お》うてやったがよいわいの。

都　エ、逢《あ》う気があるならお前に言いはせぬわいなア。

与兵衛　ハテ向こうは大家《たいけ》[二]のお手代様、こっちは見るかげもない田舎者、たとえにも言う月[三]とすっぽん、諦めているによって遠慮のう逢うておやりなされませ。

都　なんじゃいなア、もし疑[四]いの心もあろうかと思うて言うにそのような、胴[五]欲じゃ〱、胴欲じゃわいなア。

（ト泣く）

与兵衛　コレ〱都、どうしたんじゃ。何じゃほんまに泣いているのか。これはし[六]たり、阿呆《あほ》らしい、本気にする奴《やつ》があるものかい。

都　そんならわたしに疑いは。

与兵衛　はじめから日本晴れじゃがな。

都　オ、憎《に》く。

（ト与兵衛をつ[七]める）

与兵衛　ア、痛。

都　誰に逢いたいえ。

一　死ぬ間際に楽しくなる。土壇場で良いことがある。
二　富んだ家。立派な店。
三　上方の諺。同じ丸いものでも二つの間には非常な差のあること。上方ではスッポンをマルとよんだ。
四　うたがうこと。信用できず疑う気持ちがある。
五　ドンヨク（貪欲）の転。非常に欲が深いことから、むごいことを責める言葉。
六　失敗したり驚いた時に言う語。ここでは、しまった、やりそこなったの意。
七　抓める。つねる。

与兵衛　こなた[八]に。

都　嘘ばっかり。

与兵衛　嘘でない証拠はこれ。

（ト袖《そで》から手を入れこなし）

都　オ、こそば[九]。

与兵衛　可愛い奴の。

（ト抱きつく。奥にて）

仲居　都さん〳〵。

（ト呼ぶ。これにて離れ）

都　オ、忙し、これではとんと話す間がない、ちょっと首尾[一〇]して来う程に、暫く清水[一一]の舞台で待っていて下さんせ。

与兵衛　なるべく早う頼むぞや。

都　合点《がってん》じゃわいなア。

〽都は奥へ南与兵衛は清水さして急ぎゆく。

（ト都は奥へ入る。与兵衛は傘を持って下手へ隠れる。唄[一二]になり、花

八　人を指す代名詞。多くはやや丁寧な言い方。相手をさす場合は、あなた様に。

九　こそばゆい、こそばいの略。くすぐったいの上方語。

一〇　都合をつけてくる。

一一　京都東山の清水寺を真似て大坂・天王寺の西に建立した寺。京都と同様、懸崖に臨んで舞台を架した。

一二　下座音楽の一。

道より平岡郷左衛門、三原有右衛門、田舎侍の形《なり》にて出て）

郷左　ナント有右どの、あれが吾妻が来ておると申す浮無瀬でござろう。

有右　[一]イカサマ左様見えます。何はともあれあの佐渡七めをつかまえて。

郷左　吾妻に首尾よう逢いたいものじゃが。

有右　まずおいでなされ。

（ト両人本舞台へ来る。佐渡七、奥より出て両人と顔見合わせ）

佐渡七　コレハ〳〵[二]御両所様、お珍しい所で御拝顔、エ、読めました。コリャ何でござります、郷左衛門様には吾妻の君がこの浮無瀬にお出での様子をお聞きなされての[三]御来臨でござりましょう。

郷左　面目ないがこの平岡、[四]深草の少将ではなけれども、[五]君を思えば徒歩《かち》裸足《はだし》じゃわい。

佐渡七　コリャまたきついわ。

有右　そうして首尾はどうじゃな〳〵。

佐渡七　さればでござります。今日《きょう》は折悪しゅうあの井筒屋のおまつ奴《め》が付き添うておりまするゆえ、いますぐには参りませねど、万事手前にお任せあって、まずそれまではあれなる一間で。

郷左　そんなら佐渡七。

一（確信をもって推測して）きっと。いかにも。
二 両人の敬称。お二人様。
三 ライリンは他人がある場所へ出席することの尊敬語。それに更に丁寧に御をつけた。
四 平安時代、小野小町に恋をして、彼女のもとに、九十九夜を通い詰めたが、あと一夜というところで死んだと伝えられる人。謡曲「通小町（かよいこまち）」につくられている。
五 前記謡曲「通小町」の詞章の一部。車にものらず、しかも裸足で。恋のためには、みなり、そぶりをかまわないの意。

佐渡七　御両所様にはまずく。

（ト両人を案内して佐渡七上手へ入る。賑やかな唄になり、花道より与五郎、着流し羽織、丁稚治郎吉を供に連れ出て、よき所にて）

与五郎　ア、面白そうに騒ぐわく、コレ治郎吉、なんと面白い所であろうが。

治郎吉　へエえろう賑やかな所でおますが、ここは何という所でござります。

与五郎　ここは清水の浮無瀬と言うて、大坂でも一番の名所。今日《きょう》は太夫《たゆう》が来ているはず、早う吾妻に逢いたいものじゃなア。

（ト本舞台へ来て、六門《かど》の内へ入る。上手より佐渡七出て）

佐渡七　ヨウこれはく若旦那、きついお待たせぶりでござりますなア。

与五郎　オ、佐渡七、太夫はもう来ているか。

佐渡七　来ているか、とは愚かく、あなたのお出でが遅いというて、コレでござりますぞえ。

（ト頭へ角《つの》を出してみせる）

与五郎　なんじゃ、わしが遅いと言うて太夫が腹を立てているか。

佐渡七　イヤモウ傍《はた》が堪《たま》ったものじゃござりません。

六　外から庭を通じて座敷へ通れるようにしつらえられた門構えの入口。

与五郎　そんなら早う知らせてたも[一]。
佐渡七　畏《かしこ》[二]まったと一散に、一間へこそは急ぎゆく。
(ト佐渡七、浄瑠璃を語りながら奥へ入る)
与五郎　治郎吉、今夜はここからまっすぐに廓《くるわ》へ行くによって、明日《あす》の朝は新町の井筒屋へ迎えに来《き》や。
治郎吉　ヘイ畏まりました。
与五郎　ア、コレ〳〵、芝居をのぞいたりせずまっすぐに帰るのじゃぞよ。
治郎吉　へーイ。
(トこのうち吾妻奥より出て、与五郎にもの言おうとする。与五郎、治郎吉が花道へ入るを見送り)
与五郎　あのように言うても帰りは芝居へ寄りおるであろ、あいつが芝居を見たいのも、わしが山崎[三]へ去《い》[四]にとむないも、同じようなものじゃなア。
(ト独吟[五]になり、吾妻、与五郎が気づかぬゆえ辛気《しんき》[六]なこなしいろ〳〵あって、トド[七]癪《しゃく》[八]をおこしウンと反《そ》[九]る。これにて与五郎驚き傍《そば》へ寄り)
与五郎　コレ〳〵太夫、何としやった。これはマア癪がおこったそうな。太夫やーい。吾妻やーい。こりゃどうもならぬ、誰ぞ来てくれいやい。
(ト奥より、おまつ、芸妓、仲居、太鼓持皆々出て)

一 (動詞タモルの命令形タモレの略）ください。
二 つつしんで命を承る。承知しましたを丁寧に言ったもの。
三 京都府南部の大山崎町と大阪府島本町の一部とにまたがる地区の旧称。淀川が京都盆地から大阪平野に流れ出る狭隘部の北側に位し、古来、交通の要地。与五郎の実家のある地。
四 帰りたくない。
五 邦楽用語。一人でうたうこと。下座音楽の演奏法の一つ。愁嘆場、色模様、髪梳きなど、しんみりとした場面で、役者の動作に合わせて効果的に演奏される。
六 思うようにならず、いらいらすること。じれったいこと。
七 ⇩用語集（とど）
八 種々の病気によって胸部、腹部に起こる激痛の通俗的総称。婦人に多い。さしこみ。
九 のけぞる。そりかえる。

おまつ　若旦那どうなされました。
与五郎　えらいことじゃ、太夫が目を回したわいの。
豊野　そりゃ、お前が遅いによって、例の疳癪《かんしゃく》[一〇]でござんすわいな。
佐渡七　若旦那、こりゃ皆あなたが悪うござりますぞえ。
与五郎　それじゃというて、どうしたらよいかいの。
佐渡七　そんなら太夫さんの気つけの伝授、まず何[一一]がなしに水を飲ましてあげなされませ。
与五郎　オット合点《がってん》。
（ト六つ八、手水鉢の水を柄杓《ひしゃく》に汲んで来るを与五郎、吾妻に飲まそうとする）
六つ八　ア、イヤそうじゃござりませぬ。口移しに飲ました〳〵。
与五郎　オ、。
（ト口移しに飲まして）
与五郎　こうか〳〵。
皆々　そうじゃ〳〵。
喜多六　それから太夫主《たゆうす》[一二]を抱き上げた。
与五郎　オットよし〳〵、こうか〳〵。

一〇　神経過敏で怒り出すこと。
一一　何のかのということなく。とにかく。
一二　主（す）というのは、江戸時代の上方の言葉で、氏名その他の下につけて、尊敬の意をあらわすのに用いる語。太夫さんといった意。

藤作　サアこれからが大事のところ。太夫さんの背中へ手を回して。
与五郎　こうか〳〵。
佐渡七　そこでぐっと抱きついた〳〵。
与五郎　こうか〳〵。
皆々　その通り〳〵。
与五郎　そうして、このあとは。
吾妻　こうじゃわいなア。
（ト吾妻締め返す）
与五郎　ヤアそんならわが身の目[一]の舞《も》うたは。
吾妻　嘘じゃわいなア。
おまつ　あなたのおいでが遅いゆえ、言い合わして折檻《せっかん》[二]の癪でござんす。
与五郎　[三]テモむごい目に合わしおった。
佐渡七　首尾よう参って大当たり、祝《いお》うて一つ締[四]めましょう。ヨイ〳〵、モひとつせ。ヨイ〳〵、祝うて三度ヨヨイノヨイ。
（ト手を打つ）
佐渡七　おめでとうござりまする。イヤ〳〵おめでとうないことがある。申し若旦那、まだお聞きなさるまい。かの西国《さいごく》[五]のお侍、平岡郷左衛門様が吾

一　目が回る。目がくらむ。気絶する。
二　漢の成帝が、朱雲にいさめられて激怒し、御殿から引き降ろそうとした時、朱雲が檻（てすり）にしがみついたため、その檻が折れたという故事にもとづく。きびしく責めこらしめること。
三　さてもまあ。意を強める語。
四　物事が決着したのを祝って皆で手を打つ。この場合は、いわゆる上方締めを行なっている。
五　西の方の国。関西以西の諸国。中国、四国、九州地方の国々。

妻様を[六]請け出すとて、昨日《きのう》から[七]もみにもんで手付けの金の御[八]才覚。

与五郎　エ、そりゃほんまのことかいの。

吾妻　サアたび〳〵呼びに[九]おこすけれど、わたしがとんと行かぬによって、意地になって身請けをすると言うわいなア。

与五郎　エ、憎い奴《やっ》じゃなア。

佐渡七　サアどんな憎い奴でも[一〇]金の威光、[一一]半時でも早う手付けを打ったが勝ち、何でも今夜中に手付けの金の三百両打ちます[一二]げな。

与五郎　大事ない〳〵、[一三]高で三百両、今度わしが大坂へ下ったも三百両の屋敷の為替受け取り、手代の権九郎が持っている。幸いその金を手付けに渡し、侍の鼻明かそう。コレ佐渡七、[一四]大儀ながら[一五]石町《こくまち》の宿屋へ行て権九郎から金受け取り、すぐに藤屋の親方に渡し、手付けの受け取り取ってきてたも。

吾妻　そんならわたしを。

おまつ　吾妻さん、おめでとう。

吾妻　皆さん喜んで下さんせいなア。

歌野　サアこのお喜びに奥座敷で。

与五郎　オ、〳〵酒じゃ〳〵。そんなら佐渡七、頼んだぞ。

六　抱え主に前借り金を償って遊女などを身請けする。

七　はげしく揉みあう。非常にいらだって。

八　うまい工夫や方法。算段。

九　よこす。つかわす。

一〇　金銭の威力、威勢。金の力は絶大で犯し難いこと。

一一　一時の半分。今の一時間。

一二　推測、伝聞の意をあらわす。……らしい。……ということだ。

一三　合計。高々、せいぜいの意ともとれる。

一四　他人の骨折りを慰労する語。御苦労ではあるが。

一五　現大阪市中央区石町一～二丁目あたり。旧東横堀と谷町筋の間の天満に近い町筋。古くは国府のあった地で国府町といったが、後世石町と書き誤ったという。

佐渡七　呑《の》[一]みこんでおりまする。
与五郎　みんな来い〳〵。
皆々　アイ〳〵。
（ト唄になり、与五郎、吾妻、おまつ、皆々奥へ入る。佐渡七残り）
佐渡七　どうやらこっちの狂言[二]へ、すっぽりはまるこの使い。うまいぞ〳〵。
（ト行こうとする。下手より権九郎好みの形《なり》にて出て）
佐渡七　オヽ、権九郎さん、よい所へ。
権九郎　よい所とは、都のことが首尾ようなったか。
佐渡七　イエ〳〵そんな事じゃない。お前も御存知のかの屋敷のお侍が、吾妻さんを身請けするとて馬鹿旦那が大あわて、ちっとも早うお前から三百両の金受け取って手付けに渡せと急ぎの使い。
権九郎　こりゃよいわ。都をおれが手に入れる金の蔓《つる》にありついた。
佐渡七　そりゃまた、どうじゃな。
権九郎　われにも常々話したとおり、これはおれが拵《こしら》えておいた真鍮《しんちゅう》小判、こっちが昨日《きのう》受け取った為替の金、中身をしゃん[三]とすりかえて、偽小判を手付けに渡すわ。藤屋は一ぱいやられたと尻持[四]ってくるところを、科《とが》[五]はあの阿呆《あほう》にかぶせてしまい、ほんの小判は都の身の代《しろ》[六]。

一　了解する。引き受ける。
二　能狂言、歌舞伎狂言、芝居から、うそのことを仕組んで人をだます行為。作り上げた筋書き。
三　しっかりと。
四　しり＝しめくくり。特に、後始末をつけねばならない悪事、失敗。後始末を求めてくる。
五　不用意の過失。罪にあたる行為。
六　身代金。身売りの代金。人身と引きかえに渡す金。

佐渡七　あっぱれ妙計[七]。
権九郎　首尾ようたら褒美はたんまり。
佐渡七　忝《かたじけな》い。そんならお旦那。
権九郎　ちっとも早う。
佐渡七　合点《がってん》じゃ。
（ト佐渡七、偽小判を持って下手へ入る。権九郎真物《ほんもの》の小判を戴き）
権九郎　うまいぞ〳〵。
（ト向こうへ入る。上手より郷左衛門、有右衛門出て）
郷左　有右どの、あの騒ぎは与五郎めと見えますの。
有右　左様でござる。したがあの佐渡七はどこへ参ったものでござろう。
（ト探している。下手より佐渡七走り出る）
郷左　ヤイ〳〵佐渡七、おのれ吾妻に逢わそうと言うていつまで待たす。
有右　首尾しようと請け合《お》うておきながら憎い奴の。
佐渡七　イヤ申し、そこどころじゃござりませぬ。一大事でござります。
郷左　ナニ一大事とは。
佐渡七　[八]さん候、吾妻さんを与五郎が身請けの相談。
両人　ヤア。

七　巧妙なはかりごと。妙策。
八　さにさうらふの転。応答の語。さようでございます。謡曲などの武士の常套語をきどって使った。

佐渡七　只今手付けの三百両、持参の役はかく言う佐渡七、すなわちこれが受け取りの[一]一札《いっさつ》。

（ト書き物を出す。有右衛門取って）

有右　ナニ〳〵、金子三百両也、右は吾妻身請けの手付けとして正に受け取り申し候。郷左衛門どの御覧なされ。

郷左　イカサマ確かに吾妻が手付け。

（ト郷左衛門、佐渡七が[二]胸づくしを取り）

郷左　ヤイおのれは憎い奴の、常々吾妻がこと頼みおいたに何のざま、与五郎と一つになって、身が[三]武士を捨てさすか、[四]了簡《りょうけん》ならぬ。

（ト刀に手をかける）

佐渡七　ア、申し、お腹立ちは御もっともながら、これには[五]言い訳がござります。

有右　その言い訳早う言え。

佐渡七　サアその受け取りがすなわち言い訳。

両人　ナント。

佐渡七　これ御覧なされませ。その受け取りに名宛のないがわたしの工夫。今でもお金が調えば、宛名に平岡郷左衛門様。

一　一通の書付け。領収の一通。
二　むなぐら。
三　武士の身分を不用のものとしてほうりだす。武士に恥をかかす。
四　こらえることが出来ない。勘弁がならない。
五　申し訳。説明して了解をえる。

郷左　ウム、[六]できた。
佐渡七　ナント佐渡七が忠義のほど。
郷左　皆まで言うな、当座の褒美。
（ト金をやる）
佐渡七　花も及ばぬ[七]山吹色、[八]実《み》の一つだにあるぞ嬉しき。
有右　イヤモ金さえやれば、[九]いきり出す奴でござる。
両人　ハヽヽヽ。
（ト藤屋の利八、下手より走り出て佐渡七を見つけて）
利八　オヽ佐渡七どの、ここにか。
佐渡七　藤屋の親方さん、何ぞ御用でござりますかえ。
利八　用どころかい、吾妻を身請けなさるお客に逢いたいわいの。
佐渡七　そりゃ幸い、すなわち[一〇]あなたが身請けなさるる郷左衛門様。
利八　そんなら、あなたが。これは〱。私は太夫が親方、藤屋の利八、ちと[一一]密々にお話申したい事がござります。別の事でもござりませぬが、只今遣わされました手付けの三百両。さっそく封を切ってみましたれば、中は真鍮《しんちゅう》。これ御覧下さりませ。
郷左　ナニ偽金とな。

六　（物事の成就を喜んで言う語）うまくやった。でかした。
七　こがねいろ。大判や小判の俗称。
八　古歌「七重八重　花は咲けども山吹の　実の一つだに無きぞ哀しき」をもじったセリフ。
九　いきまく。はしゃぎ出す。
一〇　ここは三人称。そこにおられるあの方。
一一　極めて秘密なさま。内々。

（ト手に取り見る）

郷左　まことにこれは真鍮小判。

（ト佐渡七わざと驚いたふりして）

佐渡七　ほんにこれは似せ[一]小判、わたしが使いには行ったれど、開けねば知ろうはずもなし。申し旦那、出所の知れたこのお金、キッ[二]と御詮議《ごせんぎ》[三]なされませ。

郷左　いかにも詮議いたしてくりょう。コリャその方は奥へ行て山崎与五郎に某《それがし》が逢いたいと申して参れ。

佐渡七　合点《がってん》でござります。

（ト奥へ入るふりをして、暖簾口へ逃げて行く）

利八　金子の御詮議とあらば定めてお隙《ひま》がかかりましょ。お金はお返し申しますによって、最前の受け取りをお戻しなされて下さりませ。

郷左　なるほど〳〵一札は戻そう。

（ト一札を渡し）

郷左　重ねてこの方より誠[四]の手付けを遣わすほどに、吾妻を他へ渡すまいぞ。

利八　いずれよろしゅう、お願い申し上げまする。

（ト利八、下手へ入る）

一　正しくは、贋小判。偽とも書くが、本物に似せて作ったものの意で、似せと書いた。
二　きびしく。厳重に。
三　本当に罪を犯したかどうか明らかにすること。評議して物事を明らかにすること。
四　本当の。本物の。

郷左　それにしても遅い与五郎。
有右　町人風情でナニ勿体《もったい》[五]。与五郎〳〵。
（ト呼ぶ。これにて与五郎奥より出て）
与五郎　私を呼ぶのは誰じゃえ。
郷左　ムウ山崎与五郎とはその方《ほう》か。
与五郎　ハイ私が与五郎にござります。シテ[六]あなた様は。
郷左　身は平岡郷左衛門、先立って太鼓[七]めに呼びに行かせたに、なぜすぐには出ぬ。
与五郎　イヤその儀[八]はなんとも承りませなんだが、私に御用の趣きとは。
郷左　逢いたいとは別儀でない。今日《こんにち》殿の御用につき、金子三百両受け取り開いてみれば、残らず偽金。包みにはその方の封印[九]、とくと[一〇]見やれ。
（ト金を投げ出す。与五郎拾い見て）
与五郎　コリャ最前の太夫の手付けに打った金。こりゃどうじゃ。
郷左　ナント覚えがあろうがな。
与五郎　なるほど包みは手前が封印。さりながら金銀の取りさばきは手代どもに申しつけ、私はかつて存じませねば、立ち帰りまして手代どもをとくと詮議いたしまするでござりましょう。

五　勿は無い意、体は正体の意。内容はさほどでないのに、何か秘めているように見せかけること。ここでは「勿体をつける」の略。もったいらしく振るまう。
六　そうして。
七　太鼓持の略。太鼓持の奴。
八　そんな次第。そのようなこと。
九　かってに開かれないように、封じ目に印を押すこと。
一〇　とっくりと。よくよく念を入れて。

郷左　ヤア黙りおろう。コリャ郷左衛門は武士じゃぞよ、その方が詮議する間、べん〳〵と殿の御用を欠き、待っていらりょうか。
有右　ア、イヤ郷左衛門どの、まず〳〵お待ちなされ。かりそめ[一]ならぬ偽金の大罪。公《おおや》けになっては山崎の家に関わること。穏便に事を済ますが武士の情け。
郷左　それじゃと申して。
有右　まず〳〵拙者にお任せ下され。イヤナニ与五郎、その方も身の難儀。この偽金を正真《しょうしん》の小判に取り替えて渡せば、不念《ぶねん》[二]の段は身共が郷左どのにとりなしてくりょう。どうじゃ〳〵。
与五郎　サア金子を取り替えますと申しましても、只今持ち合わせがござりませねば、ひとまず立ち帰りましたうえ。
有右　ヤアこれほどやさしゅう説き聞かすに、座を外そうとは野太い[三]奴。
与五郎　イヤ左様ではござりませぬ。
有右　左様でなくば金子を渡すか。
与五郎　サアそれは。
郷左　偽金使うか。
与五郎　全くもって。

一　仮りに染めるの意。ほんの一時的なこと。軽々しく、いい加減なこと。「かりそめならぬ」は、簡単に見すごしてはいけないの意。
二　不注意。てぬかり。
三　のぶとし。甚だ横着である。大胆である。ずぶとい。

両人　サア。
与五郎　サア。
両人　サア。
与五郎　サア。
三人　サア〳〵〳〵。
郷左・有右　いっそおのれを。
〽[四]無体も恋の意趣晴らし、難儀の折から南与兵衛、つっと出て二人を突き退け。
（ト両人して与五郎をさいなむ。与兵衛下手より出て両人を突き退け、[五]キッと[六]見得）
与兵衛　まあ〳〵待った。
郷左　ヤア何奴《なにやつ》なれば[七]横合いから出しゃばって、[八]見苦しい[九]素町人《すちようにん》。
有右　[一〇]慮外《りよがい》いたすと手は見せぬぞ。
与兵衛　ハヽヽヽヽ、こりゃおかしい。その横合いは[一一]わごりょ達、あんまり立派に言わんすないの。

四　無理なこと。無法。
五　⇩用語集（きっとなる）
六　⇩用語集
七　横の方。その事に直接関係のない立場。
八　見るにたえない。みにくい。
九　接頭語。ただそれだけの、まったくの意で、軽蔑、罵倒を表わす。「素」は当て字。
一〇　思いがけないこと。不心得なこと。ぶしつけ。無礼。
一一　ワゴリョウ（我御料・和御寮）の転。二人称。対等またはそれ以下の相手を、親しみをもって呼ぶ語。男女にかかわらず用いる。おまえ。

郷左　ヤア身共らが。
有右　なんで横合い。
与兵衛　ハテおかっしゃれ、そんならその金、どこの誰から受け取った、それ聞こうわい。
両人　ヤア。
与兵衛　言われまい〳〵。コレその金は与五郎どんが廓へ手付けに打った金。太鼓の佐渡七とぐるになって……、ナント胸にこたえたか。何もかもよう知っているこの笛売り。ひっと[一]でも言うてみや。一番[二]腰据えて詮議というところなれど、言わぬぞや〳〵。汚[三]いところを探せば蚯蚓《みみず》が出る。ア、む[四]さい、汚い侍じゃ。キリ〳〵[五]ここ[六]を去《い》なっしゃれ。
郷左　オ、去ぬる。身共の足だ、勝手に去ぬるわ。
有右　左様〳〵、野でも山でも好かぬ奴なら除《の》けたがよいと唄[七]にもござるテ。
与兵衛　こま[八]言《ごと》言わずにトットと行こう。
両人　ところをこう。

〽と切りかかる、二人が腕首しっかと取り。

一　ちょっと。笛の縁語でその鳴る音をまねた。
二　試みに。まず一度。
三　ほじくれば、いろいろぼろが出ること。
四　きたならしい。不潔な。
五　動作を速やかに行なうさま。てきぱき。さっさと。
六　この場から消えて行ってしまいなさい。
七　当時、そうした流行唄（はやりうた）があったのであろう。
八　こまごました、くだらぬこと。ぶつぶつ言うこと。

与兵衛　コレお侍、こんな事で刀を抜いても大事ないか。[九]扶持《ふち》を頂く[一〇]主《しゆう》の事も[一一]身の事も思わぬかい。[一二]笠《かさ》の台が離れるぞよ。

〽[一三]さっても揃うた知恵なしじゃと、突き飛ばされて顔見合わせ。

（ト両人腰が痛んで立てぬこなし）

与兵衛　早う行かぬか。

両人　エヽ、いま行くわい。

（トいろ〳〵あって花道へ行き）

両人　思えば〳〵。

（ト意気ごむ）

与兵衛　言い分あるか。

両人　ムム……ない。

（ト与兵衛にらむ。両人ぐんにゃりなり、しお〳〵花道へ入る）

与兵衛　ほんに意気地《いくじ》のない侍じゃ。

与五郎　どなた様かは存じませぬが、危ないところを[一四]だん〳〵のお情け、ありがとう存じまする。

九　（米で与えた）武士の給与。
一〇　主君。
一一　自分自身。わが身。
一二　（笠をかぶせる台の意）人の首。
一三　「さても」の促音化。それにしても。
一四　前出、二二頁注一九参照。

（ト奥より吾妻、おまつ、皆々出る）

吾妻　与兵衛さん、よいところへよう出て下さんしたなア。

与五郎　スリャこのお方は。

おまつ　都さんと訳[一]のある南与兵衛さんでござんすわいなア。

与五郎　これはしたり、存ぜぬ事とて。皆もよろしゅうお礼を。

与兵衛　ハテ何のお礼に及びましょう。私はお前の父御《ててご》様の与の一字を戴きまして、その昔は八幡《やはた》で人に知られた[二]南方十次兵衛《なんぽうじゅうじべえ》が悴《せがれ》。

与五郎　フウそんなら聞き及んだ南方の与兵衛どのか。

与兵衛　左様でござります。

与五郎　そんならわしと縁者[三]中《なか》、ことに吾妻の姉女郎都と訳あるこの方《かた》なれば、兄弟も同じこと。これからお心安う願いますぞや。

与兵衛　私もよろしゅうお願い申します。

与五郎　したが合点《がてん》のゆかぬはあの金子、佐渡七に渡した手付けの三百両。郷左衛門の手に入《い》ったは。

与兵衛　なるほど、その仔細は……、イヤここは端近、委細のことは後程お宿で。

与五郎　ホンニ気のつかぬ。まあ〳〵奥で御酒《ごしゅ》一つ。

一　男女間の情事。良い関係。
二　与兵衛の父で、八幡で郷代官を勤めていた。四幕目「引窓の場」参照。
三　縁つづきの者。本来は親族など血縁をさすが、ここでは広く、関係のある人。

与兵衛　ア、イヤ只今は商い前、このままお暇《いとま》。

吾妻　それじゃというて。

与兵衛　商いに精出さねば、商い物の笛よりも[四]咽喉《のど》がぴい〳〵鳴りますわいの。ハ、、、、。

与五郎　そんならどうでも。

与兵衛　[五]重ねてお目に。

（ト立ち上がるを[六]柝《き》の頭《かしら》）

与兵衛　かかりましょう。

（トこの模様よろしく[七]舞台回る）

[八]返し

第二場　清水観音舞《きよみずかんのんぶ》台《たい》の場

（本舞台。三間《さんげん》の間《あいだ》、清水観音の舞台。上手《かみて》よりに毛氈《もうせん》かけたる[九]床几《しょうぎ》一つ。（この道具全体のちに[一〇]セリ上げの仕掛けあり）正面は本堂の[一一]中《ちゅう》遠見《どおみ》、上下《かみしも》は立木、平舞台前方よき所に[一二]切穴《きりあな》、すべて大坂新清水《しんきよみず》の体《てい》。

四　「咽喉がなる」は本来、おいしそうな食物をみて、食欲が起こる意だが、ここでは笛の縁から洒落て「生活に困る、暮らしが立ちゆかない」と大げさに言った。
五　ふたたび。こんどまた。
六　⇩用語集
七　⇩用語集
八　演出用語。返し幕の略。同じ幕のうちに、前の場と後の場が時間的につながっている場合、前の場が終わって一度幕をしめ、すぐに次の場の幕をあけることをいう。ここでは幕をしめず、あけたまま舞台を回して、次の場に移る演出。
九　腰掛け。神社境内などの水茶屋で参詣客の休憩用においた長床几。毛氈（もうせん）などを敷く。
一〇　舞台機構の名称。舞台床下に飾り込んである大道具の大きな屋体などをそっくりそのままセリ上げる装置。
一一　遠見（⇩用語集）の一。中間距離にある物を描いた背景。
一二　舞台用語。俳優の出入りなど、必要に応じて舞台の床を切り抜いた穴。平常は蓋がしてある。

[一]鳴物にて道具とまる)
(ト郷左衛門、有右衛門、いずれも前場の形《なり》にて上手より出ると、下《しも》手《て》より佐渡七出て)
佐渡七　お二人様、首尾はいかがでござりましたな。
郷左　どうやらこうやらしくじったわえ。有右どの、憎い奴《やつ》はあの笛売り。
有右　左様〳〵、ことに大事を聞いた奴。あのままにしておいては我々[二]が身のうえでござる。
郷左　それじゃによって、コレ佐渡七。
(ト郷左衛門、佐渡七に囁《ささや》く)
佐渡七　そんなら[三]彼奴《きやつ》を待ち伏せて。
郷左　必ずぬかるな。
佐渡七　合点《がってん》じゃ。
(ト下手へ走り入る。郷左衛門、有右衛門は上手へ入る。[四]合方になり、上手より都、前場の形《なり》にて出て)
都　ほんにマア、[五]かけ違《ちご》うて逢われぬが、どこへ行かしゃんしたのであろうなア。言い残したことがたんとある。心のもめる事じゃなア。
([六]トバタバタになり、下手より与兵衛以前の形《なり》、笛の荷の傘にて顔か

一　⇩用語集
二　自身に関すること。一身上の大事。自分達にとって不利になる。
三　第三者を罵って言う語。あいつ。
四　⇩用語集
五　行き違う。
六　つけ（⇩用語集）の打ち方の一つ。人物が駆け出してくる時の打ち方。

くし走り出て、都に突き当たり）

都　与兵衛さんか。

与兵衛　オ、都か、ひょんな事が出来たわやい。

都　ひょんな事とは……、マア血相変えてどうしやしゃんした。

与兵衛　サア太鼓持の佐渡七めが大勢の非人[七]を頼み、おれを待ち伏せ、取って押さえるその拍子、これこの小指を食い切られ、是非に及ばず手にかけて、よう〱ここまで逃げては来たが、悪い奴でも人殺し、こりゃどうしたらよかろうなア[*]。

都　ほんにマアえらい事になったわいなア。そうして傷は痛みはせぬかえ。

与兵衛　傷の痛みより後《あと》の難儀。

都　アレ〱誰やら向こうへ来る様子、どこぞ隠れなさんすところは。

（ト床几に気づき）

都　ちょっとの間《ま》、この下へ。

与兵衛　そんならここへ。

都　サア早う〱。

（ト床几の下へ与兵衛を隠し、都その上に腰掛けている。下手より権九郎前場の形《なり》にて出て、都を見ていろ〱こなしあって、後ろから抱

七　乞食などを指す。

＊　浄瑠璃原作では、第三段「新町井筒屋」の段で後日に起こる事件であるが、この歌舞伎台本では、この時点での出来事とした。しかも与兵衛が佐渡七を殺したこと、その時小指を噛み切られたことは、すでに別の場所ですんだこととし、都が権九郎をだまして小指を切らせ、犯人に仕立てたように脚色されている。「梗概」・「解説」参照。

きつく)

都　アレいやらしい、誰じゃいな。

権九郎　コレ〳〵、わしじゃ、権九郎じゃ。

都　何じゃいなア権九郎さん、ア、暑苦しい、放しておくれ。

権九郎　コレ都、むごいぞや〳〵。[一]そさまに惚れたというが並みや大抵の事じゃと思やるか、モウ〳〵〳〵寝ても覚めても覚めても寝ても、[二]合法《がっぽう》が辻《つじ》のお閻魔《えんま》様までがわが身の顔に見え、ほんに〳〵ほんにやれ忘れる隙《ひま》はないわいの。なんぼ、そのように嫌《きら》やっても、いま親方に話をつけ、さらりと請け出して来たからは、もう今日《きょう》からはおれが女房、[三]三々九度は後でのこと、まあちょっと固めに[四]口々《くちぐち》しよう。

(ト口吸いにかかる。都このうち[五]思い入れあって)

都　まあ〳〵待って下さんせ。お前わたしを身請けとはそりゃマアほんの事かいな。

権九郎　なんで嘘を言うものか。

(ト[六]借用証文や[七]絵番付を間違えて見せ、その間に与兵衛、床几の下から手を出して権九郎の足をつねるおかしみいろ〳〵あって)

権九郎　すなわちこれが[八]年季証文《じょうもん》。

一　そなた様の略。尊敬、親愛の意を表わす。あなた。おまえ様。
二　現在の大阪市天王寺区にある四天王寺西門から西行し、安井神社と一心寺の間を下る坂道（相坂）の下の辻。『摂津名所図会』には「合法が辻、清水の西の辻なり、閻魔堂あり」とある。現在では下寺町筋と相坂（国道25号）との四つ辻が合法が辻と思われているが、宝暦二年（一七五二）の天王寺管内地図によれば、下寺町筋と相坂の三差路よりひとつ西側に、相坂より南方の天下茶屋に向けて延びる街道があり、この街道との三差路に「合法が辻」と記され、辻の南東角には閻魔堂が描かれている。
　辻名はかつて付近に四天王寺の学校があったので学校が辻とよんだのが、転訛したものと伝える。
三　祝言などの際の献杯の礼。結婚式で同じ杯で新郎新婦が酒を三度ずつ飲み、夫婦の約束を固めること。そうした正式の儀礼は後のこととして。
四　口を吸い合うこと。接吻。
五　⇩用語集
六　金銭または物品を借りたことを証する文書。借用書。
七　江戸時代の興行案内、宣伝ビ

（ト証文を見せる）

都　ほんに、これはわたしが年季証文。

権九郎　もう嫌とは言わさぬぞや。

都　サアこのうえはどうなりともなるけれども、お前の心が知れぬわいの。

権九郎　なんじゃ、これほどの[九]心中男《しんじゅうおとこ》、まだ心が知れぬとは。

都　証拠を見せて下さんせ。心中に指切って下さんすかえ。

権九郎　ウンとさえ言ってくれりゃ腕なりと股《もも》なりと。

都　オ、嬉し、そんなら早う切って下さんせ。

権九郎　なんじゃ今ここでか。

都　嫌かえ。

権九郎　嫌ではなけれど痛かろうの。

都　そんなら[一〇]措《お》かんせ。

権九郎　エ、切る〳〵、切るわいの。

（ト脇差を抜いて、小指に当て怖きこなし）

都　エ、鈍臭い、こうじゃわいナ。

（ト都、手を持ちそえて指を切る）

権九郎　アイタ、、、。

ラ。三都によって相違がある。ここでは、劇場名、狂言名、配役名などが書かれた一枚物のチラシ。普通その時の劇場での上演曲名をお愛敬に読み上げる。

八　定められた年限を働くという約束のために書いた証文。

九　心中立てをする男。愛の誓いを示している男。

一〇　やめる。よす。中止する。

（ト転げ回って痛がる。下手より堤藤内、役人の形《なり》、十手を持ち、捕手二人を引き連れ駆け来たり）

藤内　ソレ、あの者の指を調べい。

捕手　ハッ。

（ト権九郎の手を調べ）

捕手　ヤ、左の小指がござりませぬ。

藤内　さてこそ下手人に極《きわ》[一]まった。その者に縄かけい。

（ト権九郎を縛り上げる）

権九郎　コリャ情けない、何の事じゃ。

藤内　何の事とは野太い奴、最前この先にて殺された太鼓持、口に指をくわえていたからは、指のない者が下手人に違いないわ。

権九郎　ア丶申し、私は山崎与次兵衛が手代、権九郎と申す者、これにはだん〳〵訳がござります。コレ都、早う訳を言うてくれ。

都　わたしゃ何にも知らぬわいなア。

藤内　ヤア山崎与次兵衛が手代権九郎なら、偽金使いの詮議もある。ソレ引っ立てい。コリャ女、その方も係り合わせ、番所[二]まで同道いたせ。

都　エ丶、それでも私はちょっとここに。

一　決定する。きまる。
二　番人の詰めているところ。

（ト床几の下に思い入れ）

藤内　ハテ手間はとらせぬ、来《き》やれと言うに。

都　アイ。

（ト藤内、権九郎を引っ立て、都あとに気を残しながら上手へ入る。与兵衛床几の下より出て）

与兵衛　ほんにマアひゃいなこと[三]。危うい難を脱《のが》れたも都の働き、忘れは置かぬ。忝《かたじけな》い。ドリャまたもや人の来ぬうちにちっとも早う。

（ト行きかかる。このうち上手より郷左衛門、有右衛門出かけて与兵衛を見つけ）

両人　笛売り、おのれを。

（ト切ってかかる、与兵衛、以前の傘を取って立ち回りあり[四]。トド傘を広げて切穴へ飛び下りる。両人呆《あき》れて下を見込むと、セリの鳴物[五]になり、舞台をセリ上げ、切穴より与兵衛、傘を担いだ見得にてセリ上がる。道具止まると、与兵衛ツカ〳〵と七三[六]まで行き、舞台の二人と顔を見合わせる）

郷左　南無三《なむさん》[七]、しもうた。

有右　取り逃がしたか。

三　ひやひやした。不安を感じて気が気でなかった。
四　⇩用語集（たて）
五　セリが上がる時に囃す鳴物。
六　舞台・演出用語。花道上の揚幕から七分、舞台付け際から三分の場所をいう。古くは揚幕から三分、舞台付け際から七分の位置をさした。
七　南無三宝の略。失敗した時に発する語。しまった。

与兵衛　阿呆《あほう》よ。

（トきまるのが柝《き》の頭《かしら》、幕引きつける。幕外）

与兵衛　横笛、鹿笛、唐人笛《とうじんぶえ》。

（ト唄になり向こうへ入る）

幕

一　花道を揚幕の方に向かって。

二　現在の大阪市西区北堀江、南堀江の地域。東は西横堀川の西岸、南は西道頓堀川の北岸、西は木津川の東岸、北は西長堀の区域で、中央を流れていた堀江川によって、南堀江、北堀江に分けた。堀江の地名は古く『日本書紀』仁徳天皇十一年の条に初見され、『万葉集』にも堀江を読み込んだ歌がある。当時は河港として利用されていた。「いつか浅斥となり、三津の浜の地のびて相接し陸地となり、下難波と号し田圃地と後年なり、農夫わずかに卜居せしを、元禄年間に至り、徳川幕府の命により、市坊となして人家を建てつらね、諸所より民人を移住させ、川を開鑿（ひらき）て堀江川と号（なづ）く……堀江の号を以て此地の字とせり」（『浪華百事談』）。徳川幕府は元禄十一年（一六九八）新地開発のため、河村瑞賢によって堀川を開削させ、その新地繁栄のため、茶屋六八株、煮売屋三一株、水茶屋三一株、湯屋五株、髪結床二六株、道者宿一四一株を許可、芝居三座、能舞台三ヵ所、勧進相撲、夜店市、青物市、生魚市、油市場の設置を認めた。

本文の「堀江相撲場の段」には

二幕目　二堀江《ほりえ》角力小屋《すもうごや》の場

役名

濡髪長五郎《ぬれがみちょうごろう》
放駒《はなれごま》長吉《ちょうきち》
山崎与五郎《やまざきよごろう》
平岡郷左衛門《ひらおかごうざえもん》
三原有右衛門《みはらありえもん》
山崎与次兵衛《やまざきよじべえ》
手代《てだい》　庄八《しょうはち》
同　久三《きゅうぞう》
丁稚《でっち》　治郎吉《じろきち》

濡髪弟子　団子山《だんごやま》
三札《ふだ》売り　音松《おとまつ》
茶店亭主
見物人　大勢
若い者　二人
仲居　おもん
四曳舟《ひきふね》　外山《とやま》
藤屋吾妻《ふじやあづま》

（平舞台、正面上手《かみて》よりに五菰張《こもば》りの角力小屋、よき所に六木戸口、その

〜売り声も高台橋（たかきやばし）の南詰……」とある。江戸時代には堀江川にかかっていた高台橋南詰の空地に相撲場があった。現在の西区南堀江三丁目付近になる。戦後、堀江川が埋め立てられ、橋も撤去された。現在その跡地に、高台橋公園が設けられている。

三　木戸札。角力場への入場券。

四　引舟女郎の略。江戸時代に上方の廓で、太夫に従属して、その身の回りや諸事の世話をした女郎の呼称である。江戸の吉原の新造に相当する。本文では引舟。

五　まこも。沼や沢に生えるススキに似た多年草。葉でむしろを織る。時にはワラのものもさす。コモを張りめぐらした小屋。角力などの見世物は、コモ張りの仮設の小屋で行なわれた。

六　角力や芝居など興行場の出入口。

前に[一]木戸番台あり、菰張りの上に取組の[二]張出し、[三]白張《しらは》り紋付きの[四]櫓提灯《やぐらぢょうちん》を吊り、下手《しもて》の方《ほう》に[五]よしず張りの[六]水茶屋、よき所に菰張りの[七]四斗樽《よんとだる》をおき、他にも二、三の空《あき》樽あり。[八]掛床几《かけしょうぎ》二脚。正面、川岸、[九]屋形船《やかたぶね》つなぎある。すべて堀江角力小屋前の体《てい》、櫓太鼓に賑やかなる合方にて幕あく）

（見物の[一〇]仕出し、大勢立っている。ト札売り、出て来て）

札売り　[一一]通り札〳〵。

見物　なんぼじゃ〳〵。

札売り　[一二]れそじゃ〳〵。

（ト[一三]小《こ》算盤《そろばん》にて見せる）

見物一　そりゃ高い、コレ。

札売り　[一四]めっそうな。[一五]七日目じゃわいのう。

（トまた算盤でする）

見物一　そんなら、これか。

札売り　負けもせい。

（ト札を買ううち、櫓、打ち切り、皆々、[一六]もや〳〵言うて、木戸口へ入る。床《ゆか》の浄瑠璃になる）

一　興行場などの木戸の番人が、入場者から木戸札を受け取るなど、出入り者を見張るためにしつらえられた台。
二　張り紙。張り札。
三　提灯などの、白紙を張っただけで無地のものをいうが、この場合、紋だけが描かれている。
四　角力場入口に吊る特別の提灯。
五　葦を編んで作った簀（よしず）で囲った。
六　江戸時代、路傍で湯茶などを供して人を休息させた店。色茶屋、料理茶屋に対していう。
七　酒を四斗（約七二リットル）詰めにした樽。その木製の樽を菰で包んだ。
八　腰を掛けて休むための長床几。
九　屋根の形を舟の上に設けたもの。川遊びなどの遊興用の舟。
一〇　⇩用語集
一一　始めから終わりまで、ずっと通して全部見られる入場券。
一二　それの倒語。
一三　小型の携帯用のそろばん。
一四　とんでもない。法外な。
一五　大坂では、角力の興行は元禄十五年（一七〇二）から晴天十日間行なわれるようになった。その七日目。後半の好取組が多くなるので、入場料が高くなるのは当然

〽みな〳〵打ち連れ急ぎゆく。藤屋吾妻が物思い、浮[一七]かぬ君をばすすめ込む。舟[一八]の一字の読み声や、曳舟外山《ひきふねとやま》が[一九]上調子《うわぢょうし》。

（トこのうち、吾妻、曳舟外山、仲居おもん、舟よりおりたる体《てい》にて上手より出る）

外山　なんと皆さん、角力へ行て押さりょうより、舟へ戻って一つ飲ましゃんせぬかえ。

吾妻　イエ〳〵、酒[二〇]おいてもらいましょう。

もん　ほんに、浮無瀬《うかむせ》のもや[二一]〳〵、吾妻主《す》[二二]の辛気《しんき》がらしゃんすも、道理でござんす。

外山　身に関わらぬわたしらさえ、苦になってならぬもの、そのはずじゃわいのう。

吾妻　あの時は、南与兵衛《なんよへえ》さんのい[二三]かいお世話。あのような頼もしいお方に、ちっと与五郎さんも、あやからしたいわいなア。それはそうと、今日《きょう》も首尾してちょっとおいでと、文《ふみ》に委《くわ》しゅう知らせし程に、与五郎さん、もう見えそうなものじゃなア。

だという木戸番の言い分。

口で金額を言わず、そろばん玉をお互いに動かして、値段の掛け引きをする風習を写したもの。

一六　ゴチャゴチャ。はっきりとしたセリフにならないようなことを言いながら。

一七　心配ごとなどがあって心が晴ればれしない遊女を、無理にすすめて舟にのせて、ここまで連れて来たの意。

一八　舟は〈授〉に通じてススムの意をもつ（詩経、大雅、公劉「何以舟レ之」など）ので、附会したもの。謡曲「自然居士」にも〽しかればふねの舩の字を公に舟（すすむ）と書きたり」とある。「読み声」は漢字の訓読のこと。

一九　三味線二梃以上の合奏の時、地の乙音に対して、替手を甲音にすることであるが、ここでは、曳舟外山が、ふさいでいる吾妻を元気づけようと、調子よくの意。

二〇　やめる。やめてもらう。

二一　前出（五〇頁注一六）と少し意味がちがう。あれやこれや（あまり良くない）の出来事。

二二　前出、二六頁注六参照。

二三　大変な。大きい。沢山の。

もん　ほんに気の揉《も》ましようじゃわいなア。

（トこの時、御座船《ござふね》[一]の障子をあけ、与五郎顔を出す）

与五郎　エヘン〳〵。与兵衛どのにあやかりましょ。

（ト吾妻、気がつき）

吾妻　お前は、与五郎さん。

与五郎　ハイ〳〵。これからは、頼もしい人に、なりましょ〳〵。

外山　ほんに、性わるな与五郎さん、なぜ隠れていさんすのじゃいなア。

与五郎　されば[二]〳〵、さっきにから来ているけれど、意地悪の郷左衛門や有右衛門が付き張って[三]、浮無瀬の意趣[四]を晴らそうとしているゆえ、長五郎が角力しまい次第来るであろうと思うて、待っているのじゃわいなア。

もん　そんなことなら、もっともじゃわいなア。

吾妻　それ〳〵、濡髪さんさえ居やしゃんすりゃ、千人力じゃなア。

与五郎　あの濡髪は、こちの親父《おやじ》の大気に入りで、家来筋[五]の者じゃによって、この中《じゅう》[六]から身請けのことも頼んでおいた。したが、ひょっと角力が果てぬうちに、意地悪めが来おったら悪いによって、舟の中に隠れて居ようわいなア。

もん　そんなら吾妻主《す》も、人の見ぬように、ちゃっと[七]あの舟に乗ってなア、

一　本来は貴人が乗る船。ここでは屋形船（五〇頁のト書きには「屋形船」とある。注九参照）。
二　サアレバの約。だから。（相手の言葉に答えて）だからさ。そう。さよう。
三　つきっきりで見張っている。常に付き添っている。
四　恨み。
五　家来の家筋。もう少し広げて家来同様の者をいう。
六　この間じゅう。近頃ずっと。この間から。
七　さっさと。すばやく。

合点《がてん》かえ。
吾妻　そんならアノ、舟へ行くほどに、頼んだぞえ。
外山　あとはわたしが、[八]呑《の》み込んでいるわいなア。
吾妻　そんなら、頼んだぞえ。
外山　ソレ太夫《たゆう》さん、貸しますぞえ。
（ト吾妻を舟へ乗せ、思い入れあって）
もん　与五郎さんも吾妻さんも、[九]しっぽりとお楽しみなされませ。[一〇]あとの行司はわたしらが役。
外山　西は、与五郎主《す》〳〵。
もん　東は、吾妻主《す》〳〵。
両人　ヤっと、お取りなされえ。
〽障子ぴしゃり、さすが廓《くるわ》の[一一]手だれ者、[一二]悪性《あくしょう》仲間ぞ頼もしき。
（ト船の障子をしめる。外山、おもん、上手へ入る）
〽東の方《かた》から[一三]息せきと、歩き来たるは与五郎の父親、[一四]吾妻からげの山

八　前出、三〇頁注一参照。
九　十分に湿気を含んだ様子。転じて男女の仲のむつまじいさま。
一〇　その後の成り行きを見守り、勝負を判定する役。角力場での洒落で行司と言った。
一一　てだりの転。腕前のすぐれていること、またその者。経験にとんだ熟練者。手なれた者。
一二　（性質・行状の）たちの悪いこと、から転じて、遊び仲間。遊所での友達。
一三　息をはずますこと。
一四　着物の裾をからげて帯にはさむこと。

崎与次兵衛。

（ト花道より与次兵衛に手代久三、丁稚治郎吉ついて出る）

治郎吉　申し〳〵旦那さん、ちとお休みなされませんか。

久三　肩も足も、たまりませんでござります。

与次　エヽ、きたない[一]奴《やつ》らじゃ。道ならたった七、八里[二]、山崎[三]から一息。それにちょこ〳〵休んだら、茶の銭がたまらん。幸いここは角力小屋の前じゃ、そんなら、ちょっとの間《ま》休んでやろうか。

（ト床几に腰をかける。亭主、茶を持ち出る）

亭主　お茶、あげましょう。

与次　イヤ、飲みとうござらぬ。コレ、火を借りるばかりじゃぞや。イヤ亭主、角力は、きつい繁昌じゃの。

亭主　ハイ、今日《きょう》は、濡髪と、相引《あいびき》のはずでござりましたが、相引に痛み[四]が出来たので、アヽ、何とやらいう屋敷の、お抱えの角力取りが、取るはずでござりまするが、ちと御見物なされませぬか。

与次　オヽ、今日《きょう》は、濡髪が取りおりますか。イヤ〳〵、角力見物の銭つかわずに、濡髪にやれば、結構な正月ができる。まちっとここに休んでいて、

一　腹ぐろい。恥をしらない。なさけない。

二　一里は約三・九キロ、八里で三一・二キロ。山崎から大坂までの距離。

三　前出、二六頁注三参照。

四　痛むこと。ここでは、病気か怪我で相撲を休むこと。

評判聞けば、見たも同じことじゃ。

（トこのうち花道より、[五]白台《しらだい》に[六]巻きもの、[七]青ざし、などを若い者に持たせ、手代庄八出る）

庄八　エイサッサ〱。

若い者　[八]ささまめこ、あずまめこ。

庄八　やれ急ぎ。

皆々　エイサッサ〱。

（ト本舞台へ来る）

与次　コリャ〱、庄八めじゃないか。

（ト庄八びっくりして）

庄八　ヤア、[九]親旦那様。お前様、マア、お駕籠《かご》にも召しませず、どこへおいでなされます。

与次　ハハア、やるわ〱。なんじゃ、エイサッサ、ささまめこ、あずまめこことは、あきれるわやい。与五郎めは、どこにいるぞ。

庄八　イエ、若旦那は。

与次　どこにいるぞ、[一〇]ぬかさんか。おおかた新町《しんまち》の[一一]傾城《けいせい》どもに鼻毛を読まれているのであろう。エイサッサ、ささまめことは、何のことじゃ。ヤイ山

五　木地のままの、塗りのしていない、ものをのせる台。三方。
六　軸にまいた反物。
七　青い麻縄で造った銭差し（銭の穴に通して束ねるのに用いたひも）。ここでは、その麻縄で差した銭のこと。
八　景気づけのための掛け声。十日戎（えびす）の小宝を結びつけた笹をかついで囃し歩く時の文句。
九　家の親主人の敬称。若旦那に対する。
一〇　吐かす。言う。言わないか。
一一　最高級の遊女だけを指す呼称であったが、その他の女郎もそう呼ぶようになって来た。

崎からここまで、一人前《ひとりまえ》[一]三十ずつ乗合に乗ると、三人で九十。その乗合にさえ親はエ、乗らぬに。(ト船に目をつけ思い入れ) 息子どのは、あのような御座船に乗りちらし、お山[二]といっしょに酒を飲み、ささまめこでもあろうがの……。サア、与五郎めをつれて来い。どこにおるぞ。

(トこのうち庄八、こなしあって)

庄八　ハイ、若旦那は今朝《けさ》から角力見物……とおっしゃったれど、いこう[三]頭痛がして、目が舞うような。これではたまらぬ。おおかた親父《おやじ》様もお待ちかねなされてござるであろうよって、すぐに山崎へお帰りなされました……。ハイ、この進物[四]は、こりゃ、おれが遣《や》るのではない。蔵屋敷[五]から言《こと》伝《づか》ったのじゃほどに、長五郎に渡して、受け取りを取って、お蔵屋敷へ渡して、私はあとから。

(トどぎ〳〵[六]言う)

与次　ムウ、なんじゃ。与五郎は病気で山崎へ去《い》んだか。

庄八　ハイ、お帰りなされてでござりました。

与次　その進物は、蔵屋敷のじゃな。

庄八　左様でござりまする。

与次　なんとしょう。病気とあれば是非がない。おおかた小さい時からの虫[七]

一　一人前三十文ずつの乗合船にのると。一文は銭一枚、一銭。
二　上方語で遊女のことをいう。
三　大変。甚だしく。ひどく。
四　進上する物品。おくりもの。
五　江戸時代、諸大名が貨幣入手の必要から、領内の米穀その他の物産の貯蔵と販売のため、江戸や大坂などに出張所として設けた屋敷のこと。
六　うろたえるさま。どぎまぎ。
七　子供の体質が弱いために起こる諸種の病気を広く「虫」という。その虫のためであろう。

の業《わざ》であろう。そんなら、おれもすぐに……。よいわ、[八]辻駕籠《つじかご》でぼっ[九]立ちょう。コリャ庄八、長五郎に逢《お》うたら、おれもちと用があって下[一〇]ったけれど、与五郎が病気ゆえ、折[一一]れ帰りに去《い》ぬるによって、角力をしまい次第、見舞いがてら来いと言え。いよ〳〵与五郎は病気じゃの。

庄八　ハイ。

与次　進物は、蔵屋敷のに違いはないか。

庄八　ハイ。

与次　エ、、これほどに。

（ト御座船をにらみ、庄八と顔を見合わせ）

与次　ドリャ、去《い》のうか。

〽たしかにそうと舟の内、かんじん要《かなめ》の所をば、言[一二]わぬ心の親骨に、たたみ込んでぞ帰りける。

（ト与次兵衛たち、花道へ入る。船の障子をあけ）

与五郎　あっぱれ、作[一三]者並木庄八、でかした〳〵。

庄八　毛[一四]虫の親旦那を、さきへお帰し申したれば。

八　町の辻で待っていて、客を乗せる駕籠のこと。町駕籠ともいう。

九　本来なら往路のように歩いて帰るところを、辻駕籠にのっていそいで出発しよう。

一〇　やって来た。京都を上とし、大坂の方へ来るのを下るという。

一一　折れて元の方へ帰る。ひっかえす。来て、すぐ戻ること。

一二　舟の中に与五郎がいることは察しているが、それと言わずに帰ることを、要、親骨、たたむなど扇の縁語でまとめている。本文では、ここで与次兵衛が濡髪に扇を贈る。その扇にかこつけて、息子へ意見をする。「梗概」参照。

一三　人形浄瑠璃や歌舞伎の作者として有名な並木正三をもじって並木庄八と言った。

一四　気にくわない嫌なもののたとえ。父、兄、諫臣、番頭などの称。

与五郎　もうこわいことはない。皆来い、皆来い。

（ト上手にて、外山、おもん）

外山・もん　だんない[一]かえ。

（ト与五郎、吾妻、舟より上がり、外山、おもん、上手より出る）

吾妻　ほんにマア庄八主《す》いかい働き、もうわしゃ怖《こお》うて、震うていたわいなア。

庄八　しかし、今のように言うて親旦那をお帰し申したれば。

与五郎　今夜中に去《い》なずば、またやかましかろう。太夫が身請けを今夜中にせにゃならぬようになったと、濡髪に言うてくれいよ。

庄八　畏《かしこ》まりました。そんならこの進物を、早う関取へ。

与五郎　オヽ、早う持って行け、持って行け。

庄八　ヘイ、ソレ、エイサッサ。

（ト庄八と若い者、木戸口へ入る。なかで、大勢の声になる）

与五郎　ドレ、わしもちょっと、濡髪の今日《きょう》の角力を見ねば虫[二]が落ち着かぬ。コレ、吾妻、九軒《くけん》[三]で待っていや。

吾妻　そんなら、きっとじゃぞえ。

与五郎　今夜中に、身請け〳〵。

一　大事ないの約。差支えない。かまわない。

二　古くは心の中に考えや感情をひき起こす虫がいると考えられていた。気が落ちつかない。

三　新町遊廓北部に位置し、新町堀の西にある町、九軒町（くけんちょう）。もとは花街の余地で、商客が廓から妓女をよんで供応したことから揚屋町になったとする説と、玉造の九軒茶屋を引き移したとする説があって、その由来は不明。明暦元年（一六五五）の大坂三郷町絵図にはすでにその町名がみえる。現在の大阪市西区新町、新町北公園の辺り。本来は町名であるが、ここでは馴染みの茶屋か料理屋をさしているようだ。本文では「九軒の井筒屋」としている。特定の店名をあげることをさけたのかも知れない。

（ト与五郎、木戸口へ入る）
外山　これから、すぐに九軒へ。
吾妻　そんなら与五郎さん、待っているぞえ。
外山　サア、[四]ござんせいなア。
（ト[五]流行唄《はやりうた》にて、吾妻先に、三人向こうへ入る。櫓太鼓になり）
呼出しの声　東イ、濡髪、濡髪、西イ、放駒、放駒。
（ト見物人のどよめき）
行司の声　東西、[六]角力番数《ばんかず》も取り進みましたる所、こなた、濡髪、濡髪、片や、放駒、放駒。この一番にて、今日《こんにち》の打ち止め。
（ト声に応じて、また〳〵見物人のどよめき。このうち、茶店の亭主出で、あたりへ水を打つなどして、そっと小屋をのぞきに行くしぐさなどあり。この間に、うちにては取組はじまりし模様にて、見物人しきりに騒ぐ。その騒ぎの間に）
行司の声　放駒。
（ト言うに応じて、ウアッーという歓声。[七]かんから太鼓の音。亭主も意外なる面持ちで茶店に入る。小屋の中から群衆出る）
群衆　長吉勝った。長吉勝った。

四　いらっしゃいよ。
五　下座音楽の一。当時流行した歌を用いた。
六　行司の名乗り。今日でもそのまま踏襲されている。「角力の取組を次々と進行してきましたが、この一番で、本日は終了です」。
七　打つと、カンカラと高い音のする小さな太鼓のこと。

(ト囃《はや》し立てながら出で、上《かみ》[一]、下《しも》に分かれて入る。これが去ると、小屋の中より)

郷左・有右　ヨウ〳〵、関取様〳〵。

(ト唄合方賑やかに出で来る。その後《あと》より放駒の長吉、好みの拵《こしら》え、よろしく従い来る。亭主は、これらを捨てぜりふで迎え、茶を出すなどする)

郷左　ア、関取、手柄〳〵。

有右　放駒、きょうとい[二]〳〵。イヤ、郷左どの、吾妻が身請けの儀も、埒《らち》[三]の明く瑞相《ずいそう》[四]。与五郎めが腰押し[五]の濡髪に、勝ってくれたは、めでたい〳〵。なんと祝《いお》うて、ひとつたべ[六]ましょうか。

郷左　拙者が思う壺《つぼ》。飛び入りというては、濡髪が立ち合わぬ[七]は定《じょう》[八]のもの。そこをぬからず、米屋の息子長吉を、抱えの角力、放駒と偽り、名乗りをあげたればこそ、今の角力に勝ったる手柄、いよ〳〵太夫が身請けの世話も、頼むぞや。

長吉　なるほど、諸事[九]、私が呑み込んでおりまする。濡髪〳〵と相手になる者もないように申してましたが、立ち合って見れば、ヘエ、、見る[一〇]と聞くとでござりまするてや。

一　上手、下手(⇩用語集)。
二　本来は、けうとい(気疎い)で、うとましい、気味がわるいの意。それが転じて、恐ろしい、びっくりする、更に、びっくりする程に立派な、えらいなどのほめ言葉になる。
三　仕事がはかどる。きまりがつく。
四　めでたいしるし。
五　後方から力を添えること。しりおし。
六　食うの丁寧語。ここでは祝いの酒を飲むこと。
七　勝負をしない。
八　決まっていること。
九　いろいろのこと。すべての物事。万事。
一〇　諺。実際に見たことと話に聞いていたことでは大きな差異がある。

郷左　ときに有右衛門どの、かねてよりお頼み申せし長吉へつかわす衣裳は、どうなりましたな。

有右　その儀なれば、仕立屋へ申しつけ、[一一]大宝寺町《だいほうじまち》の米屋長吉方まで、届けさせておきました。

郷左　これは[一二]千万《せんばん》　忝《かたじけな》い。コレ長吉、身共はこれより有右氏《うじ》と[一三]生洲《いけす》へ参るが、そなたも一緒に来てはくれまいか。

長吉　ありがとうござります。私もその頂戴物の衣裳と着替え、じきお後から参りまする。

郷左　しからば我々は先へ参り、そなたの来るのを待つといたそう。

長吉　左様なれば、お二人様。

郷左・有右　待っているぞ。

長吉　後刻お目にかかりまする。

（ト行きかける）

郷左　コリャ〳〵長吉。天下の力士がそのようにチョコチョコ歩きをせずと、もっと威張って参れ。

長吉　威張って行けとおっしゃって、どないにいたすのでござります。

郷左　しからば、拙者が教えて遣わそう。ソレ、右の足からズシン、左の足

一一　町域は南北の佐野屋橋筋と九之助橋通り交差点を中心に南北にほぼ半町ずつ、九之助橋通りの西側町。町名は明暦元年（一六五五）から確認される。かつてここに大宝寺があったことに由来する。現在の大阪市中央区西心斎橋二丁目付近。大丸とそごう百貨店の西、御堂筋の向かい側にあたる。長吉の実家の米屋があるという設定。原作では、このあとの四段目が「大宝寺町米屋の段」で、長吉の姉おせきが、喧嘩好きの弟を改心させる場面がある。相撲場とはそう遠くない場所。

一二　数量の極めて多いこと。いろいろ。はなはだ。

一三　生簀。漁獲した魚や料理などに使う魚を生かしておく所。ここでは、そうした生洲のある馴染みの料理屋のことを店の名前の愛称のように使ったのであろう。はっきりと店の名を出すことをさけたのであろう。

堀江の相撲場、長吉の住居の大宝寺町、そして九軒、生洲はいずれも、そう遠くない範囲にあったとみてよい。

もズシン。ズシン〳〵と、こう歩くのじゃ。

（ト教える）

長吉　そんなら、こうでござりますか。右の足からズシン、左の足もズシン。

ズシン〳〵。

（トまねをして、二足《ふたあし》三足《みあし》いばって歩き）

長吉　お二人様、やっぱりこのほうが勝手でござります。

（ト駆けて入る）

郷左　イヤ、長吉は偉い奴じゃ。場所で勝ってもあのように、チョコチョコ歩きの如才[一]なさ。

有右　したが、日ごろは濡髪で候の、大関で候のと申しても、今日《こんにち》長吉との取組は、猫ににらまれた鼠《ねずみ》同然。

郷左　イヤモウ、他愛もないあの負けよう。あの放駒こそ、[二]日《ひ》の下開山《したかいざん》は請け合いじゃ。

有右　請け合いと申せば郷左衛門どの、ああして吾妻の身請けのことは長吉に請け合わせしが、金の工面はようござるか。

郷左　そこに抜かりがござろうか、当座の工面は、これなる一品《ひとしな》。

（トあたりを見回し、携え来たりし包みを出す。中は[三]蒔絵《まきえ》の箱なり）

一　ぬかりのない。ぬけめのない。

二　日の下は天下のことをいい、開山は開祖の称である。武芸・相撲などで天下無双であること。カイサンが正しいが、カイザンとごることの方が多い。

三　漆器の表面に、漆で描いた文様を、乾かぬうちに上から金・銀・錫・色粉などを蒔（ま）き、塗り固めてから特殊な方法で研ぎ出したもの。日本独自の漆工美術。その蒔絵をほどこした箱。お家の重宝である。

有右　ヤッ、コリャこれ、お家の。
郷左　シーッ、これにて吾妻の身請けが済めば、拙者も果報[四]、彼めも果報、仲立《なかだち》役の御貴殿とて。
有右　阿呆《あほう》〳〵と[五]風吹烏《かざふきがらす》が、指をくわえて鳴くでござろう。
郷左　それも暫時の御辛抱。これから生洲へ繰り込んで。
有右　[六]思い入れ羽《はね》を。
郷左・有右　のばすといたそう。
（ト合方にて入る。これを見送りながら、木戸口より与五郎立ち出で）
与五郎　エヽ、何じゃい、そないにぽん〳〵言いくさるな。今聞いていれば長吉が勝ったゆえ、吾妻の身請けの埒明く[七]吉左右《きっそう》じゃなんのと、なんぼ長吉が勝っても、吾妻の身請けのことなれば、[八]団扇《うちわ》はこっちへ上がっているわい。なんじゃ阿呆《あほ》らしい。それはそうと、あの濡髪は何をしていることじゃやら、待ち久しいことじゃなア。
〽思案に暮れているところへ、木戸口より濡髪長五郎。

四　（以前やったことに対する報いの意）その人に巡って来る、いい運。幸運。
五　（風に吹かれてただよう烏の意）遊里のひやかし客や、見すぼらしい浮浪人をあざけって言う語。郷左衛門に対して、あなたは希望がかなって御機嫌だが、私の方は何もいい事はない、と一寸すねて皮肉を言う。
六　思うさま。思う存分。「羽をのばす」は抑圧された状態から自由になって、自分の思うようにふるまうこと。ここでは、しっかり飲もうという意味。
七　よいたより。喜ばしいしらせ。
八　軍配団扇。角力場の縁で、軍配はこちらに上がっている。勝負はついている。

(ト[一]角力太鼓米山《よねやま》になり、濡髪長五郎出で来る。あとより団子山、風呂敷包みの[二]場所着をかつぎ、従い出る)

長五郎　モシ若旦那〳〵、コレサ若旦那。それにおいでなされましたか。

(ト与五郎、濡髪を見て)

与五郎　オ、濡髪〳〵、待っていたわいなア。まあここへ掛けてたも、まあここへ掛けてたも。コレ濡髪、今日《きょう》の角力、ありゃ一体、どうしたのじゃぞいなア。

長五郎　ハテ、勝つも負けるも時の運。何もそのようにお案じなさることは、ござりませぬ。コレ、茶店の〳〵。

(ト亭主、茶店より出て)

亭主　へイ〳〵、何ぞ御用でござりまするか。

長五郎　[三]こんた済まんが大宝寺町の長吉の家へ行て、わしと言わずに、放駒にちょっと逢いたいと、誰やらが待っていると言うて、返事を聞かせて下され。

亭主　へイ〳〵、畏まりました。左様なら、行て参りまする。では店をお頼み申します。

(ト合方にて向こうへ入る)

一　下座音楽鳴物の一。角力場の櫓（やぐら）で打つ太鼓をアレンジしたもの。それに、柏崎出身の米山という角力取りが江戸で歌い出し、当時流行した「米山甚句」をかぶせて歌う。立派な力士がゆったりと出る時などに用いる。

二　場所は角力を興行する所。力士が相撲場の準備の部屋ではおる着物。

三　二人称コナタの転。対等か目下の人に使う。あなた。おまえ。

与五郎　コレ濡髪、今日《きょう》そなたが負けたので、それにあの郷左衛門や有右衛門めが、放駒を訾めくさる胸[四]の悪さ。吾妻が身請けの埒明く吉左右じゃなぞと言うて、喜びくさるゆえ、わしは思う存分言おうと思うたなれど、向こうは強し、わしは弱し。とかく吾妻のことが気になるうえ、力[五]と思うそなたは負ける。こりゃマア、どうしたらよかろうぞいのう。

長五郎　イヤ、お気遣いなされますな。今長吉を呼びにやりましたれば、お前様のお気の晴れるようにいたしまする。御安心なされませ。

与五郎　そんならそなたは、引き受けてくりゃったとおり、わしの方へ吾妻の身請けを。

長五郎　もとよりのこと、あなたのお顔のつぶれるようにはいたしませぬ。

与五郎　そんならほんまに、引き受けてた[六]もるのう。

長五郎　改め申すまでもなく、大恩受けた与次兵衛様の若旦那、この長五郎が引き受けましたからは、大船に乗った気でおいでなされませ。

（ト花道より亭主、早足で戻り来たり）

亭主　関取、行て参りました。放駒関には今すぐに行くとおっしゃいました。

長五郎　それはいかい世話でご[七]んした。若旦那、お聞きのとおり、私は放駒と話をして、じきにあとより参りますれば、一足《ひとあし》お先へ。

四　気分が悪い。
五　たよりにする。
六（タマワルの約転）くださる。相手に更に命令形の意味をもって、してくださいの行動をうながす語。二六頁注一参照。
七（ゴザンスの約）角力取りなどが、言葉尻に用いた。ございました。

与五郎　そんなら、わしは九軒[一]へ行て、そなたの来るのを待っているぞや。
（ト立ち上がる）
長五郎　ア、ちょっとお待ちなされませ。御亭主、もう一度頼まれて下され。
亭主　なんぞ御用でござりまするか。
長五郎　御苦労ながら若旦那を、九軒まで送っては下さらぬか。
亭主　ヘイ〳〵、では若旦那様。お供いたしましょう。
与五郎　そなたわしを送ってたもるか。大儀じゃのう。そんなら濡髪、待っているぞや。
（ト花道へ行き）
亭主　モシ若旦那、あれ御覧《ごろう》じませ。なんと濡髪関のりっぱなこと。髪の結いよう、着物の工合、まるで錦絵[二]のようでござりまするな。
与五郎　そうじゃ〳〵。わが身は濡髪が贔屓《ひいき》に見えるな。
亭主　ヘイ、大の贔屓でござりまする。私どもの店が繁昌いたしまするも皆関取のおかげ、私のためには神様のようなものでござります。
与五郎　そうか。贔屓か、アノ、ほんまに贔屓か。
（ト嬉しそうに、わが煙草入れを渡し）
与五郎　コレやろう、提げて下んせ。

一　前出、五八頁注三参照。
二　浮世絵版画のうちでも、特に華麗な多色刷りのものをいう。

亭主　これはマア結構なものをありがとうございます。
（ト喜び、いただく）
与五郎　ああしているところを見やんせ、よい男じゃの。
亭主　イヤモウ、土俵へ上がった所は、鬼でもかないませぬ。
（ト追従らしく言う）
与五郎　エ、、鬼ぐらいがかなうもんかいの、およそ鎮西八郎《ちんぜいはちろう》[三]この方の前髪《まえがみ》[四]じゃて。
亭主　イエ〳〵まっと強うござりまする。
与五郎　強いなア。
（トなんぞやりたいという思い入れあって、脱ぎかけた羽織に気がつき）
与五郎　これ、着やんせ。
亭主　これはありがたい。サア、おいでなされませ。
（ト亭主が腰にさげている手《て》拭《ぬぐ》いにて、頬《ほお》かむりをして）
与五郎　お前、さきに行て下んせ。
亭主　そりゃ申し、なぜでござります。
与五郎　関取が負けたので、わしゃ、顔を見られるのが恥ずかしい。＊

三　平安時代末期の武将で、源為義の第八子、源為朝のこと。筑紫におわれて鎮西八郎と称した。豪勇無双で、特に射術に長じていた。保元の乱に父為義に従って崇徳上皇に味方し、敗れて伊豆の大島に流されたが、その伊豆諸島を略取して武勇を轟かせた。嘉応二年（一一七〇）工藤茂光の討伐軍と戦って自刃した。

四　元服前の若男の称。力士は髪を大銀杏に結うため、月代（さかやき）を剃らず、前髪を残していた。

＊　若旦那の与五郎は、上方歌舞伎の二枚目つっころばしの典型的な役である。この場も役者によって、いろいろな演出がある。自分の贔屓の濡髪がほめられると、次次と持物を与える。亭主がそれを期待してほめつづけるが、「もうあげるもんないわ」と言ってとめる場合もある。この台本では、恥ずかしがって頬かむりをして一人で花道を入るが、つっころばし役としては、やや自制的な演出。濡髪の大きさを誇張するために、彼の場所着をとり出して、亭主と与五郎が片腕ずつ通し、二人で着て、帯をしめ、よたよたしながら花道を入る演出もある。

（ト頬かむりして向こうへ入る。亭主見送り）

亭主　ア、若旦那はよっぽど関取がお好きとみえるなア、モシ若旦那〳〵。

（ト追うて入る）

長五郎　若いお人という者は、他愛のない者じゃなア。ヤイ、団子山。団子山。

（ト団子山、居ねむりしているので、びっくりして飛びのき）

団子山　ヨイショ。

（ト身構える）

長五郎　なにを寝ぼけているのじゃ。若旦那が九軒へ行っておいでなさる。お一人では淋しかろう。われ[一]も行ってお取り持ちせい。

団子山　アイ、合点《がってん》でござんす。

（ト下手へ来て）

団子山　待てよ、今日《きょう》の角力に日本一と呼ばれるおらが関取が、何の苦もなく土俵の外へ持ち出されたが、飛び入りの放駒に負けては面目ないといって、出入《でい》り[二]でもはじめる気か。ただし[三]弟子にでもなる了簡《りょうけん》[四]か、さっぽりわからぬわえ。

長五郎　エヽ、何をぐず〳〵言うているのだ。

一　二人称。おまえ。
二　もめごと。けんか。
三　ただしまた。それとも。
四　考えをめぐらすこと。所存。ここでは、弟子にでもなるつもりなのか。

団子山　イエナニ、明日《あす》の投げ手を考えているところでござります。どうしてもおらが親方の。
長五郎　エ、早う行けと言うに。
団子山　行くは行きますが、親方より放駒のほうが余程《よっぽど》。
長五郎　どうしたと。
団子山　強くも何ともありゃしません。
（トよろしくあって向こうへ入る）
長五郎　まあ、いかに若いと言いながら、懐《ふところ》育ち五の若旦那、親御様の御苦労なさるも御もっとも、これを思えば世の中に、子は三界《さんがい》六の首かせとは、よくいった譬《たと》えじゃな。それにつけても、あの長吉は何してぞ、もう見えそうなものじゃな。
〽はや黄昏《たそがれ》の浜側七や、茶店目あてに放駒。
（ト唄になり、長吉拵《こしら》えよろしく早足にて来たり、茶店の桶の水を飲み）
長吉　コレ茶店の衆〳〵、この長吉に用事があるとは、どこの誰じゃ。

五　親のそばで育って世なれぬこと。
六　三界は一切衆生の生死輪廻する欲界、色界、無色界の三種の世界、または三千大千世界のことをいう。首枷（くびかせ）は罪人の首にはめ、自由に動けないようにする刑具。転じて自由を束縛するもの、係累、きずな。つまり、子は三界を通じて、切っても切れぬキズナであることを言った言葉。
七　大坂では、浜は海岸ではなく、河岸のことをいう。川べり、河岸っぷち。

長五郎　わしじゃ、濡髪の長五郎でごんす。

長吉　オヽ、使いによこしたは関取、こなはん[一]でごんしたか。

長五郎　ちとこなはんに頼みたいこともあり、またほかに話さにゃならぬこともあり、まあ、ここへ掛けて下んせ。

長吉　そんなら関取、ゆるさんせや。

〽腰うちかける前髪同士、すは[二]事こそと見えにける。

長五郎　イヤナニ長吉どん、名前は常々聞いてはいたれど、しみじみ逢《お》うたは今日《きょう》の角力、さて強い身あんばい[三]、小手《こて》[四]のききよう。イヤモウ達者なことじゃ、えらいもんじゃ。

長吉　コレ〳〵関取、わしに話したいことがあると言うて、人をよこさんしたは、そんなことでごんしたのか。

長五郎　イヤ、頼みたいというはほかでもない。今日《きょう》桟敷で見物していた侍客、ありゃ、お主《ぬし》の客そうな。

長吉　アヽ、あのお侍でごんすか。あれはこの長吉が贔屓になる、さるお屋敷のお侍、それが何としましたな。

一　コナタさん。あなた。
二　さあ、何か起こるぞ。大事になるかも知れない。
三　身体（からだ）のもってゆきよう。身体の処理の仕方。角力のやり方をいう。
四　手首。手先がよく動く。これも角力のやり方をほめた言葉。

長五郎　イヤ、何ともせんが、そのお侍がこの間、新町の藤屋の吾妻どんを身請けの相談。その吾妻どんには[五]さきから馴染み、すなわち、わしが親方筋の人、[六]若い人なり、ことには[七]部屋住みゆえ、身請けの金、サ、まあ、わが物でわが物ならぬゆえ、金の工面することも、まあ四、五日はかかる。そのうちこなはんのかの客に請け出されては、とサア、そこが今の若い同士なり、なんぞ言い交わした[八]詞《ことば》が立たぬとやら、なんじゃやら、まあ、あるそうな。そこでわしは家来筋のことなり、こりゃ濡髪、あっちへやっては、おれが[九]立たぬ程に、そなたが先の客に逢《お》うて、断わり言うてこなたへ請け出させてくれと、イヤモウ、ほんの子供のような若いお人、わしじゃというて、そのお侍に近づきではなし、どうしょうぞと思う折から、こなはんと今日《きょう》の立ち合い、これ幸い、若い同士、大坂同士。そのお侍の[一〇]お気に立たぬように、どうぞこなはんの取り持ちで、そちの身請けを[一一]変替《へんが》えしてはくれまいか。頼みというは、こういう訳でごんす。

長吉　コレ〳〵濡髪どん、こなはんの親方筋の若旦那〳〵と言わんすが、山崎屋の与五郎どんのこってごんすか。

長五郎　オヽ、そうじゃ。よう知っていやんのう。

長吉　アイ、知っていやんす〳〵、その与五郎どんのことについて、吾妻ど

五　以前。むかしから。
六　まだ大人になり切らない。子供っぽい人。
七　嫡男のまだ家督を相続しない間の身分。
八　約束したことが守れない。
九　面目が立たない。恥ずかしくて顔が合わせられない。相済まない。
一〇　不愉快になられぬように。お怒りにならないように。
一一　変改（へんがい）の訛り。一度きめたことを変更すること。

んの身請けの相談、わしも成程、侍衆に頼まれて、金の工面するうち、与五郎どんに請け出されては立たぬ程に、長吉頼む、ことに向こうは濡髪が肩持つ程に、われに頼むと、頼まれました。わしもまた与五郎どんとやらと吾妻どんばかりなら、侍衆に断わり言うて、イヤそんなことは嫌でござりますと、言うまいものでもなけれども、なまなか濡髪が肩持ったといっては、どうやらわしが、こなはんがこわさに一へり口《ぐち》言うと思われても面倒さに……、また友達仲間へもそんなものじゃごんせぬかい。

長五郎　あっぱれ男、が、そこじゃて。

長吉　どこじゃてな。

長五郎　サア、そこが男同士、言い出しかねる今の頼み、よく〱のことなればこそ。今日《きょう》の角力に放駒と名乗りをあげたのを見れば、長吉どん、こなはんじゃ。これ幸い、と立ち合《お》うて、行司が団扇《うちわ》をあげると、おれが左をあげて、こなはんが右を差し、二相四つになってズル〱〱。エヽ、大概わかりそうなものじゃないか。

長吉　コレ〱、最前から聞いていれば、こなはんが左をあげ、わしが右を差し込んで、相四つになってズル〱〱、ズル〱〱と言わんすなア。こなはんが左をあげ、わしが右を差し込み、相四つになって、ズルズ

一　負けおしみ。へらずぐち。
二　相撲で、両者の得意な差し手が同じ場合をいう語。双方が両手を差し合って組み合うこと。四つの体勢になること。

ル〱。アッ、読めた。今日《きょう》の角力、ありゃこなはんが振[三]ったんじゃな。
長五郎　イヤ、そうじゃない。
長吉　イヤ、そうじゃ〱。振ったんじゃ〱。振ったのじゃ。こなはんは評判の取り手、わしは米屋の丁稚《でっち》あがり、及ばぬことと思うたなれど、土俵へ上がったその時は、おのれ血を吐くまでも、いちばんやろうと思いのほか、こなはんが左をあげ、わしが右を差し込み、相四つになってズルズルと持って出た。そのうちに団扇があがる。ハテ、合点《がてん》ゆかぬと思うたが、フム、さては今のことを頼もうと、こなはん、今日《きょう》の角力振ったんじゃ。
長五郎　イヤ、そうじゃない。
長吉　イヤ、振ったんじゃ〱、振[四]りさらしたんじゃ。そりゃ、む[五]さい。きたないぞや。コレ、長吉に頼むことがあるなら、土俵の砂をおれにつかませておいて、さて長吉、コウ〱と、頼むことなら面白い。引きはせぬ。それに何じゃい。こなはんの頼み方は、人《ひと》に物やっておいて、あとから金の無心を言うようなもの。そんなむさい、きたない長吉じゃごんせぬわい。コリャ関取にも、似合いませぬわい。
長五郎　コレサ長吉どん、こなはんのようにそう言わんすと、物事に角が立つぞよ。

三　捨てる。勝ちをゆずる。わざと負ける。
四　上方の俗語。「する」を卑しめて言う。
五　きたならしい。不潔だ。三八頁注四参照。

長吉　角が立ったら、どうするのじゃ。
長五郎　されば[一]いのう、与五郎様とそのお侍が、めっき[二]、しゃっき、こなはんとおれがいがみ合うは、喧嘩の地取り[三]をするようなもの。そちらの身請けも今日《きょう》、明日《あす》に、埒の明くでもなさそうな、こちらも二、三日のうちには埒[四]するはず。それじゃによって、長吉どん、こなはんを頼む。そっちの身請けのひまどるよう。
長吉　エヽ、どびつこい[五]。いやじゃわい。そのような工《ぐ》面師《めんし》[六]か、もがり[七]者の言うようなこと、いやじゃ〳〵、いやでごんす。

〽いやでごんすと言い放す。

長五郎　コレサ長吉どん、イヤサ長吉、あんまり、頤《おとがい》[八]がたたきすぎるぞよ。
長吉　たたきすぎたら、どうしたんじゃい。
長五郎　サ、与五郎様のことについては、この長五郎、命でも差しあげにゃならぬ筋がありゃこそ、男が手を下げて頼むのじゃ。
長吉　それをわしが知ったことかい。
長五郎　知らぬによって言うて聞かすのじゃ。アノ[九]ここな素《す》丁稚《でっち》[一〇]め。

一　相手の語を受けて答える言葉。だからさあ。
二　滅鬼積鬼。地獄の鬼の名。責め問い質すこと。角を突き合わせる。対立して争う。
三　家を建てる前、地面の区画をすること。下絵を描くこと。準備をすること。相撲の内稽古。
四　かたがつく。けりをつける。
五　ひつこいは「しつこい」の訛り。執拗な。ドは接頭語、罵る意を強める場合につける。喧嘩用の語意を強めるための接頭語。
六　工面は才覚、工夫、特に金銭の都合をつけること。金策をしてまわることを仕事とした者。
七　言いがかりをつけて金品を強請すること、またその者。ゆすり。
八　口がすぎる。
九　アノ＝話中のつなぎ詞。ここな＝ココナルのルの脱落。人をののしる時に用いる語。
一〇　ス＝他の語の上に付けて、軽蔑の意をこめ、ただの、みすぼらしい意を表わす語（三七頁注九参照）。丁稚＝デシ（弟子）の転。本来は職人または商人の家に年季奉公をする年少者だが、ここでは、年少者を卑しめて言ったもの。
一一　関西地方で「する」をののしっていう言いまわし（七三頁注四

（ト長吉の床几を蹴倒す）

長吉　エ、何さらす[一一]んじゃい。

（トすばやく酒樽を持ち出し、双方キッと見得）

長五郎　もうえい、もう頼まぬ、聞きわけのない奴にもの言うは、ほんの放[一二]駒の耳に風、ずいぶん[一三]侍の腰を押せ。

長吉　そりゃ知れたこと。これからは家の商いもかまわず、姉貴[一四]に勘当さりようとまま、ずいぶんこなはんの邪魔をしようわい。

長五郎　たとえ侍が抜いて切りかきょうが、どいつが抜いてかかろうが、額[一五]に濡髪、くさり[一六]鉢巻よりは確かな受け手、ちと切りにくかろうかい。

長吉　まだ鞍味《くらあじ》[一七]知らぬ放駒。人中で、馬乗りに遭《お》うたことがない。珍しゅう[一八]踏まれて見ようかい。

長五郎　見事《みんごと》見るか。

長吉　見ようかい。

（ト二人キッと見得）

〽たがいに悪口《あっこう》、にらみ合い、思わず持ったる茶碗《ちゃわん》と茶碗。

参照）。何をしやがる。

一二　俗諺「馬の耳に風」（人の意見に少しも感ぜず、聞き流す。何を言っても無駄の意）を、長吉の力士としての四股名「放駒」に掛けたもの。

一三　できるだけ。せいぜい。

一四　姉の尊敬語。親愛の意をこめて用いる。勘当＝主従・親子・子弟の縁を切ること。江戸時代には不良の子弟を除籍することも行なわれた。この場合、両親がいないので、姉がその権利を持っている。長吉はまだ前髪で元服していない。

一五　半紙を濡らし、それを入れて鉢巻をすると刃物が通りにくい。喧嘩の時に濡れ紙を額に当てていたので「濡れ紙」と仇名された相撲取りがあったことが『摂陽奇観』巻二十五の下にある。この作品はそれに拠っている（本書「解説」参照）。濡れ紙を濡れ髪とした。

一六　布地の鉢巻の内側に鎖を入れたもの。

一七　鞍の乗りごこち。放駒という名は、まだ鞍をつけて乗馬用に調教されていない暴れ馬の意。

一八　めったにないことだが、倒されてみようか。

（ト両人気味合い[一]）
長五郎　コレ長吉、この茶碗のように、物ごとがなア、まるくゆけば重畳《ちょうじょう》[二]。
　長五郎、長吉と、このように割れたれば。
（ト茶碗を握りつぶす。長吉も同じように茶碗をつぶそうとするが、
つぶれぬので、地面へ叩きつけ）
長吉　わしもまた、つがれぬ[三]角菱《かどびし》。
長五郎　そんなら長吉。
長吉　長五郎。
長五郎　重ねて。
両人　逢おう。
　〽別れて[四]こそは。
（ト引[五]っ張りの見得。柝《き》の頭《かしら》、米山《よねやま》になり、合方気味合いよろしく）

幕

一　気味合いの思い入れの略。互いに相手の心を推量しながら、自分の心中の表現を動きで表わす。
二　非常に好都合である。
三　「つがれぬ」は前の「割れたれば」につづく。二人の仲は割れた茶碗のように、つがれず、角ばった菱のようになったの意。
四　きっぱりと別れることを強調。
五　⇩用語集
六　現在大阪ミナミの地名として残っている難波の地名は、上古の浪速の名から出たのであるが、その後の推移は不詳。近世初期には、上難波、下難波に分かれていた。上難波は今の南船場の西部一帯に相当し、下難波は島の内から、新町、堀江を含み、今の難波新地および浪速区の北半一円の地の総称であった。元禄十三年（一七〇〇）に至って上下の称を廃して、道頓堀以南の地を難波村と称するようになった。難波村のうち市域に入れられた新開地を難波新地という。ここでは旧難波村、道頓堀の芝居小屋にほど近い場所、現在の浪速区難波中一丁目付近、高島屋百貨店の西側のあたりになる。
七　⇩用語集
八　大道具（⇩用語集）の一。刈りとった稲を積み重ねたもの。

三幕目　[六]難波《なんば》芝居《しばい》裏殺《うらころ》しの場

役名

濡髪長五郎《ぬれがみちょうごろう》
放駒長吉《はなれごまちょうきち》
藤屋吾妻《ふじやあづま》
井筒屋《いづつや》おまつ
平岡郷左衛門《ひらおかごうざえもん》
三原有右衛門《みはらありえもん》
駕籠屋《かごや》　下駄《げた》の市《いち》
同　野手《ので》の三《さん》

（本舞台。正面に畠の畦道《あぜみち》、後ろ一面の黒幕[七]。よき所に柳の立木、稲叢《いな》[八]、上下《かみしも》は藪畳《やぶだたみ》[九]、すべて難波芝居裏の体《てい》、芝居の鳴物に風音《かざおと》[一〇]をかぶせて幕あく）

（ト早目の合方[一一]になり、花道より郷左衛門、有右衛門、いずれも尻からげ、下駄の市、野手の三に荒縄をかけた駕籠を担がせ走り出る。揚幕から）

九　大道具の一。藪の茂みを表わす道具。葉が多くついた一メートル前後の竹をまとめて木枠に打ちつけたもの。殺し場など陰惨な場面の効果を出す。

一〇　下座音楽の一。囃子方が大太鼓を長撥（ながばち）で打って、風の音の感じを出す。

一一　下座音楽の一。人物が駆け出してくる時、舞台が切迫した時などに使う。

長五郎　オーイ〳〵。
　（ト呼ぶ）
郷左　ヤア追うてくるわ。
有右　急げ〳〵。
　（トせき立て本舞台へかかる。後《あと》より長五郎、尻からげ一本差[一]しにて追うて来て、駕籠の前に立ちふさがり）
長五郎　この駕籠待って貰おうかい。
　（ト止める）
郷左　わりゃ[二]濡髪、なんで駕籠を止めたのだ。この郷左衛門が手付金の百両を渡したれば、身が奥様同然のこの吾妻。
有右　それをばそそのかして廓《くるわ》を駆け落ち[三]した、いけ[四]盗人《ぬすっと》の与五郎め、踏み[五]のめして吾妻をこの方へ取り返した分のこと、何も言い分はないはずだわ。
長五郎　エ、喧《やかま》しいわい。コレおれが言う事よう聞かんせや。吾妻どんの身請けの高[六]は六百両、与五郎様から親方へ渡した手付け[七]は半金の三百両、後《あと》[八]金《きん》が一両欠けても太夫《たゆう》を渡さぬは廓の習い[九]。それを連れて退《の》いた与五郎どんもなるほど悪い。けれどもな、こなさん[一〇]方が渡しもせぬ六百両、渡したと言うて吾妻どんをやれ女房じゃの、国へ連れて去《い》ぬなんどと言わんすゆ

一　刀を一本だけ差していること。武士でない者、特に侠客などが、長い脇差を一本だけ差すこと。
二　相手を見下して言う言葉。おのれは。
三　恋しあう男女が連れ立ってひそかに他の地へ逃亡すること。
四　イケ＝接頭語、卑しめののしる意を表わす。いけしゃあしゃあ、つら憎いまで平気でいるさま。
五　したたかに踏む。ふみたおす。
六　額。数量。二九頁注三参照。
七　全金額の半分。
八　あとがね。手付け金のあとの金。
九　習慣。規則。しきたり。
一〇　コナタサマの略、コナサマの転。あなた。おまえさん。

え、思い余っての出来心、たとえ今は駆け落ちでも後金の三百両渡しさえすりゃさらりと埒《らち》が明く。お前方はわずか百両の手付け、そりゃもう後金の五百両は国元から来るかしらねども、金の事というものは[一一]五器皿《ごきざら》洗うように心安うはいかぬものじゃ。[一二]畢竟《ひっきょう》お前方は今度の身請けの邪魔をして、吾妻どんをやりともないが[一三]精一ぱい。そりゃ意地の悪いというものでごんす。[一四]その意地ずくを私に下さんせ。郷左衛門様、有右衛門様、ひとえに願い申しまする。

郷左　イヤならぬ、濡髪が恐ろしさに、吾妻を思い切ったと言われては、この郷左衛門、[一五]武士が立たぬ。

長五郎　そんならおれが[一六]腰押しゆえ。

郷左　[一七]了簡《りょうけん》ならぬわ。

長五郎　なるほど、もっともじゃ、ようごんす。そんならわしがお前方の[一八]存分になれば言い分はごんすまい。

有右　ナニ、その方が存分になるとな。

長五郎　アイ、存分になりましょう。

郷左　何といたそう有右どの。

有右　存分になるならば、望みのとおりにいたしておやりなされ。

一一　御器に同じ。食物を盛る蓋つきの椀。本来は漆塗りの貴人の食器をいう。ここでは五器皿で普通の食器のこと。
一二　畢も竟も終わる意。つまるところ。結局。
一三　力の限り尽くすさま。出来うるぎりぎりのところ。
一四　意地を張っているだけのこと。そこを私に免じて了承して下さい。
一五　武士としての面目が立たない。
一六　後方から助力する。六〇頁注五参照。
一七　堪え忍ぶこと、ゆるすことが出来ない。三二頁注四参照。
一八　思うまま。意趣。うらみをはらすこと。

長五郎　そんなら思い切って下んすか。サア存分に踏まんせ〳〵。

両人　オ、よい覚悟だ。

（ト怖々傍《こわごわそば》へ寄り）

郷左　ヤイ長五郎、おのれ町人の分際で武士に歯向こう憎い奴《やつ》、以後の見せしめ、コウ〳〵。

有右　そのような生ぬるいことでは参らぬ、身共が代わってコウ〳〵。

（ト苛《さいな》みくたびれたこなし）

両人　なんと骨身に……ア、しんど。

長五郎　お二人様、もうそれでようござりますか。

両人　もうよい。

長五郎　言い分はごんせぬな。

両人　くどい。

長五郎　そんなら約束じゃ、吾妻どんを思い切って早う去《い》んでもらいましょう。

郷左　イヤ去なれぬ、吾妻には百両の手付けが渡してあるわい。

長五郎　サアそれは廓へ帰ってお返し申しましょう。

郷左　ならぬ、百両の手付けがあれば、吾妻はおれが女房だわ。

長五郎　そんならどうでも吾妻どのを。
有右　コレサ〳〵郷左衛門どの、ぜひ受け取ろうなら、なア。
郷左　それではあんまり。
有右　イヤサ、ぜひ受け取ろうなら、ナ。
郷左　オヽこうして渡す。
（ト両人切りかかるをキッと止めて）
長五郎　エヽこりゃ何するのじゃい。ほて[一]転業《てんごう》[二]ひろぐと、うぬらがどす[三]の貧乏神、相手にゃなりかねぬぞ、トサ言うは嘘、どうぞ了簡つけて下んせ。ソリャモウお前二人寄ってなら、この長五郎を仕舞[四]いつけさんすであろうけれど、[五]エイヤットウの道も満更知らぬではなし、スリャ互いに命ずく。大事のところじゃ。どうぞ了簡。
郷左　イヤ〳〵了簡ならぬ〳〵。
有右　この上はもう破れかぶれ。
長五郎　そんならどうでも。
郷左　エヽどうるさい奴め。
長五郎　そう吐《ぬ》[六]かせば[七]百年目、覚悟ひろげ。
（ト突き放してキッと見得。駕籠舁《かごか》きの二人も[八]息杖《いきづえ》で打ってかかる。

一　ホデ＝手を卑しめ、ののしって言う語。手さきのいたずら。悪ふざけ。ホテと澄むこともある。
二　他人の動作をののしって言う。しやがる。
三　ドス＝すごみ。民間で人を貧乏にさせると信じられている神。ここでは、お前達にとって、すごみのある貧乏神、つまり、ひどく悪い相手になるぞ、というおどし。
四　済ます。殺してけりをつける。すっかりかたをつける。
五　剣道の掛け声から、剣道そのものをいう。
六　言う。ほざく。
七　運命の極まる時。おしまいの時。
八　荷物をかついだ人や駕籠かきが、肩を替えたり息入れするとき、駕籠や担ったものを支えたりするのに用いる棒。

一だんまり模様になり、このうち上手《かみて》より井筒屋おまつ、提灯《ちょうちん》を提げて出て来たり、この中へ入るを、郷左衛門提灯を打ち落とすことあり。よき所にて皆々きまるを合図に、黒幕振り落とす)

(ト天王寺《二てんのうじ》、今宮《三いまみや》辺りを見渡す野遠見《四のどおみ》)

おまつ　オヽお前は長五郎さん。

長五郎　井筒屋のお内儀《五》か、この駕籠の中に吾妻どんが。

おまつ　合点《がってん》じゃわいの。

郷左・有右　それやっては。

(トおまつ駕籠へ行くを、郷左、有右、止めようとすると、長五郎突き放し、それより早目の鳴物にて立ち回り、トド長五郎、侍二人を切り倒し、駕籠舁き二人は下手《しもて》へ逃げ込む。このうちおまつ、吾妻を駕籠より助け出す)

吾妻　エヽ長五郎さん、忝《かたじけの》うござんす。したが道で与五郎さんを郷左衛門が踏んだり蹴ったり、かわいや《六》与五郎さん、お気が狂うたわいなア。

長五郎　その若旦那はわしが道にてお助け申し、知るべ《七》の家へ預けて来ました。

吾妻　そんなら御無事か、嬉しゅうござんす。

一　歌舞伎の特殊演出の一つ。闇の中での立ち回りをする意味。独立した一場物として上演される場合ではなく、一場の一部分だけを、ダンマリ風に演ずる時をいう。

二　四天王寺の略称。大阪市天王寺区にある寺。聖徳太子の建立と伝え、初めは難波玉造の岸上(今の大阪城の地)にあったのを、五九三年現在の地に移した。仏法最初の寺として親しまれている。その寺の近辺の地域をいう。

三　現大阪市浪速区恵美須。今宮戎神社のある付近をいう。

天王寺、今宮ともに難波裏から見える隣接した区域。

四　⇨用語集(遠見)

五　町人の主婦をよぶ称。

六　カワユイの約に、状態を表現し感動を表わす終助詞ヤのついた形。いたわしいことに。

七　知り合い。ゆかりのある。

（トバタバタになり、花道より長吉走り来たり）

長吉　長五郎、そこにか。

長五郎　長吉か、さては侍の仕返しにうせ[八]おったな。

長吉　待った〱、早まるまい。この間の相撲場での達引[九]《たてひき》を、姉貴が聞いてきつい意見。与五郎どんの親御にはおれの死んだ親父がきつい世話になり、親方同然と聞いてびっくり、悪侍《わるざむらい》とはふっつりと縁を切り、兄弟分になるつもりでこんた[一〇]の家へ行ったところ、様子を聞いて気がかり、後追うて来たが、悪侍はどうしたのじゃ。[＊]

長五郎　サア二人の侍[一一]《さぶ》は殺《ばら》してしもうた。

長吉　ヤアそんなら二人を殺《ばら》したか。

長五郎　おれと兄弟分になりたいとはちょうど幸い、長吉、あとの事は頼んだぞよ。

（ト腹を切ろうとする）

長吉　コレ待った。こんたが死んでは、与五郎どんも吾妻どんも生きては居《い》られぬ。というて大坂には居《い》られまい。まあ一年か半年は影隠[一二]したがよかろうぞい。落ち着く先はな。

（ト長吉、長五郎に囁《ささや》く）

八　本来は「なくなる」から「行く、去る」の意であるが、それを反対に「来る、居る」の意の卑俗語として用いる。やって来たな。

九　義理や意気地を立て通して張り合うこと。意地を立て通すこと。

一〇　コナタの転。対等か目下の人に使う。おまえ。あなた。

＊　原作では、角力小屋のあとに「大宝寺町米屋の段」があり（「梗概」参照）、そこで長吉と濡髪は達引の末、姉の前で義兄弟の契を約す。そこへ難波裏で、吾妻・与五郎が悪侍に襲われていると報が入り、濡髪は駆け出す。長吉もあとを追うことになる。しかしこの歌舞伎台本では「米屋の場」が省略されているので、二人は前の「角力小屋の場」で意趣を含んで別れたままである。そのため、駆けつけた長吉に向かって、長五郎は「長吉か、さては侍の仕返しにうせおったな」と疑い、長吉が「待った〱、早まるまい」と、姉から意見され、侍とは縁を切って、濡髪とは兄弟分となって、与五郎を助けるつもりだという、説明的なセリフが挿入されている。

一一　サブライの略。武士をいやしめて言う語。

一二　姿をかくす。

長五郎　そんなら、ほとぼりのさめるまで、長吉、お内儀、お二人の事頼んだぞや、さらばでごんす。

（ト花道へ行く。下手より駕籠舁き二人出て）

二人　濡髪やらぬ。

（トかかるを捕らえ）

長五郎　毒[一]喰わば皿。

（ト見事に切り倒す）

吾妻　これが別れか。

おまつ　名残り惜しや。

（ト身がまえるを柝《き》の頭《かしら》、長五郎一散に花道を走り入る。舞台の三人これを見送り、よろしく）

幕

一　毒を食った以上、その皿までもなめてしまおうの意の諺。一度罪悪を犯した以上、更に悪事を重ねることをいう。ここでは、すでに先に侍二人を殺しているので、更に駕籠舁き二人を殺しても、罪は同じだの意。

二　現京都府南部の市。もとは綴喜郡、宇治川と桂川と合流する木津川左岸の氾濫低地。西部はなだらかな男山丘陵を越え大阪府枚方市に接する。古来、皇室の信仰の厚い石清水八幡宮は、俗に「やはたの八まんさん」といわれ、八月十五夜の放生会は有名。京の賀茂祭（葵祭）、奈良の春日祭とともに三大勅祭の一つであった。西部の橋本は淀川の渡河点で、京・大坂街道の宿場町であった。

三　大道具用語。平舞台の上に更に高くする舞台を二重（⇩用語集）舞台という。その高さにより尺高、常足（つねあし）、高足（たかあし）などの呼び方がある。尺高は高さ一尺（約三〇・三センチ）で、二重のうちでは一番低い。

四　不詳。人形浄瑠璃の舞台面に似た舞台装置の意か。

五　ねずみ色に塗った壁。

六　世話物の舞台に使う障子。

四幕目　八幡《やはた》[二]の里引窓《さとひきまど》の場

役名

濡髪長五郎《ぬれがみちょうごろう》
平岡丹平《ひらおかたんぺい》
三原伝蔵《みはらでんぞう》
母　お幸《こう》
女房　お早《はや》
里の子　お駒《こま》
同　お鶴《つる》
南与兵衛《なんよへえ》（後に南方十次兵衛《なんぽうじゅうじべえ》）

（本舞台。三間《さんげん》の間《あいだ》[三]、尺高《しゃくだか》[四]の人形舞台。藁《わら》屋根鼠壁《ねずみかべ》[五]、上《かみ》の方《かた》[六]世話障子、これに続き鼠壁、[七]納戸口《なんどぐち》、これに暖簾《のれん》を掛け、下手《しもて》鼠壁、上手《かみて》[八]折り回り廊下を隔て、[九]高二重《たかにじゅう》の中二階《ちゅうにかい》、手摺《てすり》付き藁屋根、廊下の上に引窓[一〇]を取り付け、明けしめの仕掛けある。よき所に[一一]石臼《いしうす》の手水鉢《ちょうずばち》、庭木下草のあしらい、下手後ろへ寄せて腰板のある藁屋根離れ家《や》の裏手の心[一二]、この前後の藪《やぶ》。いつもの所に藁屋根の門に見切り[一三]の取り合わせ、れん[一四]

七　ナンドはナフドの転。衣服・調度・金銀などを収蔵しておく奥の間。主人の寝室、主婦・娘などの居間としても使用した。歌舞伎では、普通、舞台正面奥の位置に奥の居間、台所などに通ずる出入口のつもりで、のれんをかける。
八　直角にまがった廊下。
九　劇場用語、大道具の一。舞台を高くするために、土台として据える木製の台を「二重」（⇩用語集）という。そこに家の床を組んだり、土手や山を作る。七寸（約二一・二センチ）を単位として、その倍数を高くつみあげる。一尺四寸を常足（つねあし）、二尺一寸を中足（ちゅうあし）、二尺八寸を高足（たかあし）、高二重とよぶ。注三参照。
一〇　明かり取りや換気のために屋根に開けてある窓のことで、綱が付けてあり、それを引いて開閉する。
一一　石で作った臼。それを手水鉢に利用しているのである。
一二　つもり。
一三　大道具用語。大道具や背景の脇から舞台奥の見えるのを隠すために用いる張り物、または切出しのこと。突出しともいう。
一四　格子のついた窓。

じの窓開き[一]かづき塀《べい》、[二]向こう[三]片遠見《かたどおみ》にして遠山《とおやま》[四]在所体《てい》の[五]書割《かきわ》り。右二重[六]見付《みつけ》真ん中に神棚神酒《みき》を供え、八幡村南与兵衛住居《すまい》の体《てい》。幕の内よりお早、若き女房の拵《こしら》えにて擂鉢《すりばち》に小芋の入れしを置き、庖《ほう》丁《ちょう》にて小芋の皮をむいている。お駒、お鶴、在所の子供の拵えにて、[七]月見帰りを踊っている。[八]誂《あつら》えの唄にて幕あく）

お早　オ、お駒ちゃんもお鶴ちゃんもうまいものでござんすなア。

お駒　モシ小母《おば》さん。あすの晩は踊るので、村の長十《ちょうじゅう》さんに教えて貰い。

お鶴　今日《きょう》、寺子屋から帰るとすぐに今まで踊っていたのじゃわいな。

お早　ほんに面白い事でござんすわいなア。あすの晩の[九]放生会《ほうじょうえ》でこの八幡一《いっ》村《そん》は、生けるを放すというて、それは〳〵賑やかな事ゆえ見に行きたいものじゃなア。

お鶴　小母さんが見に行くのなら、わたしがあすの晩誘いに来ようわいなア。

お早　ほんによう親切に言うて下さんすが、この小母もあすはお月様へお供えや何やかやで、宵の程は用があるゆえ、それを済ましてから行く程に、必ず待って居《い》らいでもよい程に、早う行たがよいわいな。

お鶴　それでは小母さん、誘わぬゆえ。

お駒　あすの晩は見に来て下されや。

一　不詳。
二　遠方。
三　一枚の背景に一部（上方）は遠方の遠山、一部（下方）は近くの村里を描いたものか。
四　村里。いなか。
五　⇩用語集
六　大道具用語。正面の框（かまち）にあたる部分。
七　踊りの名称。
八　⇩用語集
九　仏教の不殺生の思想に基づいて、捕らえられた生類を山野や池沼に放ちやる儀式。神社、仏寺で陰暦八月十五日に行なわれる。石清水八幡宮の放生会は特に有名。

お早　そりゃもう来いと言わいでも、わたしは踊りが大好きでござんすゆえ、遅うからでも行くわいなア。

（トこのうち子供は立って門口《かどぐち》へ来て）

お駒　そんならこれから、長十さんの所へ行て。

両人　踊って来ようか。

（ト右の唄にて両人下手へ入る。お早見送り）

お早　ホヽヽヽ、在所の子というものは、テモ可愛らしいものじゃなア。

〽嫁は小芋を[一〇]月代《つきしろ》へ、[一一]子種《こだね》たのみの米団子《よねだんご》、[一二]月の数ほど供え置く。

（トあと合方になり、納戸よりお幸、[一三]白髪茶《しらがちゃ》のぼかし、老母の拵えにて、[一四]袖《そで》のしきにてお供え物を持ち出で来たり）

お幸　コレ〳〵嫁女《よめんじょ》、月見の芋はあすの晩。今日《きょう》は待つ宵、ことに日の内からは早いわいなア。

お早　母様《はは》の[一五]わっけもない、お前があすの放生会を、今日《きょう》からお供えあそばすゆえ、何もかも[一六]宵《よ》日《い》からする事と存じまして、オヽ、[一七]笑止。

お幸　ア、コレ嫁女《よめんじょ》、その笑止はやっぱり廓《くるわ》の言葉、大坂の新町《しんまち》で都という

一〇　月と同じ。月の出ようとするとき、空のしらんで見えることから、月そのものをいう。

一一　血統を継ぐものとしての子供が生まれるように神仏、ここでは月に祈願すること。

一二　一年間の月の数、十二、閏（うるう）の年は十三、その数だけ団子を作って供える。

一三　鬘（かつら）の一種。老婆に用いる。白髪のこしらえに、月代（さかやき）の部分を茶色のぼかし染めの布をつける。

一四　着物の袖の先を敷物代わりにして、その上に物をのせる。

一五　訳も無いことの略。たわいもない。とりとめもない。ここでは「何をおっしゃいますか」の意。

一六　祭りの前日の夜。

一七　本来は普通でないこと。近世の廓言葉では「おゝ恥ずかし」の意。

た時とは違うぞや。今では南与兵衛の女房お早、近所の人が見えたとて煙草など吸い付けて出しゃんなや。今でこそ落ちぶれたれど、以前は南方十次兵衛というて、人も羨《うらや》む[一]身代。[二]連れ合いが[三]お果てなされてから与兵衛が[四]放埒《ほうらつ》、[五]郷代官《ごうだいかん》の役目もあがり、[六]内証も[七]しもつれ、こなたの手前も恥ずかしい事だらけ。さりながら、この所の[八]殿様もお替わりなされ、[九]新代官は皆[一〇]上がり、[一一]古代官の[一二]筋目をお尋ねにて与兵衛も俄《にわ》かの[一三]お召し出し、昔に返るは今この時と、[一四]雑行《ぞうぎょう》なれど[一五]神諫《かみいさ》めの供物も[一六]蚤《のみ》の息も天とやら、それにつけてもお[一七]上《かみ》の首尾が早う聞きたいわいなア。

お早　イヤモウ、それはお気遣いあそばしまするな。そのお前様のお心が通じて、今に御出世で[一八]がなござりましょうわいなア。

〽待ちかね見やる表の方《かた》、頬冠《ほおかむ》りにて顔かくし、世を忍ぶ身の後《あと》や先、見まわし立ちよる門《かど》の口。

（トこれにて濡髪長五郎、[一九]大前髪《おおまえがみ》好みの拵え、頬冠りして花道より、後先見回しながら出で来たり、*すぐに本舞台に来たり）

長五郎　[二〇]母者人《ははじゃびと》、内にござんすか。

一　身分。
二　連れ立っている仲間、配偶者。夫婦の一方が第三者に対して他方を呼ぶ称。ここでは自分の夫。
三　死ぬ。
四　馬が埒（らち。馬場を囲む柵）をはなれる意。きままにふるまうこと。酒色にふけり、素行がおさまらぬこと。
五　郷は昔の郡内の一区域、数村をあわせたもの。その区域を主君に代わって治める役人。
六　一家の財政、暮らしむき。
七　落ちぶれ、貧乏になる。
八　主君。大名。
九　新しく任命された代官。
一〇　完了する。任務が終わる。罷免される。
一一　古い、昔の代官。
一二　家柄。血統。
一三　お呼び寄せになる。
一四　念仏以外の諸行を修め、極楽往生を願うこと。ここでは仏事ではなく、神事を行なうことをいう。
一五　イサメは本来、忠告するの意だが、ここではお願いするの意。
一六　「蚤の息も天に上がる」。力の弱い者でも一心に行なえば、なしとげることが出来るというたとえ。
一七　主君、ここでは新しい殿様からの沙汰、事のてんまつの報告。

〽ずっと入れば。

（ト長五郎入口より内を伺い、戸をあけて内へ入る。お幸これを見て）

お幸　オヽ、長五郎じゃないか。

長五郎　オヽ、母者人、内に居さんすか。

お幸　オヽ、ようおじゃった〳〵。サア〳〵、まあ上がりゃ〳〵。

長五郎　そんなら許して下さんせ。

（ト長五郎ずっと通る。このうちお早はそこらを片づけて、この時長五郎と顔見合わす）

お早　オヽ、濡髪さんか。

長五郎　オヽ、都様、久しゅう逢いませんな。

お早　ようござんした。サア煙草でも上がらしゃんせ。

長五郎　イヤもう、構《かも》うて下さんすな。

お幸　そなたも相も変わらず達者でよいの。

長五郎　ハイ〳〵、イヤモウ母者人にもお変わりのうて何より結構、しかし、

一八　終助詞。文末にあって叙述全体を相手に持ちかける。願望をあらわす。きっとそうなるでしょう。

一九　鬘の一種。前髪は基本的に元服前の若者の髪型であるが、相撲取りの場合は、ぐっと大ぶりになる。

＊　現行の演出では、ほとんどの場合筵（むしろ）で上半身を隠して登場する。

二〇　母である人の意。子が母を親しんで呼ぶ称。

変わった都どののなり[一]素振《そぶ》り、ハアさては願いのとおり与兵衛どのと、夫婦にならしゃったか。

お早　サア喜んで下さんせ。わたしに横恋慕の権九郎《ごんくろう》は根[二]が偽金使いで牢に入れられ、殺された太鼓持は盗人《ぬすっと》の[三]上前《うわまえ》取りで殺し[四]徳《どく》、それゆえ今では名もお早と改め、何の気がかりものう添うていますわいなア。

長五郎　ハテ、仕合わせな事、同じ人を殺しても運のよいのと悪いのと……イヤ仕合わせな事じゃなア。

（トお幸思い入れありて）

お幸　コレ〳〵お早、しみじみとした話じゃが、そなた近付きかいの。

お早　アイ、[五]曲輪《くるわ》でのお近付き。

お幸　アノ、与兵衛もかや。

お早　イヤこれはつい[六]知る人じゃが、また長五郎様がお前をば母様《はは》とおっしゃる訳はえ。

お幸　オヽ、[七]不思議な道理〳〵、どうで一度は言わねばならぬ。まあ一通り聞いて下されいのう。

（ト合方になり）

お幸　[八]何がこの長五郎は五つの時養子に遣《や》って、わしはこの家《や》へ嫁入り。与

一　身なり、様子。長五郎は廓時代の都しか知らない。今は町人の主婦になっている。
二　根元。もともと。
三　上前をはねると同じ。他人の利益の一部を勝手に自分のものにする。
四　人を殺したことが罪にならない。
五　廓。遊廓。遊女屋の集まっている町。
六　ちょっと。
七　いぶかしく思うのは当然。
八　「何がさて」の略。なにしろ。

兵衛は先妻の子で、わしとは[九]なさぬ仲ゆえに、その訳知っても知らぬ顔、あれやこれやの訳あって、[一〇]音信《おとずれ》もせなんだが、去年[一一]開帳参りにふと大坂で見た時に、年は[一二]たけても父御《ててご》の譲りの[一三]高頬《たかほ》の黒子《ほくろ》。もしやそなたは長右衛《ちょうえ》門《もん》様へ養子に遣った長五郎ではないかと、問いつ問われつ昔語り、養子の親達も死にうせ、相撲取りになったとの話。帰って与兵衛に話そうと思うたれど、イヤ／＼以前を慕《しと》うて尋ねにでも往《い》たかと思われるが恥ずかしさに隠して居ましたが、こうして尋ねに来たからは、与兵衛が戻られたら引き合わして兄弟の盃さそう。そうなる時は嫁とともに三人の子持ち。ほんにわしほど果報な身の上はあるまいのう。

〽喜ぶ母の心根を、思い遣るほど長五郎、あすをも知れぬわが命と、思えば[一四]せきくる涙をかくし。

長五郎　イヤ申し母者人。与兵衛様がお帰りがあろうとも、わたしの事はお話し御無用。

お幸　そりゃまたなぜ。

長五郎　されば相撲取りと申す者は、人を投げたりほったり喧嘩同然。勝負

九　肉親でない親子の仲。お幸と与兵衛は、継母と継子の間柄。
一〇　消息。連絡。
一一　寺院で、特定の日に厨子（ずし）のとばりを開いて、秘仏を一般の人々に拝ませたので、その中のその日に参詣すること。その日はにぎわった。
一二　長ける。成長して背丈が高くなる。
一三　頬の上の方。
一四　せく。悲しみ・怒りなどの気持ちがこみあげてくる。

の遺恨によっては、侍でも町人でも切って〳〵切りまくり、打《ぶ》ち殺して。

お幸　ヤア。

長五郎　サア、わたしはそんな事はいたさねど、[一]エテ[二]男をたてすごして[三]一家一門へ難儀のかかる事もあるもの。まあこの商売を仕舞うまでは、お前様とも赤の他人。悴《せがれ》を持ったと思うて下さりまするな。何時《なんどき》知れぬわが身の上、これが別れになろうとも知れず。コレお早どの、与兵衛どのへも母の事頼みまするると言うて下され。[四]長崎の相撲に下りますればお目にかかりますまい。[五]随分ともにお[六]健《ま》めでお暮らしなされませ。

〽打ちしおるれば。

（ト長五郎愁いのこなし。お幸は合点《がてん》ゆかぬこなし）

お幸　ア、コレ〳〵長五郎、そんな商売せねばならぬのか。もう〳〵長崎へもどっこへも行かずと、この家《うち》に居て、与兵衛とともに[七]問い談合《だんこう》、その[八]かっぷくでは何をさせたとて仕兼ねはせまい。ノウお早。

お早　アイ、そうでござんすとも。御兄弟という事を主《ぬし》も聞かれましたなら、さぞマア喜ばしゃんす事でござんしょう。しかしまあお茶漬けでも差し上

一　得て。ややもすれば。えてして。
二　男の義理・体面をたてすぎて。
三　一家族全体。
四　九州地方西部の市。江戸時代鎖国後もわが国唯一の貿易港として繁栄。京・大坂、江戸に次ぐ都会。歌舞伎や相撲が度々下った。
五　できるだけ。せいぜい。七五頁注三参照。
六　達者。健康。息災。
七　互いに語りあうこと。相談。
八　からだの格好。からだつき。

げましょうか。

お幸　イヤ〳〵初めて来たもの。せめて[九]鱠《なます》でも拵えてやりましょう。この体では午旁《ごぼう》のふと煮、オ、こなた鮹《たこ》は好きであろう。拵えるその間、見晴らしのよい二階座敷、淀川を見て一つ飲みや。コレどうしたものじゃ、うじうじせずと[一〇]ちゃっと行きゃいのう。ドレ拵えてやりましょうか。

〽と、立ち上がれば。

（トお幸、長五郎こなしあって）

長五郎　ア、モシ母者人、何にもおかまい下さりますな。私への馳走なら欠け碗《わん》に一杯ぎり、[一一]つい食べて帰りましょう。

〽母の[一二]手盛りを[一三]牢扶持《ろうぶち》と思いあきらめ、煙草盆提げて二階へしおれ行く。

（トこのうちお早は上手中二階の障子をあけ案内する。長五郎二階へ入る。お幸、お早は奥へ入る）

九　生魚の肉を細かく切ったもの、または薄く切った魚肉を酢に浸したもの。また大根・人参を細かく刻んで、酢であえた食品。祝い事の食事にそえる。ここでは久々の対面を祝って作る。
一〇　さっさと。敏速に。五二頁注七参照。
一一　すぐ。じきに。ちょっと。九〇頁注六参照。
一二　自分で自分の食物を食器に盛ること。ここでは、母が自分のために用意してくれた食物の意。
一三　牢屋で給付される食事。

〽人の出世は時知れず、見出《みだ》し[一]に預かり南与兵衛。衣類大小[二]を申し請け、伴う武士は何者か、所目馴《ところめな》れぬ[三]血気[四]の両人。

（ト合方になり、向[五]こうより平岡丹平、三原伝蔵、着付羽織大小にて、後より南与兵衛同じく羽織袴《はかま》、大小の拵えにて出で来たり、花道にて*）

与兵衛　アイヤ御両所、すなわちあれが拙者が宅でござりまする。

丹平　しからばあれが御貴殿のお宅でござるか。

伝蔵　イザ、御案内下され。

与兵衛　お先に参る。

（ト唄になり、入れ替わり舞台へ来たり、こなしあり）

与兵衛　イヤナニ御両所、御前《ごぜん》[六]において仰せられしは密々[七]の御用筋。拙者御案内仕《つかまつ》りますまで見苦しくはござれども、母の隠居所、しばらく彼所《あそこ》でお控え下さりましょう。

丹平　何様[八]、他聞[九]を憚《はばか》る我々が用事。

伝蔵　御案内下さるまで。

一　見つけだすこと。選び出すこと。
二　打刀（うちがたな）と脇差の小刀。桃山時代から二尺以上の打刀と脇差とを併せて帯用するようになり、これを大小と呼んだ。江戸時代には武士の正式のものとなった。
三　この辺りの人目につかぬ。見馴れない。
四　激しやすい意気。血の気の多い。元気一杯の。
五　花道揚幕の方より。
＊　土地不案内の二人の侍を案内するのであるから、与兵衛が先に立って出てくるのが本当であるが、歌舞伎の演出では主役が後から出る方が目立つので、主役の役者を引き立てるために、端役の二人侍が先に立って花道を出る。
六　貴人の面前。殿様の前。
七　極めて秘密なさま。内々。三三頁注二参照。
八　いかにも。なるほど。
九　他に聞こえること。他人が聞くこと。

丹平　暫時あれにて。
与兵衛　お控え下され。
〽互いに辞儀合い[一〇]南与兵衛、いそ〳〵として門《かど》の口。
（ト丹平伝蔵の両人は後ろ手の隠居所へ入る。与兵衛はこなしあって門口をあけ）
与兵衛　母者人、女房、只今立ち帰った。
（ト武張《ぶば》って[一一]言う。お早出で来たり）
お早　オ、旦那様、今戻らしゃんしたか。母様《はは》〳〵。
（ト呼ぶ。お幸奥より出で）
お幸　オ、なんじゃいのう。オ、与兵衛戻りゃったか。そうしてマアわが身の結構なその形《なり》は。
お早　オ、ほんにマア、立派なお侍様になって戻らしゃんした事わいなア。
（ト捨てぜりふにて口々に喜ぶ。与兵衛真ん中に住まい、思い入れ）
お幸　そうしてマア、このような立派な形《なり》になって戻りゃしゃった。お上の首尾はどうじゃぞいのう。

一〇　えしゃくをしあうこと。
一一　強く勇ましいさまをする。侍ぶった言い方。

与兵衛　イヤモウお喜び下さりませ。お上の首尾は上首尾でござりまする。女房どもそちも喜びゃ〳〵。
お早　アイノウ、これを喜ばいで何を喜びましょうぞいな。大抵の嬉しい事ではござんせぬ。このような立派な侍になって、ナアかかさん。
お幸　オイノウ、嫁女《よめんじょ》の喜びゃるは道理〳〵。したがマアこのような俄《にわ》かに出世しやった様子を話して聞かしゃ。どうじゃ〳〵。
与兵衛　されば今日《きょう》のお上の首尾。まあお聞き下されましょう。

（ト合方）

与兵衛　今日《きょう》のお召し何の御用かと心[一]も心なりませず御《お》役所へ罷《まか》り出ますれば、すぐに御前《ごぜん》へ通るようにお殿様の仰せ、なお〳〵安心なりませず、おず〳〵御前へ出ましてござりまするが、殿の御意《ぎょい》[二]なされまするは、その方事《こと》当所において七ケ村《そん》の支配[三]をいたしたる南方十次兵衛が忰《せがれ》なるよし、父十次兵衛死去の後《のち》は浪々[四]の身の上と相なり居《お》るよし、[五]数《す》代家筋《だいいえすじ》の者なれば、今日《こんにち》より以前のごとく七ケ村の庄屋[六]代官支配申しつける間[七]、役儀に粗略なきよう、[七]キッと相勤めてよかろうと、直々《じきじき》の仰せ渡され、もう私もびっくりいたしまして、お上の慈悲ありがとう存じまするとお受け申したれば、それあの者に衣服大小を遣わせと御意なさると、何[九]が御《ご》[一〇]近習《きんじゅ》衆が立ち掛

一　心が通常の心の状態でない。気持ちが落ちつかず不安な状態。
二　おぼしめし。お考え。
三　取りしまること。監督すること。
四　任務を解かれ、失職している。
五　何代にも及ぶ。代々の。
六　江戸時代、領主が村民の名望家中から命じて、郡代、代官に属させ、一村または数村の納税その他の事務を統轄させた村落の長。
七　(接続助詞的に)……ゆえ。……から。……ので。
八　きっちりと。しっかりと。三四頁注二参照。
九　「何がさて」の略。他のことはさしおいて。何はともあれ。早速に。九〇頁注八参照。
一〇　主君の側（そば）近く仕える者。

かって、御覧のごとく衣服大小下しおかれ、イヤモウ私も余り思いがけなさに惣身《そうみ》[一一]に汗を流しまして参りまする。

（トこなし）

与兵衛　これと申すも死なれました親人《おやびと》[一二]様のお陰と、嬉し涙がこぼれましてございます。私が嬉しさ、母者人御推量なされて下さりましょう。

お幸　オ、そうであろう〳〵、出かしゃった。この姿どうやら思いなしか、父御《ててご》によう似た物ごし格好。

お早　イヤ申しお袋様。私は父御《ててご》様は存じませぬが、父御様もこのようなお侍で、アノこち[一三]の人のようにござりましたかえ。

お幸　オイノウ、とんと生き写しじゃわいのう。

お早　そんならアノ父御《ててご》様もよっ程《ぼど》よい男でござりましたな。

お幸　ホ、、、イヤ嫁女《よめんじょ》、[一四]なんぼうなと自慢しや〳〵。したがこれというもみな氏神様のお陰でござる。そなたも御《お》礼さっしゃれ。

（ト三人後ろ向きになり、捨てぜりふにて神棚拝む事あって）

与兵衛　イヤ、その喜びに取り紛れまして肝心の事を失念いたしました。外《ほか》に仰せつけられた御用がござって同役[一五]を伴いましたが、何か密事[一六]の御用にござりますれば、母者人しばらくお除《よ》[一七]き下さりませ。女房ども、用があら

一一　からだ全体。全身。
一二　親である人。
一三　三人称。妻が夫をさして言う語。うちの人。夫。
一四　いくらでも。
一五　同じ役目。同じ役目を勤める人。相役。同僚。ここでは武士。
一六　秘密のこと。内々のこと。
一七　いる場所から引きさがる。座をはずす。

ば呼ぶ、勝手へ引きゃれ。

お幸　オ、定めて大事の用であろう。そんならわしらは遠慮しましょう。コレ嫁女《よめんじょ》、今日《きょう》からはそなたも侍の女房じゃ。何かにつけて遠慮[一]がち、よう合点《がてん》さっしゃれや、や。

お早　ハイ〳〵畏《かしこ》まりました。これからは私も侍の女房なりゃ、氏神様へ参るというても[二]襠《かけ》を着て、お袋様はお乗物に、私は馬に乗ってハイシイドウドウ。

お幸　ア、コレ、いかに侍の女房じゃとて、女が馬に乗ってたまるものかいなア。

お早　ほんにわたしとした事が、オ、笑止。

お幸　アまたかいのう。

お早　ハイ〳〵左様なればこちの人、後刻御意得[三]ましょう。

〽母と嫁とは立ち別れ、奥と口とへ入《い》りにける。

（ト両人はいそ〳〵喜び、お幸は奥の障子、お早は納戸[四]へ入る）

一　人に対して言語・行動を控え目にしなければならないことが多くなる。

二　打掛（うちかけ。裲襠とも）の略。近世の上流婦人の上着。小袖形式で、帯を締めた上に打ち掛けて着ることから名づける。現在でも婚礼衣装に用いる。外出の時にも、衣服の上に羽織って着る。

三　お目にかかる。急に武家の奥方を真似た物々しい言葉使いになる。

四　前出、八五頁注七参照。

〽与兵衛はこなたに向かい。

与兵衛　（ト与兵衛は外へ出て、離れ家に向かい）

御両所、お待ち遠でござりました。

（ト離れ家より両人の侍出で来たり）

伝蔵　もはやお差[五]し合いはござりませぬか。

与兵衛　ハア、まず〳〵あれへ。

両人　ごめん。

〽イザお通りと両人の武士を正座《しょうざ》[六]へ直[七]し。

（ト侍両人を上手に、与兵衛は下手に住まう）

与兵衛　さて今日《こんにち》殿の御前《ごぜん》にて仰せつけられ密々の御用、仔細は各々方《おのおのがた》に承れとの儀、まずその仔細をお物語り下され。

〽尋ぬれば、年[八]がさなる侍とりあえず。

五　さしつかえ。さしさわり。
六　正客の座る座席。上座。
七　物や人を、しかるべき場所・位置にすえる。いざなう。
八　年齢が他より多いこと、またその人。年上。

丹平　さて拙者ことは平岡丹平、これなるは三原伝蔵と申して、主人の名はお上にも御存知、当春《とうはる》[一]大坂表[二]にて両人の同苗《どうみょう》[三]どもを殺され、その相手の者のあり所《か》、所々方々と詮議《せんぎ》いたせど、討ったる相手の行方しれず。
伝蔵　この程承れば、この八幡近在に由縁《ゆかり》あって立ち越《こ》え[四]しと申す事、さるによって当役所へもお願い申せし所、兄弟の敵《かたき》随分[五]見つけ、討ち取れよとの仰せ。
丹平　しかし、夜《よ》に入《い》っては土地不案内の我々、所に馴るる者に申し付け、縄[六]かけ渡さんとあって、すなわち貴殿へ仰せつけられた。
伝蔵　仔細と申すは。
両人　かくの通りでござる。
与兵衛　しからば敵《かたき》討ち同然隠密[七]〳〵。もし左様な儀もござろうかと、母女房まで遠ざけ御内意[八]を承る。シテその討たれさっしゃった御同苗の名はなんと。
丹平　その討たれたるは身共が弟郷左衛門と申しまする。
伝蔵　手前の兄有右衛門。
与兵衛　ナニ平岡郷左衛門、三原有右衛門どのとなア。
両人　いかにも。

一　今年の春。
二　接尾語。その方面。改まった言い方。「大坂で」と同じ。
三　同じ苗字。同姓。ここでは、それぞれの兄弟をいう。
四　ある地点に静止している事物が運動を起こすこと。出発する。
五　せいぜい。できるだけ。七五頁注三・九二頁注五参照。
六　縄で縛って。罪人をつかまえる。
七　隠してひそかに事をする。
八　内々の意向。公然と発表しない意見。

与兵衛　ム、。

（ト思い入れ）

両人　貴殿御存知か。

与兵衛　イヤ、承ったようにもあり。シテその殺したる相手は何者。

丹平　されば、その相手と申すは相撲仲間で隠れのなき。

伝蔵　濡髪の。

両人　長五郎。

〽聞いて母親障子ぴしゃり、お早は運ぶ茶碗がったり。

（トこのうち伝蔵、人相書を出し、丹平受け取り、与兵衛に渡す。お幸、長五郎は障子をしめる。お早この前より茶碗を盆にのせ持ち出て、びっくりのとたんに茶碗を落とす）

与兵衛　ハテ、不調法[九]千万《せんばん》な。

〽しかる夫の気[一〇]をくんで、なおも様子を聞き居たる。

九　行き届かないこと。至らないこと。千万は程度の甚だしいこと。大変不作法なこと。

一〇　気持ちを察しておもいやる。ここでは、夫がどのような返事をするか、気になるので。

（ト お早は与兵衛の下手よりの後ろに控える）

与兵衛　シテ、御両所はいずくを目当てに。

丹平　さればこの丹平は、当所の家々を家《や》探しいたしとうござる。

与兵衛　イヤ御もっとも、シテ伝蔵どののお思《おぼ》し召しは。

伝蔵　まず手前が存ずるには、只今その許《もと》[一]へ御覧に入れし絵姿[二]を村々へ張り置き、油断の体《てい》に見せ不意に踏み込み、牛部屋[三]柴部屋[四]、あるいは下屋《したや》[五]などを吟味[六]いたしたい所存でござる。

与兵衛　もっとも、しかし大兵《だいひょう》[七]なればよも下屋などには居《お》りますまい、とにかく二階が心もとない。まず御両所には楠葉《くずば》[八]、橋本辺《あた》りを御詮議なされ、夜《よ》に入《い》らば拙者が受け合い。たとえ相撲取りであろうが、柔術《やわら》取りであろうが、見つけ次第に縄打ってお渡し申さん。その段[九]そ[一〇]っともお心遣いなされまするな。

伝蔵　ハア、その言葉承って我々が安堵《あんど》。イヤナニ丹平どの、楠葉辺りへ参ろうではござらぬか。

丹平　いかさま日の内は我々が働き、夜《よ》に入《い》ってはお頼み申すが肝心。しからばお暇《いとま》申そうか。

伝蔵　左様仕《つかまつ》ろう。

一　近世、同輩などに用いた二人称。そこもと。そなた。あなた。
二　人の姿を絵にかいたもの。画像。人相書。
三　牛を飼う部屋。牛小屋。
四　柴や炭・薪などを入れておく部屋、小屋。
五　母屋に付属する小さな家。納屋など。
六　詮議。罪状などを調べただすこと。
七　体の大きく、たくましいこと。また、そういう男。
八　楠葉は現在、大阪府枚方市の北部、橋本は京都府八幡市西部と行政区分は二府に分かれているが、江戸時代は大坂街道に沿った、隣接した村落であった。
九　そのこと。
一〇　少しも。

与兵衛　後刻役所で。

両人　御意得申そう。

〽と目礼し、二人の武士は。

両人　お暇《いとま》申す。

〽お早は後を見送りて。

お早　申し与兵衛さん。味[11]な事を頼まれしゃんしたが、長五郎とやらを捕らえて出そうとの請け合い、そりゃマアお前、本[12]の気でござんすかえ。

（トき[13]っそうして言う）

与兵衛　ハテ、き[14]ょうとい物の言いよう。

（ト合方になり）

与兵衛　あの侍に由縁《ゆかり》もなく、長五郎に意趣もなけれど、今の両人が願いによって役所より仰せつけられたその仔細は、[15]関口流《せきぐちりゅう》の[16]一手《ひとて》も覚えある事、[17]お聞き及びとあって役人どもに申し付けるはずなれども、当所に参ってま

一一　面白味のある。一寸変わった。
一二　本当の気持ち。本気で。
一三　気色が顔にあらわれること。顔色をかえて。
一四　ケウトイ（気疎い）。気味が悪い。常にない。六〇頁注三参照。
一五　江戸時代初期に創始された柔術の一派。流祖は関口氏心（うじむね）、通称、八右衛門。
一六　手わざ。
一七　人づてに聞き知る。伝聞する。

だ間《ま》もなく、土地不案内な者ばかり、よって当所に住み馴れたるその方《ほう》に申し付ける。日の内は[一]彼《か》の方《かた》より詮議せん。夜《よ》に入《い》らばこの[二]方《ほう》より隅々まで詮議いたし、[三]搦《から》め取って渡しなば、[四]国の誉れ、[五]一家の外聞、召し捕って手柄の程をば御覧に入れなば、母人《ははびと》にもさぞお喜びであろうわい。

お早　イエ〳〵なんのそれがお喜びでござんしょう。

与兵衛　とはまたなぜに。

お早　ハテ、昔はともあれ、昨日今日《きのうきょう》までは八幡の町人。[六]生兵法大疵《なまびょうほうおおきず》の基《もとい》とて、ヒョット怪我でもなされた時は、お袋様のお嘆きはいかばかり、なんのお喜びでござんしょうぞいなア。

与兵衛　ヤア、[七]いらざる女の[八]指《さ》し出、そちは手柄の[九]先折るか。

お早　ハテ、折るも一つはお前のおため。

与兵衛　ヤアおのれ、何ゆえ長五郎をかばいだて。濡髪を詮議して[一〇]三寸縄《さんずんなわ》にくくし上げ、身が手柄をあらわし、母者人のお喜びを見るは、これ第一の孝行じゃわい。

お早　めっそうな。長五郎をくくらしゃんすと、大の不孝になりますぞえ。

与兵衛　長五郎に縄かくれば、なんで身共の不孝となる。

お早　サアそれは。

一　あの人たち。
二　一人称。目下に対して用いる。われ。おれ。自分。
三　捕らえてしばる。捕縛する。
四　領主の治めるこの土地の名誉。
五　我が家族全体の名誉、面目。
六　少しばかり兵法を心得た者は、それに頼って軽々しく事を行なうから、かえって大失敗をする、という諺。
七　いらない。不用な。無駄な。
八　差し出口の略。分をこえて口出しすること。差し出て言う言葉。
九　先手を打って相手の出端（ではな）をくじく。
一〇　罪人を縛る縄。背にまわしてしばった手首と首縄との間を三寸にするからいう。

与兵衛　エヽ、どうじゃ〳〵。

（トくり[11]上げになる）

お早　サアそれは。オ、それ〳〵、長五郎よりお前は弱い。

与兵衛　ナニ。

お早　サア、そりゃもう運が強うて縄[12]掛けなさんしたら、母御様のお嘆きはいかばかり、こりゃモウどちに怪我もないうちに、止《や》めにして下さんせいなア。

与兵衛　ヤア、まだ〳〵濡髪をかばいだて、ハアさてはおのれが一門か。

お早　なんのマア。

与兵衛　左様でなくば、見出しに預かるこの与兵衛、今までとは違う。言葉返さば手[13]は見せぬぞ。

〽ときっぱ[14]、まわせば。

（ト与兵衛キッと刀[15]の柄[16]《つか》に手をかける。お幸この前より一間を出て、この時）

お幸　夫婦の衆、まあ待って下されいのう。

一一　歌舞伎演出用語。問答や口論の際、だんだん間あいをつめて、緊迫感を出す技法。
一二　縄をかけて縛る。
一三　抜く手も見せずに斬ってしまう。
一四　キリハの転。刀の刃の部分。刀の柄に手をかけて引き抜こうとするさまをいう。
一五　カタナのナは刃の古語。片方の刃の意。脇差に添えておびる大刀。
一六　刀剣などの、手で握るところ。

（ト前へ出て）

お幸　いつにないこの争い、まあ〳〵待って下され。嫁女《よめんじょ》なんにも言わぬ。

（トこなしあって）

イヤ、なんにも言うて下さるな。イヤナニ与兵衛や、最初からこの様子は残らずあれにて聞きましたが、その濡髪の長五郎という者、そなたよう見知って居やるか。

与兵衛　されば、その長五郎といえる者、一度堀江《ほりえ》の相撲場で見うけ、その後《のち》色里《いろざと》でちょっとの出合い、隠れもなき大前髪《おおまえがみ》。確か右の高頬《たかほ》に一つの黒子《ほくろ》。

お幸　ヤ。

与兵衛　見知らぬ者もあろうとあって、村々へ配る人相書。御覧下され。

（ト懐中より取り出し見せたる絵姿）

お幸　ドレ。

〽と見る母、二階より、覗《のぞ》く長五郎手水鉢、水に姿が写ると知らず。目早き与兵衛が[一]水鏡《みずかがみ》、きっと見つけて見上ぐるを、[二]さときお早が引窓ぴしゃり、内は[三]真夜《しんや》となりにけり。

一　静かな水面に物の影がうつってみえること。
二　さとることが速い。かしこい。
三　本当の夜の意から、真っ暗のこと。

（トこのうち、お幸は人相書を見る。二階の障子をあけ長五郎伺い居る姿が、前の手水鉢に写る。与兵衛見てキッと二階へ息込む。お早は引窓の紐《ひも》を引きしめる。双方キッと見得、長五郎障子をしめる。与兵衛こなしあって）

与兵衛　コリャ女房、何とする。

お早　ハテ、雨もぼろつく[四]、もはや日の暮れ、灯《ひ》[五]をともして上げましょう。

与兵衛　テ、面白し〱、夜《よ》に入《い》らば与兵衛が役目、忍び居るお尋ね者、イ[六]デ召し捕って。

（ト息込むを、お早おさえ）

お早　アレ、まだ日が高い。

（ト引窓をあける）

〽と引窓がらりと明けて、言われぬ女房の心遣いぞせ[七]つなけれ。

（ト三人よろしくこなし。お幸思い入れあって）

お幸　コレ与兵衛や、わしゃそなたに一生の願いがあるが、なんと聞き入れて下されぬか。

四　雨がぽろぽろと降りだしてきた。
五　あかり。ここでは行灯（あんどん）に灯をつけること。
六　いざ。さあ。どれ。
七　胸がしめつけられる思いでつらい。

与兵衛　ナニ、忰の私へのお頼みとは。
お幸　聞き入れて下さるか。
与兵衛　まあおっしゃって下さりませ。
お幸　待ちゃ〱。

〽母は[一]とつかわ納戸《なんど》より、金一包《かねひとつつ》み取り出だし。

（トお幸納戸へ入り、[二]革文庫《かわぶんこ》を持ち来たり、中より巾着[三]を出し、その中より金包みを出して）

お幸　コレ、この金は[四]御坊《ごぼう》へ差し上げ、[五]永代経《えいたいぎょう》を読んでもらい、[六]未来を助かろうと思う大切な金なれど、手放す心を推量して、なんとその絵姿をわしに売って下さるまいか。
与兵衛　ナニ、この絵姿がお買いなされたいとな。
お幸　オイノウ。
与兵衛　母者人、あなたは何故《なぜ》物をお隠しなされます。私はあなたの子でござりまするぞえ。エ、何事も包み隠さずお明かしなされて下さりませ。二十年以前、御実子を大坂へ養子に遣わされたと聞きましたが、その御子息

一　せわしいさま。あわてててせくさま。
二　革製の手文庫。
三　布・革などで作り、口をひもでくくり、中に金銭などを入れて携帯する袋。
四　僧侶または寺院を敬って呼ぶ言葉。
五　永代読経の意。檀家から若干まとまった金を寺院に奉納すると、永代、永久に故人のために、毎年の忌日や彼岸に読経すること。
六　仏教で言う来世。死んでからの世。

は今に堅固[七]にござるかな。
お幸　サアそれは。それじゃによってその絵姿、どうぞ売って下されいのう。
与兵衛　鳥[八]が粟《あわ》を拾うように貯めおかれたその金、仏へ上げる布施物《ふせもつ》[九]を費やしても、この絵姿がお買いなされたいとなア。
お幸　未来は奈落[一〇]へ沈むとも、今の思いに替えられぬわいなア。
与兵衛　アノそれ程までに、ム、。

〽大小投げ出し。

（ト与兵衛思い入れあって、大小を投げ出す）
与兵衛　両腰[一一]させば南方十次兵衛。丸腰[一二]なれば、今まで通りの南与兵衛、相変わらず八幡の町人、商人《あきんど》[一三]の代物《しろもの》、お望みならば上げましょうか。
お幸　スリャ売って下さるか。が、それではこなたの。
与兵衛　イヤ、日の内は私が役目ではござりませぬわい。
お幸　何にも言わぬ、忝《かたじけな》い。
（ト絵姿を持ち手合わす）

七　すこやか。達者。
八　鳥が粟粒を一つずつ啄（ついば）むように、少しずつ貯める。
九　普通、読経などの謝礼として僧侶に贈る包み金、また物品のことをいうが、それは結局、仏へ捧げるものであるの意。
一〇　梵語。地獄のこと。
一一　刀と脇差。大小二本の刀。大小を差すと武士の資格になる。
一二　腰に大小を差していない状態。
一三　売買する商品、品物。

〽と戴く母、嫁は見る目を押し拭《ぬぐ》い。

お早　イヤ申し与兵衛さん、さぞ憎い奴《やつ》とお叱りもあろうが、せめては[一]お力にもと共々に隠しましたが、常々からして[二]物事を包むと思うて下さんすなえ。

〽[三]言いわけ涙に時移り、哀れ[四]数そう暮れの鐘、[五]隈《くま》なき月も[六]待宵《まつよい》の光映《は》ゆれば。

(トこれにて屋根の上へ月出る。お早は奥より行灯《あんどん》を出し)

与兵衛　夜《よ》に入《い》らば村々を詮議するわが役目。

〽言いつつ立って一思案。

(ト立ち上がり思い入れあって)

与兵衛　申し母者人、人を殺《あや》めて立ち退く曲者《くせもの》、大胆にもこの辺りを徘徊《はいかい》はいたしますまい。おおかた[七]河内《かわち》へ越える抜け道は、[八]狐川《きつねがわ》を左へとり、右へ

一　手助け。協力。
二　物と事。一切の事物。いろいろなこと。包むは隠すこと。
三　申し訳。弁明。説明して詫びる。言い訳がないを、涙に掛けた言葉遣い。
四　数がふえる。多くなる。
五　曇りがない。
六　陰暦八月十四日の夜。翌日の十五夜を待つ意から。
七　旧国名。五畿内の一。北は摂津国、西は和泉国、南は紀伊国、東は山城国、大和国に接する。現在の大阪府の西北・西南部を除いた大部分の地域にあたる。
八　八幡市と大山崎町の間に位置する現在の小泉川。『雍州府志』には「狐川　与等(よど)の西南にあり。淀川と木津川の相合する所なり」とあり、『山城名跡巡行志』には「山崎の東端にあり。北より南に流る。水源は柳谷奥海印寺より出で、小倉大明神の一鳥居の前を流れ、淀川に入る」とある。

渡って山越えに、右へ渡って山越しに、めったにそうは参りますまい。

〽情けも厚き藪《九》だたみ。

与兵衛　（ト与兵衛こなしあって門口へ出て、思い入れ）

コリャ女房、我は詮議に参るあいだ。

（ト上手の二階へこなしあって）

与兵衛　一〇後々《あとあと》に心付けよ。

お早　そんなら。

与兵衛　アノ、長五郎はいずれにあるや。

（ト入口をしめ、思い入れ）

〽折から月の雲隠《くもがく》れ、忍んで様子を伺い居る。

（トこれにて月隠れる。与兵衛内へこなしあって、下手の隠居所の所へ忍ぶ）

九　一面に茂った藪。情けが厚いと、厚い藪だたみを掛ける。

一〇　のちのち。これからあとのことをずっと。

〽堪《こら》えかねたる長五郎、二階より飛んで下り、表をさして駆け出《いだ》す。

（ト長五郎、二階より下りて駆け出すを、お幸は縋《すが》り）

お幸　コリヤ、狼狽者《うろたえもの》どこへ行く。

長五郎　ハテ知れた事、最前より尋常[一]に縄にかかろうと存じたれど、余りと申せば志の有難さ。眼前[二]嘆きを見せましょうより、この家《や》を離れてからと、堪えて居りましたが、与兵衛どのの手前もあり、後より追い付き捕らわれる覚悟、お許しなされて下さりませ。

〽また駆け出《いだ》すを。

お幸　アノここな[三]もの知らずめ。

（ト床の[四]メリヤスになり）

お幸　この母ばかりか嫁女《よめんじょ》の志、与兵衛どのの情けまで無にしおる罰当たり奴《め》が。生《な》さぬ仲の心を疑い絵姿を買うと言いかけたは、見逃してたもるか、たもらぬかと胸の内を聞こうため、売ってくれたその時の嬉しさ。わしゃ後ろ影[五]を拝んだわい〳〵。まだ〳〵その上に河内へ越える抜け道まで教え

一　すなおに。おとなしく。
二　目の前。まのあたり。
三　ココナルのルの脱落。人をののしる時に用いる語。この。
四　義太夫狂言を演ずる時、節のないところで、役者がセリフや仕草をしている間、これに調和するように、床にいる竹本の三味線弾きが弾く合方の三味線。
五　去ってゆく人のうしろ姿。

てくれた大恩を、なんと報じようと思い居《お》るぞ。コリャヤイ、死ぬるばかりが男ではないぞよ。

〽七十近い親持って、喧嘩口論、人を殺すというような不孝な子が世にあろうか。

お幸　来るとそのまま欠け碗に一膳盛《も》りと望んだは、牢へ入る覚悟じゃなア。それがなんと見て居《お》らりょう。せめて親への孝行に、逃げられるだけは逃げてくれ、生きられるだけ生きてたも。何の因果で科人《六とがにん》に。

〽なった事じゃとどっと伏し、前後不覚に泣き叫ぶ。お早はともに涙を押さえ。

お早　ア、申し、泣いて居《い》るところじゃない。夜《よ》が明ければ放生会《ほうじょうえ》、人立《七ひとだ》ちが多い。今宵の内に姿を替え、落《八》とす思案は無い事かいな。

お幸　オ、それも心付いておきました。人目に立つ大前髪、剃《そ》り落として姿を変えましょう。嫁女剃刀《よめんじょかみそり》を取って下され。

六　とがのある人。罪を犯した人。
七　人が多く集まって立つこと。放生会に参詣する群衆がふえること。
八　ひそかにのがれさす。にがす。

（トお早は立って納戸へ入る）

長五郎　アノ、申し母者人。姿を変えて縄にかからば、よく〳〵命が惜しさにと言われるのも残念な。侍を殺した時、すぐに[一]相果てようとは存じましたが、死なれぬ義理に生き長らえ、一日〳〵と送るうち、親の事が身にしみて、[二]ま一度お顔が拝みたさに、お暇《いとま》乞いに参りまして、かえって[三]思いをかけまする。やっぱりこのまま与兵衛どのへお渡しなされて下さりませ。

お幸　スリャ、どう言うても縄かかる心じゃなア。

長五郎　覚悟はいたして居りまする。

お幸　よいわ、勝手にしおれ。

〽[四]我より先にと、取り上げるを。

（トこのうち、お早は剃刀《かみそり》を持ち来たり、お幸の傍《そば》に置きしを、この時、お幸、剃刀にて死のうとする）

長五郎　ア丶、めっそうな。

お早　そうでござんす。コレ、長五郎さん。お袋様のおっしゃるとおり、[五]元《げん》服《ぷく》をさしゃんせんと、私も生きてはいませぬぞえ。

一　アイは接頭語。動詞について語勢を添え、また語調を整える。果てる＝死ぬ、死んでしまう。
二　イマの約。更に加えて。もう。
三　あれこれ心に掛けてわずらい嘆くこと。心配。
四　自分自身をさす語。わたしの方が先に。
五　男子が成人の表示として髪を結い、服を改め、頭に冠を加えること、またその儀式をいうが、ここでは、相撲取りの髪型としての前髪を剃ること。

長五郎　ア、、コレ、早まるまいぞ。
お幸　但しは、わしから先へ死のうか。
長五郎　ア、、コレ待った。
お幸　そんなら落[六]ちてくれるか。
長五郎　サア、落ちやんす、剃《そ》りやんす。[七]あやまりました〳〵。
お幸　それでこそ母が子じゃ。ドレ、剃ってやりましょう。
〽母が手ずから合わせ[八]砥《ど》に、剃るべき髪は剃りもせで、[九]祝《いお》うて落とす前髪を、涙でもんで剃り落とす。老いのこぶしの定まらず、わな〳〵震うて刃先がぎっくり。
（トお早は手《て》桶《おけ》の水を[一〇]手盥《てだらい》に取り、[一一]手燭《てしょく》で照らす。お幸は涙ながら前髪を剃り落とし、トド長五郎の額に疵《きず》つくこなし）
お早　ア、、お顔に疵が。
お幸　ひょんな事をしました。幸い、血止め。
〽幸い血止めと硯《すずり》の墨、べったりつけて。

六　ひそかにのがれる。にげる。
七　「誤り」を認め、わびる。おそれいる。
八　剃刀などを研ぐ時、仕上げに用いる砥石。
九　本来の元服式なら前髪を落とすことはめでたいことであるが、今は、逃走のため人相を変えるためである。
一〇　水や湯を入れて顔や手を洗う器。洗濯用の大きい盥と区別していったもの。
一一　火をともした蠟燭を立てて、手にたずさえる具。燭台の小さいもので、柄（え）がある。

(ト硯箱を取り、墨にて疵口をかくし、絵姿と見くらべ)

お幸　大方これで人相が変わった。イヤ〱肝心の見知りは、高頬《たかほ》の黒子《ほくろ》。

〽剃刀を、[一]当て事は当てながら。

お幸　これこそは父御《ててご》の譲り、[二]記念《かたみ》と思えばどうも剃りにくい、コレ嫁女《よめんじょ》、こなた剃り落として下され。

お早　私じゃとてむごたらしい、それがどうまあ剃られましょう。お許しなされて下さりませ。

お幸　ア、思えば〱親の記念《かたみ》まで剃り落とすようになりおったか、[三]心からとは言いながら。

〽可愛の者やと取り付いて、わっとばかりに泣き沈む。[四]折もこそあれ門口より。

与兵衛　濡髪捕《と》った。エイ。

一　剃刀をそるべき黒子に当てたことは当てたのだが、思い切って剃り落とせないで、ためらっている態をいう。
二　死んだ人を思い出す種となる遺品。
三　「心から」の転。自分の心が原因でそうなること。自業自得。
四　丁度その時。

〽と銀の手裏剣《しゆりけん》高頬にぴっしゃり、ぱっと身構え母は楯《たて》、お早は灯火《ともしび》
立ち覆い。

お早　申し濡髪さん、お前の黒子が取れたぞえ。
長五郎　ドレ。
お幸　これも情けか、忝い。

〽ト表を拝み居たりしが、かねて覚悟の長五郎、思い設けて。[五]

長五郎　サア母者人、お前のお手で縄かけて、与兵衛どのへお渡しなされて
下さりませ。
お幸　なんと言やる。
お早　コレ長五郎さん、お前は気が[六]上《のぼ》ったか。捕《と》ったと顔へ打ち付けて黒子
を消した連れ合いの心、コレこの打ち付けた金包みに路銀[七]と書いた一筆。
そこに心付かぬかえ。
長五郎　サア、その書き付けも、黒子を消した心も骨身に堪《こた》え、肝[八]に通り、

五　かねてから考えておく。
六　のぼせる。逆上する。
七　旅用の金。旅費。
八　深く心に感じる。感銘する。

余り[一]過分忝さに、母の嘆きも御意見も、不幸の罪も思われず、[二]片輪ながら可愛いと、義理も法もわきまえなく、助けたい〳〵と母人《ははびと》の御慈悲心。暫くはお心休めと言葉に随《したが》い元服までいたしたれど、一人ならず、二人ならず、四人までも殺した科人《とがにん》、助かる筋はござりませぬ。[三]なまなかな者の手に掛かろうより、[四]形見と思い母者人、泣かずとも縄をかけ、与兵衛どのに手渡して、ようお礼をおっしゃれや。ヤ、ヤ。コレそうのうては、[五]未来にござる十次兵衛どのへお前は義理が立ちますまいがな。

（トお幸思い入れあって）

お幸　ア、誤った〳〵。ほんに、思えばわしは大きな義理知らず、[六]誠言えばわが子を捨てても、継子《ままこ》に手柄さすが人間、[七]畜生の皮かぶり猫が子を咬《くわ》え歩くように、隠し上げようとしたのは何事、とても遁《のが》れぬ[八]天の網、[九]一世《いっせ》の縁の縛り縄。嫁女《よめんじょ》、[一〇]細引を取って下され。

お早　イエ〳〵、それでは連れ合いの心を無になされるというもの、[一一]唐天竺《からてんじく》へござっても、この世にさえござればまた逢われる事もある。[一二]何かはなしに落としまして下さんせ。

お幸　イヤ〳〵一旦かぼうたは恩愛、今また縄かけ渡すのは、生《な》さぬ仲の義理。昼はかばい、夜は縄かけ、昼夜とわける継子本《ほん》の子、慈悲も立ち義理

一　分に過ぎること。身分不相応なこと。

二　不完全なこと。不都合なこと。

三　どっちともつかないさま。中途半端な。

四　別れる時の記念として。

五　前出、一〇八頁注六参照。先に死んで、あの世にいる。

六　ほんとうに。ほんとうは。

七　人に畜（やしな）われて生きているものの意。鳥獣、虫魚の総称。人間でないもの。けだもの。

八　天が張りめぐらした網。

九　仏教で、過去・現在・未来の三世の中の一。親子の関係は、この世だけのものであるという。

一〇　麻をより合わせた細い丈夫な縄。

一一　中国、印度の古称。ここではどんな遠国であってもの意。

一二　あれこれ理屈を言わずに。何がなんでも。

も立つ。草葉の陰の親御への言いわけ、サア、覚悟はよいか。

長五郎　待ちかねて居りまする。

〽手を回すれば母親は、幸い有り[一三]合う窓の縄、おっ取って小手《こて》[一四]縛り、突き放せば引き縄に窓はふさがれ心も闇、暗き思いの声はり上げ。

（トお早捨てぜりふにて留《と》めるを、かきわけ〳〵、トド長五郎はお早を膝にしき後ろへ手を回す。このうち、お幸窓の縄を取り、長五郎を縛り）

お幸　濡髪の長五郎を召し捕ったぞ。十次兵衛は居やらぬか、受け取って手柄にめされ。

〽と呼ぶ声、聞いて与兵衛は内に入《い》り。

（トこの以前より与兵衛伺い出て、門口に立ち聞き、この時、内に入り）

与兵衛　お手柄〳〵。そうのうては叶《かな》わぬ所、とても逃れぬ科人、受け取っ

一三　丁度そこにあった。ありあわせた。

一四　肘（ひじ）と手首との間、また、手首。ここでは手首の部分を縛る。

て御前《ごぜん》へ引く。女房、もう何時《なんどき》じゃ。
お早　サア、もう、[一]夜中《よなか》にもなりましょうか。
与兵衛　[二]たわけ者めが。[三]七ツ半を最前聞いた、時刻延びると役目が[四]上がる。
[五]縄先知れぬ窓の引き縄、三尺残して切るが[六]古例。
〽すらりと抜いて縛り縄、ばっさり切れば、がら〳〵、さしこむ月に。
(ト縛り縄切ると紐《ひも》ゆるみ、窓の戸あく)
与兵衛　[七]南無三《なむさん》夜が明けた。身共の役目は夜《よ》の中《うち》ばかり、あくればすなわち
放生会、生けるを放す所の法、恩に着ずとも勝手に行きゃれ。
(トこれにて[八]九ツの[九]本釣り)
長五郎　ヤア、ありゃもう九ツ。
与兵衛　イヤ、[一〇]明け六《む》ツ。
長五郎　残る[一一]三ツは。
与兵衛　母への進上。
長五郎　重なる御恩。
与兵衛　アイヤ、それも言わずに、さらば〳〵。

一　夜の半ば。夜半。九ツ（十二時）頃をいう。
二　ばか者。
三　明け方、五時頃。
四　役目などが取り上げられる。ここでは、時間が来て終了する意。八八頁注一〇参照。
五　縄が長く、その先がどれだけの長さがあるかわからない場合。
六　昔の慣例。ふるいためし。
七　南無三宝の略。驚いた時に発する語。しまった。さあ大変だ。四七頁注七参照。
八　十二時を知らす鐘の音。
九　下座音楽。本釣鐘の略。時刻を知らせる意味で、釣鐘を撞木（しゅもく）でゴーンと打つ。
一〇　夜明けの六時頃。
一一　実際は九ツであるが、六ツと偽って言ったので、その差が三つ残る。

〽別れてこそは。

（ト与兵衛は長五郎を突きやり、一二筵《むしろ》を抛《ほう》ってやる。長五郎取って戴く。お幸、お早は戸口へ出かけるを一三突きまわし、お幸は拝みながら泣き落とす。与兵衛、入口を閉める。お早愁いのこなし。長五郎は手を合わせ拝むこなし。この見得よろしく一四三重に）

幕

一二　藁であんだ敷物。
一三　歌舞伎の演出・演技用語。付け回しともいう。二人以上の登場人物が相対して、一定の間合いをおきながら、ジリジリと移動して回り、その居所を替える演出。
一四　⇩用語集

五幕目　[一]乱朝恋山崎《みだれてけさこいのやまざき》

役名

山崎屋与五郎《やまざきやよごろう》　占師《うらないし》

藤屋吾妻《ふじやあづま》

(本舞台、[二]向こう一面の野遠見《のどおみ》。前は淀川堤《づつみ》の体《てい》。所どころに紅葉《もみじ》の立木。[三]日覆いより紅葉の[四]釣枝。上手《かみて》に[五]山台。水音《みずおと》にて幕あく。これにて常磐津《ときわづ》にかかる)

〽山の端《は》を、わがもの顔に[六]すむ月の、[七]うわの空なる秋風が、[八]尾花《おばな》につげてそわ〳〵と、招けば野路の乱れ萩《はぎ》。

(ト[九]合の手にて花道より与五郎、[一〇]狂いし心にて三味線持ち出る)

一　本来は義太夫節による景事の場であるが、この台本では常磐津節による所作事が採用された。もとは『双蝶々』の書き替え狂言『種花蝶々色成穐』(はなにちょう・いろのできあき)の五幕目に出た浄瑠璃所作事。初演は天保十二年(一八四一)八月、江戸市村座、作詞・三世桜田治助、作曲・岸沢式佐、振付は四世西川扇蔵。『双蝶々』の「道行菜種の乱咲」をもとに、狂乱した与五郎とそれを追う傾城吾妻に占師をからませる。この台本による上演の時は、楳茂都流(扇性振付)に伝わる演出により、与五郎は三味線と扇をもって出た。

二　背景の遠景。

三　劇場用語。舞台の天井前面の名称。

四　歌舞伎大道具用語。舞台一面に紅葉の造花を吊り下げる装置。

五　歌舞伎の舞踊劇で、浄瑠璃や長唄の演奏家が、それに乗って演奏する台の名称。

六　曇りがなく明らかである。

七　上の空。天上。空中と他のことに心が奪われて、精神が集中しない状態を、空の月と与五郎の物狂いの様とを掛けて言ったもの。

八　(花が尾に似ているので)ス

〽狂うは我[11]が身ならずして、花野に遊ぶ片鶉《かたうずら》[12]。吾妻うけだせ山崎と、浮名に立ちし恋中《こいなか》を、[13]まかせぬ事の数々を今に心も乱れ髪。

（ト与五郎、振り[14]ある）

〽夫《おっと》の行方をそこ[15]はかと、それ[16]と見るより走りつき、かりる[17]姿の浅間《あさま》しと、袖《そで》に油[18]の草の露、よ[19]その見る眼も憂《う》[20]や辛《つら》や。

（ト同じく花道より吾妻出て、振りある）

吾妻　コレ与五郎さん、気をしずめて下さんせ。わしじゃ、吾妻じゃ、与五郎さん。

〽わしじゃ吾妻じゃ、与五郎さん。あれ見やしゃんせ虫さえも、つがい離れぬ秋の蝶。こちも比翼[21]の諸翅《もろつばさ》、未来[22]までもの仲[23]なかを、今さらむごう振り捨てて、エ、エ、気違いとは曲[24]もなや、正気になってと取り縋《すが》る。涙ぞ恋[25]の誠なり。

スキの花穂、またススキ。
九　日本音楽用語。三味線楽や箏曲において、唄と唄との間におかれる器楽のみの間奏をいう。
一〇　気が狂ったつもり。
一一　自分のからだ。（代名詞的にわたし。われ。自分。
一二　雌雄相伴わず離れている鶉。
一三　思うままにならなかったこと。
一四　舞踊用語。舞踊は舞い、踊り、振りの三つに分けられる。振りは物真似的なしぐさの、演劇的な要素の強いものである。
一五　たしかに。はっきりと。
一六　いま関心が向いている人・物事など。たしかにあの人であると。
一七　今の狂った姿は、本来のその人のものでなく、一時、借りている身体にすぎないの意。
一八　油のように、べっとりと草の露がついているさま。
一九　直接関係のない人。他人の。
二〇　憂シの語幹。ういこと。みじめである。なさけない。
二一　二羽の鳥が互いにその翼をならべること。比翼の鳥の略。白楽天の「長恨歌」で有名になった言葉で、男女の深い契りのたとえ。
二二　前出、一〇八頁注六参照。死んでからの次の世でも。
二三　恋人同士である仲を強調して

（ト両人上手へ入る）

〽折しも向こうへお仕着せ[一]の、仕出し[二]にあらぬすぎわい[三]は、これぞ浪花《なにわ》[四]の色町まで、呼ばれ招かれ評判は、御鬮《みくじ》[五]と床《とこ》[六]の吉凶《よしあし》を、二つ枕[七]で見た夢に、当卦《とうけ》[八]、本卦《ほんけ》[九]じゃござらぬけれど、寝呆《ねぼ》け色気《いろけ》[一〇]の事なれば、占屋《うらや》[一一]さんまで真っ直ぐに、ずっと見通し三芳屋《みよしや》[一二]と、鈴振り[一三]たてて来たりけり。

（ト花道より占師出て、振りあり。本舞台へ来る。両人上手より出て）

占師　サア〳〵お祭りじゃ〳〵。ハハア、こう見たところが若いお二人さん。こりゃ、いつもの道行《みちゆき》[一四]と出かけたのじゃなア。

吾妻　イイエ、わしゃそんな機嫌じゃないわいなア。その病気の癒《なお》るように、お前を頼んだぞえ。

占師　畏《かしこ》まりました。私の占いは、このたび新製[一五]の、猫の絵を団扇《うちわ》八本へ描《か》かせまして、それで判断をいたします。サア投げて御覧《ごろう》じませ。

〔前頁注続き〕
二語重ねた用法。
二四　すげない。つれない。
二五　本当の恋の証である。

一　シキセ（仕着）は主人から奉公人に季節に応じて着物を与えること、また、その着物。転じて、自分の意志には関係なく、一方的に与えられた事柄。
二　新趣向の意と歌舞伎の端役の意を掛けたもの。
三　世を渡るための職業。なりわい。一九頁注一七参照。
四　現在の大阪市およびその付近の古称。
五　神仏に祈願して、事の吉凶を占うくじ。
六　寝床。ここでは色事、男女の房事をさす。
七　二つの枕。男女が枕を二つ並べて寝ること。同衾すること。
八　当面している困っていることなどを占うこと。
九　八卦で、二回算木を置いて占う時の初めの卦。
一〇　愛敬。異性の気をひく性的魅力。トウケ、ホンケ、ネボケ、イロケと韻を踏んだ言葉遊び。
一一　占い屋さん。占いをする人。

吾妻　そんならこうかえ。
占師　エ、、この卦は[一六]真《しん》の卦。さすればお二人の中は、[一七]新猫と言う卦でござります。とかくそうなりまするど、さかりたがるものでござりますが、けっしてさかる事はなりませぬぞえ。ハ、、、、。いったいお前の旦那様は、どこのお方でござりまするえ。
与五郎　なんじゃ。わしが家を知らぬか、わしが家は、芸妓《げいこ》、[一八]娼妓《おやま》が打ち揃うて、しかもあれ〳〵、迎いに来た。それ〳〵。
占師　どれ〳〵。
与五郎　それ〳〵。
占師　どれ〳〵〳〵。
与五郎　それ〳〵〳〵。
〽あれ見あぐれば、鳴いて空ゆく[一九]雁《かり》がねの、ハア、羨《うらや》ましい、われも交わせし[二〇]仇枕《あだまくら》。思い出《い》だせばなつかしき、[二一]しども泪《なみだ》に伏し沈む。
占師　これは困ったものじゃなア。オ、それ〳〵、そんならわしが神[二二]おろし。さらば祈禱《きとう》にかかろう。エヘン〳〵。

一二　この台本のもとになった『種花蝶々色成䳄』の初演時の「道行菜種の乱咲」で占師を演じた二代目市川九蔵（後の六世市川団蔵）の屋号が三芳屋であったので、それに掛けた。因みに与五郎は十三代目市村羽左衛門（後の四世尾上菊五郎）、吾妻は初代坂東しうか。
一三　神楽鈴の略。神楽を舞う時に用いる鈴。神道系の占師がたずさえていた。一二二頁注一参照。
一四　相愛の男女が連れ立ってゆくこと。歌舞伎狂言の中の舞踊による旅行場面。
一五　新しく作ること。新しく作られたもの。
一六　うそいつわりのない。まことの。
一七　男女さしむかいで、むつまじく語りあうこと。またはそういう仲間柄。
一八　色茶屋の娼妓。遊女。
一九　ガンの鳴き声、転じて、ガンのこと。
二〇　徒枕とも書く。男女のかりそめのちぎり。
二一　水などにつかる。浸る。水にぐっしょりぬれるさま。
二二　祭りの場に神霊を招請すること。

〽[一]神祇《じんぎ》[二]釈教《しゃっきょう》、恋《こい》無常。百も承知の[三]すけん客衆《きゃくしゅ》が、[四]地廻《じまわ》り節《ぶし》の声も[五]高《たか》間《ま》が腹の皮。[六]寄るや出雲《いずも》の神がみさんの、御託宣にもあるとおり、[七]色は思案のほかとやら、粋《すい》も甘いもかみわけた、くちに、[八]だいやの、[九]おおひらの、これ〱[一〇]ひつじょう幸い[一一]親分の、[一二]床《とこ》の掛軸《かけじ》じゃなけれども、正気に直しめ[一三]たび給えと、おどけまじりに祈りける。

[一四]チラシ〽しどもなりふり狂人の、裾《すそ》に吾妻が取り縋り、こけつ転《まろ》びつ慕い行く。

（ト与五郎真ん中に、上手に占師、下手《しもて》に吾妻よろしくきまって）

幕

一 天神と地祇。天つ神と国つ神。かみがみ。
二 釈迦牟尼の教え。仏教。
三 素見の漢字をあてる。見るばかりで買わぬこと。遊里をひやかして歩くだけで登楼しないこと。
四 遊里や盛り場に住んでうろつきまわるならず者。
五 声の調子が高いことと、高天原を掛けたもの。祈禱の文句を悪ふざけに洒落た言い回し。
六 陰暦十月には、八百万（やおよろず）の神々が出雲大社に集まるといわれている。そのことを踏まえた詞章。
七 男女の恋は常識では判断できず、とかく分別をこえやすい。
八 台屋。仕出し屋。遊廓で料理の品を調える家。
九 大平椀の略。ひらたい大きな椀。二の膳で、煮物などを盛る。おひら。
一〇 必定。必ずそうなるときまっていること。たしかに。きっと。
一一 仮に親ときめて頼りにする人。親方。
一二 床の間の略。
一三 「賜び」と「たまふ」とを重ねて敬意を強めた語。下さいませ。
一四 散らすこと。歌舞伎舞踊音楽で一曲の終わりの速度の早い部分。

本《ほん》朝《ちょう》廿四《にじゅうし》孝《こう》

序幕　第一場　[一]足利館《あしかがやかた》の場

役名

[二]足利将軍　源　義晴《みなもとのよしはる》

[三]相模《さがみ》の太守《たいしゅ》　北条氏時《ほうじょううじとき》

その家臣、[四]信濃《しなの》の国守《こくしゅ》　村上左衛門《むらかみさえもん》

腰元　数名

小姓　一名

諸大名　数名

[五]甲斐《かい》の太守　武田晴信《たけだはるのぶ》

[六]越後《えちご》の城主　長尾景勝《ながおかげかつ》

（[七]平舞台の大広間（黒塗り）。正面上段の間、巻き上げ御簾《みす》。襖《ふすま》は[八]二《に》引丸《ひきまる》の[九]定紋《じょうもん》。左右、襖の出入《ではい》り。衝立《ついたて》その他よろしく[一〇]、万事足利《あしかが》[一一]御《ご》所《しょ》、表[一二]広間のこしらえ。あつらえ[一三]の鳴物[一四]にて幕あく。上段の間に義晴公、その左右に腰元数名、小姓。義晴の[一五]下手《しもて》に北条氏時。義晴の前に[一六]島台二つ置く。平舞台下手寄りに村上左衛門、[一七]上手《かみて》に武田晴信、下手に長尾景勝。左右に好みの[一八]拵《こしら》えの諸大名居並ぶ）

一　足利将軍の屋敷。

二　足利義晴（一五一一―五〇）。室町幕府十二代将軍、義澄の子。一五二一年、細川高国に擁されて将軍となったが実権なく、しばしば京を追われ、四六年、将軍職を子義輝に譲って隠退。

三　相模の国（今の神奈川県の大部分）の領主。

四　信濃の国（今の長野県）の長官。

五　甲斐の国（今の山梨県）の領主、晴信（一五二一―七三）。戦国大名信虎の子、父を駿河に追放して自立、出家して信玄と号す。川中島で上杉謙信と激突。織田信長と対立、三方ヶ原で徳川家康に勝ち、勢いに乗じて三河に入ったが、陣中で病死。

六　越後の国（今の新潟県の大部分）の城主、景勝（一五五五―一六二三）。長尾政景の子、叔父上杉謙信の養子、謙信の没後遺領を継ぐ。豊臣秀吉に仕えて功あり、五大老の一人となる。大坂の陣には徳川方として奮戦。

七　⇨用語集

八　輪の中に横に二画ある紋、足利氏の紋どころ。

九　家々で定まっている紋。家紋には定紋と替紋（かえもん）があ

晴信　[一九]春は曙《あけぼの》、ようやく白くなりゆくままに、
景勝　雪間の若菜芽ぶきつつ、
氏時　先《ま》ず咲き初《そ》むる梅が香《か》や、
村上　霞《かすみ》立ちたる[二〇]室町御所。
晴信　年のはじめの[二一]御寿《おんことぶき》、一同祝し、
一同　たてまつりまする。
（ト鳴物花やかに、一同、礼する）
義晴　[二二]いざとよ、方々、近年、[二三]六十余州の[二四]大小名、徒《いたず》らに[二五]鉾《ほこ》を交え武威を競うこと、室町御所を恐れぬ振舞い、いかがありや。
氏時　ハハッ、まことに恐れ多き御《おん》仰せ、わけても甲斐の国の武田晴信、越後の国の[二六]長尾謙信、[二七]いわれなき合戦に[二八]浮身をやつすこと、[二九]上《かみ》を恐れぬ振舞いなり。このまま差し置かるるは[三〇]武威薄きに似たり。[三一]きっと糾明ござあって然るべし。
義晴　[三二]やよ、武田晴信。
晴信　ハハッ。
義晴　長尾景勝。
景勝　ハハッ。

る。
一〇　⇩用語集
一一　天皇、上皇、親王のほか将軍、大臣などの居所。
一二　家の表口にある正式の広い室。
一三　⇩用語集
一四　⇩用語集
一五　⇩用語集（上手・下手）
一六　洲浜（すはま）台の上に、松・竹・梅に尉（おきな）・姥（うば）や鶴・亀などめでたいものの形を配し、蓬莱山を模したものという。婚礼・饗応などの飾り物として用いる。
一七　⇩用語集
一八　歌舞伎用語。それぞれ自分の好きな選択による扮装で。
一九　『枕草子』の有名な冒頭「春はあけぼの、やうやうしろくなり行く」云々の文句をもじって新年を寿ぐセリフにしたもの。
二〇　足利御所と同じ。足利幕府の館が京都の室町にあったため。
二一　言葉で祝うこと。祝詞。
二二　ためらいながら呼びかける言葉。
二三　もと日本全国の称。すなわち、畿内七道の六十六カ国に壱岐・対馬をあわせた国々。
二四　大名と小名。室町時代の大名は、管国を自分の私領化した守護

義晴　武田晴信、わが命に服し、かく国許《くにもと》甲斐の国より早速の[一]上洛《じょうらく》。それになんぞや汝《なんじ》が父越後の長尾謙信、いまだ[二]出仕いたさぬ[三]心底《しんてい》いぶかしし。この[四]儀いかに。

景勝　[五]君の御不審、重々御尤《ごもっと》もには候えど、父謙信老体の上、多病、[六]余儀なく国許に[七]蟄居《ちっきょ》。されど、君のお召しの[八]御諚《ごじょう》あらば、[九]旬日を待たずきっと上洛いたすこと必定にござりまする。

義晴　伝え聞く、両家不和の基は[一〇]諏訪明神《すわみょうじん》の神体、[一一]法性《ほっしょう》の兜《かぶと》、武田家より長尾家に貸与せしに、その後《のち》久しく武田家へ戻らぬままの[一二]確執《かくしつ》という。武田晴信、返答ありや。

晴信　[一三]さん候。諏訪法性の御《おん》兜は、明神の[一四]霊狐《れいこ》これを守護する御宝《みたから》にて、先年長尾殿の懇望[一五]もだし難く貸し与えしが計らずも両家不和のきざしとなり、かく合戦に及びし儀。

景勝　[一六]御意《ぎょい》の通り只今晴信申し上げしごとく、諏訪の御兜を中にはさみ、一徹者の父謙信、甲斐と矛を交うるに至りし条[一七]実証なれど、かく君の御諚ある上は、両家の和議、拒むべき[一八]理《ことわり》なし。

氏時　ハ、、、、コレ〱両人、左様の[一九]童《わらべ》すかしに似たる[二〇]あやしき和睦の軽《かる》請け合い、この氏時[二一]呑《の》みこめぬ。察するところ、[二二]故なき戦《いくさ》に[二三]関八州《かんはっしゅう》を騒

〔前頁注続き〕すなわち守護大名をいい、小名は比較的小さな名田を所領とする者をいった。

二五　諸刃の剣に長い柄を付けた武器。「鉾を交える」は戦闘をするの意。

二六　（一五三〇—七八）。越後の守護大名長尾為景の子。初名景虎のち輝虎と改め、入道して謙信と称す。北条氏康・武田信玄と対抗してしばしば戦を交える。特に武田氏との川中島の合戦は有名。関東管領上杉憲政から上杉の姓を譲られる。上洛して覇をとなえんとしたが、業半ばにして病死。

二七　正当な理由や根拠がない。

二八　本来は「憂身」の字をあて、つらい事の多いのが外見にもあらわれるほどに苦労すること。転じて、身のやせるほど物事に熱中する。この場合「浮身」の方がうつる。

二九　身分・地位などの高いこと、またその人。ここでは将軍家。

三〇　たけだけしい力。武力の威勢が将軍家に乏しいように思われる。

三一　きびしく。厳重に。

三二　呼び掛ける声。やあ。やい。

動させ、その虚[二四]に乗じ、足利御所に弓引[二五]かん下心よな。野心なき申し開き、両人いかに。

村上　氏時公の御眼力《ごがんりき》、天晴《あっぱ》れ白星《しろぼし》[二六]。ぬらりくらりのぬめた[二七]晴信、謙信の狸《たぬき》[二八]入道、長尾景勝の小狐《こぎつね》[二九]め、ウムハヽヽヽ、一同、化け現わせよ。

景勝　御辺《ごへん》[三〇]は信濃の太守なれば、故なく甲斐越後を同士討ちさせ、それを踏まえて両国をして[三一]やらん魂胆《こんたん》。

村上　ヤア。

晴信　とくより[三二]左様の野心にて、氏時どのにこびへつらう陪臣根性《またものこんじょう》[三三]、お慎みあって然るべし。

村上　何がなんと。

義晴　双方、静まれ。晴信、景勝和睦の誓いも、氏時が不審も、これ皆足利の御代《みよ》[三四]万歳《ばんぜい》を思う心[三五]やり。されど両家の合戦、鎮むるに弓矢の力[三六]叶《かな》わぬこと、さるに[三七]よって長尾謙信が娘八重垣姫《やえがきひめ》[三八]と武田信玄[三九]の一子勝頼《かつより》[四〇]とをめあわせ、両家永代の和睦とせん余[四一]が計らい。

晴信　ハハヽ、こは冥加《みょうが》[四二]なき君が御《おん》仲立ち、両家和睦を契[四三]りし上、

景勝　八重垣勝頼が縁組み、めでたく受納[四四]つかまつるで、

景勝・晴信　ございます。

一　地方から都へ上ること。京都へゆくこと。
二　勤務に出ること。
三　心のおくそこ。こころのうち。
四　わけ。意味。理由。
五　自分がつかえる人。ここでは足利将軍をさす。あなた様の。
六　他にとるべき方法がない。やむをえない。
七　家にこもって外出せぬこと。
八　貴人の命令。仰せ。おことば。
九　一〇日間。一〇日ほど。
一〇　長野県諏訪にある神社。上社と下社がある。祭神は建御名方富命（たてみなかたとみのみこと）とその子八坂刀売命（やさかとみのみこと）。古来、武事の守護神として武将の崇敬が厚かった。七年目ごとの御柱の祭が盛大。
一一　仏教語。一切存在の真実の本性、真如、実相、法界などと同義に用いられる。御神体として尊敬される兜につけられた名称。
一二　自分の意見を固く主張して譲らないこと。またそのために双方の間が不和になること。
一三　「さにさうらふ」の転、応答の語。さようでございます。
一四　神の使わしめとして特別の霊力をもつ狐。
一五　ほうっておくことが出来ない。

（ト晴信、景勝、辞儀する）

義晴　両人が言葉の金打[一]《きんちょう》、その印《しるし》にこの島台、それぞれにつかわさん。ソレ。

腰元二人　ハハア。

（ト腰元二人、島台を晴信と景勝の前に置く）

晴信　君の御《おん》仰せ、有難く、

景勝　頂戴つかまつるで、

両人　ござりまする。

氏時　早後宴《はやごごえん》のとき至れば、わが君には、奥殿[三]にお立ち、

皆々　遊ばされましょう。

義晴　一同、大儀[四]。

一同　ハーッ。

（ト義晴、氏時、立つ。御簾下りる。村上と諸大名、左右の襖へ退場する。あとに残った景勝と晴信、それぞれに島台を手にして気味[五]合い、鳴物にて）

幕

〔一三〇―一三一頁注続き〕

断わり切れない。

一六 「御意向の通り」の意で、目上の人と対する返事に用いた語。ごもっとも。おっしゃる通り。

一七 たしかな証拠。事実に間違いない。

一八 道理。理由。

一九 子供をたらし、だますこと。

二〇 いぶかしい。疑わしい。

二一 了解しない。納得できない。

二二 何の理由もない。

二三 関東八州の略。相模、武蔵、安房、上総、下総、常陸、上野、下野の八カ国。

二四 油断。すき。用意を怠ること。

二五 手向かう。反抗する。そむく。

二六 相撲の勝ち星から転じて、成功、手柄。

二七 「ぬめ」は銭貨の裏面の文字のない方をいう。「ぬらりくらり」とした晴信はぬめのようにつまらない奴、と罵る言葉として造語。

二八 他人を欺く奴の意で用いる。

二九 狸同様、狐も人を騙すとされている。年配の謙信を狸にたとえたのに対して、年若の景勝を小狐とののしったもの。

三〇 二人称。同輩や、やや目上に対して用いる。そなた。貴公。

一 （たくらみ、悪事などを）ま

序幕　第二場　足利館奥殿《あしかがやかたおくでん》の場

役名

将軍　義晴《よしはる》
[六]北の方　手弱女御前《たおやめごぜん》
[七]側室　賤《しず》の方《かた》
[八]中老　夕映《ゆうばえ》
同　浪路《なみじ》
武田《たけだ》晴信《はるのぶ》
長尾《ながお》謙信《けんしん》
北条《ほうじょう》氏時《うじとき》
井上新左衛門《いのうえしんざえもん》　実は[九]斎藤道三《さいとうどうさん》

そのほか
腰元
小姓
[一〇]注進の若侍
[一一]四天《よてん》の力士
など

（中央に[一二]二重屋体、[一三]回り縁《えん》、二重正面は花鳥の襖絵《ふすまえ》。平舞台は庭の思[一四]

〔一三二頁注続き〕んまとしおおせる。欺いてし遂げる。だましとる。
三一　はやくから。
三二　「陪臣」は臣下の臣、又家来。又者の持ついやしい心根。
三三　本来は天皇の治世をいうのだが、ここでは足利幕府の代がいつまでも続くようにの意。
三四　「こころやり」は気ばらし、うさばらしが原義であるが、ここでは「心を・つかう」、気づかって、心配しての意につかっている。
三五　弓と矢の力、すなわち、武力、いくさ。
三六　そうであるから。
三七　長尾謙信の娘と設定した虚構の人物。
三八　武田晴信と同一人物。
三九　信玄の二男（一五四六―八二）。信玄の死後家督を継ぎ、領国を経営、美濃、遠江、三河に進出。長篠の合戦に織田・徳川連合軍に大敗、以後衰運を回復できず、信長に攻められ、自刃、武田氏は滅亡した。
四〇　われ。自分。
四一　おそれ多い。ありがたい。
四二　約束する。契約する。
四三　受け納めること。受け入れること。

い入れ。上手《かみて》に白梅《はくばい》、下手《しもて》に紅梅の立木。下手前に井桁《いげた》[一]の石井戸（下へ抜ける）、そのくぐり[二]、松、竹笹。平舞台左右、奥は遠見[三]の庭、網代塀《あじろべい》[四]。すべて、定式《じょうしき》[五]の奥御殿。好みの唄合方[六]で幕あく。正面屋体に腰元ならび、回り縁の上手に中老の夕映、下手に同じく中老の浪路、控えている）

夕映　年の初めの年賀の御《おん》儀式、御殿《おとの》様にも御機嫌麗しく申し納められ、

浪路　奥方様にもさぞ御安堵《ごあんど》、

夕映　おめでたいことで、

皆々　ござりまする。

夕映　した[七]が、今日《きょう》のお祝いに、賤の方様のお姿が見えなんだが、なんとしたことであろう。

腰元一　賤の方様にはお産も間近のこととて、

同　二　若水《わかみず》[八]もそこそこに、

同　三　祇園《ぎおん》[九]の社へ御安産の御祈念に、

同　四　詣《もう》でられましてござりまする。

浪路　もうほどのう御帰館でが[一〇]なござりましょう。

（ト向こう揚幕[一一]より「賤の方様お帰り」と呼ぶ。鳴物にて向こう揚幕

〔一三二―一三三頁注〕

一　約束をたがえぬという証拠に、武士が大小両刀の刃または鍔（つば）などを打ち合わせ、また小柄の刃で刀の刃を叩いたこと。

二　大きな宴会の後に催す小宴会。

三　奥の方にある建物、御殿、部屋。奥の間。

四　他人の骨折りを慰労する語。御苦労。

五　心持ち。歌舞伎演出の用語「気味合いの思い入れ」の略。互いに相手の心を推量しながら、自分の心中を表現動作に表わすこと。

六　公卿など貴人の妻の敬称。

七　貴人の妾。そばめ。

八　武家の奥向で、老女の次席。武家の奥向に仕える女房。

九　室町末期の武将（一四九四―一五五六）。名は秀竜。もと山城の油商人で、美濃に往来し、守護土岐氏にとり入ったが、天文年間土岐氏を逐って美濃国を領し、織田信秀と結ぶ。子義竜と戦って敗死。織田信長はその女婿。

一〇　大事・事件を急いで報告すること、またその役の者。

一一　歌舞伎の衣裳用語。着物の上交（うわがい・うわがえ）と呼ぶ衽（おくみ）がなく、裾が両脇で切れ目が入っているのが特徴。

より賤の方、腰元二人連れて出る。花道[一二]七三[一三]に止まって）

賤の方　只今帰館いたしましてござりまする。

（ト奥にて手弱女御前の声）

手弱女　ナニ、賤の方が帰館とな、それにまいって対面せん。

（ト鳴物になり、正面瓦燈口《かとうぐち》[一四]より手弱女出、賤の方舞台に来る）

手弱女　オヽ、賤の方、戻られしか。重畳《ちょうじょう》[一五]〳〵、まず〳〵これへ。

賤の方　勿体《もったい》のうはござりますれど、そんなら御免遊ばしませ。

（ト賤の方二重屋体へ上がり、手弱女の下手へすわる）

賤の方　今にはじめぬ奥方様のお心づかい、君のお胤《たね》を宿せし身を、お怒りの色目[一六]もなく、

手弱女　あられ[一七]もないその挨拶、そなたがこのたびの懐胎はとりも直さずわが君のお胤、足利家大事のお世継ぎ、自らにとってもこれ[一八]に上こすよろこびがあろうかいのう。一日も早う世継ぎの和子《わこ》[一九]の顔、見せてたも[二〇]いのう。

賤の方　いつとても身に余る情けのお言葉、いち〳〵胸に迫れども、そこもと様には御本妻北の方、わたしは卑しい側女《そばめ》[二一]、やっぱりああせいこうせいとお使いなされて下さりませ。

手弱女　そのような詮《せん》[二二]もなき遠慮は、かえって君への不忠。ノウ夕映。

「してん」と読むことは忌まれてきた。舞台で鎧の着用が禁じられていた時代に鎧がわりに利用したともいわれる。用途は意外なほど幅ひろい。主役級が着るものと捕手や軍兵が着るものと二系統ある。転じて「四天」は捕手や軍兵の役柄を示す語にもなっている。「力士」も相撲取りではなく、ここでは、四天の衣裳を着た、力の強い軍兵の意。

一二　二重⇩用語集。高く組んだ御殿の建物。

一三　座敷の周りを取り囲んだ形の縁側。

一四　ここは用語集にある人物の心理表現ではなく、「つもり」の意。

［一三四頁注］

一　井戸の上部の縁を木で「井」の字形に四角に組んだもの。

二　役者が石井戸から舞台下へくぐりぬけられるよう大道具がしつらえられていることの指定。

三　⇩用語集

四　歌舞伎大道具の一。木皮を網代に編んだ塀を描いた張り物。時代物の御殿の場などの書割り（⇩用語集）や袖に多く使う。

五　きまったやり方。いつも通り

夕映　さようにござります。奥方様のお言葉に甘え、いよ〳〵御身《おんみ》お大切にて、

浪路　御安産こそ、第一と存じまする。

賤の方　奥方様。

（ト思わず進み出て涙ぐむ）

手弱女　[一]これはしたり、そなたお泣きやるか。なんの悲しいことがあろうか。めでたい〳〵、ハハハ、、、。

（ト手弱女御前も目をうるませ、夕映、浪路も感極まって目がしらに袖《そで》を当てる。[二]近侍《きんじ》の若侍、向こう揚幕より走り出で）

近侍　申し上げます。[三]西国方《さいごくがた》の武士井上新左衛門と申す者、何か君へ献上の品ありと、[四]お次に控えおります。いかが計らいましょうや。

手弱女　献上の品とあれば、こちへ通しゃ。[五]わらわはこの旨、殿へ[六]言上《ごんじょう》せん、賤の方には一間で休息しやるがよい。

賤の方　さようござれば後刻お目にかかりましょう。

手弱女　皆も来《き》や。

腰元　ハハー。

（トこれにて正面御簾《みす》下りる）

〔一三四―一三五頁注続き〕

六 ⇨用語集
七 接続詞。だが。であるが。
八 元日の朝に初めて汲む水。一年の邪気を除くという。
九 京都市東山区祇園町北側にある八坂神社の旧称。祇園祭はこの神社の祭礼。
一〇 終動詞。願望の意を表わす。意志、推量を表わす文中に用いる。「ほどなくお帰りになるでしょう」。
一一 ⇨用語集
一二 ⇨用語集
一三 舞台・演出用語。花道上の揚幕から七分、舞台付け際から三分の場所をいう。古くは揚幕から三分、舞台付け際から七分の位置をさしていた。主な役者の登場退場に際して、ここで立ち止まり、セリフを言ったり、思い入れをするなど、演出・演技上大事な場所とされている。但し現在では、より舞台に近い位置になっている。
一四 ⇨用語集
一五 この上もなく満足であること。とても好都合なこと。結構〳〵。
一六 様子。そぶり。
一七 あるはずもない。ありえない。とんでもない。

（ト鳴物変わって、向こう揚幕より、以前の近侍に[七]白木《しらき》の平台を持たせて井上新左衛門登場。七三に止まる）

近侍　ハハッ、これまで召しつれましてござります。

（ト正面の御簾上がる。正面に義晴公、腰元居並ぶ）

義晴　井上新左衛門とは、その方《ほう》か。苦しゅうない、近《ちこ》う。

新左衛門　然らば、御免下さりましょう。

（ト舞台下手に控える）

夕映　ついに見なれぬ者ながら、君への訴訟は。

新左衛門　ハハッ、かく申すは井上新左衛門、[八]薩摩《さつま》の国種子島《たねがしま》の住人なりしが、故あって浪人いたし、頼む主君も見つからず、無念の年月《としつき》を送るうち、不思議にもこの一品《ひとしな》手に入《い》りしは、天未《いま》だ捨てざるところ、この上は足利十二代の主《あるじ》、源義晴公をわが主君と仰ぎたく、これまで推参つかまつってござります。

義晴　ホホー、性根ある[九]気根の者、召し使う[一〇]筋目もあらん。シテ、その方が引出物に持参せしは。

新左衛門　これなる一品《ひとしな》こそ、異国にては鉄砲と呼ぶ、玉を仕込んでブッ放

一八　これより上になる。これ以上の。

一九　自分の子。わが子。子供を親しんでよぶ語。

二〇　（動詞タモルの命令形タモレの略）ください。イノウは終助詞のイとノウで、感動・呼びかけ・強調の気持ちを表わす。

二一　本妻以外の妻。めかけ。

二二　しかたがない。無益である。つまらない。

〔一三六―一三七頁注〕

一　うまく事が運んだ時に言うこと。また失敗したり驚いた時にも言う。ここでは、これは、どうしたことかの意。

二　主君のそば近く仕えること。

三　西方の国。関西以西の諸国、特に九州地方。後には中国、四国地方をも含む。

四　次の間。次の部屋。

五　武家時代、女が自分のことをへりくだっていう語。わたし。

六　申し上げること。

七　材質の白い木材。杉、檜など。平台は物をのせて運ぶ台。この場合その上に鉄砲をのせてくる。

八　旧国名。今の鹿児島県の西部。種子島は鉄砲伝来の島として有名。

せば、その音[一]雷霆《らいてい》のごとく、玉当たること飛鳥《ひちょう》のごとし。合戦にお用いあらば、敵の大軍立ちどころに皆殺し、これに上こす珍宝《ちんぽう》なし。

浪路　シテ、その一品《ひとしな》、いかが致して手に入《い》りしや。

新左衛門　ハハッ、[二]先《さき》いつ頃、物々しき[三]南蛮船一艘《いっそう》、種子島沖合に難破、そのあと浜辺に打ち上げられしが、これなる鉄砲。

義晴　さはさりながら、それほどの[四]逸物《いちもつ》、そのあつかい様《よう》、汝《なんじ》、知るやいかに。

新左衛門　御諚《ごじょう》にや及ぶべき。ここにて試し、君の御覧に入れ申さん。

浪路　ナニ、この場にてお目にかけんとな。

新左衛門　[五]御意《ぎょい》。

（ト新左衛門、自分の[六]肩衣《かたぎぬ》を脱ぎ、上手の紅梅の木に掛け、花道七三まで行き）

新左衛門　ハハッ、彼《か》の枝に吊るせし新左衛門が衣服を敵《かたき》と覘《うかが》い、かく構えて火蓋を切れば、御覧あれ。

義晴　心得たり。

（ト一発、轟《とどろ》く。義晴、ウンとばかり倒れる）

夕映　ヤア、わが君のこの態《てい》は。皆々お出合い、

（前頁注続き）ここではそのことを踏まえている。ポルトガル人が種子島に鉄砲を伝来したのは一五四三（天文一二）年であり、義晴の時代ではあるが、彼が斎藤道三に鉄砲で暗殺されたというのは史実ではない。

九　物事に堪え得る気力。根気。

一〇　家柄。由緒。すじみち。

一　霆は雷の烈しいもの。かみなり。いかずち。

二　（サキツコロの音便）さきごろ。（院本では「先月六日の夜」としている。）

三　室町末期から江戸時代にかけて、ルソン、ジャワ、シャムなど南洋方面から渡来したスペイン、ポルトガルなどの船。（院本では「唐船と相見え候」とある。）

四　群をぬいてすぐれているもの。

五　おぼしめし。「御意の通り」の意で、目上の人に対する返事に用いる語。「はい」。一三〇頁注一六参照。

六　室町時代の末から武家が素襖（すおう）の代用として用いた服。背の中央と両の衽（おくみ）とに家紋をつけた。素襖の袖のなくしたもの。肩から背にかけて小袖の

腰元　召され。

（トこれにて左右より近侍の花四天[七]《はなよてん》、数名駆けつける。腰元たち、義晴を几帳[八]《きちょう》の中に運ぶ。手弱女御前は氏時を伴い、上手より駆け出る）

手弱女　験《ため》しにかこつけ、わが君を害せし曲者[九]《くせもの》、逃しはせじ。

（トバタバタ[一〇]にて花道より花四天数名駆けつけ、花道の新左衛門にかかり、左右[一一]を控えて舞台へ戻る）

新左衛門　あら、うれしや、よろこばしやな。これにて日頃の大願成就。

（ト力士のからむのを投げつけ、立ち回り[一二]あり、印[一三]《いん》を結び、下手の井戸へ飛び込む。手弱女御前、新左衛門が残した鉄砲を手にとり上げ）

手弱女　いかに者ども、君を弑[一四]《しい》せし不敵の曲者、井筒[一五]をくぐり逃げ失せたり。

氏時　敵《かたき》の詮議《せんぎ》はこの飛び道具、御所を囲みて逃がすまじ。合図の鐘、出入《でい》り〳〵にとどろかせよ。

（ト鐘[一六]、太鼓[一七]を打ち込む）

花四天　ハッ。

（ト左右へ駆け入《い》る。二重奥より腰元数名、白鉢巻、襷《たすき》姿、薙刀《なぎなた》もって出、手弱女御前の後ろに控える。バタバタにて上手より若侍登場）

若侍　只今、何者とも知れず、曲者が賤の方を奪い取って立ち退きましてご

上に着る。下は半袴を用いる。継上下（つぎがみしも）。

七　四天（一三三頁注二参照）のうちでもっともよく見かけるもの。捕手などの衣裳。白の木綿地に紫の立涌（たちわき）模様、赤や萌葱（もえぎ）の牡丹や菊をあしらったものが多い。ここではその衣裳をきた捕手の役。一三三頁の役名では「力士」とある。

八　几（おしまずき）に帳（とばり）をかけたところからの名。屏障具の一。室内に立てて隔てとした。

九　傷つける。殺す。殺害する。

一〇　演出用語。足早に走ったりする時の足音を誇張する様子で、ツケ板を二本の柝（き）（⇩用語集）で、バタバタと打つ。

一一　人物の右と左から囲む状態で、花道から本舞台へ誘導する。

一二　⇩用語集（たて）

一三　もとは両手の指をさまざまに組み合わせて宗教的理念を象徴的に表現することである。ここでは忍者が身を隠すなどの術を使う時の呪術的行為として、右手の二本の指を左手の掌で包むように構える。

一四　主君、父を殺す。目上の者を殺す。

ざります。

手弱女　ナニ、賤の方まで奪われしとや。わが君といい賤の方まで奪い取られしお家の大事、女ながらもこの手弱女、曲者のあと追わん。皆もつづけ。

（トこれにて手弱女御前、腰元、奥へ入る。鳴物変わって、上手より武田晴信、花道より長尾謙信登場する。それぞれに[一]白張提灯《しらばりちょうちん》二張《ふたは》りずつ持たせる）

晴信　ヤア〳〵、駆けつけきしは越後《えちご》の城主長尾謙信入道ならずや。

謙信　そういう[二]和殿《わどの》は甲斐《かい》の城主武田晴信なるか。

晴信　[三]見参。

謙信　見参。

（ト両名とも舞台へかかる。ふたたび手弱女御前腰元連れて奥より出、氏時もこれに従って登場）

氏時　ヤア、武田長尾両名とも、君御落命の場所にも居合わさず、[四]臭い〳〵。めったに奥へは通すまじ。

手弱女　やよ、待て氏時、武田長尾は足利家の[五]執権職、わが君の御最期にも居合わさぬは不忠なり。身のあかし立てん[六]才覚、なくては叶《かな》わじ。サ、なんと〳〵。

〔前頁注続き〕

一五　井戸の地上の部分を木、石などで囲んだもの。本来は円形だが広く方形のものもいう。

一六　下座音楽（⇩用語集）楽器の一。

一七　下座音楽楽器の一。鐘と太鼓を同時に打ち鳴らし、戦場など緊急事態を表わす効果音として用いる。

一　白紙を張っただけで、紋などの書いてない提灯。

二　二人称代名詞。相手を親しんで、また軽んじてよぶ語。あなた。

三　けんざん、げんざん。目上の者に対面すること。また、目下の者にお会いになることを言うが、ここでは、「やあ、やあ」といった久々の対面の挨拶をかねた、敵対の感じを含んだ呼びかけの言葉。

四　疑わしい。怪しい。

五　将軍を補佐し政務を総轄する、最高の職。

六　知力のはたらき。機転。計画。工夫。算段。

晴信　ハヽ、お疑いかかるこの晴信、
　（ト上手の白梅の小枝を折り）
君を害せし曲者出でざれば、その時こそわが家の世継ぎ一子勝頼が首討って、この白梅の白きにたとえ、邪心なきあかしとせん。
謙信　謙信とても、
　（ト下手の紅梅の枝を折って）
わが家の世継ぎ一子景勝の首討って、われまた室町御所へ紅梅の赤心[七]示し参らすべし。
手弱女　オヽ、心底《しんてい》見えた御両所どの、さらば君の三回忌追善供養のそれまでに曲者現われ出でざる時は、不憫《ふびん》ながらも勝頼、景勝、ともに親が手にかけ一命断って、
晴信　この白梅の白きを見せん。
謙信　この紅梅の赤心示さん。
手弱女　まずそれまでは。
氏時　とはいえ、嫌疑のかかる両家の大将。
手弱女　氏時、控えい。エヽ、控え召され。
　（トこれを木[八]ガシラ、手弱女、鉄砲を持ち、武田長尾それぞれ白梅紅

七　いつわりのない心。まごころ。
八　⇨用語集（柝（き）の頭）。幕切れに際して、セリフの終わりなどをキッカケとして、チョンと柝を打つことを、木の頭、または木頭という。

梅を持ち、氏時無念の態《てい》にて）

幕

（ト鳴物にてツナグ）

（トドロドロ[一]にて花道スッポン[二]より新左衛門現われる。印[三]《いん》を解き）

新左衛門　われ井上新左衛門と名乗れども、まことは天下を覗う国取り大名、美濃の斎藤道三なり。

道三*　足利将軍義晴めを討ち取ったれば、も早《はや》六十余州、わが掌《たなごころ》に入《い》るも同然、ハテ、心地よやな。

（ト左右より四天[四]のカラミ出る）

カラミ　曲者、捕《と》った。

道三　何を。

（トカラミを相手に立ち回り、よろしくあり、鳴物あらたまって、道三、六法[五]の引っ込みとなる）

一　歌舞伎下座音楽鳴物の一名称。幽霊、変化（へんげ）、妖術使い等の出現に使う。大太鼓を長撥（ながばち）で緩慢な間に打って怪奇夢幻を表現する。

二　舞台機構の一種。花道の七三にある小型の切穴で、床が昇降する。原則として、忍者や幽霊、妖怪変化など非現実的な役の登場退場に使われる。語源は、セリ上がりの演者が首から出るさまがスッポンの首に似ているからという。

三　一三九頁注三参照。井上新左衛門が妖術を使う時に、結んだ手の印をほどくこと。それによって諸人にその姿が見えたことになる。

＊　これまで井上新左衛門と名乗っていたが、本名を明かしたので、台本の役名も「道三」と変えてある。

四　歌舞伎用語。捕手、軍兵、四天などに扮して、主役にからんで立ち回り、投げられたりして主役を引き立てる役。

五　⇩用語集

六　百度参りの略。社寺に参り、その境内の一定の距離を百回往復し、その度に拝すること。

七　武田勝頼と恋愛関係にあった架空の人物。

八　高坂虎綱（一五二七—七八）。

第二幕　第一場　諏訪明神《すわみょうじん》[六]お百度《ひゃくど》の場(A)

役名

百姓蓑作《みのさく》　実は武田四郎勝頼《たけだしろうかつより》
武田家の腰元　[七]濡衣《ぬれぎぬ》
武田家の執権[八]高坂弾正《こうさかだんじょう》の妻　唐織《からおり》
長尾家の執権[九]越名弾正《こしなだんじょう》の妻　入江《いりえ》
武田家の[一〇]奥家老　板垣兵部《いたがきひょうぶ》
[一一]車遣《くるまつか》い　勘八《かんぱち》
同　権六《ごんろく》
同　九助《くすけ》
村の女　おます
村の男　丑松《うしまつ》
長尾三郎景勝《ながおさぶろうかげかつ》
百姓横蔵《よこぞう》　後に[一二]山本勘助晴義《やまもとかんすけはるよし》
斎藤入道道三《さいとうにゅうどうどうさん》
兵部の家来　二人
唐織の腰元　一人
入江の腰元　一人
諏訪明神の[一三]禰宜《ねぎ》　一人
お百度の[一四]仕出し、百姓、町人の男女（あるいは、子供）大勢

戦国時代の武将、甲斐武田氏の家臣。十六歳の時、武田信玄の近習に取り立てられ、使番を経て、士大将となる。川中島の合戦では越後の上杉謙信と戦って活躍、信玄の葬儀に剃髪する。遺子勝頼に仕える、帷幕（いばく）の中の人となり、温順にして智略に富み、『甲陽軍鑑』は彼の著作に仮託される。

九　不詳。武田家の執権高坂弾正と対立する人物として設定された架空の人物か。

一〇　武家で奥勤めの家老。板垣兵部は不詳。架空の人物であろう。

一一　荷車などで物を運んで賃銭を取ること。それを業とする人。

一二　戦国時代の武将、兵法家。三河の人、独眼で隻脚。『甲陽軍鑑』によると、武田信玄の参謀をつとめ、軍略に長じ、川中島の戦に戦死したというが、事跡、生没年ともに不明。

一三　神主の下、祝（はふり）の上に位する神職。

一四　⇨用語集

（[一]大拍子《だいびょうし》にて幕あく、[二]浅黄幕《あさぎまく》つってある。すぐ[三]御簾《みす》うちの浄瑠璃になる）

〽[四]恵《めぐみ》は四方《よも》に隠れなき、[五]下諏訪《しもすわ》の神垣《かみがき》は[六]下照姫《したてるひめ》の御神《おんがみ》にて、[七]神慮もさぞと知られける。

（ト浅黄幕振り落とす。[八]本舞台平舞台、上手《かみて》寄りに[九]本縁《ほんえん》つきの神殿、扉を開き、この向こう[一〇]戸張《とば》りを見せ、その前に鈴の[一一]緒《お》（後に引きちぎれることあり）、奉納額に白鞘《しろざや》の刀かけあり、賽銭箱《さいせんばこ》をすえ、上手前へ寄せて大いなる石、この下より人の出ることあり、下手《しもて》に石の[一二]手水《ちょうず》鉢《ばち》、[一三]奉納手拭《てぬぐ》いをかけ、この下手《しもて》に[一四]因果車《いんがぐるま》、ずっと下手に[一五]藪畳《やぶだたみ》、後ろ山の遠見、すべて諏訪明神の体《てい》。上手に、高坂弾正妻唐織とその腰元一人、下手に、越名弾正妻入江とその腰元一人立ちいる）

唐織　これは〳〵、長尾家の執権越名様の奥方入江様、[一六]いなところでお目にかかりまする。

入江　誰かと思えば、武田家の執権高坂様の奥方唐織様、なにゆえの御参詣でござりまするか。

一　歌舞伎下座音楽鳴物の一。神楽の囃子を模したもの。太鼓に大太鼓を打ち合わせて構成されている。

二　⇩用語集

三　歌舞伎芝居で浄瑠璃を語る場合、舞台上手の上部、二階桟敷より高い所に、平常は簾（すだれ）を下げた一画を御簾内とよび、そこで語る時と、舞台上手に小高い床を作り、その上に乗って語る時とがある。

四　めぐむこと。なさけをかけること。

五　長野県中部の地名。諏訪湖に臨み、もと諏訪氏の城下町。その地に諏訪神社があるが、その社は上社と下社があり、その下社。神垣は神域のこと。

六　下諏訪社の祭神は下照姫である。大国主命の娘。容姿端麗、和歌の祖神と称せられる。

七　神のみこころ。

八　⇩用語集

九　劇場大道具用語。家の床と見せた二重に、縁側として前方へ取りつける、幅三尺の板の称。

一〇　宛字は帳の方が正しい。室内に垂れさげて、室内を隔てるのに用いる布帛（ふはく）、たれぎぬ。神社で内陣をかくすために用いる。

唐織　さいつころ[一七]、将軍義晴様、何者かに殺害され、疑いかかる御主君様。

入江　それはこちらも同じこと。行方知れざる若殿景勝様へのお疑い。

唐織　その景勝様を探し出し、御主君信玄様の疑い晴らすわたしの祈願。

入江　何を証拠に景勝様を下手人とな。

唐織　将軍御落命のその場所へ脱ぎ捨ておいたる景勝様の素袍《すおう》[一八]烏帽子《えぼし》[一九]。

入江　そらぞらしい逆《さか》しらごと[二〇]、その日に限り出仕怠る信玄様こそ、陰の下手人。

唐織　なんと。

（ト両人、キッ[二一]となる。おのおのの腰元とめる。この時、村の女おます出る）

おます　まあ〳〵お武家の奥方様、ここは霊験あらたかな明神様の境内、ことに今宵は宵宮《よいみや》[二二]、アレ〳〵あのようにお百度詣りの在所[二三]の者が大勢見えまする。何かは知らねど、争いごとはよしにして、仲ようお参りして下され。

（ト唐織、入江思い入れ）

唐織　入江様、今はこのまま帰るとも、今日《きょう》のお礼は重ねてきっと。

入江　オ、そりゃおっしゃるまでもない、わたしがほうに非太刀[二四]は受けぬ。

一一　神殿の前にしつらえられた鈴を鳴らすためにつけられた紐状の布。

一二　手水を入れておく鉢。

一三　手水をつかった人が手を拭うために奉納された手拭い。

一四　「因果は車の輪のごとし」から石または木の柱の上部にはめ込んで、車輪のようにした輪。手で回して、因果のめぐる道理を悟らせるためのもので、地蔵堂の前などに立てる。

一五　歌舞伎定式大道具の一。葉の多い竹を短く切って枠へ打ちつけ、一間（約一八二センチ）位の幅に作ったものを、適度に並べて藪の茂みを表わす。

一六　異な。へんな。珍しい。

一七　前出、一三八頁注三参照。

二人の会話では、将軍義晴殺害の事件から、あまり日時が経てないようにとれるが、この幕に続く「勝頼切腹の場」を見ると、丸二年（三回忌）が経過していることになる。

一八　素襖とも。直垂（ひたたれ）の一種。大紋から変化した服で、室町時代に始まる。布地は麻で、定紋をつけることは大紋と同じであるが、胸紐、露（つゆ）、菊綴じが革であること、袖に露がない

〽残す言葉も[一]針のさき、左右へ別れ行くあとに、

（ト唐織たちは上手、入江たちは下手に入る。おますは[二]床几《しょうぎ》に掛ける）

〽貴賤男女《きせんなんにょ》の[三]わからなく、歩みを運ぶ賑わいは、[四]お千度お百度絶間《たえま》なき。

（ト百姓、町人の男女など大勢出て、お百度を踏むことなどあり、そのうち、村の男丑松床几に掛ける）

〽車遣《つか》いの簑作が、

（ト花道より簑作（実は勝頼）好みの拵《こしら》えにて車を引き出で来る。花道七三にて）

簑作　今日《きょう》は、諏訪の明神様の[五]卯月《うづき》の宵宮、ドレお参りして帰ろうか。
（ト本舞台へ来たり、皆を見て）

〔前頁注続き〕こと、文様があること、袴の腰に袴と同じ地質のものを用い、左右の相引（あいびき）と腰板に紋をつけ、後腰に角板を入れることなどが異なる。

一九　烏帽子は鳥の羽のように黒く塗った帽子。素襖をつけた時にかぶるのは侍烏帽子。

二〇　宛字は「賢しら」が正しい。かしこそうにふるまうこと。差し出たふるまい。差し出口。

二一　⇨用語集

二二　宵祭り。祭日の前夜に行なう小祭り。

二三　村里。いなか。

二四　相手が油断しているすきに、刀で一撃を加えること。非難、批難。欠点、過失などを責めとがめること。

一　針の先で刺すように、相手の心を傷つけるような害意をもっている。

二　横長の簡単な腰掛け。

三　区別がはっきりしない。いりまじっている。

四　千度まいり。神社、寺院に千度参詣すること。千日まいり。「お百度」は百度まいり。社寺の

ホホウ、皆近在の知った者ども、ますよ、丑よ、よう参ったな。

おます　簑さん、遅かったわいな。

簑作　さればおれも上諏訪[六]まで、油粕《あぶらかす》[七]つけていって、くたびれ果てた。ちょっと休んで後から去《い》[八]のう。

〽と神前の大石に腰をかくれば、

（ト簑作大石に腰をかける）

おます　アレ〳〵簑作さん、その石は明神様の力石《ちからいし》[九]とて、その石に腰をかければ、そのえらい石を上げねばならぬぞいなア。

簑作　サアそうじゃげな、けれど神[一〇]は見通し見て見ぬふり。

丑松　そんなら休んで下《げ》向《こう》[一一]しや。

簑作　二人の衆。

おます・丑松　サア、行こうかえ。

（トおますと丑松、捨[一二]てぜりふよろしく下手へ入る）

〽と別れ行く。これらも同じ車遣いの悪者ども。

境内の一定の距離を百回往復し、その都度に拝すること。本来は別のものであるが混用している。

五　陰暦四月の異称。

六　諏訪社上社の影響下にあった地域で、現在の諏訪市から茅野市を含む区域を漠然と指す呼称であったとみられる。それに対して下諏訪は、諏訪社下社の膝下にある現在の下諏訪町から岡谷市にかけての地域を称した。

七　菜種、大豆、綿実、亜麻、落花生などの油を搾った残りかす。窒素を含有、肥料、飼料とする。

八　帰ろう。

九　力試しにかかえあげる石。神社の境内などに置かれている。

一〇　神はどういう物事をも御覧になっている。

一一　神仏に参詣して帰ること。

一二　⇨用語集

(ト合方になり、上手より勘八、権六、九助車遣い悪者の拵えにて出で来たり、簑作を見て)

勘八　コリャ簑作、わりゃこの神前の力石のこと知っているか。

権六　昔から当社のならわし、腰をかければ石を上げねばならぬ簑作、ナア、勘八、九助。

勘八　オヽ、権六が言う通り、その石を上げにゃ、宮へ断わって、明神様のお神酒《みき》代を上げるか。

簑作　それはどうも。

九助　できねば石を、

三人　上げて見ろ。

(ト簑作思い[一]入れあって)

簑作　ア、コレ皆の衆、知っていながら腰かけたはおれが麁[二]《そ》相《そう》、二人三人かかったとて、[三]地《ぢ》放《ばな》しもならぬ力石、どうぞ皆沙汰[四]なしに、

権六　イヤ済まされぬ、上げねば宮へ引きずって行くぞよ。

勘八　オヽそうじゃ〳〵、日ごろから女たらしで[五]生《なま》しらけた[六]しゃっ面《つら》、踏みにじってこ[七]ませい。

一　⇩用語集

二　粗相。軽率なあやまち。しくじり。

三　地面から放すこと。持ち上げて地面から放すこと。

四　人に知らせないこと。表沙汰にしないこと。

五　どことなく興がさめる。なんとなく気にいらぬ。

六　シャツラの促音化。つらつき。顔をあしざまにいう語。

七　(近世から上方で用いた)やる、する、等の意にいう下品な語。踏みにじってやろう。踏みにじってしまえ。

九助　サア立て。

三人　早くうしょう。

へと両手を引っぱり、せちごう[八]折からに、

（ト大拍子《だいびょうし》になり、三人で簑作を引き立てようとする。よき程に上手より板垣兵部、羽織袴《はかま》、[九]大小の拵えにて、家来二人を引き連れて出かかり、様子を聞きいて）

兵部　ソーレ。

家来二人　ハアッー。

兵部　静まれ〳〵、争い無用。

（トこれにて、皆々控える）

兵部　始終の様子、あれにて聞く。[一〇]社法を背きし不届きな奴《やつ》。[一一]身は武田信玄の家来なるが、[一二]畢竟《ひっきょう》[一三]わいらは簑作が[一四]訴人なれば、わが領分へ連れ帰って、訴人の[一五]罪科《ざいか》にきっと行なう。否といえば[一六]言い分あり。

勘八　ア、申し、それほどにおっしゃるなら、

権六　[一七]宮守《みやも》りへは沙汰なしに、

八　責める。いじめる。
九　大小二本の刀を差した正式の武士の扮装。
一〇　神社の掟。神社で定められた規則。
一一　自分。自身。
一二　つまるところ。結局。
一三　（ワレラの訛り）おまえら。そなたたち。
一四　訴え出た人。告訴人。
一五　罪と科（とが）。法律に照らして処罰すること。しおき。
一六　言いたい事柄。文句。
一七　神社の番をすること。またその人。

九助　この場は無事に済ませましょう。
兵部　コリャ簑作とやら、聞く通りの仕儀なれば、も早《はや》安心いたしてよかろう。
権六　エヽ、いまいましい、あの簑作めをゆすって、酒買わそうと思うたに。
勘八　[一]いわれぬお[二]さぶが挨拶で、骨折り損。もうこの上は[三]やけの勘八、権六も九助も、鳥居前で一杯[四]やりかきょうじゃないか。
九助　オヽ、それがよい〱。
勘八　サアこい〱。
〽と鼻歌で鳥居の前へ急ぎ行く。
（ト三人上手へ入る）
簑作　ハイ〱、どなた様か存じませぬが、お詫びなされてありがとう存じまする。
兵部　イヤその礼には及ばぬこと。その代わりにはそなたへ少し頼みたいことがある。ここは境内、参詣も多ければ、身が旅宿《りょしゅく》へ同道して[五]密々に話したい。ことによらば隙《ひま》どろう。そう心得て[六]大儀ながら歩《あゆ》んでくりゃれ。

一　道理に合わぬ。無理な。
二　侍のこと。
三　自棄の字を宛てる。思うようにならないため、自暴自棄な行いをする。やけくそ。「やけのやんぱち」という言い回しを、勘八の名前に掛けて言ったもの。
四　やり始めよう。
五　極めて秘密なさま。内々。
六　めんどくさいこと。他人の骨折りを慰労する語。御苦労。一三二頁注四参照。

簑作　[七]なにがさて、厚恩うけた旦那様、何所《いずく》までも仰せにしたがい、

兵部　参ってくれるか、[八]重畳《ちょうじょう》〳〵。家来ども、簑作を同道せい。

家来二人　ハッ。

〽[九]報賽《かえりもう》して板垣兵部、旅宿をさして。

（ト兵部さきへ、簑作車を引き、家来二人つき添い、花道へ入る。本[一〇]ツリ）

〽夕暮れ時は参詣の人も途絶えて神前の、[一一]御灯《ごとう》の光しん〳〵と[一二]神《かん》さびわたるその景色。

（ト上手より禰宜《ねぎ》出て来たり、灯籠《とうろう》に火を灯《とも》して入る）

〽年もよう〳〵十七か、[一三]淡竹草履《はちくぞうり》も足軽に、見ゆる[一四]所体《しょてい》も[一五]ぼっとり風《ふう》、武田の腰元濡衣が、

七　何はともあれ。もちろん。
八　この上もなく満足であること。結構〳〵。
九　帰り詣ず。帰参する。一三五頁注一五参照。
一〇　歌舞伎下座音楽鳴物の一。本釣鐘の略称。時刻を知らせる意味で、釣鐘を撞木（しゅもく）でゴンと打つ。
一一　神仏・貴人の前にともす灯火。
一二　こうごうしく見える。
一三　淡竹の皮で作った草履。淡竹は竹の一種、中国原産だが我が国各地で栽培、大形で高さ一〇メートルに達する。筍は食用。材で諸器具を作る。
一四　なりふり。身なり。
一五　女のふっくらとして愛敬のあるさま。ういういしく愛敬のあるさま。

横蔵　（ト花道より濡衣、腰元好みの拵えにて出て来る。揚幕にて）

横蔵　オイ姉《あね》さん、待った〳〵。

〽と声をかけ、懐手して神参り[一]。

（ト百姓横蔵後に山本勘助、縞《しま》のどてらの拵えにて出で来たり、濡衣を見て）

横蔵　姉《あね》さん、よう参らんすの、おれも明神せぶり[二]にやって来た。お百度の連れになりやんしょ。

濡衣　これはマアどなたか知らぬが、幸いな道連れ。

横蔵　そうであろう〳〵、サア、行きやんしょう〳〵。

（ト本舞台へ来たり、よろしく祈念することあってお百度を踏みにかかる）

横蔵　オイ〳〵お前もマア日暮れから大胆な衒妻《げんさい》[三]様じゃ。マアしんどか、手を引こうかえ。

濡衣　ハテしんどいとて大事の願い、身をこらさい[四]でよいものかいなア。

横蔵　ムウ、身をこらすとは、恋であろうな。

一　神社におまいりすること。かみもうで。
二　セブルは責メルの転訛。ねだる。せがむ。
三　女を卑しめていう語。
四　懲らす。苦しめる。責める。

濡衣　イエ〳〵、そんなことじゃないわいなア。

横蔵　それならば、好い着物が欲しいという願いでないかや。

濡衣　なんのマア、わっけもない[五]。そう言わしゃんす、お前の願いはえ。

横蔵　おれの願いは商売の四つぼ[六]。この間、くさりつづけた[七]から、思いつきの百度参り。アノ好もしい、股《もも》のあたりがすれましょう。まあそろ〳〵歩いて、おれが言うことを聞かっしゃれ。ア、うまい[八]腰つきじゃ。

〽とんと叩けば、

（ト濡衣の腰をちょっと叩く）

濡衣　オ、笑止[九]、大事の〳〵お百度に、悪魔[一〇]をさして貰うまい。払い[一一]給え、きよめ給え。

〽と空手水《からちょうず》[一二]。

横蔵　コリャ堅い[一三]所が奥床しい。コレ神様は粋《すい》じゃ、ついちょこ〳〵と叶《かな》え[一四]給え、なびき給え。

五　訳もないの転。取り立てて述べるほどの事由がない。やさしい。大したことではない。つまらない。
六　博奕（ばくち）用語。四個のサイコロを使ってする賭博。四つざい。
七　博奕で負けること。
八　味がよい。好ましい。よい。性的な意味を含む。
九　笑うべきこと。困ったこと。横蔵が濡衣の腰を叩くので、たしなめる心で「困った人ですね」と言ったもの。
一〇　仏道をさまたげる悪神の総称。ここでは、せっかくのお百度をさまたげるような、不浄なことをしてくれるなの意。
一一　けがれを払い、清めるための祈りの言葉。
一二　水のないとき、柄杓（ひしゃく）で手水をかけるまねをして手を清めたことにすること。
一三　かたくるしい。操行が正しい。
一四　思いをとどかせる。願いを成就させる。

濡衣　アレ[一]てんごう言わずと、祈念しなさんせいなア。
横蔵　オヽしんどや〳〵。仏の顔さえ三度というに、神様のお百度は、足も腰も[二]抜け果てた。ドレちょっと休もうか。
〽と大石に腰を掛くれば、濡衣は一心不乱、これで丁度お百度の数も大方[三]榊《さかき》を[四]幣《ぬさ》。
（ト横蔵上手の大石に腰を掛け、休息の[五]こなし。濡衣神前に向かい）
濡衣　大願成就なさしめ給え。
〽と伏し拝み引く鈴の綱、切れて落つれば濡衣が、胸に当たりし案じ顔。横蔵そばへ立ち寄って、
（ト濡衣お百度を踏みしまい、神前へ来て鈴の緒を引く。これにて鈴の緒切れて落ちる。濡衣心がかりのこなし。横蔵そばへ来て）
横蔵　コレなんと[六]さしゃった、姉《あね》さん〳〵。
濡衣　サイナ、私がお百度は、大事の〳〵お[七]主《しゅう》様の命乞い。鈴の綱の切れた

一　ふざけること。いたずら。
二　すっかり力がなくなる。
三　常緑樹の総称。特に神事に用いるツバキ科の常緑小高木をいう。葉は厚い革質、深緑色で光沢がある。古来神木として枝葉は神に供せられる。
四　麻、木綿、帛（はく）または紙などでつくって神に祈る時に供え、また祓（はら）えにささげるもの。みてぐら。
五　⇩用語集
六　（サセラルの転）尊敬の意を表わす。どうなさいました。
七　御主君。お仕えする御主人。

のは、お命のないという、明神様のお知らせではないかいなア。

横蔵　エ、気の弱い、さすがは女子《おなご》。

〽と鈴の綱、手に取り上げ、

（ト落ちたる綱を拾い、書いたる文字を見て）

こなたの命乞いするお主《しゆう》は、男か女か。

濡衣　アイ殿御でござんす。

横蔵　フム、それなら吉左右《きっそう》[八]、この鈴の綱に書いてあるは、十七歳の男子《なんし》息[九]災延命とあるからは、神も納受[一〇]に違いないぞや。

濡衣　それはマアお嬉しや、お主《しゆう》のお年も丁度十七。

横蔵　オ、よしく、この鈴の綱持って去《い》んで戴かせてやらしゃれや。

（ト鈴の綱を渡す）

濡衣　ア、なるほど、よいお方にお目にかかってお命乞いの願い成就。御縁もあらばこの礼に。

横蔵　そんならもう去《い》なしゃるか。

濡衣　神に願いの甲斐《かい》[一一]の国。お先へ御免。

八　よいたより。よろこばしいしらせ。吉報。

九　わざわいを取り去り、いのちをのべること。

一〇　うけおさめること。神仏が祈願の趣旨を聞き入れること。

一一　願いがかなったことと甲斐の国を掛けた文飾。

(ト濡衣行きかける。[一]風音《かざおと》はげしく御灯《みあかし》の灯《ひ》消える。両人思い入れ。[二]山おろし、以前の車遣いの勘八、権六出で、濡衣と横蔵にかかる。これより[三]だんまり模様になる。立ち回りのうち、横蔵、大石を動かすことあり。よきほどに上手より以前の唐織、下手より入江、社《やしろ》の後ろより長尾三郎景勝、大石の下の穴より斎藤入道道三、[四]異形《いぎょう》な拵え簑を着、笠をかざし出で、[五]一巻《いちかん》と鈴の綱を[六]かせに立ち回り、[七]トド横蔵は奉納の太刀を取って道三に斬《き》りかかる。濡衣花道へ行き、皆々[八]引っ張りの[九]見得、[一〇]柝《き》の頭《かしら》。この模様よろしく、あつらえの鳴物にて)

幕

(幕引きつけると、濡衣幕外よろしくあって引っ込む)

一 歌舞伎下座音楽鳴物の一。囃子方が大太鼓を長撥(ながばち)で打って、風の音の感じを出す。
二 歌舞伎下座音楽鳴物の一。山間の強い風、それによる樹木のそよぎ等を表現するもの。
三 歌舞伎演出の一。暗闇の中で黙ってさぐりあう場面を様式化したもの。
四 普通とはちがった形。あやしい姿。
五 一本の巻物。
六 刑具の一。枷。足枷、首枷のように身体の自由を束縛するもの。転じて、他の行動を抑制する目的で中間に入りこむもの。ここでは互いに一巻と鈴の綱を奪いあうような形で立ち回りをすること。
七 ⇩用語集(とど)
八 ⇩用語集
九 ⇩用語集
一〇 ⇩用語集。一四一頁注八参照。

第二幕　第一場　諏訪明神《すわみょうじん》一一お百度石《ひゃくどいし》の場(B)

役名

一二山賤《やまがつ》の横蔵《よこぞう》　長尾《ながお》家来　一四落合藤馬《おちあいとうま》
庄屋　捕手《とりて》　七、八人
百姓　長尾三郎景勝《さぶろうかげかつ》
百姓女房　そのほか
百姓娘　百度石に詣《もう》でる群衆　数名
一三秩父《ちちぶ》巡礼

（平舞台。上手《かみて》へウンと寄せて社殿（朱塗り）一五開扉《かいひ》の前に鋲《びょう》打ちの賽《さい》銭箱《せんばこ》（小さくしてよし）。社殿の壁に奉納と書いた額入りの太刀。社殿の下手《しもて》すぐ百度石。その傍《そば》に松の立木（首かかる仕掛けあり）。「諏訪大明神」と墨書した白旗《しらはた》二、三本。正面奥左右に朱塗りの一六玉垣少し

一一　社寺の境内で百度参りの標識として立てた石。
一二　猟師、きこりなど、山中に住む賤しい身分の人。台本(A)では横蔵の身分を「百姓」としている。
一三　埼玉県西部の地方に、西国三十三所にならって設けられた三十三カ所の観音霊場を巡拝する人。
一四　架空の人物。
一五　開けられた神殿の扉。
一六　神社の周囲に設ける垣。タマは美称。

あしらう。正面奥黒幕[一]。左右杉の木立。杉の釣枝[二]。途中より雲乗り[三]の月出す。ひなびた神楽唄[四]で幕あく。百姓、村の娘、村の女房、手に神箸《かみばし》[五]の束を持って社殿のぐるりを回っている。すぐ下手からも同様の群衆、捨てぜりふで、輪の中に加わる。やがて五、六人、輪から抜け出して集まる。他の三、四人の者は、依然社殿を回っている）

庄屋　どうじゃな、あんじょう[六]回れましたかな。

女房　しんどいことじゃが、やっと済みましたわいなア。

娘　今日《きょう》は卯月《うづき》まつりの宵宮《よいみや》ゆえ、いつもの倍は回ったげな。

百姓　なんぼ回っても神頼みの信心ゆえかまわぬが、今年のはじめから越後《えちご》の長尾様と甲斐《かい》の武田様とのいくさで、夜が更けるとこのあたりは物騒じゃ。

庄屋　落武者が暗にまぎれてうろつくとの噂。

娘　それがこわいわいなア、更けぬうちに帰りましょ。

百姓　いのちあっての、物だねゆえ。

庄屋　そんなら、皆さん、早い目に戻りましょ。

皆々　それがよろしゅうござるわいのう。

一　⇩用語集

二　歌舞伎大道具用語。樹木または花の繁茂を歌舞伎式に誇大化して舞台一文字に、枝または花を取りつけ、日覆いより一ぱいに吊り下げる装置の称。

三　歌舞伎大道具の一。雲をあしらった月の書割り（⇩用語集）。

四　歌舞伎下座音楽鳴物の一。神社を舞台にした狂言の幕開きに演奏される囃子。

五　お百度参りをする時、その度数を間違いないように、数取りに竹の串や紙のコヨリを使用する。この場合、細い箸状の棒を用いたものであろう。

六　アジ（味）ヨクの転。うまく。具合よく。ていねいに。

（ト皆々、捨てぜりふにて左右へ退場する）

〽闇の夜の、あとから憎い[七]風俗の、大道[八]《だいどう》はばかる鳥居先、

（ト合方になり、向こう揚幕より横蔵出る。酔態、七三で）

横蔵　ア、、どえろう酔うた。ここはもう明神の社殿か、けったくそ悪いこっちゃ。胴[九]取りゃくさる、張[一〇]れば逃げくさる、いまいましいが今夜はもう一銭ものうなった。（ト腰の銭袋[一一]出して）ドレ、苦しい時の神だのみ、一つおがんでこまそ[一二]かい。

（ト舞台にかかり、社殿の縁に腰をかける）

横蔵　ア、、どっこいしょ。（トふと思いついて）そうじゃ、うまいことがあるぞよ。こうなるからは人間様も神様も見さかいない。明神様を仲間に入れ、さいわいあの賽銭箱を胴銭[一三]《どうせん》に、ウン〳〵、一番、丁半[一四]バクチと行こうかい。

（ト賽銭箱をガラつかせ、中から小銭を出す）

横蔵　サア、大明神様、張った〳〵。サア、振るぞよ〳〵。マアなんと、諏訪の大明神様と差し[一五]でのバクチ、こりゃ神武[一六]以来じゃ。

七　にくらしい。けしからぬ。風俗は容姿と身のこなし、態度。

八　幅の広い道路。広い道一杯にひろがって横柄に歩く。

九　もと双六、博奕（ばくち）などで、采（さい）を入れて振るつつを言ったので「筒」の字を宛てたが、後に「胴」の字を用いるようになった。胴を取るとは、親役になって采を振ること。

一〇　勝負事に賭物をする。親役になって胴を取っても、子役に変わって張っても負ける。

一一　銭を入れる袋。財布。巾着。

一二　（近世上方で用いた。動詞の連用形に「て」または「で」をそえた形について）……してやる。一四八頁注七参照。

一三　博奕に使う銭。賽銭箱に入っている銅銭を勝負の賭銭に、の意。

一四　采を振って、その数が丁（偶数）か半（奇数）をあてて勝負を決する賭博。

一五　二人ですること。さしむかいで。

一六　神武天皇の御代以来。由来の極めて古いこと、先例のないことを誇張した表現。

（ト言いつつ、横蔵、サイコロ二個、ふところから出して振る。合方）

横蔵　こりゃ、でっく[一]の一じゃ。おれの勝ちにきまった。エ、なんじゃ、今のはイカサマ臭い、もう一度振れ？　なんと疑いぶかい神様ではあるわい。よし〳〵、よいか神的《しんてき》め、よう見てくされ[二]。

〽と振り直す。

横蔵　それあ、どうじゃ〳〵。ヤア三五[三]の三ピン、こんどもおれ様の勝ちじゃ、勝ちじゃ。[四]南無賽銭箱大明神様、もう二度とケチ臭いこと言わんすな、みんなもろうて帰りますぞよ。

〽と、さらえる賽銭ざら〳〵と、押しつつみ、

（ト手拭《てぬぐ》いに賽銭を巻き立ち上がり）

横蔵　ヤアコレ、この銭は盗みじゃない、[五]相対《あいたい》ずくの丁半バクチで勝った銭、負け腹《ばら》は立てしゃんすな。まア結構な神様ではあるわい。

一　博奕や双六で二個の采の目にともに五の数が出ること。でく。重五、畳五とも書く。五と五で十になるので一に勘定する。

二　他の動詞の連用形について、人の動作を軽蔑し、にくむ意を表わす。（主に関西地方で使う。）

三　博奕や双六などで二個の采に、三の目と五の目とが出ること。ピンは一の目。三ピンは三の目と一の目の出ることを言う。台本の意味不明。

四　南無三宝の三宝と賽銭をかけて言った。

五　当事者が互いに合意の上で事をすること。

〽と、あたりうそ[六]〳〵、欲の目に見つける太刀。

横蔵　ウン物はついでじゃ、これも今夜のひと資本《もとで》。

〽拝殿に駆け上がり、くくりの金物《かなもの》ねじ切り〳〵おのがせしめる奉納の太刀、脇ばさみ、駆け出《い》だす、[七]向こうに長尾の家来落合藤馬、バラバラ〳〵とおっとり巻く。

（ト下手より落合藤馬と家来ども駆け出る）

藤馬　ヤア、最前より窺《うかが》うところ、御主人景勝様御奉納の太刀、盗みとる憎《につく》い奴《やっ》、ソレ者ども。

家来　ハア。

（ト家来、打ってかかる）

横蔵　しゃらくさいこと、[八]おけやい。

藤馬　手向かいいたす憎《につく》い奴、ソレ。

（トよろしく立ち回りとなり、横蔵、藤馬の首を切り落とす。首、松

六　不安で落ちつかぬさま。
七　行こうとする方向から。
八　置クの命令形に、強く言い放つ時に使う終助詞ヤイがついたもの。置いたままにせよ。やめておけ。

の木にかかる仕掛けある)

〽こりゃ叶《かな》わぬと家来ども、バラ〳〵と逃げ出《い》だす。

横蔵　よけいなてんごうせにゃよいに、蝗《いなご》の首一つ殺生《せっしょう》した。銭一包みにこの段[一]びら一振り、ドリャ帰ろうかい。

(ト横蔵、花道にかかる)

景勝　盗賊待て。

〽折から出合う長尾の三郎景勝。

(ト社殿から景勝出る。風音《かざおと》、上手へ月出す。黒幕振り落とす。遠山に[二]野面《のづら》)

景勝　家来落合藤馬を手にかけし曲者《くせもの》、待て。

(ト横蔵、ぎっくりして)

横蔵　なんじゃ、曲者じゃ。なるほどこれはお手[三]の筋。[四]こんた、今のどさくさ、みんな御見物か。エヽ、それでは所詮《しょせん》逃げられまい。命の賽銭、そん

一　刀の幅の広いこと。また単に刀。
二　野外、野原。舞台の背景が、野原の向こうに遠山を描いた書割り。
三　手のひらにあらわれた筋。相手の身に関する事を言いあてること。見透し。
四　コナタの転、対等か目下の人に使う。おまえ。あなた。

なら、そこで差し上げようかい。

（ト横蔵、舞台へ戻り）

横蔵　賽銭ばくちと違《ちご》うて、このサイコロではおれの敗けじゃ。この段びらも胴元のこんたへ返す。さっぱりとやってくだんせ。

（ト舞台、中央へ居直る）

景勝　覚悟いたせ。

（ト横蔵の傍に寄り、太刀抜き横蔵の前に出す）

〽月の光につくづく見て、

景勝　落合藤馬が首を討ったる手の内[五]、多勢《たぜい》を相手に[六]薄手《うすで》も負わぬ力量を持ちながら、謝[七]り入《い》ったるその顔つき、満更、[八]理非わきまえぬ奴とも見えず。

横蔵　サア、すっぱりとやらんせ。

（ト景勝、横蔵の肩に峰[九]打ちを一つ入れる）

景勝　よき覚悟、エイ。

（ト横蔵、肩に手をやり、峰打ちと知る）

景勝　命は助けた。

五　うでまえ。手並。
六　軽い傷。
七　過失や罪をわびること。「いる」は他の動詞の連用形について意味を強める。その動作の程度がはなはだしいことを表わす。
八　道理と非理。道理にかなっていることとはずれていること。
九　相手を刀の峰、刃の背の方で打つこと。

横蔵　スリャ、御赦免下さるか。
景勝　ホヽ、長尾の三郎景勝、わが手を降ろし討つべき首は、天《あめ》が下に一つ、二つ、うぬがごとき虫けらに目をかけんや。諏訪明神へ[一]参籠《さんろう》の大願、いまだ満てざる内なれば一命さし許す。面魂《つらだましい》に見どころある奴、その首が胴にあるうち、重ねて逢おう。
横蔵　命くださるそのおさばき、有難うござります。
景勝　早く行け。
横蔵　[二]ネイ。
（ト横蔵、七三にかかる）
景勝　まて〳〵、[三]まいちど面《おもて》を見せい。
（ト横蔵、顔を景勝に見せる）
景勝　重ねて、きっと逢うぞ。
横蔵　有難うご[四]わります。
（ト二人[五]気味合い、山おろし打ち込み、それにつれて横蔵、揚幕に入る。景勝、あとを見送って思い入れ。山おろし、[六]きざんで）

幕

一　神社や仏寺などに昼夜こもって祈願すること。おこもり。
二　応答の語。「はい」「あい」に同じ。江戸時代、武家の奴、下男などが主人に対して用いた。
三　もう一度。
四　ござります、ございますの転。
五　「気味合いの思い入れ」の略。歌舞伎の演技で、互いに相手の心を推量しながら、自分の心中を表現動作にあらわすこと。一三二頁注五参照。
六　歌舞伎における拍子木の打ち方の一種。多く「幕切れ」などに大きく打ってから、後にチョンチョン〳〵〳〵と細かく打ちおろして行くこと。

第二幕　第二場　武田《たけだ》信玄館《しんげんやかた》切腹《せっぷく》の場

役名

武田入道信玄《たけだにゅうどうしんげん》

百姓簑作《みのさく》　実は武田四郎勝頼《しろうかつより》

武田四郎勝頼　実は板垣兵部《いたがきひょうぶ》の伜《せがれ》

[七]上使　村上義清《むらかみよしきよ》

板垣兵部

[八]中間《ちゅうげん》　掃兵衛《はくべえ》

同　角助《かくすけ》

[九]申次ぎの腰元　千草《ちぐさ》

信玄奥方　[一〇]常盤井御前《ときわいごぜん》

腰元　濡衣《ぬれぎぬ》

駕舁《かごかき》　二人

腰元　一人

（本舞台、[一一]中足《ちゅうあし》の二重屋体。下手《しもて》に[一二]枝折戸《しおりど》あり、垣根に朝顔咲く。平舞台に中間掃兵衛、同じく角助、庭を掃除している。[一三]本調子合方[一四]調べにて幕あく）

七　江戸幕府から諸大名などに上意を伝えるために派遣した使者。この狂言の時代設定は室町時代であるが、歌舞伎時代物の通例として江戸時代に準じた。

八　武家の召使いの男。

九　とりついで申し上げる役の腰元。とりつぎ。

一〇　架空の人物。

一一　歌舞伎大道具用語。二尺一寸（約六三センチ）の台の上に組みたてた屋体。

一二　歌舞伎大道具の一。竹または木の枝を折りかけて作った簡単な押し開き戸。

一三　歌舞伎下座音楽合方の一種。堅い感じで、大名、旗本の屋敷の場面で使う。

一四　歌舞伎下座音楽鳴物の一。能の開演前、鏡の間で囃子方が楽器を調べている心で、大小鼓、太鼓を緩慢に打ってきかせる。大名の御殿などに使う。この場合は「本調子の合方である〈調べ〉を演奏する」の意。

掃兵衛　なんと角助、おらたちの丹精で、朝顔が見事に咲いたではないか。
角助　咲くはいいが、若旦那勝頼様、あのお目を朝顔のように、ぱっと開かせてさし上げたいのう。
（ト御簾《みす》うちの浄瑠璃になり）
〽戻りかかりし濡衣が、聞くとも知らず下郎ども。
掃兵衛　聞けば京の大将義晴《よしはる》様とやらを、誰とも知らず殺したげな。それで国々の大名衆が、イヤ〳〵おりゃ殺さぬ、知らぬと言って、潔白[一]を立てられたげな。
角助　それでおらが旦那も、その潔白を立てると言って、それで館が騒ぐげな。その潔白というものは、どんな喰い物であろうがな。
〽[二]とってもつかぬ下々《しもじも》の話も物の知らせ[三]かと、聞いて案じる胸撫《な》でおろし、
（トこの以前、第二幕第一場(A)の濡衣向[四]こうより出で来たり、中間ど

一　清潔で純白なこと。後ろ暗いところのないこと。
二　極端なさま、また、ひどく馬鹿げたさまをいう語。とても話にならない。とるに足りない。
三　物事にかかわる通知、しらせ。
四　花道の揚幕の方から。

もの話を聞いて）

濡衣　コレ〳〵二人の衆、[五]下《しも》として[六]お上《かみ》の取り沙汰、もし侍衆の耳へ入《い》ったら、こなた衆のためにはならぬ。掃除が済んだら勝手へ下がりゃ。

〽と聞いてびっくり[七]頭かく助、[八]とちめんぼう、おらは何にも[九]しら洲《す》をはく兵衛、箒《ほうき》[一〇]かたげて逃げて行く。

（ト掃兵衛と角助、下手へ入る）

濡衣　よしなきことに隙《ひま》取りし、さぞ奥様のお待ちかね。（ト奥へ向かい）濡衣只今戻りましてござりまする。

（ト二重へ上がり、下手に控える）

〽と一間に向かい、[一一]おとなう声。

（ト奥にて）

常盤井　オヽ、濡衣戻りゃったか。

五　家来。雇い人。ここでは中間。
六　主人。主君。
七　叱られて頭をかくと角助を掛けて言った。
八　トチの実の粉をソバのような食品にするために薄くのばす棒から、うろたえること、あわて者をいう。
九　何も知らないと白洲をはく、掃兵衛の名前を掛けたもの。白洲は邸宅の庭に白い砂が敷いてある所。
一〇　肩にかつぐ。になう。
一一　訪問する。声をかける。帰ってきた由を告げる。

〽と障子ひらいて常盤井御前、[一]思い侘《わ》びたる[二]御気色《おんけしき》。濡衣[三]こなたに手をつかえ、

（ト信玄奥方常盤井御前出る）

濡衣　[四]上々様《うえうえ》に苦はないものと思いのほか、勝頼様のお身の上、降って沸いたる御災難。悲しい時の神祈りと、諏訪明神へ参りしに、重き願いも叶《かな》わぬ告げか、切って落ちたる鈴の綱。思わずはっと手に取り上げて、よくよく見れば勝頼様の、お年に違《たが》わぬ命の釣緒《つりお》、十七歳の男息災延命と書いてありしも神のお告げ、これ御覧下さりませ。

〽と取り出し、見せるも見るも、うちにっこり。

（ト濡衣前幕の鈴の綱を出し、常盤井に見せる）

常盤井　オ、それは嬉しや喜ばしや。切れて落ちしもそなたの[五]真実、諏訪明神の御神託。これにつけても京都の将軍義晴公、何者とも知れず飛び道具をもって害せしより、夫信玄に疑いかかる身の[六]言いわけ、一子を切って出《いだ》すべしと、契約ありしは武士の意地。[七]いかがはせんと案じるうち、持つべ

一　思い悩む。つらく思う。
二　様子。有様。
三　こちらの方。こちら側の所。
四　身分の高い人々。
五　まこと。一心に祈ってくれたことへの報い、あらわれ。
六　申しわけ。弁明。
七　どうしよう。どうしたらよかろう。

き者は忠義の家来、板垣兵部、[八]妾《わらわ》に向かい、勝頼公の御《おん》身替わり、兵部が存じて[九]罷《まか》りあれば、今日《きょう》中に連れ帰らんと館を出《い》でしが妾のたのしみ、やがて兵部も戻るであろう。そちも案じな、コレ濡衣。

〽とお喜びの折からに、お側仕《そばづか》えが手をついて、

（ト花道より腰元千草出で来たり）

千草　申し上げます。御上使として村上義清様[一〇]御入来《ごじゅらい》にござりまする。

〽言い捨ててこそ入《い》りにける。

（ト下手へ入る）

〽と後《あと》に奥方胸せまり、

常盤井　早《はや》上使のお入《い》りとや。心当ての兵部も戻らず。コレ濡衣、そなたは次へいて休息しや。上使への返答はみずからが胸にある。サア行きゃ〳〵。

八　わたし。武家時代、女が自分のことをへりくだっていう語。一三六頁注五参照。

九　「あり」「おり」の謙譲語。存じております。

一〇　入り来ること。他人の来訪の尊敬語。おいでになること。

濡衣　ハア。

（ト行きかねる）

常盤井　ハテ立ちゃいの。

濡衣　ハアー。

〽と仰せに否とも濡衣が、是非なく立って行くあとへ、上使は聞こゆる村上義清。

（ト濡衣思い入れあって奥へ入る。[一]中《ちゅう》の舞になり、花道より村上義清、[二]衣服大小にて出で来たる。常盤井出迎え）

常盤井　村上様には、まず〳〵これへ。

義清　上使なれば、まかり通る。

（ト二重、上手へすわる。合方になり）

常盤井　甲斐《かい》と信濃《しなの》は国ならび、その信濃にござった村上どの、今は遥々《はるばる》都より御上使とは御苦労千万[三]。

義清　なるほど以前は隣国のよしみ、只今は上使の役目、仔細申すには及ばず、信玄と[四]くと合点《がてん》のおもむき、勝頼の首お渡しなされ、いざ受け取らん。

一　歌舞伎下座音楽鳴物の一。中の舞の合方の略。能の囃子「中之舞」に似せた鳴物。「お上使のお入り」で上使の出に用いる。

二　歌舞伎の扮装の一類型。長裃に大小二本の刀を差した礼装。

三　程度の甚だしいこと。この上もなく。

四　よくよく。

〽と、こともなげなる上使の権柄《けんぺい》[五]。

常盤井　なるほど、その儀は覚悟の前ながら、親子この世の一世《いっせ》[六]の別れ、心用意もいたさせたい。なにとぞ未《ひつじ》[七]の上刻まで、御容赦願い上げまする。

義清　エ、べんべんだらり[八]と待ち詮索《せんさく》[九]、この義清聞く耳持たぬ。

常盤井　そんならせめて一刻《いっとき》の、

義清　それほど延ばしてほしくば、暫しの容赦はいたしてくれん。

〽と言いつつ咲いたる朝顔を引[一〇]んむしる。

義清　コレこの朝顔のしぼむまでは、暫時宥免《ゆうめん》[一一]いたしてくりょう。花がしぼむとそれで寂滅《じゃくめつ》[一二]。

〽いやと言わさぬ割符《わりふ》[一三]の一本《いともと》。

義清　まずそれまでは奥で休息、イザ案内《あない》。

五　権勢。権勢をもって人を押さえつけること。
六　親子は一世というので、一生最後の別れになる。
七　今の午後一時頃。
八　のんべんだらり。時間ばかりたって事のきまらぬさま。
九　事のなりゆきを待つこと。
一〇　ヒキの音便。動詞などの上につけ、その意を強める。ひきむしる。
一一　罪をゆるすこと。ここでは切腹の時間をのばすこと。
一二　死ぬこと。命がなくなる。
一三　木片、竹片、紙片などに文を記し、証印を中央に押し、それを二つに割ったもの。一片を与えて他の一片をとどめおき、後日合わせ見て証とする。約束の品。

〽と言うに否とも朝顔の、[一]日影待つ間《ま》の命ぞと、誘うて一間へ、

(トこのうち腰元出る)

常盤井　まず〳〵。

〽入《い》りにける。

(ト村上を腰元案内し、常盤井思い入れあって皆々奥へ入る。御簾をあげての浄瑠璃になる)

〽始終の様子物陰にて、聞いて袂《たもと》も[二]濡衣が、今日《きょう》は恨みを朝顔に、[三]言わんかたなき憂身《うきみ》やと、声をも立てず忍び泣き。

(ト濡衣出て愁嘆のこなし)

〽洩《も》れ隔てたる唐紙を、明けても明かぬ[四]目なし鳥、探る刀の手前さえ、

一　日の光のことだが、ここでは、日の影そのものをいう。朝顔は直射日光に弱い。日影にあれば咲いている時間が少しでも長くなる。それだけ勝頼の命も延びる訳である。

二　涙で袂をぬらすと名前の濡衣とを掛けた修辞。

三　何とも言いようがない。たとえようがない。

四　盲目の身の上。唐紙は明けることが出来るが、勝頼の目はあかないことを掛けた修辞。

面目もなきその風情《ふぜい》。

（ト正面より勝頼眼病のこなしにて刀を杖に出て来る。濡衣かけより）

濡衣　ノウ勝頼様か、おいとしやなア。

〽すがりついて泣きいたる。

勝頼　ひと筋な[五]女気《おんなぎ》に悲しいは道理〳〵。ただ因果なるわが身の上、[六]目界《めかい》の見えぬ勝頼を、大事に思うてなが〳〵の世話、いかい苦労をしてたもった。嬉しいとも過分とも、礼は[七]未来で〳〵。

〽とあとは得言わず見えぬ目に、涙をかくすいじらしさ。濡衣わっと声をあげ、

濡衣　恨めしい勝頼様、このお館へ奉公に来初《そ》めた日からお姿を、可愛らしいと思うたが、縁《えん》と因果[八]のはじめにて、お主《しゅう》様とも御主人とも、弁《わきま》え知ら

五　女のしとやかな気質。おんなごころ。
六　目で見うる範囲。目そのものをいう。
七　来世。次の世。
八　原因と結果。今の不運なめぐり合わせ。

ぬ拙《つたな》い筆に、

〽心のたけを岩本《一》の、神の結ぶのお情けに、嬉しい枕かわした時、未来までもとおっしゃった、そのお言葉が誓紙《二》ぞと、楽しんでいるものを、お前《三》ばかり死のうとは、

〽むごいつれない胴欲《四》と、わが身をとんと勝頼の、膝に打ち臥《ふ》し泣き沈む。

勝頼　オ、その恨みは尤《もっと》もなれど、親の許さぬいたずら《五》なれば、どうで《六》はかない花の縁、もう朝顔もしぼむ時分。隙《ひま》入りては恥の恥、泣かずとそなたは次へ行きゃ。

〽はや切腹と見えければ、

濡衣　ア、申し、まだ朝顔は、しぼみませぬわいなア。

一　岩の根もと。心のたけを言うと岩を掛けた修辞。
二　誓詞をしるした紙。誓文。男女の愛情の変わらぬことを誓う起請文。
三　もとは、目上を、今は同等あるいは目下をさす二人称代名詞。あなた。
四　ドンヨク（貪欲）の転。非常に欲が深いこと。むごいこと。
五　無益。無用。わるふざけ。男女の私通。不義。
六　「どうせ」に同じ。いずれにしても。つまりは。

〽と止めても止まらずせり合う中へ、母はかけ出で、

（ト奥より常盤井出で来たり）

常盤井　オヽよう止めてたもったのう。死ぬる覚悟は理《ことわり》[七]なれども、兵部が戻るに間もあるまい。濡衣、そちゃ勝頼と不義[八]しているな。

濡衣　エヽ。

常盤井　いや、叱るではない、この母が、今改めて女夫《めおと》にする。

濡衣　エヽ、スリャあの賤《いや》しい私を。

常盤井　オヽ賤しゅうても貴《とうと》うても、女は夫をたいせつに思うたがただちに氏《うじ》[九]系図。目界の見えぬ勝頼を、身にかえて大事にかける、如才[一〇]ない気を見込んだゆえ、大事の子なれどそちに預ける。連れてこの家《や》を退《の》いてたも[一一]。

〽と思いがけなき言葉にびっくり、

濡衣　アノ勝頼様を。

常盤井　合点《がてん》がいたか。花がしぼむと悲しい別れ、早う行きゃ、早う行きゃ。

七　道理。当然。もっともなこと。一三〇頁注一八参照。
八　男女の道義にはずれた関係。密通。
九　家柄とそれを書きしるした表。ここでは高貴な人勝頼との結婚を許される資格。
一〇　てぬかりがない。気がきく。
一一　（動詞タモルの命令形タモレの略）ください。一三五頁注一〇参照。

〽と見やる花より見る母の、姿しおるるばかりなり。勝頼は気色《けしき》を正し、

勝頼　コハけしからぬ[一]母人《ははびと》の仰せ、死を恐れて館を出でなば、後《のち》[二]のあざけり、家の恥辱、是非とも切腹おゆるしあれ。

〽と命惜しまぬ健気《けなげ》さに、いとどせきくる涙を止《とど》め、

常盤井　スリャこの母がこれほどに、心を砕くに承引[三]せず腹切るか。もうこのうえは止めはせぬ。そちより先にわし[四]が死のうか。

勝頼　なんでマア母上を。

常盤井　そんならこのまま落ちて[五]たもるか。

勝頼　サアそれは。

常盤井　自害しようか。

勝頼　サア、

常盤井・勝頼　サア〳〵、

一　けしからん。不当である。とんでもない。常軌を逸している。
二　（時間的に）あとで。あとになって、あざけり笑われる。
三　承知して引きうける。承諾。
四　ワタシの約。わたくし。近世主として女性が用いた一人称。
五　逃げ去る。

常盤井　これほど言うても、落ちぬかいのう。

〽と差添《さしぞえ》[六]を手に取れば、あわてとどめる濡衣に、また取りすがるむざんの眼病《めやみ》。

勝頼　母人、だん〳〵[七]誤りました。お言葉にしたがいこの館を、

常盤井　スリャ聞きわけて落ちてくれるか。濡衣もその心か。

濡衣　アイ〳〵、必ず聊爾《りょうじ》[八]遊ばしまするな。

常盤井　よう聞きわけてたもったの、母も嬉しい。こう言ううちも心せく。

サア〳〵早う。

〽と勧められ、是非もなく〳〵立ち出ずれば、一間のうちより村上義清。

（ト義清、奥より出る）

義清　ヤア勝頼を落とさんとは、のぶとい[九]巧み、村上が見つけたからは一寸《いっすん》[一〇]も動かさぬ。イデ[一一]一討ちにいたしてくれん。

六　小刀。脇差。
七　順を追って。しだいに。大いに。非常に多く。
八　かりそめなこと。粗相。思慮が足りないこと。ここでは、自害などしてくれるなの意。
九　甚だ横着であること。大胆なずぶといたくらみ。
一〇　短い距離。少しも。
一一　どれ。さあ。いざ。

〽とかけよる先へ立ち塞《ふさ》がり、

（ト常盤井、義清の前に立つ）

常盤井　コレ〳〵、朝顔のしぼまぬうちに討とうとは。

義清　ヤア、しぼまぬか、しぼんだか、[一]脈の上がった[二]死人花《しびとばな》、（ト朝顔を取って）これでも生きるか、生けてみるか。サア〳〵どうじゃ。

〽と突きつけられて、常盤井も何とせん方なき身ぞと。思い切って突っ込む刀。

（ト勝頼は刀をぬき、突き立てる）

濡衣　ノウ悲しや御切腹。

常盤井　早まったことをのう。

〽[三]前後正体泣き沈む。勝頼苦しき息をつき、

勝頼　申し母人、お言葉にそむきし段、まっぴら御免下さるべし。武運につ

一　脈搏が絶える。前途に見込みがない。死ぬ。
二　死ぬきっかけとなる花。先に朝顔の花が凋（しぼ）む時が死ぬ時であるという約束がしてある。
三　前と後もわからないくらい正気を失ったさま。無くと泣くを掛けた修辞。

きし勝頼が、今日《こんにち》ここに死所《ししよ》を得て、逆[四]さまな追善供養、

〽受ける不孝のもったいなく、親子の縁も朝顔と、共に散りゆく御《おん》名残り。

勝頼　ヤイ濡衣、わが最期を嘆かずとも、母に力をつけ奉れ。さは言えそちが胸のうち、

〽不愍《ふびん》や便[五]りもあるまじと、涙呑《の》み込む手負[六]いの苦しみ、ともに悲しき濡衣が、

濡衣　どうぞ御目《おんめ》があくようと、

〽跣足《はだし》参りのお百度も、今を限りとなったるは、

濡衣　神も仏もないことかいなア。

四　物事の本来の順序が逆になること。年上の親が先に死んで子供がその跡を弔うのが普通だが、この場合、子供が先に死に、親がその追善供養をすること。

五　手段。方法。

六　傷を負うた者。勝頼はすでに切腹しているが、まだ絶命していない。

〽と涙の限り口説《くど》[一]き立て、くどき立つれば奥方も、

常盤井　かかる憂目《うきめ》を見まいため、心つくした兵部さえ、今に帰らぬ恨めしさ。

〽と手負いにひしと抱《いだ》き付き、[二]流涕《りゅうてい》こがれ伏し沈む。

義清　ヤア聞きたくもない世《よ》迷言《まいごと》[三]、イデその首はねてくりょう。

〽刀すらりと抜き放せば、

常盤井　まあ〳〵待って、

常盤井・濡衣　下さりませ。

勝頼　エ、未練な、イザ義清どの。

義清　覚悟いたせ。

〽今ぞ生死《しょうじ》の。

一　くどくどしく言う。心のうちを縷々（るる）と訴える。
二　涙を流してひどく悲しむ。
三　わけのわからぬ繰り言。ぐち。

（ト四人引っ張りの見得、[四]三重にて御簾おろす。[五]向こうにて）

駕舁《かごかき》二人　エッサッサッサッサ〱。

〽かかることとも[六]白洲のうち、[七]怪《あや》しの辻駕《つじかご》、

駕舁二人　エッサッサ。

〽後につづいて板垣兵部、老いの心もせき立つ足もと。

（ト花道より駕籠《かご》一挺《いっちょう》かつがれ、あとに第二幕第一場(A)の板垣兵部付き添い出で来たり、下手にて）

かご甲　ヤレ〱めっそうな旦那どの、

かご乙　上諏訪《かみすわ》から一目散、駆けどうしの休みなし、

かご甲　これでは酒手も駕籠賃も、

かご乙　ズッシリと下さりましょうな。

兵部　オ、駕籠代くりょう。酒手もくりょう。ここへ参れ。ソレ。

（ト駕舁前へ出る）

四　⇨用語集

五　花道、揚幕の方。

六　白い砂の洲。邸宅の庭に白い砂が敷いてある所。知らないと白洲を掛けた修辞。一六七頁注九参照。

七　いぶかしい。何かいわくのありそうな。

〽と抜き放せば、こりゃたまらぬと駕籠かきは、後をも見ずして逃げて行く。

（ト兵部、駕舁二人へ斬《き》りつける。二人驚いて逃げて入る）

〽音にびっくり駕籠の垂れ、あけて逃げ出る簑作が、

（ト簑作、駕籠より出て）

簑作　アノ申し〳〵、私は御領分に住む百姓、成敗にあう科《とが》はない。おゆるされて下さりませ。

〽歯の音も合わず、ふるえいる。

（トこれにて御簾を上げる）

兵部　音高し〳〵、必ず騒ぐな。

一　とがめなければならぬ行為。罪となる行為。あやまち。
二　声が大きい。

〽奥方一間を[三]まろび出で、

（ト常盤井出て、兵部を見て）

常盤井　これ兵部、おそかったわいのう。

兵部　オ、、奥方には、さぞお待ちかね、只今同道、お喜び下さるべし。

〽言えど答えも[四]泣き入《い》る母。

兵部　ハテ心得ぬ御《おん》有様、シテ勝頼様はいずくにござる。

（ト正面襖《ふすま》奥にて）

義清　オ、、その勝頼に逢わせてくれん。

〽首ひっ下げて立ち出る義清。

（ト義清、[五]首桶《くびおけ》を持ち出る）

〽兵部見るより、

三　ころがるように走り出る。
四　答えもないと泣き入るを掛けた修辞。
五　討ちとった首を入れる桶。

兵部　ヤア、はや御最期を遂げられしか。わが遅れしばっかりに、天にも地にも懸替《かけがえ》なきわが子[一]……若殿殺してしまい、エ、お痛わしや、残念や。

〽拳《こぶし》を握り歯をかみしめ、五臓をしぼるばかりなり。

義清　役にも立たぬ世迷言《よまいごと》、泣きたきゃ後でゆるりと泣け。

〽と首桶たずさえ村上は、旅宿《りょしゅく》をさして立ち帰る。

(ト義清行きかける。常盤井別れを惜しむを払いのけ、花道へ入る)

〽後見送ってうろ〳〵と、身の納まり[二]を簑作が、

簑作　申しお侍様、私はもうお暇《いとま》申しまする。どうやらわしは身替わり首、間に合わなんで助かる命、ヤレ〳〵怖《こわ》やの〳〵。

一　切腹した勝頼は、兵部が取り替えておいた実のわが子であった。それで思わず「わが子」と言ってしまったが、すぐに「若殿」とごまかして言い直す。
二　自分の身の処理。

〽[三]ぞぞ髪《がみ》立てて立ち出ずれば、

兵部　ヤア、一大事を知ったその方、不愍《ふびん》ながらも覚悟せよ。

〽と切り込む刀をかいくぐる。また切りつければ身をかわし、危うく見ゆる後ろの襖、兵部をグッと一刀《ひとかたな》。

（ト兵部襖越しに突かれ苦しむ）

常盤井　これは。

〽襖をさっと引きあくれば、

（トあつらえの鳴物になり）

〽血刀下げて信玄公。

（ト正面の襖[四]引き抜く。うしろ[五]千畳敷き、武田信玄、[六]坊主かつら、刀

三　ぞっとして身の毛もよだつ。非常におそろしく思うさまをいう。

四　歌舞伎演出用語。襖や幕などをとっぱらう。

五　歌舞伎大道具用語。御殿の正面の襖を開けると奥に広がる大広間をいう。斜面になった畳、天井、左右の襖と正面の五面からなる立体的な装置。独特の遠近法による歌舞伎の代表的な装置。

六　頭を剃った坊主のかつら。

を提げて出る）

信玄　板垣兵部をわが手にかけ、勝頼が最期に出合わぬ所存のほど、さぞ常盤井も不審ならん。ヤア〳〵濡衣、申しつけし品、はや〳〵持て。

濡衣　ハアー。

〽ハッと答《いらえ》も濡衣が、泣く〳〵御前《ごぜん》へ差し出《いだ》せば、

（ト濡衣、一広蓋《ひろぶた》の上へ勝頼の片袖《かたそで》をのせて持って出、信玄の前へ置く）

信玄　十七年の春秋二をわが子と思い暮らされし勝頼こそ、それなる兵部が実の伜《せがれ》、御身《おんみ》とわが血をわけし伜というは、あの簑作。改めて親子の対面いたされよ。

〽思いもよらぬ言葉にびっくり、

常盤井　スリャ腹切った勝頼は、わが子ではなく、この簑作が真実の、

信玄　オ、その証拠はこの血汐《ちしお》。

一　衣裳箱のふた。もと衣服などを賜う時はこれにのせた。後にその形に擬して作った、引出物などをいれる盆状の容器の称。
二　春と秋。年月。

〽[三]御佩刀《おんはかせ》の血《のり》片袖に、押しあて〳〵押しぬぐい、

信玄　これ見られよこの血のり、合体《がったい》なせしは親子の血筋。サ、そのわけ語らん、よっく聞け。（ト合方になり）勝頼誕生なせしみぎり、この兵部も一子をもうく。面ざし似たるを幸いに、人知れず摺《す》りかえおき、伜を主君とあがむる曲者《くせもの》、[四]戦国の世をおもんばかり、[五]智謀の一つと[六]奥へも語らず、わが手を回して育てし簑作。いままたわが子の身替わりに、大恩受けし主人の子、殺さんと計る[七]人面獣心、天罰思い知ったるか。

〽扇をとって[八]丁々《ちよう〳〵》、はったと蹴すえし信玄の言葉について、威儀を正し、

簑作　この儀は、われを育てたる[九]乳母《めのと》が[一〇]とくより物語り、また父上にもこれまでに、忍び〳〵の御対面。

常盤井　かかる[一一]深慮あっての上は、系図正しきわが子勝頼、衣服を改め親子の名乗り。

三　（ハカシの転）貴人の佩刀（はいとう）の尊称。
四　戦争でひどく乱れた世の中。
五　智恵のあるはかりごと。巧みなはかりごと。
六　貴人の妻の称。奥方。
七　顔は人間であるが、心は獣類に等しい意。冷酷な者、恩義を知らぬ者をののしっていう語。
八　物をつづけて打つ音。
九　生母にかわってその子に乳を飲ませ、育てる女。うば。
一〇　早くから。
一一　深く思いめぐらすこと。深い考え。

簑作　ア、イヤ暫く、京都の将軍義晴公、はかなく討たれ給いしより、父をはじめ諸大名へ疑いかかる今この時、身を民間に育つを幸い、この身このまま簑作と、

〽[一]白洲へ下りて簑と笠、世に降る雨はしのげども、わが身にかかる横しぶき。

（ト簑作、支度をする）

〽始終を聞いて覚悟の濡衣、

濡衣　そうじゃ。

〽すかさずとどむる[二]強気《ごうき》の手負い、刃物たぐってわが腹へ、ぐっと突き立て引き回し、

（ト濡衣、兵部の刀で自害しようとする。それを取って兵部わが腹へ

一　前出、一六七頁注九・一八一頁注六参照。
二　剛勇な気性。強くて屈しない意気。

突き立てる）

兵部　ハテ恐ろしき天の罰。[三]（メリヤスになり）[四]子ゆえの闇に眼《まなこ》くらみ、悪の揚句は伜の眼病《がんびょう》、切腹なせしは理の当然。コリャ濡衣、今死ぬる命長らえ、謙信に奪われし武田家の重宝、諏訪法性《ほっしょう》の御兜《おんかぶと》、手段《てだて》をもって奪いとり、勝頼公へ奉らば、伜も死後の申し訳、心得たるか、コレ濡衣。

常盤井　大悪人の兵部なれども、それには染まぬ勝頼が孝心。

簑作　長尾家へ奉公なし、忠義の程は、濡衣の心しだい。

〽言葉にさすが死なれもせず、

濡衣　御意《ぎょい》に従い法性の御兜、命にかえて取り返しましょう。

簑作　また謙信の娘八重垣姫《やえがきひめ》、この簑作とは許嫁《いいなずけ》、その縁をもって兜を奪い、義晴公を討ったる敵《かたき》、[五]草をわかって尋ねだし、その時こそは勝頼と、立ち帰って御対面。

〽おっつけ帰り、簑作が身の納まりは、

三　邦楽用語。長唄の一分類、および義太夫節の旋律の一種。色模様、述懐、愁嘆などの場面で、舞台効果を高めるために演奏されるもの。セリフのない場面では歌詞が独吟で歌われるが、セリフの伴う場合は三味線だけで演奏する。

四　「子ゆえの闇」は、親は子に対する愛情のため理性を失いがちであることを言う。その諺のように、親が子ゆえの闇に眼がくらんで悪計をたくらんだ、その報いで子供が眼病をわずらい、目が見えなくなったのである。

五　あらゆる方法をつくして、くまなく探す。

信玄　その時〳〵。コレ濡衣、この片袖は、
常盤井　そちへのかたみ。
〽かたみを抱き濡衣が、おいとま申すも涙にて、
濡衣　[一]物のあやめもなき夫《つま》に、似たるや[二]あやめ杜若《かきつばた》、
常盤井　さかりと見えし朝顔も、今は名のみぞ勝頼の、
簑作　わが手へやがて、[三]鳥兜《とりかぶと》、
信玄　[四]花にもなせし悪業の、ありてその名は[五]鬼あざみ、
兵部　因果はめぐる、
皆々　[六]日車《ひぐるま》に。
〽[七]月に名をふる[八]更科《さらしな》や、[九]信濃路《しなのじ》さして出でて行く。
（ト信玄、常盤井よろしく、兵部落ち入る。[一〇]簑作、濡衣下手、皆々引っ張りの見得、段切《ぎ》れにて）

幕

一　物の区別もつかぬ。盲目であったから。
二　アヤメとカキツバタは共にアヤメ科の多年草。よく似ていて見分けにくいものにたとえられる。それをふまえて、目の見えないことを言ったアヤメ（文目）と草花のアヤメ（菖蒲）を掛けた修辞。
三　舞楽の楽人・舞人が常装束に用いる冠。錦・錦襴などで鳳凰の頭にかたどったもの。アヤメの花弁が鳥兜に似ていることから、今は簑作という名であるが、やがて本来の勝頼の名を取りもどすことを掛けた修辞。トリカブトというキンポウゲ科の多年草もある。根は猛毒。
四　花のように、あだあだしくはかない悪だくみ。
五　ヤマアザミの別称。花の名前にはにつかわしくないが、その鬼の名に値するような悪い、おそろしい計画を掛けた修辞。
六　ヒマワリの別称。「因果はめぐる」という言いまわしと、ヒマワリが日の光を追ってまわることを掛けた修辞。この段切れの詞章は花の名を多用した、花づくしの文飾である。
七　月の名所として有名な。
八　長野県更級郡の地名。姨捨山、

第三幕　第一場　信濃国《しなののくに》一一　桔梗《ききょう》が原《はら》の場

役名

武田《たけだ》家臣　高坂弾正《こうさかだんじょう》
長尾《ながお》家臣　越名弾正《こしなだんじょう》
一二慈悲蔵《じひぞう》
武田方中間《ちゅうげん》　可内《べくない》
同　伴内《ばんない》
同　源内《げんない》
長尾方中間　鈍内《どんない》
同　善内《ぜんない》
同　十内《じゅうない》
高坂弾正妻　唐織《からおり》
越名弾正妻　入江《いりえ》
ほかに供の中間　数名
腰元　数名

（一三山おろしで幕あく。すぐチョボ一四にかかる）

〽名も山ふかき信濃路《しなのじ》に、やさしき花の名に呼びし、ここぞ桔梗が原

田毎の月など名所が多い。ソバの産地としても有名。
九　信濃の国へ通ずる路。
一〇　歌舞伎脚本・演出用語。舞台において傷ついた人物が、遂に絶命することをいう。
一一　信濃国と越後国の国境にひろがる野原の名称。現在の長野県塩尻市付近。段丘になっており、東側と南側は山なので、戦場として都合がよかった。
一二　後に、すでに上杉謙信に仕え、直江山城守となっていることが明らかになる。
一三　前出、一五六頁注二参照。
一四　歌舞伎の竹本（義太夫）をいう。本行（ほんぎょう）の人形浄瑠璃では、太夫が全詞章を語るが、歌舞伎では、セリフはそれぞれ役者がしゃべるので、竹本の語る部分は床本にチョボ（傍点）を打って目じるしにしたという説がある。

とかや。

(平舞台。左右一杯の枯れ薄《すすき》。奥深くまで薄が原にて、他に何も見えない。下手《しもて》に紅葉《もみじ》数枚と熟柿《うれがき》一、二個残した柿の木一本あり。うしろは雪の遠山。[一]峨々《がが》たる山容にしていただく。いつもの遠山でなく、観客席に迫る。象徴的。舞台中央奥に「右　越後国《えちごのくに》領地／左　甲斐国《かいのくに》領地」の木標を立てる。下手より高坂弾正の中間三人登場する。手に草《くさ》刈鎌《かりがま》、[二]ふごを持つ)

中間可内　サア、ここじゃ〳〵。精一杯やって[三]こまそ。あるぞよ〳〵。

中間伴内　なるほど、ここは一面の薄が原。

中間源内　日暮れまで、どっさりやろうかい。

中間伴内　したが、ここは甲斐と越後の国境《くにざかい》、この印《しるし》の棒杭《ぼうぐい》からこちらは甲斐の国なれど、向こうは越後の国じゃによって、踏み込んではことじゃぞよ。

中間可内　なに、かまうことはないわい。もともとこの桔梗が原はむかしより甲斐の領分、それをジワ〳〵と越後の盗人犬《ぬすっといぬ》が取りさらした。腹いせに、このあたりは一本残らず刈り取ろうかい。

一　山や巌などのけわしくそびえ立つさま。常は歌舞伎きまりの遠山の書割りであるが、この台本製作者は、付近の写実的な山容にこだわっての特別の指定である。

二　竹・わらで編み、物を入れて運搬する具。

三　やる、する、などの意にいう下品な語。一四八頁注七・一五九頁注三参照。

中間源内　そうとも〳〵、これもこちとらの[四]忠義立て。

中間可内　サア、刈ったり〳〵。

（ト三人、捨てぜりふにて薄を刈る）

〽[五]一本きめた刀より研立《とぎた》て鎌でぐゎっさ〳〵、踏み荒したる銘々が、主《あるじ》の威光を[六]かり場の領。

（ト上手《かみて》より越名弾正の中間三人登場する。二人は天びん棒で草刈籠《かご》をさしにない、手に草刈鎌）

中間鈍内　ヤイ、なんじゃ、[七]わいら下司《げす》め、[八]うらが部屋ではつい見たこともない[九]しゃっ面《つら》。

中間善内　誰に断わって刈りくさる。他国へ[一〇]泥脛《どろずね》踏み込むと、

中間十内　三人とも首が飛ぶぞよ。

三人　この盗人めら。

中間可内　なんじゃ、盗人じゃ。盗人はうぬらのことじゃ。こちとらはかたじけなくも甲斐のお殿様晴信《はるのぶ》公の御馬《おうま》の飼料を刈りに来た。

中間伴内　うぬら越後っぽうの知ったことでない。すっこんで、

四　忠義らしいふるまいをすること。

五　これと決める、思い込む。「立派な刀ではなくて、よく研いだこの鎌で」の意。

六　草刈りをする場所と借りるを掛けた修辞。

七　（ワレラの訛り）おまえら。

八　一人称。おれ。おら。

九　（シャツラの促音化）顔をあしざまに言う語。

一〇　泥でよごれたスネ。足をきたない言葉で言ったもの。勝手に足を踏み入れる。無断で侵入する。

三人　けつかれ。

（ト中間鈍内、源内の手を取って）

鈍内　ヤイ、下司め、この印《しるし》が目に見えぬか。甲斐の領分はこれより東じゃ。西は越後の領分と書いてあるぞよ。

善内　盗人と言うたが、あやまりか。

三人　どうじゃい〳〵。

可内　エイ、面倒な、たたんでしまえ。

三人　そうじゃ〳〵。

（ト捨てぜりふで、双方、鎌、[一]おうこで争う）

〽いどみ争う折こそあれ。

唐織・入江　（[二]カゲ）双方とも鎮まり召され。

〽声[三]うちかけの[四]裾蹴《すそけ》はなし、高坂弾正が妻の唐織、越名弾正が女房入江、

一（オウコとも）物を担う棒。てんびん棒。
二　舞台のカゲの略。舞台の上手・下手の客席からは見えない部分。
三　さっと掛ける。声をかける様と衣類の裲襠（うちかけ）の両方に掛けた修辞。
四　衣服の下の縁（ふち）。

（ト合方になり、上手から入江、下手から唐織、それぞれ腰元三人連れて登場する。両方の中間、上手下手へ退場）

入江　これは〳〵、高坂様のおはもじ[五]唐織様。

唐織　誰かと思えば越名様の御寮人[六]入江様。

入江　いま、あれにてうかがえば、武田方の中間ども、この方の領分へ踏ん込《ご》んで飼葉《かいば》刈りする不とどき許されず、ほんに甲斐の国は盗賊、人の噂も嘘ではない。

唐織　家来の仕落ち[七]は幾重《いくえ》にもお詫び申すはずなれど、甲斐の国は盗賊とあっては、その一言《いちごん》が聞き捨てならぬ。

入江　唐織様としたことが、なんの根《ね》問《ど》い[八]に及ぶこと、まあ、御覧《ごろう》じませ。ここに立てたる境の目じるし、この目じるしからこちはすべて越後の国、たとえ枯れ薄一本にせよ、許されぬ。

唐織　印《しるし》ありとはいいながら、この山裾《やますそ》の桔梗が原、一つにつづきし原なれば。

入江　イヤ、越後の国へ脛《すね》一本踏み込んでも、そりゃ落花《らっか》狼藉《ろうぜき》[九]。

唐織　こちの御主君、甲斐の武田晴信様と、そちらの御主君、越後の長尾謙信様とは、喧嘩仲《なか》。それを根にもつ言いがかり、刈り取る草がなんじゃい

五　本来は女房詞で「恥ずかしい」の意であるが、稀に、他人の妻・奥方を指すことがある。
六　他人の妻また娘をさす尊敬語。
七　手落ち。失敗。
八　根元まで掘り下げて問いただすこと。どこまでも問うこと。
九　花を散らすような乱暴をすること。また、物のいりみだれて取りちらかっているさま。

なア。

入江　なんと言やろうとも、このままでは夫越名弾正が落ち度。

唐織　それはこちらも同じこと、このままでは夫高坂弾正が[一]一分《いちぶ》立たぬ。

入江　こりゃおもしろい聞きどころ。同じく両家が執権職といえ、侍衆の口ぐせにも、武田方の高坂様は逃げ弾正、こちの夫長尾方の越名弾正は鎗《やり》弾正、人に勝れし鎗の上手と、逃げ足早いお侍とが、マア、なんと[二]一口《ひとくち》になろうかいのう、オホヽヽヽ。

〽返す言葉も[三]下部《しもべ》の[四]仕落ち。

唐織　今日《きょう》はこのまま帰るとも、後日お礼は重ねてきっと。

入江　オヽ〱、そりゃおっしゃるまでもない。この後《のち》ともこの印《しるし》に露ほども[五]違背しやると、二度と許しはならぬぞえ。

〽残す言葉も[六]針の先、真綿につつむ唐織が、ぜひも[七]涙の道筋を、左右へこそは別れゆく。

一　一身の面目が立たない。
二　ひとまとめ。一緒に。
三　身分の低い者。ここでは先程の中間のこと。雑事に使われる者。
四　前出、一九五頁注七参照。
五　命令、規則、約束などを守らず、それにそむくこと。
六　前出、一四六頁注一参照。人の心を傷つけるよう針を含んだ言葉と「真綿に針をつつむ」（表面はやさしいが、心の奥に意地の悪さをかくしているたとえ）を掛け、真綿につつんであるようだが、針の先が見えているの修辞。
七　是非もないと涙を掛けた修辞。
八　歌舞伎演出の用語。同じ場面でありながら、劇の進展の上で、すっかり変わった情況になる時、観客に注意をうながすため、黒子が出て「トウザイ、トウザイ」と声をかける。上方で行なう慣習。
九　信濃の国、筑摩郡。古代から近代へかけての呼び名。現在、長野県筑摩郡（ちくまぐん）。
一〇　あたり。
一一　うまれつき。
一二　中国、二十四孝の一。後漢の人。家が貧しく、母が減食するを見て、我が子を犠牲にしようと埋めるべく地を掘ったところ黄金が六斗四升出て、その上に「天孝子

（ト腰元を連れて入江は上手へ、唐織は下手へ退場する。合方。鐘の音、風の音）

――[八]東西、東西――

〽ここに[九]信州筑摩郡《ちくまごおり》の[一〇]ほとりに住む慈悲蔵という者あり。[一一]生得《しょうとく》、親に孝心の道はむかしの[一二]郭巨《かくきょ》にも変わらで積もる年の数、[一三]みそじの上はよう〳〵と、二つか三《み》つの稚子《おさなご》を、

（ト慈悲蔵、子をふところに入れて、花道より登場する。鶯《うぐいす》色の[一四]石《こく》持《もち》、白地手拭《てぬぐ》いで頰《ほお》かむり。[一五]チョボの[一六]メリヤス、[一七]雪おろし。七三にとまる。ふところの子、泣く〳〵）

慈悲蔵　オヽ、よし〳〵、オヽ、泣くな〳〵。なんとマア、身をさくようなこの寒さ、遠山の雪を掠《かす》めた[一八]つらら風、幼いそなたの堪《こら》えられたものじゃない。堪忍せい〳〵。

〽嘆きのたねと[一九]なり振るも、茫然として佇《たたず》めり。

郭巨に賜ふ」と刻んであったという。一説には黄金の釜を掘り出したともいう。慈悲蔵は後の場で、母のために雪中の竹林で筍を掘る。その伏線的人物説明の一節。

一三　三十路。三十歳。三十を二つか三つ越えたという慈悲蔵と赤ん坊の歳が二つか三つというのを掛けた修辞。

一四　歌舞伎時代物の衣裳の一種。多くは無地で、何もない丸の白抜きにしてある紋。朴訥さ、田舎風を表わしている。男女ともに使う。

一五　前出、一九一頁注一四参照。

一六　前出、一八九頁注三参照。

一七　歌舞伎下座音楽鳴物用語。囃子方が大太鼓を、尖端を布で巻いた貝撥（ばいばち）という撥で打って、雪の降りしきる感じを出す。

一八　この風に当たったら水滴はすぐ凍ってつららになると思われる冷たい風。

一九　嘆きの種になる（赤子を捨てるという行為）となりふり（みなりとそぶり）を掛けた修辞。

慈悲蔵　ハア、誠や、人間の吉凶は、生まるる時の運にあり。誕生あったためでたさに、ざざんざ[一]歌う子もあれば、親の手で捨てられる因果もある。そなたを捨つるは、この親《てて》がひとりの母へ孝のため、捨つる親の孝行より、捨てらるるそなたの孝行。

〽むごいとばし[二]思うなと、言いわけ涙、目も開かねば、そっとあたりにおく土の、

峰松[三]よ、許してたもれ。

〽行かんとせしが、

（ト子を捨てて、思いきって下手へ走る。赤子、泣く）

〽土に伏したる幼子《おさなご》が、またしも泣き出す声にびっくり、泣くを道理とここかしこ[四]。

一　狂言小唄「浜松の音はざざんざ」のこと。祝宴、酒宴に謡い囃すことが多い。
二　禁止の意味に用いる助詞。上の言葉を強調する。決してむごいと思ってくれるな。
三　赤子の名前。
四　ここやあそこ。

慈悲蔵　オ、、よしく〳〵、父はここにおるぞよ、オ、よしく〳〵。

（ト慈悲蔵、わが子を抱き上げて、右へ左へあやす。三味線の前弾き[五]あって）

慈悲蔵　（子守唄）山を越えて里へいた。（ト三味線の合[六]の手、たっぷり入れる）里のみやげの笙《しょう》[七]の笛。

（ト慈悲蔵、涙せき[八]あえず）

〽里の土産の見おさめと、抱《いだ》き締め、

慈悲蔵　不便《ふびん》[九]ながらも、早《はや》、さらば。

〽こころ弱くて叶《かな》わじと、[一〇]一世《いっせ》の別れと繰り言を、後に残して雪国の、

（ト慈悲蔵、子供を標識[一一]のもとに捨て、花道へ駆けゆく。七三で）

〽つもる嘆きと、知られけり。

五　箏曲、三味線音楽などで、歌詞をうたう前に弾かれる器楽の部分。前奏。

六　邦楽歌曲で、唄と唄との間に楽器だけで奏せられる短い部分。

七　雅楽の管楽器の一。演奏が難しく、また高価であるので、子供の土産になる楽器ではない。近年「ヒョウと鳴る笛」→「ヒョウの笛」がショウに訛り、全国的に笙として広がったのではないかという説がある。ここでは子供用の玩具の笛。

八　せきとめられない。こらえきれない。

九　かわいそうなこと。

一〇　前出、一七一頁注六参照。

一一　区別するしるし。一九二頁の舞台説明には「木標」、中間のセリフでは「印（しるし）の棒杭（ぼうぐい）」とある。次頁のチョボの文句では「傍木（ぼうぎ）」とある。台本作者の混用。

（ト慈悲蔵、向こう揚幕へ走る。山おろし）

〽かかる折ふし甲斐国《かいのくに》の執権高坂弾正時綱《ときつな》、供人《ともびと》あまた引[一]き具して、当所筑摩の御社《おやしろ》[二]へ詣《もう》での道も傍木《ぼうぎ》[三]のそば、

（ト高坂弾正、下手より登場。若党[四]一人中間三人、はさみ箱[五]など持って従う。中央で）

〽くだんの捨て子にきっと目をつけ、

高坂　人音稀《ひとおとまれ》[六]なる街道に、捨て子のあるも不思議。ウム〳〵男子《なんし》と見えて気高き寝顔。

〽これは不思議と見まわす小袖《こそで》[七]のくけ[八]紐《ひも》に、つけたる下げ札《ふだ》手にとり上げ、

高坂　なに〳〵、甲州の住人山本勘助《やまもとかんすけ》[九]。この山本勘助とは三河[一〇]の山賤《やまがつ》[一一]なれど

一　引き連れる。ともなう。
二　神社。松本市筑摩にある神社。筑摩神社、筑摩八幡宮、単に八幡宮ともよんでいる。
三　土地の境を標示する木。一九九頁注二参照。
四　若い郎党。武士の従者のうち軽輩をさす。中間よりは上の身分。
五　武士が外出に際し、具足や着替え用の衣服などを中に入れ、棒を通して従者にかつがせた箱。
六　人のいるらしい音。また、人の歩く足音。人の往来。
七　絹の綿入れ。
八　くけ縫い（縫い目が表にあらわれないように縫うこと）をした紐。赤子の着物なので、帯紐を別にせず、縫いつけてある。
九　前出、一四三頁注三参照。
一〇　今の愛知県の東部。
一一　前出、一五七頁注三参照。

[一二]諸葛孔明《しょかつこうめい》にも劣らぬ軍師。御主人かねて御懇望、こりゃ、主人信玄公への
よき土産。ヤア〳〵者ども、この小児、わが屋敷へ連れ帰れ。

〽言葉にハッと若党中間、抱《いだ》き取らんとするところへ、

越名　高坂どの、しばらく。

〽声をかけたる立派の侍、家来につかせし鑓《やり》[一三]じるし、長尾入道謙信が
郎党、越名弾正忠政《ただまさ》、わが領分に打ち通れば、

（ト上手より越名弾正、若党一人中間三人を連れて登場する）

越名　只今、物かげより承れば、これなる捨て子が下げ札に山本勘助とある
故、お拾いなさるる御所存とは存ずれど、国境《くにざかい》の双方へかかり合わせし上
は、貴殿のままにもなりますまい。手前の主人長尾謙信、日ごろ望みし山
本勘助、貴殿に拾わせては武士[一四]が立たぬ。

高坂　ホヽ、境目が論[一五]ならば金輪際《こんりんざい》[一六]拾わにゃならぬ。これ見られよ、捨てら
れし稚児《おさなご》が踏んだる足は手前の領分甲斐の国。

一二　三国時代、蜀漢の丞相。名前は葛亮、孔明は字。戦略家として有名。劉備の三顧の知遇に感激、臣事して蜀漢を建てた。劉備没後、その子劉禅を補佐、五丈原で魏軍と対陣中に病死（一八一—二三四）。

一三　戦陣または他行の時、槍の印付（しるしづけ）の環につけて、家名を明らかにした小帛（こぎれ）などのしるし。

一四　武士としての面目がそこなわれる。

一五　言いあらそうこと。国境が論争の種となるのなら。

一六　金輪際は仏教用語で、地層の最下底の所。無限に深いという、それより、物事の極限を意味する。一般には、底の底まで。ここでは、どこまでも、断じて拾わねばならないの意。

越名　イヤ、さにあらず。物のはじめを頭といえば、この方の領分を枕とし
　たるこの捨て子、越後の国の旗大将《はただいしょう》[一]、見事貴殿が拾い召さるか。
高坂　言うにや及ぶ[二]。踏みのばしたる稚児《ちご》の足もと、肝心かなめの甲斐の国。
　高坂弾正が拾うて見しょう。
越名　イヤ、越名弾正が連れ帰る。
高坂　見事御身《おんみ》が、
越名　おんでもないこと[三]。
両人　何を。

〽と刀の柄《つか》、理を非にさせぬ[四]言葉詰《づ》め[五]。争いここに二人の女房、とく
より立ち聞くこの場の仕儀[六]、見るや眼《まなこ》も角菱《かくびし》[七]の、めいめい夫《おっと》を押しへ
だて、

（ト上手より入江、下手より唐織、腰元を連れて登場）

唐織　入江どの。
入江　またお目もじ[八]や唐織様。
　（ト両人、キッ[九]となる）

一　旗奉行に同じ。主将の旗をつかさどる武家の職名。
二　言うまでもないこと。言うに及ばない。もちろんである。
三　「恩に着るまでもない」の意か。言うまでもない。もちろん。
四　物事の筋道。ことわりであるから、それを非とされて敗ける訳にはいかない。
五　相手の動きがとれなくなるように問い詰めること。理屈づめ。
六　この場の様子、なりゆき。
七　かどをたてること。
八　女房詞。お目にかかること。
九　⇩用語集（きっとなる）

〽高坂が妻、威儀をつくろい、

唐織　たがいに国の恥を[一〇]枷《かせ》に争うては、肝心のこの子に乳も飲まされず、もしものことがあったらなんとなさる。及ばぬわたしが一思案、差し出がましいことながら、双方より乳房ふくめしその時に、いずれへなりとも飲みつく方へ、それを証《しるし》にお拾いあらば、どちらに[一一]ひけも劣りもない。

高坂　[一二]出かいた女房、争いとどむる乳房の掛け引き、さいわいそちが持ち合わせし乳を与えて試みせん。越名どのも相応な乳母でもあらばお出し召され。

入江　イイエイナア、[一三]おかもじ様の御思案に[一四]鼻毛のばした今のお言葉、仮にも越名弾正が女房入江、乳母奉公はいたさぬぞえ。

越名　ヤイ〳〵〳〵、馬鹿者、[一五]無益の舌の根動かすな。イヤなに高坂どの、乳房のくじ引き、時にとっておもしろい、飲むか、

高坂　飲まぬは、たがいの運ずく、唐織早う。

〽とすすめられ、[一六]だくつく胸も押ししずめ、抱《いだ》き上ぐれば目をぱっち

一〇　前出、一五六頁注六参照。刑具の一。道具、材料にして。
一一　ひけめ。敗けても肩身のせまい思いをすることはない。
一二　デカシタの音便。出来た。よくやった。
一三　御母文字。他人の妻をさす。奥様。「お」は接頭語、「かもじ」は母（かか）の上の一字に「もじ」を添えたもの。「文字」はある語の上の一字に添えて、品良く言う言葉。「文字ことば」。
一四　女の色香に迷いおぼれる。ここでは、女房に甘い、だらしない。
一五　利益のないこと。無駄な。役に立たない。
一六　動悸がする。どきどきする。

り、何ごころなく幼子が、わっと泣き出す口のうち、乳房ふくめてすかしても、飲む体《てい》さらに、

唐織　エ、、マア、しんき[一]。

〽なかりけり。

（ト子供しきりに泣く）

入江　オホ、、、、なんと唐織どの、子供はどうでも正直な、ドレ〱こたびはわしが代わって。

〽抱《だ》きとる入江、心におがむ神よりも、たのみに思うこの乳をと、

入江　ソレ、ねんねんや、ソレ、ねんねんや。

〽ゆぶり[二]歩けどけがな[三]こと、なおも正体[四]泣き叫ぶ。

一　思うようにならず、くさくさすること。じれったく、いらいらすること。
二　ゆり動かす。ゆさぶる。
三　思いがけないあやまち。思うようにいかない。
四　そのものの本然の姿。正常な心。正体もないと泣き叫ぶを掛けた修辞。

（ト子供さらに泣く）

入江　エヽ、憎い子であるわいな。

（ト入江、[五]いらって子供を下へ置く）

唐織　そんなら、わたしがもう一度、ソレ、乳母じゃ、ソレ乳母じゃ。

（チョボのメリヤス。ト扇を持って子供をあやす。子供、泣きやむ）

唐織　ありがたや、泣きやんだ、弾正どの。

高坂　ウ、ウ、ウ、天晴《あっぱ》れ軍師山本勘助、信玄公の御《おん》味方。

〽[六]言わせも果てず、

越名　ヤア〳〵、[七]くらい〳〵。双方ともに飲みつかず、未《いま》だ[八]善悪知れざるうち、連れ帰るそのわけ聞かん。

〽と詰めかくる。

高坂　ホヽ、合点《がてん》ゆかずば、あれをお見やれ。入江どのが抱けば泣き、[九]身が女房が手にあるうち泣かぬが縁ある、これ証拠。

五　気がいらいらする。
六　相手が全部言い終わらないうちに。
七　不満足である。不足である。充分でない。
八　善い悪いがはっきりせぬうち。
九　自分。私自身。私の。

〽言い返されて女房入江、

入江　サア〳〵、妾《わらわ》がもう一度、唐織様、お貸し召され。

（ト捨てぜりふにて子をひったくる）

入江　ごらんなされ、妾《わらわ》が抱いても泣きやらぬ。どうでござんす、ソレ、坊《ぼん》や〳〵。

（ト子供また火のついたように泣く。入江、しきりにあやすが泣きやまない）

唐織　それは無体[一]な。この子ばかりは叶《かな》わぬ[二]。ソレ〳〵、武田の可愛い軍師様。

（ト唐織、子を取ってあやす。泣きやむ）

入江　エヽ、こちへ。

（ト子供をまた入江が取り戻すと、子供泣く。子供を二人取ったり引いたりする）

〽あなたこなた[三]へ挑み合う、もすそほら〳〵[四]妻と妻、中に高坂、声は

一　むだなこと。無法。
二　思い通りにはならぬ。
三　あちらこちら。
四　衣のすそ。「もすそほら〳〵」で裾（すそ）が乱れている様をあらわし、裾の「褄」（つま。裾の左右の両端の部分）と言い争っている「妻」を掛けている。

り上げ、

高坂　実《まこと》にや、いたって正直は頭《こうべ》にやどる神の慈悲、子は泣きやんだ。一陽《いちよう》五の春を待つ雪中《せっちゅう》の梅にもまさる主君の欣《よろこ》び、この身の忠義。

唐織　されば六いなア、お慈悲深い信玄様の御威勢あらわれて、わたしの無念も今晴れた。申し入江様、最前の憎てい口七、いま一度聞きましょうか。

〽と、あざける女房。

越名　ウン、聞きたくば名乗って聞けん。謙信公の郎党、越名弾正、鎗《やり》弾正、

〽と異名をとりし、

越名　天晴《あっぱ》れ手練八のこの鎗先。

（ト中間の渡す鎗を受け取って高坂に突きつける）

高坂　受けては堪《たま》らぬ大事の稚児《おさなご》、（ト子供を抱いて）連れて身共は逃げ弾正。

五　冬が去り春がくること。悪い事ばかりあったが、ようやく回復して善い方に向いてくること。
六　近世語。婦人が他人の語を受けて答える時の語。そうですね。
七　憎らしいもの言い。にくまれ口。
八　精神や技能をみがき、きたえること。

（ト義太夫[一]のメリヤスで子供抱いてあやす。越名弾正、入江、口惜《くや》しそうに見て、入江またも高坂の手の子供を取ろうとする。越名それを引き分ける）

高坂　唐織、来たれ。

唐織　アーイ。

〽立ち別る、胸に一物《いちもつ》二人の弾正、ここに捨て子の随一と、その名も
高き山本氏《うじ》、伴い帰るぞ、ゆゆしけれ[二]。

（ト四人、それぞれに決まって）

幕

一　前出、一九一頁注一四・一八九頁注三参照。義太夫はチョボに同じ。

二　神聖または不浄なものを触れてはならないものとして強く畏怖する気持ちを表わすのが原義。ここでは、すばらしいこと、勇ましいことであるの意。

第三幕　第二場　三山本勘助住家《やまもとかんすけすみか》の場

役名

四山賤《やまがつ》　横蔵《よこぞう》
（後に武田《たけだ》家軍師山本勘助《やまもとかんすけ》）
山賤　慈悲蔵《じひぞう》
（後に長尾《ながお》方軍師五直江山城守《なおえやましろのかみ》）
母　六越路《こしじ》
慈悲蔵女房　お種《たね》
猟師　正五郎《しょうごろう》
同　戸助《とすけ》
庄屋　六兵衛《ろくべえ》
高坂弾正《こうさかだんじょう》妻　唐織《からおり》
長尾景勝《かげかつ》
供の中間《ちゅうげん》　数名

（舞台正面二重屋体。上手《かみて》に障子屋体つき、七置炬燵《おきごたつ》あり。正面八暖簾口《のれんぐち》（無地暖簾）。仏壇、押入れ、一段の踏石《ふみいし》。下手《しもて》に九山木戸。藁《わら》ぶき屋根。上手と下手の奥は一〇雪持ちの竹藪《たけやぶ》。山肌見えている。すべて雪の積もった一一山家《やまが》の一軒家。一二雪おろしで幕あく。

三　前出、一四三頁注三参照。
四　前出、一五七頁注三参照。
五　戦国時代の武将。もと樋口氏、名は兼続（かねつぐ）。上杉謙信、景勝に仕え、名家老として知られる。豊臣秀吉の知遇を受け、米沢三〇万石を与えられた最大の陪臣。詩文をよくし、『文選』一六巻を印行、わが国における銅活字による開板の初め（一五六〇—一六一九）。
六　架空の人名、北国に因んだ命名。
七　やぐらの中に炉を入れ、移動できるようにしたこたつ。
八　⇨用語集
九　歌舞伎大道具の一。庭や通路の出入口に設けた屋根のない開き戸の門。世話木戸、庭木戸などがある。山中の家の場合、山木戸という。
一〇　歌舞伎大道具の一。竹藪の装置に雪のつもった態に白い雪布や綿をつける。
一一　山の中の家。
一二　歌舞伎下座音楽鳴物用語。囃子方が、大太鼓を、尖端を布で巻いた貝撥（ばいばち）という撥で打って、雪の降りしきる感じを出す。一九七頁注一七参照。

すぐ在郷唄《ざいごうた》[一]あしらい、猟師正五郎と戸助、雪持ちの蓑《みの》、笠《かさ》にて登場する。木戸口を入って）

正五郎　来たぞや〳〵。よう冷えます。

戸助　お種女郎[二]、うちにか、ちょっと寄りました。どうじゃな。

（ト二人、蓑笠を取る。正面暖簾口より、お種、次郎吉を抱いて出る）

お種　誰かと思えば正五郎さんに戸助さん、この雪に山帰り[三]かえ。お茶もわいてあるぞえ。

（ト次郎吉を蒲団《ふとん》に寝させ、囲炉裏で茶を出す）

正五郎　慈悲蔵どんはお留守か。今日《きょう》も今日とて、慈悲蔵どんの噂、なんという孝行者か、お袋への孝行は申すに及ばず、兄の横蔵どんへもあれほどに尽くさるる。

戸助　ほんに見上げたものじゃ。わが子の峰松を里子にやって、その兄貴の子の次郎吉ばかり大切にせらるる。名も慈悲蔵とはよういうたもの、ノウ。

正五郎　それに兄弟でもこうも違うものか。兄の横蔵どん、ひとりの母親の婆様《ばば》へ不孝のありたけ、弟の慈悲蔵どんへのあのむごさ、ここに寝ている次郎吉は横蔵どんの子、おおかた親の横蔵に似た鬼子《おにご》[四]であろうか。

一　歌舞伎下座音楽の一。田舎、田圃などの場面に使う。
二　一説にジョウロウ（上臈）の転という。（接尾語的に）女性の名前の下につけて軽い敬意や親しみをあらわす語。「お種さん」。
三　山での仕事を終えて帰ること。
四　鬼のように荒々しい子。

戸助　ほんにそうじゃて、ハヽヽヽ。馳走の一杯で、肚《はら》の底までぬくもった。
　慈悲蔵どんが戻られたら、あすの山行き、誘うと言うて下されや。
正五郎　そんならこの勢いで戻ろうとしようか。
お種　マア〳〵、寒いによう寄って下さんした。うちのが帰れば、あすの山
　行き、よう言うておこうわいな。
正五郎・戸助　そんならお内儀[五]、あす、逢いましょう。
お種　足もとに気をつけなさんせ。
　（トいろ〳〵捨てぜりふあり、雪おろしあしらい下手へ退場する）
〽秋の末より信濃路《しなのじ》は、野山も家も降り埋《うず》む、道をはずさぬ慈悲蔵が、
　（ト雪の蓑、笠、腰に小さなビクをさし、釣竿を手に、慈悲蔵花道よ
　り登場）
慈悲蔵　来る日も〳〵、マアこの大雪、オヽ寒いことじゃ。母上はどうさっ
　しゃろ。炬燵でお休みなさろうか、案じられたことじゃなア。
〽流れにそうて立ち帰る。

五　もと近世前期、京都の町家の妻の尊敬語であったが、後に一般に広まった。

(ト雪おろし。慈悲蔵、内へ入り、蓑笠とる)

お種　オ、戻らしゃんしたか。この雪でどうであろうと、案じてばっかりいたわいのう。

(ト捨てぜりふにて、お種、たらいに湯をとり、慈悲蔵足を洗う)

慈悲蔵　母者人《ははじゃびと》はまだお寝《やす》みなされてか、炬燵でお風邪ひかしますな。お目のさめぬそのうちに、お料理して差し上げようわい。

お種　どうぞ、そうして上げて下さんせ。

(ト慈悲蔵、屋体へ上がる)

慈悲蔵　オ、、次郎吉も寝入ったか、罪のない顔じゃて。

お種　ハイ。この子が機嫌よう育つにつけても、気にかかるは峰松のこと。ほんに兄御の横蔵どの、いかにわが子でないとて、捨ててしまえと無理ばっかり。こなさん、峰松を預けてくださったその先は、いずくの誰じゃいなア。

慈悲蔵　ハテ、それを問うがもう未練、気づかいしやんな、乳母に乳母をつけるような結構な内へ養子にやった。もう〳〵思い出さずにおきゃ。万一、先で死んだら、ない昔じゃとおりゃ諦めて、(ト泣く) もう〳〵案じることは微[一]塵《みじん》もない。

〽と言いながら、犬狼《いぬおおかみ》の餌食《えじき》ともなりはせぬかと子を思う心は一つ。

一間の内そっと窺《うかが》い、

ヤ、寝入ってござるかと思えば裏へお出ましか。御気丈千万《せんばん》。お種おっつけお膳の用意しや。わしは母者を見て来ようわいなア。

お種　アイ〳〵。

〽片時忘れぬ孝心は、またとたぐいも。

（トこのオクリ[二]で、お種ともども正面暖簾口へ入る。雪音[三]、鐘の音）

〽あらし吹く音も吹雪に高足駄[四]、踏み分けたずね来る人は、長尾の三郎景勝。[五]万卒《ばんそつ》は求めやすく、一将《いっしょう》は得がたしと、この隠れ家[六]《が》の弓取りを慕いて、[七]一人門《ひとりかど》の口。

一　こまかい塵。ごくわずかなこと。少しも。

二　歌舞伎下座音楽用語。役者の退場に際して、その仕草に合わせた鳴物の演奏をいう。特に義太夫で一段の中のある区切りがつく時にその区切りの末から次の筋が起こるまで弾き続ける三味線の手の称。区切りがつく時は、多く人物が入る時なので、その人物を送ってゆくという意味から起こった語らしい。

三　歌舞伎下座音楽鳴物用語。前出二〇九頁注三の「雪おろし」に似るが、雪の降り方がもう少しゆるやかな場合の奏し方。

四　足駄の歯の高いもの。たかげた。雨や雪の場合に用いる下駄。

五　多くの兵卒。一将は一人の将軍。ここでは軍師。

六　人目を避けて身をひそめ隠れている場所。世をのがれて隠れ住む家。

七　本文では「一人」とあり、竹本でも「一人門の口」と語っているが、歌舞伎の場合、景勝を立派に見せるため郎党を伴って登場する。

（トこのチョボで景勝花道から出、そのまま舞台下手、木戸口におさまる。一合引《あいびき》。従う郎党四人、二吊り台持つ。そのうち一人は終始、景勝のうしろより三蛇《じゃ》の目《め》傘《がさ》をさしかけて雪を避けている。景勝無言＊）

〽四二重《ふたえ》の腰の五白妙《しろたえ》に、枝もたわわの雪折竹《ゆきおれだけ》、杖とわが子に助けられ、庭にたたずむ老女の風《ふ》情《ぜい》。

（トこのチョボのあいだに、越路上手より登場する。うしろより慈悲蔵、無地の番傘をさしかけて登場、舞台中央におさまる）

慈悲蔵　申し〲、この大雪に、六さりとは冷えまする。内へお入りなされませ。

〽取る手を払い、

越路　七十に余って愚鈍にはなったれど、子供にものは教えられぬ。何事にも親の心に背かぬが誠の孝行、雪の景色を見ようと思う母が心をさまたげるは、なんと不孝であるまいか。

一　歌舞伎道具用語。時代物、舞踊などで役者が使う腰掛け。桐製の四角な黒い箱状のもので、上に小さい布団が結びつけてあり、後見が持ち運びして、うしろから尻の下にあてがう。長時間立っている役に使われるが、芝居の約束では立っている姿をあらわす。

二　板の両端に竹をわがねてつけ、これに棒を通して前後からかついでゆく台。

三　中心部と周辺とを黒、紺、赤色などで塗り、中を白くして蛇の目の形をあらわした傘。

＊　従来の歌舞伎台本では、多くここで景勝のセリフがある。それを本文通り無言の演出であることを強調している。

四　二つに折れ曲がっていること。年とって腰がひどく曲がっているさまを言う。

五　「白妙」は雪にかかる枕詞であるが、老母の白髪にも掛けた表現。

六　それはそれは。これはまた。

慈悲蔵　ハア、一々あやまり奉る。お年寄られて一日〳〵御気力の落ちるが悲しく、今日も谷川へ漁に出て、うろくず[七]なんど二、三匹得ました。賞翫《しょうがん》[八]なされて下さりませ。

越路　イヤ〳〵、物の命をとって、それがなんの養い[九]。真実の養いは、遠い山川の珍物《ちんぶつ》より、ついこの裏にある竹藪[一〇]で、筍《たけのこ》を掘って来い。

慈悲蔵　御意《ぎょい》[一一]ではござれど、マア、お前様、この寒[一二]の内に筍が。

越路　サア、ある物を取ってくるは子供でもすること。ない物を取り寄するがほんの孝行。このくらいの難題に困るようでは智者[一三]とは呼ばれぬ。わらわが夫《おっと》は天《あめ》が下に聞こえし軍師山本勘助、二人の子のいずれかに勘助という名を譲り、父の軍法[一四]奥義《おうぎ》の巻《まき》を伝えんと思えども、それでは勘助になれぬ。

慈悲蔵　サア、その名が欲しさに心をつくすこの慈悲蔵。

越路　それ〳〵、その名が欲しさに孝を尽くすはまことの孝でない。上皮《うわかわ》[一五]の偽り表裏《ひょうり》、思えば見るもいまわし。

〽杖振りあげて打たんとす、老いの力《りき》みに踏みくじく、駒下駄[一六]とんでよろめく足、こはあぶなしと抱《だ》きとむれば、

七　魚類。魚。
八　あじわうこと。賞味する。
九　やしなうこと。養育。栄養となるもの。
一〇　廿四孝の一人である孟宗の故事による。孝行者の孟宗が冬に筍を得て、母親に捧げたといわれている。
一一　おぼしめし。お指図。御命令。
一二　さむいこと。寒期。ここでは冬の最中にといった意味。
一三　智恵のすぐれた人。賢い人。
一四　軍隊の配置や操縦など戦争の方法。兵法。戦術。奥義は学問・技芸の最も深いところ。
一五　物の表面にある皮。うわべ。みせかけ。
一六　台も歯も一つの材でくりぬいてつくった下駄。形が馬のひづめに似たところからの名称。

越路　おのれが世話は受けぬわい。

〽そこ退《の》きおれと親と子の、心合わざる片足《かたし》の下駄。

(ト老母、慈悲蔵を打とうとして、駒下駄飛ぶ。景勝すかさず、これを拾って)

〽景勝すかさず拾いとり、

景勝　御召物《おめしもの》、これに候。

〽と老女が前におし直し、一しさって頭下げらるる。

越路　二人品骨柄《じんぴんこつがら》只人《ただびと》とも見えぬお侍、賤《いや》しき婆《ばば》に履物を、こりゃ三黄石公《こうせきこう》に沓《くつ》を与えし四張良《ちょうりょう》がおもかげ。

〽奥床しき御方《おんかた》や。

一　あとへ引き下がる。
二　ひとがらや体つき。風采。
三　秦末の隠士。張良に兵書を授けたという老人。張良はこの兵書を読み、漢の高祖の天下平定をたすけた。
四　前漢創業の功臣。秦の始皇帝の暗殺に失敗後、老仙黄石公から太公望の兵書を授けられ、劉邦の謀臣となって秦を滅ぼし、鴻門の会に功を奏し、遂に項羽を平らげ、漢の帝業を成した。黄石公が川に落とした沓（くつ）を拾って捧げて真心を示し、兵法の奥義を授かった話が有名。越路の駒下駄を拾った景勝は張良のようだという意味。

越路　とくとお礼も申したし。こりゃ慈悲蔵、そなたに用はない。早う立ってゆきおらぬか。

慈悲蔵　ハッ。

越路　なにを躊躇《ちゅうちょ》、早う行きゃ。

〽なにか仔細はありそ海《うみ》[五]、母の心を計りかね、是非[六]なく奥に入《い》りにける。

（ト慈悲蔵、上手へ入る）

越路　イザこなたへ。

〽と招ずれば、

景勝　然らば御免。

〽辞[七]する色なく打ち通り、座[八]に直れば。

五　アリソはアライソの約。荒礒の海。何かありそうなと荒磯海よりも深いという母の恩を掛けた修辞。
六　しかたなく。やむを得ず。
七　辞退する様子もなく。
八　自分に定められた場所に座る。

（ト越路、景勝とも屋体へ上がる）

越路　見るかげもないあばら家へ[一]高位のお越し、これにはなんぞ。

景勝　御推量、少しも違《たが》わず。黄石公に劣らぬ軍師山本氏《うじ》の御子息を召し抱えて一方の大将と頼まんため、[二]身《み》不肖《ふしょう》なれども越後の城主長尾謙信が[三]嫡子《ちゃくし》三郎景勝、これまで参上仕《つかまつ》る。

〽と礼儀正しく述べらるれば、

越路　シテ、お望みなさるるは兄か、それとも弟か。

景勝　イイヤ、景勝が望むは惣領《そうりょう》の横蔵。

越路　ハテ孝行な弟の慈悲蔵を差しおき、不孝な兄の横蔵を御家来になされようとおっしゃるは。

景勝　そりゃその方に覚えあること。先年、信濃の国諏訪明神《すわみょうじん》の百度石《ひゃくどいし》にて[四]面体《めんてい》格好[五]とっくと見届けおきし横蔵。*

越路　そうおっしゃれば思い当たる。よく〱思《おぼ》し召せばこそ、大名のお手ずから、[六]いやとは言わさぬこの婆《ばば》に、[七]下駄を預け給いしは天晴《あっぱ》れ。[八]この母

一　地位の高いこと。位の高い人。
二　フショウは自分の謙称。自分は取るに足りない者ですが。
三　嫡妻（正妻）の子で家督を相続する者。跡つぎとなる子。
四　顔つき。面相。
五　（トクトの促音化）よくよく。とっくりと。
＊　第二幕第一場　諏訪明神お百度石の場(B)、一六二頁以降参照。
六　ことわれぬようにする。
七　すべてを相手に頼んで、その処理を一任すること。越路の駒下駄を拾って、返し与えたことに掛けている。
八　空間的、心理的に話し手に近い場所、物事、人などをさす語。ここにいる。

が兄に代わって差し上げましょう。

景勝　ナニ、御承引とな、ウム、重畳《ちょうじょう》。景勝が[九]下人《げにん》ども、その箱これへ。

中間　ハッ。

〽さしずに従い下人ども、[一〇]お目通りに差し出《いだ》す。

（ト中間ども吊り台の箱を差し出す）

景勝　いかに老母、主従《しゅうじゅう》となるからは一命を捨てての奉公、[一一]この方とても[一二]一《いっ》身《しん》を任すという[一三]固《かた》めの一品《ひとしな》、受け取られよ。

〽もし[一四]違背あらば[一五]身の上たるべし。

越路　御念に及ばず、その時は母が皺首《しわくび》差し上げるか。

景勝　家来にするか。

越路　二つの安否。

景勝　老女、さらば。

九　身分の低い者。しもべ。
一〇　目の前。目前。
一一　一人称。目下に対して用いる。われ。おれ。
一二　一人のからだ。自分の体。自分。
一三　固くすること。固い約束。
一四　命令、規則、約束などを守らず、それにそむくこと。一九六頁注五参照。
一五　人の一身に関する事柄。人の運命。ここでは、もし約束が守られない場合には、あなたの責任になりますよ、の意。

〽と[一]言葉詰《づ》め、威風鋭き[二]北国《ほっこく》武士。[三]越後《えちご》縮《ちぢ》みの物なれて、引けぬその場の信濃路や、別れて、

（トこのオクリにて、景勝戸口へ出、雪音、傘さして下手へ入る。同時に越路も思い入れにて正面暖簾口へ退場する）

——[四]東西、東西——

〽[五]木《き》曾《そ》山木《やまこ》立《だち》あらくれて、[六]無《む》法《ほう》無《む》轍《てつ》を[七]しにせにて、名も横蔵の、

（トこれにて花道より横蔵登場。[八]バッチョ笠、手拭《てぬぐ》いを首に巻く。腰に小鳥数羽、[九]餌《え》差竿《さしざお》）

〽[一〇]筋違道《すじかいどう》、[一一]草鞋《わらんず》の紐《ひも》降《ふ》り埋《うず》む、餌《え》竿《さお》かたげて門口より、

（トこれにて舞台へ。木戸へ入る）

横蔵　母者人《ははじゃびと》、いま戻った。

一　相手の動きがとれなくなるように問い詰めること。理屈づめ。二〇二頁注五参照。

二　北方の国の侍。ここでは長尾景勝をさす。

三　越後国小千谷地方から出す縮。カラムシで織り、質は強い。表面に細かいしわが出ているのが特徴。ちぢみから皺のある老母を連想し、越路のことをいう。

四　前出、一九七頁注八参照。

五　長野県の南西部、木曾川上流の地方。渓谷が深く、従って山岳もきびしい。

六　無法は法にはずれること。無轍は車が通って道に残した輪の跡がないこと。共に法にはずれ道にはずれた乱暴者のさまを強調する。

七　老舗。（動詞「仕似せる」から）先祖代々の業を守りつぐこと、それによって繁昌している店、が本義。ここでは「無法無徹」を売り物、名物にしているの意。

八　（バンジョウガサ・番匠笠の転化か）真竹の皮で作った笠。

九　小鳥をトリモチで捕らえるための竿。

一〇　各都市間を結ぶ主要道路と道路をつなぐために斜めに交わった状態にある狭い道筋。ここでは、筋が通らないこと。道理を無視し

〽声に老母がほやほや顔。

（ト正面より越路出る）

越路　オ、兄よ、待ちかねました。マア〳〵、どこへ行ていやったの。

横蔵　ハテ、この[一二]和郎《わろ》わいな。おれが足で、おれが歩くに、どこへなと飛び次第じゃ。飛びついでに小鳥十羽ほど獲《と》ろうと思うて、顔も足も切れるような。母者人、笠とって下んせ。

越路　オ、道理〳〵。サ、、[一三]ちゃっと上がりゃ。

（ト捨てぜりふにて越路、平舞台へ降りて、わらじの紐を解く）

慈悲蔵　兄者人《あにじゃひと》、お帰りか。そんなら足を私が洗いましょう。

（ト慈悲蔵、上手から湯の入った手桶《ておけ》をもって出る）

越路　イヤ〳〵、孝行な兄がからだに不孝な弟が[一四]手をさえるは、けがらわしい。母が洗《あろ》うてやりましょう。

（ト越路、慈悲蔵の持って出たたらいを引き取り、横蔵の足を洗ってやる）

た横蔵の歩きぶり、生きざまをいう。

一一　（ワラグツの転）わらじ。藁で足形に編み、爪先にある二本の藁緒を左右の縁と後端の乳（ち）とに通し、足に結びつける履物。

一二　二人称。人をののしって言う語。おまえ。

一三　さっさと。てばやく。

一四　手でさえぎる。手を出す。

〽一人に辛《つら》く、一人には甘い女子《おなご》の鼻の先、泥脛《どろずね》突きつけ、

横蔵　若い女子《おなご》の手のさわるはよいものじゃが、乾物《ひもの》のような母者の手では[一]情けの罪科《ざいか》じゃ、ハ、、、、、。

（ト横蔵、屋体へ上がる。同時に正面暖簾より、次郎吉を抱いてお種、登場する）

お種　兄《あに》さん、お帰りなされませ。

横蔵　オ、、お種か。餓鬼《がき》も寝ているか。オ、そうじゃ、この鳥も晩の夜食に、イヤ、[二]こなはんたちに食わすのじゃない。焼いてもろうて、わしが食う。とかくおれが口さえ養えば、[三]こんたの気が休まる。ノウ母者人。

越路　そうとも〳〵。あのマア孝行なことわいのう。奥に炬燵もしておいた。

横蔵　なんじゃ、こなはん今まであたっていて、何の恩にきせることがあるものか。ドレ〳〵。

（ト横蔵、障子屋体の炬燵へ足を入れ）

横蔵　こりゃぬるい、[四]水炬燵《みずごたつ》じゃ。

越路　イヤ、あんまりきつい火は[五]のぼって悪い。

一　親切でやってくれることがかえって迷惑になる。
二　おまえたち。
三　二人称。（コナタの転）対等か目下の人に使う。おまえ。あなた。
四　水のように冷たい炬燵。
五　のぼせる。

横蔵　それがたわけというもの。もう母者も追っつけ[六]火屋《ひや》で焼かれる身体《からだ》。稽古のためきつい火にもあたっておかしゃれ。ドトト（ト伸びをして）足揉《も》んでくだあれ。

〽と踏み出す両臑《りょうずね》、慈悲蔵見かね、

慈悲蔵　そんなら私が揉みましょ。

越路　また、差し出るか小癪者《こしゃくもの》。オヽ、そんなら、こうか〳〵。

〽と撫《な》でさする、からだ寝返り頬杖《ほおづえ》ついて、

横蔵　[七]とてものことに、美しいお種が揉んでくれりゃよいに。[八]わりゃ子守りか。抱いているのはおれが子の次郎吉か。そしてお前の餓鬼の峰松はどうした。

お種　お指図通り、[九]主《ぬし》の慈悲蔵どのがどこへやら。

横蔵　捨ててしもうたか。よい事〳〵、この次郎吉も面倒な、しめ殺そうかと思うたれど、[一〇]味なものでわが子というものは親よりちっとは可愛いもの

六　やきば。火葬場。
七　いっそのこと。
八　「われは」の訛り。おまえは。
九　主人の尊称。夫。
一〇　面白味。おもむき。

じゃ。ノウ慈悲蔵、お種におれの子を育てさせるからは、とてものことに、
お種もおれと貴様の相合《あいあ》い[一]女房にしようじゃないか。
（トお種、あまりのことにムッとするを、慈悲蔵制する）
横蔵　なんじゃ、嫌じゃ。嫌なら慈悲蔵が可愛がる母君に当たるぞよ。
慈悲蔵　それはめっそう[二]な。兄者、無体もことによるぞよ。
横蔵　そんなら、おれの言うこと聞くか。
慈悲蔵　サア、それは。
横蔵　サア〳〵、しかしか[三]と揉みさらせ[四]。
〽恋の意趣を炬燵に当たる[五]横道者《おうどうもの》[六]、持てあましてぞ、見えにける。
（ト雪音）
〽折ふし、表《おもて》に先走《さきばし》り[七]。
（ト下手より裃《かみしも》[八]の庄屋、走り出る）
庄屋　コレ〳〵山本勘助どのに用事あって、武田信玄大僧正[九]様只今これへおいでじゃぞよ。掃除しておかっしゃれ。よいかいの。
慈悲蔵　ナニ信玄公のおいでとは。

一 相共にすること。共有、共用にすること。
二 とんでもない。
三 しっかりと。
四 （関西地方などで）「する」をののしっていう語の命令形。
五 「ぶつける」の意と炬燵に当たるを掛けた修辞。
六 正しい道にはずれたことをする者。横着者。
七 主人、貴人の先に立って走り、先ぶれをする従者、または使いの者。
八 江戸時代の武士の礼装、後に町人も用いた。同じ染色の肩衣と袴とを紋服・小袖の上に着るもの。麻上下を正式とする。
九 僧正の上位。各宗で最高の僧階とする。但し、武田信玄が大僧正の位があった訳ではない。庄屋が勝手に敬意を表して称えたまで。

〽思いがけなき夫婦が不審。仔細あらんと横蔵が、[一〇]起きも直らず[一一]空寝《そらね》入《い》り。

越路　ハテさて、思い寄らぬ[一二]大身《たいしん》のお入《い》り、慈悲蔵もてなせ。コレ横蔵、これは[一三]したり、もう寝入ったような。

〽一間《ひとま》の障子、引っ立てうかがう表より、武田方の重臣高坂弾正が妻の唐織、

（トチョボのメリヤス、雪音にて、花道より唐織登場する。あとより中間、蛇《じゃ》の目傘《めがさ》を差しかけている。別に中間一人つく。唐織、合羽《かっぱ》、[一四]高下駄、峰松を抱く。表にて合羽とり、中間を帰らせる）

唐織　[一五]ものもう、御免なされて下さりませ。

〽行儀正しく打ち通る。[一六]いぶかしながら手をついて、

一〇　起きかえって座りなおしもせず。
一一　寝入ったふりをすること。たぬき寝入り。
一二　身分の高い人。
一三　（「し（為）たり」の意）失敗した時また驚いた時に言う語。しまった。これはどうしたことだ。一三六頁注一参照。
一四　歯の高い下駄。あしだ。
一五　（「物申す」の略）他人の家に行って案内を乞う語。たのもう。
一六　不審に思う。

慈悲蔵　信玄公と思いのほかなる女中[一]のおいで。
唐織　不審もっとも。偽りならぬ信玄公の、コレこの寝顔に対面なされ。
お種　ヤア、峰松か、戻りゃったか。

〽飛び立つばかりの胸おししずめ、

お種　これは〳〵、御苦労様や。そんなら峰松を貰《もろ》うて下さりましたは、そちら様か。いかいお世話様に。
唐織　コレ〳〵、粗相[二]言うまい。甲斐《かい》の国にて養うからは、もはや一国の世継ぎ、すなわち今日《こんにち》の信玄公。見やしゃんせ、コレこの可愛らしい信玄公が軍術の達人慈悲蔵どのを抱えに来た。

〽恩をかけたる名将の、情けは肝《きも》に答ゆれど、とぼけた顔で、

慈悲蔵　これはしたり、私はこの在所の山賤《やまがつ》、[三]鋤鍬《すきくわ》のほか何も存ぜぬ者を、お召しなどとは勿体《もったい》ないことおっしゃります。
お種　コレ、[四]こちの人、お前の器量を聞き及んでとあるからは、[五]きつい誉れ

一　婦人の敬称。
二　粗略なこと。そそっかしいこと。軽率な、ぶしつけなこと。
三　すきとくわ。農具の総称。ここでは、そうした農具を使って行なう百姓の業以外は何も出来ないの意。
四　妻が夫を呼ぶ称。うちの人。
五　物事の程度がはなはだしい。ひどい。大変な。すばらしい。

なことじゃぞえ。

慈悲蔵　ハテ、軍法奥義《おうぎ》は母様《はは》より伝授の巻《まき》を譲り受け、山本勘助になってからのこと。今のわしに軍術の大将のとは、そりゃ[六]山の芋を蒲焼《かばやき》にするようなもの。なんとして〳〵。

唐織　[七]女だてらの使いゆえお気に召さぬかは知らねども、どうあっても甲斐の信玄公にお味方してもらわねばなりませぬ。

お種　それはまたなにゆえ。

唐織　そのわけは桔梗《ききょう》が原《はら》にこの捨て子、拾い取るには取ったれど、乳という兵糧なければ命もない。信玄公に味方して、夫婦で守《も》り育てる気はないか。見やしゃんせ、ちっとの間《ま》にこの大将のどこもかも細ったこと。

〽ほんに見る目が悲しいと、語るうちより女房が、

お種　可愛や〳〵、まことそうでござんしょう。あの寝た顔のいじらしさ、わしゃなんとしょう、どうしよう。

〽わっと泣き出す折も折、一間に母の声高く、

六　山に自生する芋。「山の芋が鰻になる」は物事が急に意外なものになるたとえ。また、身分の低い者が急に成り上がることのたとえもある。その鰻を更に蒲焼と言いかえたもの。

七　女にも似合わぬ。女の分をこえた。

越路　（カゲ）[一]子を餌《えさ》にして味方につけん[二]後穢《うしろぎたな》き信玄公に、味方しては、武士が立つまい、コレ慈悲蔵。

〽慈悲蔵、ハッと立ち上がり、わが子を取って引き離し、

慈悲蔵　コリャ女房、一旦《いったん》捨てた子に見苦しい、なにほえる。親と子が縁さえ絶たば、信玄に恩もなく義理もなし。子供を連れて早《はや》帰られよ。

〽言葉、鋭《するど》に言い放す。

唐織　[三]この上は力なし、とはいえ帰ってわが君に、

〽なんと言葉さえ、泣く〱抱《いだ》き立ち出ずる。これのう峰松一世《いっせ》の別れ、せめてまあ、

〽この乳が一口飲ましたい。

〽慕う女房を引き退《の》けて、枝折戸《しおりど》ぴっしゃり、表にも心は残る雪中《せっちゅう》へ、

一　舞台の袖。客席より見えない、舞台の上手・下手の場所。一九四頁注三参照。

二　することが卑劣で、いさぎよくない。

三　事態がこういう結果になってしまったからは。

　頑是《がんぜ》[四]なみだの子を抱《だ》きおろし、打掛け[五]の下ぐくり、括《くく》りそえたる後ろ紐《ひも》、垣[六]に結ぶは義理の綱《つな》、神や捨ておく竹の子笠、いたいけ[七]頭《つむり》に打ち着せて、

唐織　山本の氏《うじ》を継ぐ慈悲蔵どのを味方に頼まんと、これまで来給《きたま》ういたいけのこの信玄公、雪にこごえて死すまでもこの門口を立ち去らず。この信玄公、助けようと殺そうと慈悲蔵どのの御思案次第。

〽鎮《しず》[八]をかけたる雪の笠、思いを残し捨ててゆく。

（ト峰松を慕うお種を慈悲蔵がさえぎり、唐織、下手へ退場する）

お種　ヤア、そんなら坊《ぼん》はまだそこにいやるか。

〽駆けゆかんとするを、きっと止《とど》め、

慈悲蔵　コレ〳〵門《かど》には誰もない。よし居てからが赤の他人、そばへ寄ると信玄の御恩を受けることになる。表へ出るが夫婦の切れ目。

四　幼くてまだ是非・善悪のわきまえがない、ききわけがない。転じて、無邪気な意の「がんぜない」と「なみだ」を掛けた修辞。
五　近世の上流婦人の上着。小袖形式で帯を締めた上に打ち掛けて着るから名づける。「下ぐくり」は、近世、女が着付に用いる紐、今の腰紐。外出のとき、襠（かけ）を腰の辺りで括りあげるために用いる。以下、紐、綱など結ぶに縁のある言葉を並べる。
六　屋敷や庭などの外側のかこい。かきね。
七　小さくて愛すべきさま。美しくかわいらしいさま。
八　おもり。水中などへ物を沈め垂らすのに用いる（沈むの語源シズであろう）。魚を釣る時に、針の近くに用いる鉛の重り、から赤子を入れた笠が、その役目になっていることを言ったのであろう。

〽[一]腰下げの紐《ひも》[二]鏁《かきがね》を括《くく》る惨《むご》さはわれながら、いかなる[三]悪魔鬼か蛇《じゃ》か。

慈悲蔵　そちもソレ、その次郎吉を袖《そで》にしては、兄横蔵への義理が立つまい。

お種　ア、アーイ。（ト泣く）

慈悲蔵　何かにまぎれ大事の孝行怠ったり。ドレ、裏へ行て雪の中の筍掘って進ぜよう。

〽蓑笠とって打ちかつぎ、雪より先に降る涙、[四]霙《みぞれ》争う濡翅《ぬれつばさ》。

（ト慈悲蔵、蓑笠に鍬《くわ》を手にして木戸口に錠をおろし、下手へ退場する。雪しきりに降る）

〽しおるる夫《つま》のうしろ影。

お種　天にも地にもひとり子《ご》を、ようむごたらしゅう捨てられた、ハ、、、。

（ト泣く）今の女中も気の強い、置いて去《い》ぬ程ならば、家に寝さして

一　刀の鞘のところに下がっている紐。腰に括り付けるために使われる。

二　戸締りに用いる鐶（かん）または鉤（かぎ）などの金物。かけがね。

三　仏道を妨げる悪神の総称。

四　涙が霙と先を争って翅を濡らすように、涙で体が濡れるほど悲しい、という表現。

去んだがよい。可愛や〳〵、ひもじかろう。
〽ちっとの間《ま》なと抱《だ》きたいと、任せぬ辛《つら》さ次郎吉を、よう〳〵そっと下に置き、
〽さし足ながら庭に降り、のぞけば門《かど》にしょんぼりと、

お種　ヤレ、坊《ぼん》よ〳〵、それがマア、なんと命があるものか。
〽開《あ》けんとすれど鎖《かきがね》に、錠の代わりの真結《まむす》びは、むごやつれなやとあせる程、雪にしめって開かぬ戸に、風にうたて五や次郎吉が、わっと泣く声、

お種　悲しや、泣きゃるか。
〽また駆け戻って抱《いだ》きあげ、
〽雪六やころろん、霰《あられ》やころろん。
〽こはそもなんたる因果ぞや、この子憎いじゃなけれども、わが子に

五　ますます甚だしくなる。風がひどくなるので、次郎吉の泣き声もひどくなるの意。
六　童唄、雪やコンコン、霰やコンコンの訛り。

乳が飲ませたい。

お種　コレ〳〵、ちっとのま、寝入ってたもいのう。

(ト次郎吉、しきりに泣く)

〽心も空はかき[一]くらし、また降りしきる白雪に、外に泣く声、[二]八寒地《はっかんじ》獄《ごく》。

(ト雪、はげしく降る)

〽剣《つるぎ》を呑《の》むより身にこたえ、思わず知らずまろび[三]降《お》り、砕けよ破《わ》れよの念力《ねんりき》に、はずるる戸より身は先に、

(ト山木戸の戸破れる。お種、外へ出て峰松を抱き上げる)

お種　コリャ坊《ぼん》よ〳〵、死んでくりゃんな、母はここにいるぞや。

〽わっと嘆けば唐織[四]が声として、

一　空をくらくする。心をくらくする。「心も空」(落ちつきを失ってそわそわしているさま)から「空はかきくもって来た」に掛ける修辞。
二　仏教用語。はちかんじごくの転。亡者を寒さ・氷で苦しめる八種の地獄。
三　ころがる。
四　唐織の声で。(ここでは唐織は舞台袖にいて姿は見えない。)

唐織　（カゲ）信玄公を抱《いだ》き上げ、乳房をふくめまいらすからは、慈悲蔵はも早《はや》信玄公の味方なり。夫《おっと》高坂弾正に知らせ喜ばせん。

〽聞くよりお種もはっと心づき、うろつくすきに、いずくより、懐剣[五]ちょうと峰松が[六]肝先《きもさき》貫き息絶えたり。

お種　ヤ、こりゃ峰松をむごたらしゅう、ウム、さてはわが子の害になると横蔵のしわざじゃのう。義理も情けも、もうこれまで。わが子の敵《かたき》、とらいでおこうか。

〽死骸を小脇《こわき》にかい込んで、常には弱き女気《おんなぎ》も、恨みに強き[七]力帯《ちからおび》、奥へ。

（ト三味線にノって上手へ走り退場する）

[八]つなぎ幕

五　懐中に携える護身用の短刀。ふところがたな。
六　胸先。胸。
七　身体に力を入れるために強く締める帯。身支度のため固く締める帯。
八　⇩用語集

第三幕　第三場　勘助住家《かんすけすみか》裏手《うらて》竹藪《たけやぶ》の場

役名

兄　横蔵《よこぞう》　　　弟　慈悲蔵《じひぞう》

（平舞台、一面の雪持ちの[一]藪畳《やぶだたみ》。[二]上下《かみしも》に雪持ちの本竹。浅黄幕《あさぎまく》かかる）

〽忍び足、早日《はや》も暮れに近づきて、[三]子ゆえの闇に[四]白妙《しろたえ》の道も涙に見えわかず。

（ト浅黄幕、振り落とす。雪音にて、下手より慈悲蔵登場する。鐘の音）

慈悲蔵　なんぼ掘っても筍《たけのこ》のあろう様《よう》はなけれども、親を思う一心を憐《あわれ》み天

一　前出、一四四頁注一五参照。
二　舞台の上手・下手（⇩用語集）の略。
三　前出、一八九頁注四参照。
四　「白妙の」は雪の枕詞であるが、ここでは雪そのものをいう。白い雪の道も、子ゆえの闇（峰松への思い）で涙で見えないの意。

より授くる事もやあらん。

〽心にこめて一尺二尺、底は[五]白羽《しらは》の鳩《はと》一羽、飛んでおりしも飼いなれし、鳥も心のあるやらんと、また掘り返せばまた一羽、友呼び誘う[六]生《しょう》類《るい》の、有様つくづく[七]打ちまもり、

（ト鳩しきりに飛ぶ。慈悲蔵、鍬《くわ》の上に両手をそろえ）

慈悲蔵　もはや[八]入相《いりあい》、諸鳥ねぐらに帰る頃、一羽ならず二羽三羽、あつまり来るは心得ず。誠や、[九]兵器《へいき》ある地には鳥群れをなすといえり。わが父は日本の軍師、この地にて世を去り給《たも》うといえば、[一〇]六韜三略《りくとうさんりゃく》、この地に埋《うず》めおかれしやらん。さては、わが孝心天に通じ、鳥類これを知らせしか。

〽ハア有難し忝《かたじけな》しと心勇んで掘りうがつ、雪も散乱群雀《むらすずめ》、ぱっと立ったる藪の中、うかがう兄が面魂《つらだましい》。

（ト群雀ばら〳〵と立つ。上手より横蔵登場する）

横蔵　コリャ待て慈悲蔵、埋《うず》んである伝授の一巻《いちかん》、汝《われ》にはやらぬ。兄が出世

五　白い羽の鳩の小道具。差し金であやつる。
六　生あるもの。いきもの。
七　じっと見つめる。
八　日の入る頃。夕暮れ。
九　戦に際して攻撃および防御に用いる器。武器。
一〇　「六韜」は周の太公望の選と称する兵法書、六巻六〇編の総称。「三略」は黄石公の選と称せられる三巻の兵法書。共に中国兵法の古典。転じて兵法の奥義書。

の種にするわい。

慈悲蔵　兄者人《あにじゃびと》、そりゃ無理でござりましょう。

横蔵　[一]サイヤイ、無理言うが兄の威光、阿《あ》呆烏《ほうがらす》の[二]孝行ごかし、邪魔な汝《うぬ》から[三]仕《し》舞《も》うて取る。

慈悲蔵　どっこいそうは成りますまい、苗字を継ぐはこの慈悲蔵。

横蔵　見ン事、われが、

慈悲蔵　継いでみしょう。

〽小癪《こしゃく》な、退《の》けいと、鋤《すき》と鍬、[四]落花微《み》塵《じん》の雪飛んで、掘り出す箱の二人が争い、[五]道と非道の二筋を、すべりつこけつ摑《つか》み合う、はずみにがばと取り落とし、池にざんぶと水煙、さわぐ[六]群鳥《むらどり》兄弟も、不思議と見とるる後ろより。

（ト横蔵と慈悲蔵、争って花道七三へかかり、立ち回りあり、そのうち舞台道具かわり、奥座敷となる）

一　そうだそうだ。
二　ゴカシは接尾語。コカシ（転）の転。口実、手くだなどによって相手を自分の思うままにし、私利をはかる意をあらわす。ここでは孝行ぶって母親をだまし自分の利をはかる意。
三　なしおえる。相手を殺して事件の結末をつける。やっつける。
四　乱れ飛んでいる散る花やごく小さい塵のような細かい雪。
五　道理にかなったことと道理にかなわぬこと。相反する二つ。
六　むらがっている鳥。

第三幕　第四場　元《もと》の勘助住家《かんすけすみか》の場

役名

横蔵《よこぞう》（山本勘助《やまもとかんすけ》）
慈悲蔵《じひぞう》（直江山城守《なおえやましろのかみ》）
お種《たね》
母　越路《こしじ》
高坂弾正《こうさかだんじょう》妻　唐織《からおり》

（舞台、二重屋体、上手《かみて》に障子の一間《ひとま》、舞台左右、奥とも雪持ちの竹藪《たけやぶ》。上手に手水鉢《ちょうずばち》おく。屋体正面、襖《ふすま》）

〽立ち出ずる母越路《こしじ》。

（ト老母、舞台中央に控える）

越路　両人待ちゃ。兄弟とも武士となり、主人を取るべき時節到来、雪の中の筍《たけのこ》を掘り出したる慈悲蔵、今こそ母が心に叶《かの》うた。天晴《あっぱ》れ孝行でかしゃった。そなたは最前言いつけたとおり、裏口四方《しほう》に気をつけよ。合点《がてん》か。

慈悲蔵　ハッ、委細承知つかまつってござります。母上、御免。

〽母上御免と、駆け入《い》ったり。

（ト慈悲蔵、上手へ退場する）

〽横蔵、くだんの箱を母の御前《ごぜん》へ差し出《いだ》せば、

越路　サア〳〵、兄のそなたにはわけてよい[一]主《しゅう》を取らする。すなわち主人より下されし装束、[二]あらため見や。

〽わが子の前に直し置く。

（ト母、[三]白装束と[四]九《く》寸五分《すんごぶ》を横蔵の前に置く）

横蔵　母者人《ははじゃびと》、こりゃ何じゃや。イヤサこの白装束は何のため。

一　主人。主君。
二　検査する。吟味して。
三　白地の装束。凶時に用いる。ここでは切腹のための装束。
四　九寸五分の長さの短刀。一寸は約三・〇三センチ、切腹用の刀。九寸五分は約二八・七八センチの長さ。

越路　オヽ、それこそは冥途《めいど》[五]の晴れ着、そちが首打ち、身代わりに立つるのじゃわい。

横蔵　ど[六]滅相《めっそう》なこと、この首を身替わりとは、そりゃ誰の。

越路　今日《こんにち》そちが主人と頼みし長尾三郎景勝公のお身替わり。聞き及ぶ、先年室町の御所において武田信玄、長尾謙信、たがいにわが子の首討って、将軍家への忠誠[七]を契《ちか》われたり。最前そちを召し抱えんとこの所へ来られし景勝公の面体《めんてい》[八]、そちが顔にさも似たり。主従《しゅうじゅう》となるからは命は君に捧げしもの、いさぎよう身替わりになってくれ。

横蔵　コレ〳〵、よう思うても見さっしゃれ。いかに主従じゃとて、まだ知《ち》[九]行《ぎょう》もくれぬ先から殺そうというような、そんなむ[一〇]ちゃくちゃがあるものか。イヤ〳〵、もうこの主従は変替《へんが》[一一]えじゃ。

越路　イヤ、そうもなるまい。いつぞや諏訪明神《すわみょうじん》お百度石において殺さるるそちが命、助けてもら[一二]やった景勝公の御恩、よもや忘れはすまい。

横蔵　ヤア。

越路　そのときの情けはいま身替わりに立てんため。智謀[一三]の罠《わな》にかかりしとは知らざるか。恩を知らねば人ではないぞよ。切腹するか。

横蔵　サアそれは。

五　死者の霊魂が迷い行くという暗黒の世界。冥界。
六　とんでもない。「ど」は近世以来関西で、ののしり卑しめる意で、またその程度の強いことを表わす接頭語として用いる。
七　まごころ。まことを尽くす心。
八　顔つき。顔かたち。
九　家臣に恩給された領地。後には、土地ではなく禄、切米（きりまい）をもいう。
一〇　「無茶」を強めていう語。筋道が立たないさま。
一一　「変改」（へんがい）の訛り。一度きめたことを変更すること。
一二　「もらう」に尊敬の意の助動詞「やる」がついたもの。助けていただいた。
一三　智恵のあるはかりごと。巧みなはかりごと。

越路　但し、母が手にかけようか。
横蔵　サア。
越路　サア〳〵、なんと。
〽詰めかけられ、一籠中《ろうちゅう》の鳥の目はうろ〳〵、隙《すき》を見て逃げ出す二膝口《ひざぐち》ハッシと三手裏剣《しゅりけん》に、
(トいずくよりか手裏剣飛んできて、横蔵の足を刺す)
横蔵　何奴《なにやつ》なれば、卑怯なり。
(トそばにある四砧《きぬた》から五白布《しろぬの》を出して傷口を巻きながら手裏剣を見てギックリとなる。チョボの三味線メリヤス)
横蔵　是非に及ばぬ、もうこれまで。
〽腹切る刀取るより早く右の眼《まなこ》に突っ込んだり。
越路　ヤア、横蔵、その理不尽はなにごとぞ。

一　籠の中にいて、逃げられない鳥。自由にならない、逃げられない状況のたとえ。
二　膝がしら。膝の関節の前の部分。ひざこぞう。
三　手の中に持って敵に投げつける小刀。
四　(キヌイタの約) 槌で布を打ってやわらげ、つやを出すのに用いる木の板。
五　白い布。白地の布。

〽流れる血《ち》汐《しお》おしぬぐい、

（ト九寸五分を右の眼に突き立て、手水鉢《ちょうずばち》にわが影を映してから）

横蔵　ハハ、、、、ノウ母人《ははびと》。景勝に似たこのつらに、こう疵《きず》つけたれば、もう身替わりの役には立つまい。今日《こんにち》只今、父の苗字を受けついで、

〽山本勘助晴義《はるよし》。

横蔵　軍法奥義《おうぎ》を胸にたくわえ、三略の巻《まき》より大切なこの命。ヤア〳〵、長尾謙信が家来直江山城守種綱《たねつな》、言い聞かす仔細あり、これへ来たれ。

〽と呼ばわれば、

慈悲蔵　直江山城守種綱、兄者人《あにじゃびと》に見参〳〵。

〽優美の骨柄《こつがら》、[六]長裃《ながかみしも》、

[六] 江戸時代の武家の式服。肩衣と、それと同じ色の長袴とを着る。この戯曲の時代設定は戦国時代であるが、時代考証を無視して、江戸時代に移すのは歌舞伎の慣例。

（ト鳴物合方になり）

〽さわやかに出で来たり。

（ト慈悲蔵、[一]織物の長上下《ながかみしも》で登場し、あとより打掛け姿になったお種を[二]従える。鳴物になり）

山城　それがし、長尾景勝公の家臣たること母人にはひそかに語り、かねて申し受けたる兄者人の命、最前、わが子峰松を刺したるも、[三]否応《いやおう》いわさぬ命の無心、さりながら眼《まなこ》[四]をくって身を全うする[五]大丈夫、殺すは残念、長く謙信公に仕《つか》え、忠勤尽くさるべし。

〽[六]言わせもあえず、

横蔵　愚かく／＼、謙信[七]づれが家臣には汝《なんじ》らが分相応、山本勘助があがむる主人は忝《かたじけな》くも[八]足利《あしかが》十三代の[九]公達《きんだち》松寿君《しょうじゆぎみ》、これへ誘《いざな》い参られよ。

唐織　ハッ。

一　正式の礼装としては無地の麻裃であるが、歌舞伎の時代物では派手な色合いの織物の裃を用いるのが普通。
二　伴って出る。
三　不承知と承知。是非を言わさない。
四　刃物などでえぐって穴をあける。
五　立派な男。
六　言い終わらないうちに。
七　「つれ」（たぐい）から転じて、軽侮の気持ちを表わす。謙信ごとき。謙信のようなくだらぬ奴。
八　足利将軍家の十三代、足利義晴のこと。
九　（キミタチの音便）貴族の子息の称。

〽言葉の下《もと》に高坂が妻唐織、松寿君をかしずき申せば、山城親子はっとばかりに飛[一〇]びしさり、恐れ入ったるばかりなり。

（ト右手屋体の障子を開くと、唐織が次郎吉をかかえ立っている）

〽勘[一一]助真ん中にどっかと座し、

（ト正面の襖を払う。竹藪の遠見）

横蔵　いかに山城、只今打ったる手裏剣は、先年室町の館《やかた》にて、この松寿君の御母賤《おんははしず》の方《かた》を奪い取り立ち退《の》く折から、景勝目がけて打ちかけたるわが小[一二]柄《づか》、只今わが手へたしかに戻る。われ山本の苗[一三]字引き起こさんと軍[一四]学に心[一五]を凝らすところへ、武田信玄大僧正、姿をやつしひそかに庵[一六]《いおり》へ来たらせ給い、足利の行く末おぼつかなし、汝《なんじ》わが力となって事を計れと名将の一《いち》言《ごん》、[一七]心魂《しんこん》に徹し即座に領承《りょうしょう》。

〽弓[一八]矢の誉れ。

一〇　とびさがる。背後にしりぞく。
一一　義太夫の詞章では、勘助に替わっているが、台本の役名はそのまま横蔵で通す。
一二　刀の鞘の鯉口の部分にさしそえる小刀。
一三　名字に同じ。代々伝わる家の名。姓。家名。
一四　用兵戦術を研究する学問。
一五　気持ちを集中させる。
一六　隠遁者の仮住居。草や木を結んだりして作った粗末な家。
一七　深く心にしみこむ。肝に銘じる。
一八　弓矢を取る武士としての名誉、光栄。

越路　オ、、さては武田信玄公と主従《しゅうじゅう》の契約しやったか。
横蔵　オ、サ、およそ大魚は小池に住まず、鶴は枯木《こぼく》に巣を組まず、智勇兼備の大将に頼まれ申せし身の面目。

〽すぐさま都に駆けのぼり、窺《うかが》う時しも館の騒動。

横蔵　義晴《よしはる》公はあえなき御最期、ハハア詮方《せんかた》なし。

〽懐胎の賤の方、人手には渡さじと、忍び入《い》って御家《おいえ》の白旗《しらはた》もろとも守《も》り奉り、立ち退く館の八方に提灯《ちょうちん》、松明《たいまつ》散る花の都をあとに遠近《おちこち》の、雪の信濃路《しなのじ》ここかしこ、月の更科《さらしな》の片山里《かたやまざと》に、

横蔵　人知れず匿《かくま》うとは、さしもの母も御存じあるまい。
越路　オ、知らなんだ〳〵。して〳〵賤の方様は。
横蔵　申すも便《びん》なきことながら、憂きことつもる産後の悩み、

〽果敢《はか》なくこの世を去り給《たも》う。

一　大きい魚は狭い小池には住まない。大人物はつまらない地位に甘んじてあくせく働かない。
二　鶴は枯れた木には巣をつくらない。すぐれた者は、自分の身をおくにふさわしい場所を選ぶ。
三　主君の家。ここでは足利家の重宝である源氏の白旗。
四　あちらこちら。ここかしこ。
五　月の名所である長野の更科あたり。
六　都会から遠く離れた山中にある人里。山間の村里。
七　不都合である。あってはならないことである。いたわしい。
八　憂いこと。つらいこと。

横蔵　後に残りし松寿君、勿体《もったい》なくもわが子と見せかけ、次郎吉よく〳〵と、呼ぶたび〳〵に勿体なさ、お種が乳をさいわいに二人の中の子を捨てさせ、養育させしわが心底《しんてい》。

〽[9]一物《いちもつ》ありと見ぬきし老母、[10]げに勘助の母人ぞや。

横蔵　[11]穢《けが》れを厭《いと》い埋《うず》めおいたる雪中《せっちゅう》の[12]筍《たかんな》これにあり。

〽箱おっ取って差し上ぐる、[13]源家《げんけ》の正統武将の白旗《しらはた》。

横蔵　[14]神明《しんめい》を頭《こうべ》にいただく[15]義兵の旗上げ、

越路　不孝と見えし勘助は、かえって父の名を挙げし[16]廿四孝にまさりし孝行。今こそゆずるこの一巻《いちかん》。

（ト母、一巻取り出し、横蔵に与える）

〽勘助取って押しいただき、

九　一つのたくらみ。
一〇　まことに。さすがに。
一一　汚いこと。不潔。不浄。
一二　タカムナの音便。竹の子の古称。
一三　源氏。平安時代に、皇族を臣下に編入した際に与えた姓氏の一。嵯峨天皇以降、仁明、文徳、清和、宇多、村上、花山の諸源氏がある。清和源氏は中世武家として発展し、鎌倉幕府の創始者頼朝はその出身。足利家は源義家の孫の系統である。
一四　神。神祇（天神と地祇）。
一五　正義のために起こす兵。
一六　中国で、古今の孝子二四人を選定したもの。詳しくは本書の「解説」参照。

横蔵　父の苗字を賜われば勘助の身の規模[一]は立つ。この一巻は孝心厚き弟、直江山城に下さるる。なおこの上の孝行怠ることなかれ。

山城　ハハッ。

〽はっと了承、差し出す一巻《いちかん》うやうやしく受け取ったり。そばにお種もせきくる涙うちはらい、

お種　これにてわが子峰松の、親に先立つ忠義も晴れて、

〽ありがたやかたじけなやと喜ぶもまた道理なり。

横蔵　さりながら、心得がたきは親謙信[二]、足利どのに弓引く逆心[三]ならば、汝《なんじ》も従う心やいかに。

山城　仰せにや及ぶべき[四]。わが子を殺して二君《じくん》[五]に仕《つか》えぬこの山城、兄とはいわさぬ敵味方、この一巻の恩を仇《あだ》、

一　ほまれ。面目。
二　慈悲蔵＝直江山城守は長尾景勝の家臣であるが、その景勝の親である謙信は、の意。
三　謀反の心。
四　おことばには及びません。
五　二人の君主。二人。

〽一合戦《ひとがっせん》つかまつらん。

横蔵　オ、さもあらん、出かすく〵。われまた主君と仕うる甲斐《かい》の、

〽六天目山《てんもくざん》にたてこもり、

〽出合うところは七川中島、運に乗じて越後《えちご》の八出城《でじろ》、

〽諏訪の城まで押し寄せく〵。

山城　ホウ潔し、さりながら、仮にも一旦《いったん》、景勝に受けたる恩は、いかにいかに。

横蔵　オ、、九日月《じつげつ》にたとえたる右の眼《まなこ》は越後へ進上、一〇二心《ふたごころ》なき勇士の固め、

母に与えし片足《かたし》の下駄、

〽左の足にしっかと穿《は》き、降り立つ庭の高低《たかびく》も、一一道は歪《ゆが》まぬ弓取りの、

一二直《す》ぐなる竹の根元より、はっしと切ったる竹竿は、

（ト横蔵、下駄を片足履き、降りて上手の藪の竹を切り、旗の竿とす

六　山梨県東部、塩山市の南東にある山。天正十年（一五八三）武田勝頼が織田信長の部将滝川一益らに攻められて自刃した所。

七　長野市南部、千曲川と犀川の合流点付近の地。武田信玄と上杉謙信が天文二十二年（一五五三）以来数回戦った所。

八　本城の周辺に築いた城。本城とは別に国境などの要害の地に築いた城。越後の国の出城である諏訪の城。

九　左右の眼を日月にたとえ、月にあたる右の目はくりぬいて越後へ与え、それで景勝への恩は返したの意。

一〇　味方や主君にそむこうとする心。

一一　道理をわきまえること。足は傷つき歩くのに高低はあるが、真っ直ぐに歩くの意。

一二　まっすぐで、まがっていないこと。

る）

横蔵　[一]聖運めでたき大将の、

山城　誘うは賢き御《おん》笑顔。

（トお種、峰松の死骸を抱いて、舞台中央に進む）

〽眠れる花の死顔《しにがお》に、抱いて[二]ゆぶってすかしても、[三]返らぬむかし[四]唐土《もろこし》の、

山城　廿四孝は目《ま》のあたり。

越路　[五]孟宗竹の筍《たかんな》は、

唐織　雪と消えゆく胸のうち。

お種　氷の上の魚をとる、

横蔵　それは[六]王祥《おうしょう》。

山城　これは[七]他生《たしょう》の縁《えん》と縁。

〽武田の家の[八]礎《いしずえ》と、事跡《じせき》を世々《よよ》に残しける。

一　聖運は本来は天子の運である。ここでは、盛んな運命、栄える運命の「盛運」の誤字であろう。

二　ゆり動かす。

三　再び帰ることのない過去。

四　（中国の越の国、諸越の訓読から）昔、わが国で中国を呼んだ称。

五　廿四孝の一で、寒中に筍を親に供えた孝子の名。その名に由来する竹の一種の名。二一五頁注一〇参照。

六　廿四孝の一。寒中氷の張った川の上に寝て、体温で氷をとかし鯉を求めた孝子の名。

七　生まれ出る前からの因縁。先に王祥と言ったので、その音で他生と続けた修辞。

八　（石据の意）家屋の柱の下の土台石。物事の基礎となるもの。

（ト横蔵、旗竿を持ち、[九]六法踏み、皆々入れかわって、横蔵は屋体中央に、それぞれ平舞台で見得、[一〇]引っ張りよろしく）

幕

九　⇨用語集
一〇　⇨用語集

第四幕　道行《みちゆき》[一]　似合《にあい》[二]の女夫丸《めおとがん》

文楽座連中《れんじゅう》

役名

薬売り　簑作《みのさく》　　車遣《くるまつか》い　勘八《かんぱち》
同　濡衣《ぬれぎぬ》　　同　権六《ごんろく》
口上触《ぶ》れ[三]（黒衣《くろこ》[四]）

（秋祭りの合方鳴物にて幕あく。浅黄幕《あさぎまく》が吊ってあり、上手《かみて》[五]山台に、特別出演文楽座連中居並ぶ。第二幕第一場(A)の勘八上手より、権六下手《しも》手《て》より出て）

勘八　権六でねえか。

権六　オ、勘八か。今おめえの所へ行こうと思った。

勘八　何か金儲けの話でもあるのか。

一　歌舞伎脚本用語。舞踊劇としての一幕。
二　普通道行は、相愛の男女の一組によるが、この場合、簑作と濡衣は恋愛関係にないが、濡衣は簑作（実は勝頼）の身代わりに死んだ彼と瓜二つの男と夫婦関係にあったので、二人は一見、夫婦のようによく似合っているの意と二人が売っているものが薬であるので、それに因んで「女夫丸」とした。
三　開幕中に見物に紹介、説明を言う役。（襲名などで、口上のため一幕を設けた時、頭取が先に頭をあげて「何々口上」と大声で言うことが本来の口上触れであるが、この場合は、それに準じたもの。）
四　歌舞伎の舞台で後見の着用する黒い衣服。この場の口上触れは黒衣をきて勤めるの意。
五　⇩用語集
六　賭博で不正なつぼの伏せかた。転じて、だますこと。ここでは、ゆすって一杯飲もうと思ったが、邪魔が入って失敗したの意。第二幕第一場(A)参照。
七　薬を売り歩く人。
八　一度。一回。
九　「取らぬ狸の皮算用」の略。まだ捕っていないのに、捕ったつもりでその皮を売ればいくらにな

権六　せんじつめれば金儲け。いつぞや諏訪《すわ》の明神《みょうじん》で、[六]上げつぼくった百姓箕作、女といっしょに[七]薬売り、たしかにこの目でにらんでおいた。[八]一番痛めてやろうではないか。

勘八　ここで出会うは丁度幸い、以前の仕返し身ぐるみはぎ、金にして一《いっ》ぺい飲もう。

権六　オイ〳〵勘八、[九]取らぬ狸《たぬき》は、よしにしねえ。

勘八　違《ちげ》えねえ。そんなら忍んで、

両人　待ち伏せしよう。

（ト両人下手へ入る。黒衣の口上触れ出て、よろしくあり、[一〇]知らせにて浅黄幕を切って落とす。うしろ、甲斐《かい》と信濃《しなの》の雪の降ったる遠い山々を見たる景色。秋の草花などあり、[一一]所作台《しょさだい》を敷く。甲斐から信濃への街道筋の体《てい》よろしく[一二]文楽の浄瑠璃になる）

〽[一三]偽りの、文字を分くれば人のため、身のためならず恋ならず、[一四]心なけれど濡衣が、亡き夫《つま》の名も勝頼に、

〽ともなう人も、勝頼というてよしある[一五]箕作が、ちらし配りて薬売り。

〽今日《きょう》立ちいずる此《こ》の国も、

るかと計算をすることで、物事がまだ実現していないのに、実現したらと仮定してあれこれ計算をたてること。

一〇　歌舞伎で舞台が回ったり、浅黄幕などの幕が落とされるなどのキッカケを知らせるため打たれる拍子木の称。

一一　劇場舞台用品の一。大時代な狂言または舞踊所演の時、舞台の上へ更に、檜板製の長方形、低い箱形の第二舞台を敷き詰める。その台は高さ四寸（約一二センチ）、幅三尺（半間）（約九一センチ）、長さ一丈二尺（二間）と一定している。様式的な動作の足の運動を滑らかにし、足拍子を踏む時、音響をよくするために使う。

一二　歌舞伎劇場に付属している竹本でなく、文楽座の技芸員である太夫・三味線が特別出演する時は、口上の触れがある。またその場合、役者はセリフを言わない、という不文律があった。

一三　偽という漢字を分解すると人篇に為となる。為はマネタスガタが原義であるが、転じてスル、ツクルの意となる。人のため、と訓じたのは浄瑠璃作者の洒落。

一四　自分の考えとちがって。自分の本心でない。

〽[一]かいしょありげな[二]所体《しょてい》にて、[三]奇特《きどく》帽子に[四]筒脚絆《つつきゃはん》、後《あと》につづいて薬荷《くすりに》を、かつぐ[五]肱笠《ひじがさ》[六]袖笠《そでがさ》の、[七]匂わぬ花の降り積もる、信濃路さして、行く道の、

〽泊まり〳〵や宿々《しゅくしゅく》へ、商う物は[八]草の種、命の種の生《い》く薬、言葉に艶《つや》を濡衣が、「そもこの薬は[九]陸奥南部《みちのくなんぶ》に隠れなき、[一〇]新羅《しんら》の家の[一一]名方《めいほう》、万《よろず》の病に用いてよし*」。

〽それ薬一粒《いちりゅう》は、たとえ千金万金ともかえ難き、そのわが夫《つま》は世を去りて、いつの世にかは、木曾《きそ》の流れの山川に、[一二]女《め》浪《なみ》男《お》浪《なみ》がさて羨《うらや》まし。夫婦ならねば、つい言うことも[一三]片田舎、[一四]情けがましい一言《ひとこと》は、いわじ[一五]岩間の細道を、歩み馴れたる[一六]脛《はぎ》の雪。

〽夫《つま》は冥土に、わが身はここに、桜花《さくらばな》かやちりぐ〵に、花かや桜、桜花かやちり〴〵に、[一七]ちりに交わる神心《かみごころ》、伏し拝み行く[一八]臺《うてな》が原、道行く人も指《ゆび》ざして、[一九]あやかり者と[二〇]あだ口に、[二一]浮名立つるもア、恥ずかしや。

〽今のわが身は[二二]なか〳〵に、恋も情けも、[二三]荒れはてし、[二四]青柳《あおやぎ》すぎて[二五]宮《みや》田《だ》の町。とかく浮世は[二六]伊勢の浜荻《はまおぎ》、難波《なにわ》の芦《あし》とかわれども、かわらぬものは夫《つま》の名と、おまえもいわば勝頼様。いつの世にかはあい[二七]染川《そめがわ》の、身の浮き沈み七度《ななたび》は、[二八]氷を渡る信濃路へ、急ぎ行くのが[二九]第一丸《だいいちがん》、この

〔前頁注続き〕
三五　勝頼と言ってもよい訳のある身と（勝頼が変身しているので）簑作を掛けた修辞。

一　かいがいしい性質。物事を立派にやりとげていく能力。
二　身なり。なりふり。
三　奇特頭巾に同じ。江戸時代に用いた女子用の覆面頭巾の一種。黒または紫色の絹布などで作り、目の部分だけをあける。
四　旅行などする時に歩きやすくするために脛（すね）にまとう、筒状になった布。
五　肘を頭上にかざして袖で雨をしのぐ笠のかわりとすること。
六　袖をかざして笠の代わりとすること。謡曲「芦刈」の〽難波女のかづく袖笠、肘笠の」の詞章を引用したもの。
七　匂いのしない花。雪のこと。
八　草花の種を干した漢方薬をいう。
九　（ミチノオクの約）磐城・岩代・陸前・陸中・陸奥五カ国の古称。南部は現在の青森・岩手両県にまたがる地方。
一〇　古代朝鮮の国名。渡来人の家系に擬した架空の家。

御薬《おくすり》も簑作も、もとが新羅《しんら》の流れにて、[三〇]かれよしこれよし世の中も、よしと浮世を渡る川。心にごさず[三一]墨染《すみぞめ》の、この身の末は天《あま》の川。空にも恋があればこそ、雲に浮名は[三二]七夕《たなばた》の、糸繰り返しつつ、恋の[三三]染衣《そめぎぬ》濡衣が、昔を忍ぶ[三四]流行唄《はやりうた》。

（トこれより濡衣の手[三五]踊り）

〽くるか〳〵と川下《かわしも》見れば、川原柳《かわらやなぎ》の影ばかり、[三六]さりとは影ばかり、川原柳の影ばかり。君を待ち、

（ト以前の勘八、権六からむ）

〽忍び〳〵に[三七]つま戸《ど》へ来れば、[三八]月の影さえ、気にかかる。さりとは気にかかる。

〽問うも語るも、[三九]いく難所《なんしょ》、野越え里越え山越えて、ここの一村《ひとむら》かしこの宿《しゅく》の軒つづき、薬々と売り声も、やさし、しおらし、立ちならぶ[四〇]家居《いえい》に今宵ひと宿《やど》りと、暫くつかれを、〽はらしける。

二一　名高い処方。

＊　この台本では濡衣に扮した役者が「そもこの薬は……万の病に用いてよし」をセリフとして言うように指示している。

二二　高低のある波のうち、高い方を男波、低い方を女波といった。

二三　都会から遠く離れた村里。へんぴな田舎。

二四　さも情があるような。

二五　岩と岩との間。言わない、に掛ける。

二六　膝から下、踝（くるぶし）から上の部分。すね。

二七　俗世間の人とわけ隔てなくつきあう。

二八　浄瑠璃原本では「臺が原」と表記し、〈うてなが原〉と訓（よ）み仮名がふられている。今回使用した歌舞伎上演台本（戸部本）では「うてなが原」と仮名書きされている。江戸期の甲州街道は、江戸日本橋を起点とし、信濃の下諏訪宿まで四十五宿をつなぐ道で、五街道の一つである。その中の、石和、甲府、韮崎の次に「台ヶ原」があるが、〈ダイガハラ〉と訓んでいる。甲州街道の整備前から交通集落の機能を果たしていたと考えられている。現在の山梨県北巨摩郡白州町台ヶ原にあたるが、

（ト濡衣と簑作振事《ふりごと》よろしく、三重ひっぱりの見得にて）

幕

〔二五二―二五三頁注〕

〈ダイガハラ〉とよばれている。浄瑠璃作者が地名だけを見て〈うてながはら〉と洒落れて訓んだのか、または誤って読んだのか、いずれかであろう。

一九 その幸福にあやかりたいと思うほどのしあわせ者。果報者。

二〇 実意のない言葉。むだ口。

二一 男女間の浮いたうわさ。

二二 容易には。とてもとても。

二三 すっかり荒れる。さびれる。

二四 天正八年（一五八〇）九月、武田勝頼が当地に新宿の設置を命じたのが史料上の初見。戦国期に新たに設けられた新宿。この地で甲府へ向かう本道と、韮崎に至る駿信往還に分岐する。現在の山梨県南巨摩郡増穂町・青柳町。

二五 不詳。青柳付近には過去、現在にわたって「宮田」と称する地名は見当たらない。

二六 伊勢の浜辺にはえる荻は、難波では葦とよんでいる。物の名が所によってはちがうことのたとえ。

二七 九州太宰府にある川。謡曲、お伽草子、古浄瑠璃などに同名の作品があるので親しまれていた川。主人公の女がその川に身を投げるところから、会うと藍（あい）を掛け、「身の浮き沈み」へつない

第五幕

第一場　長尾謙信館鉄砲渡《ながおけんしんやかたてっぽうわた》しの場

第二場　同《おなじく》　十種香《ニじゅしゅこう》の場

役名

花作り簑作《みのさく》　実は武田四郎勝頼《たけだしろうかつより》

長尾入道謙信《ながおにゅうどうけんしん》

長尾の郎党　白須賀六郎《しらすがろくろう》

同　原小文治《はらこぶんじ》

花守り関兵衛《せきべえ》　実は斎藤入道道三《さいとうにゅうどうどうさん》

長尾家の腰元　松蔭《まつかげ》

同　藤乃《ふじの》

同　榛名《はるな》

同　笹波《ささなみ》

腰元　濡衣《ぬれぎぬ》

謙信の息女　八重垣姫《やえがきひめ》

小姓　一人

だ修辞。

二八　冬期、諏訪湖は氷が張り、その上を渡って土地の人は往来するので、そのことを言った。

二九　急いで行くのが第一である、を薬の名前らしく丸とつづけた。

三〇　あれもよい、これもよい、すべてよいと世を掛けた修辞。

三一　黒色の僧衣。水に墨をまぜればにごるわけだが、出家をして心を清めて墨染の衣を着るの意。更に僧の連想で尼を引きだし、天の川に及んで恋の話題に移る。

三二　五節句の一。七月七日の夜の星祭り。いろいろの行事がある。

三三　染めた着物。恋をしていた濡衣がの意。

三四　その時代の好みに合い、広くうたわれる唄。

三五　日本舞踊用語。扇や手拭いを使わず、単に両手と共に体を動かすだけで踊る部分。

三六　それはそれは。これはまた。

三七　家の端の方にある開き戸。

三八　月の光。

三九　語るのあとをうけ、言うにつづけ、幾つものへ移す修辞。

四〇　家に居ること。住居。

第一場　長尾《ながお》謙信《けんしん》館《やかた》鉄砲《てっぽう》渡《わた》しの場

（本舞台、一面の高二重[一]、上下《かみしも》[二]、塗り[三]骨障子屋体、腰元、松蔭、藤乃、榛名、笹波立ちいる。琴唄[四]にて幕あく）

松蔭　なんと皆の衆、去年からの御普請で、結構に立った奥御殿は、将軍様とやらの後室《こうしつ》[五]様のお成りじゃげな。

藤乃　わしらはそんなこととは知らず、この館《やかた》のお姫様、八重垣様の御祝言、その[六]こしらえかと思うていたわいなア。

榛名　藤乃どのの言やることわいの、八重垣様にお許嫁《いいなずけ》のあった勝頼様は、去年の秋、御切腹なさったとのことじゃわいなア。

笹波　それで、その勝頼様のお姿を絵に写し、お姫様が明けても暮れても泣いてばかりござるが、そなたの目には掛からぬかいのう。

松蔭　今日《きょう》のおもてなしは、将軍様のお子様なり、その後室様。

藤乃　それゆえ、念には念を入れ、

榛名　無調法のないようにとの言いつけ。

笹波　とこう言ううち、後室様のお成りであろう。

松蔭　サア〱、皆さん、ござんせい[七]なア。

〔二五四頁注〕
一　歌舞伎用語。舞踊、所作の演技を指す。

〔二五五頁注〕
二　十種類の香を調合して焚き、供養礼拝すること。本書「解説」参照。

一　高足（二尺八寸・約八五センチ）の二重（⇩用語集）。
二　舞台の上手・下手（⇩用語集）の略。
三　歌舞伎大道具用語。扇や障子の骨などを漆で塗ったもの。時代物の御殿、屋敷に用いる。
四　歌舞伎下座音楽の一。御殿場の幕開きに使う唄。
五　身分ある家の未亡人の称。ここでは将軍足利義晴の未亡人、手弱女御前をいう。
六　その（結婚の）ための新築。
七　「ゴザリマス」の転。ここでは、さあ、いらっしゃいの意。

〽腰元どもは言[八]いすてに、奥へ行く人戻る人、何か白洲[九]へ白菊の、花携えて立ち出る関兵衛。

（ト御簾《みす》のうちの浄瑠璃になり、腰元たち、下手《しもて》に入る。上手から花守り関兵衛実は斎藤道三出る）

関兵衛　コレ、花作りの簑作御用がある。[一〇]ちゃっと来い、ちゃっと来い。

簑作　（カゲ）[一一]ハイ〳〵、只今それに参りまする。

〽この場の様子白菊[一二]の、息せき出ずる顔形。

（ト下手より簑作実は勝頼出る）

簑作　コレ〳〵関兵衛どの、けたたましくわしを呼んで、御用とは何のことじゃ。

関兵衛　なんの御用とは、このお館の大将様がそなたに頼みたい用事がある。呼んでこいとの仰せなのじゃ。

簑作　ナニ、御《おん》大将が、この簑作へ。

八　言いっぱなしにして。
九　邸宅の玄関前や庭などの、白い砂の敷いてある所。一八八頁注一参照。
一〇　早く。す早く。二二一頁注一三参照。
一一　舞台の袖、見物席からは見えない場所。一九四頁注三・二二八頁注一参照。
一二　白い菊と知らないを掛けた修辞。

関兵衛　ハイ〳〵、大将様。お話あった、花作りの簑作、召しつれましてござりまする。

〽申し上ぐれば、一間には、館の主《あるじ》、長尾謙信。

（御簾を巻き上げると、謙信、床几《しょうぎ》にかかり、小姓一人付き添いいる。上手《かみて》に小さな[一]牢輿《ろうごし》へ鉄砲を入れてある。[二]管絃）

謙信　スリャその者が、[三]花作り簑作とな。（ト簑作を見て）[四]ヤア、汝《なんじ》は……

関兵衛　アヽ申し、何も知らぬ白菊の花、その生けようをよう覚えたこの花作り。これならお役に立ちましょうと、[五]親仁《おやじ》めは存じまする。

謙信　ムウ、あっぱれの花作り。今より館に召し抱えんが、そちゃ謙信に奉公し、花のいけよう、伝授いたしてくれるか、どうじゃ。

簑作　ハイ、ほかのことなら存じませねど、花、一とおりのことなれば、われらが[六]得物、それをとり柄に、お抱えなされて下さりょうなれば、ありがとう存じまする。

謙信　早速の承知、まずは満足。奉公はじめの用と[七]いっぱ、[八]塩尻峠《しおじりとうげ》に[九]たむろなす諸大名へ伝えの返書、したたむるうち簑作は、これなる衣服大小を、

一　罪人を護送するのに用いる輿。
二　歌舞伎下座音楽鳴物の一種。大時代な御殿場の幕開きや人物の出入りに使うもの。御殿の奥で管絃を奏している気持ちで使ったもの。
三　花の咲く草木を栽培すること。またそのことを業にする人。
四　驚きの声。この花作りが武田勝頼であることに気がついて。
五　（オヤチチの転か）老人。老爺。ここでは、自分のことを言っているので、「私は思います」。
六　最も得意とする物事。
七　（言フハの音便）（……と）言うのは。
八　長野県中部、松本盆地と諏訪盆地との境界にある中山道の峠。天文年中（一五三二―五五）、武田信玄が小笠原・木曾両氏と戦った所。海抜九九九メートル。
九　人や軍隊が集合していること。

次へ参って改[一〇]めい。

〽仰せに関兵衛、調[一一]度を渡せば、

簑作　そんならこれなる衣服上下[一二]《かみしも》を、

（ト小姓手伝う）

謙信　早う〳〵。

簑作　ハア〳〵。

〽勇むる心に簑作は、衣服たずさえ入《い》りにける。

（ト二重にある広蓋[一三]《ひろぶた》に袱紗[一四]《ふくさ》をかけし衣裳を持ち、簑作、思い入れあって下手へ入り、小姓も入る）

〽後《あと》に関兵衛不審顔。

関兵衛　只者ならぬあの簑作、合点《がてん》いかぬと存ぜしが、あれが大方、

一〇　着がえよ。
一一　手まわりの道具。
一二　江戸時代の武士の礼装。肩衣と袴。
一三　衣裳箱のふた。後にその形に擬して作った引出物などを入れる盆状の容器の称。一八六頁注一参照。
一四　表裏二枚合わせで方形に作った絹布。進物の上に掛ける。

謙信　ホヽ、疑いもなき武田勝頼、それと見いだせし花守り関兵衛、下郎[一]に似合わぬ器量人[二]、その性根を見込み、頼みたき仔細あり。

関兵衛　これはまた、改まったお言葉、もと狩人の私、お見出《みだ》しに預かった君の大恩、たとえ命の御用でも、いやとは申さぬわれら[三]が魂。

謙信　頼もしし〳〵、その言葉を聞くうえは、これを見よ。

〽怪しき牢の輿の戸を、開《あ》ければ関兵衛、さしのぞき、

関兵衛　牢のうちに見なれぬ道具、ありゃ何でござりまする。

謙信　未《いま》だ日本へ渡らざれば、汝《なんじ》らが知らぬは理《ことわり》[四]、これこそ鉄砲と名づけし飛び道具。

関兵衛　ムウ、してその鉄砲とやらが、盗みでもいたしましたか。

謙信　その仔細、語り聞かさん。（ト合方になり）さいつころ[五]、将軍義晴《よしはる》公の御前《ごぜん》に、この鉄砲を献上なし、その使い方を伝授せんと、だましより[六]義晴公を討って、姿をくらます曲者《くせもの》、残りありし鉄砲こそすなわち科人《とがにん》[七]同然なれば、かくのごとく牢舎[八]させしが、只今よりこの詮議《せんぎ》[九]、その方に申しつくるあいだ[一〇]、火水を持って責め苛《さいな》み、敵《かたき》のありかを白状させよ。

一　人に使われる身分の賤しい男。
二　才能、力量のすぐれた人。
三　一人称の丁寧な言い方で、多く男が使う。わたくし。
四　当然のこと。もっともなこと。一三〇頁注一八・一七五頁注七・二〇二頁注四参照。
五　（サキツコロの音便）さきごろ。先日。一三八頁注三・一四五頁注一七参照。
　文脈では最近のように受けとれるが、義晴暗殺は二年前の出来事。序幕第二場参照。
六　あざむいて近寄る。
七　とがのある人。罪を犯した人。
八　牢。牢屋に入れること。
九　評議して物事を明らかにすること。犯罪のとりしらべ。
一〇　（接続助詞的に）……ので。

〽鉄砲がらりと投げ出《いだ》せば、手に取り上げて呆《あき》れ顔。

（ト謙信、牢輿から鉄砲をとって、関兵衛の前に投げる）

関兵衛　スリャ私にお頼みあるは、この鉄砲とやらを責めいでござりますか。

謙信　オヽ、手がかり証拠はその鉄砲の使いよう、一一あまねく世上に知る者なし、その伝授を覚えし者こそ、義晴公を撃ったる敵《かたき》。

関兵衛　スリャどうでも詮議を私に。

謙信　一二仕損《しそん》ずまじき汝が魂、キッと申し渡したぞよ。

〽言葉も重き大将の、心残して入《い》りにける。

（ト謙信一三立ち身、御簾下りる）

関兵衛　この鉄砲を詮議とは、フム。

〽もろ手を組んで、思案の顔色。

一一　広く。
一二　しそこなう。失敗する。
一三　立って身構えること。

イヤどう考えても似合わぬ役目、やっぱりおれは花の番、他にはなんにも[一]白髪《しらが》のおやじ、ドレ小屋へ行って一休み。

〽[二]振りかたげたる鉄砲も、胸にいちもつ[三]有明《ありあけ》の、[四]月もる[五]臥戸《ふしど》へ。

(ト関兵衛、鉄砲を持ち、思い入れあって下手へ入る。[六]出語りになり、[七]風音《かざおと》打ち上げ、[八]床《ゆか》のかかりで御簾上げる)

第二場　長尾謙信館十種香《ながおけんしんやかたじゅしゅこう》の場

〽[九]行く水の流れと人の簑作が、姿見かわす[一〇]長 裃《ながかみしも》、悠々《ゆうゆう》として一間を立ち出で、

(ト奥より簑作、長上下《ながかみしも》に着かえて来る。思い入れあって)

簑作　われ民間に育ち、人に面《おもて》を見知られぬを幸いに、花作りとなって入《い》り込みしは、[一一]幼君の御身《おみ》の上に、もし過《あやま》ちやあらんかと、よそながら守護す

一　何にも知らないと老人の白髪を掛けた修辞。
二　振り上げて肩に担う。
三　いちもつ（一つのたくらみ）があるとありあけ（月まだありながら、夜があけてくること）を掛けた修辞。
四　月の光がさしこんでくる。貧しい建て方の家屋などの形容。
五　ねどこ。ねや。
六　歌舞伎に使用される浄瑠璃連中が、観客に姿を見せて語ること。舞踊の地の音楽は出語りが原則であるが、義太夫の場合に限り、出語りとそうでない場合とがある。出語りでないのは、舞台上手、揚幕上にある「御簾内」（みすうち）で語る。一場のうちの後半、重要な場面になると、出語りとなる。
七　歌舞伎下座音楽鳴物の一。囃子方が大太鼓を長撥（ながばち）で打って、風の音の感じを出す。一五六頁注一参照。
八　義太夫の出語りの場所をさす。ここでは、その床での演奏がはじまると、それをキッカケにの意。
九　「臥所へ行く」と「行く水の流れ」とを掛けた修辞。人の「身」と「簑」作も掛けてある。
一〇　江戸時代の武家の式服、肩衣と長袴。正式には上下同色、無地

る某《それがし》、それと悟って抱えしや。ハテ、合点《がてん》の行かぬ。

〽とさしうつむき、[一二]思案にふさがる一間には、館《やかた》の娘、八重垣姫、許嫁《いいなずけ》ある勝頼の、切腹ありしその日より、[一三]一間所《ひとまどころ》に引き籠《こ》もり、[一四]床《とこ》に姿絵掛けまくも、[一五]御経読誦《おきょうどくじゅ》の[一六]鈴《りん》の音。

（ト上手《かみて》障子を開ける。八重垣姫床の間に掛け軸を掛け、[一七]経机《きょうづくえ》をおき読誦《どくじゅ》している）

〽[一八]こなたも同じ[一九]松虫の、鳴く音《ね》に袖《そで》も[二〇]濡衣が、今日《きょう》命日を弔いの位牌《いはい》に向かい、手を合わせ、

（ト下手《しもて》障子を開ける。濡衣机に位牌をおき鉦《かね》を叩いている）

濡衣　広い世界に誰あって、お前の[二一]忌日《きにち》命日を弔う人も[二二]なさけなや、父御《ててご》の悪事も露知らず、お果てなされたお心を、思い出すほどおいとしい。さぞや[二三]未来は迷うてござろう。女房の濡衣が心ばかりのこの[二四]手向《たむ》け、千部万部のお経ぞと、思うて成仏して下さんせ。南無阿弥陀仏《なむあみだぶつ》〳〵。

のものであるが、歌舞伎の場合は織物の花やかなもの。前場で、謙信から与えられた衣服を、着用してきた心。

一一　おさない主君。ここでは足利義晴の遺子、松寿君。

一二　思いめぐらすこと。「思案にふさぐ」（ふさぎこむ）と「ふさがる（閉じこめられた）一間」とを掛けた修辞。

一三　一つの部屋。

一四　床の間の略。

一五　経を声を出して読むこと。

一六　法具の一。読経の時にふって音を出す。レイ。唐音でリン。

一七　経をおくための机。

一八　こちらの方。

一九　コオロギ科の昆虫。八月頃「ちんちろりん」と鳴く。鳴く虫の中で最も愛された代表である。「鈴の音」から、鳴く虫への連想。

二〇　泣いて袖が濡れると濡衣を掛けている。

二一　その人の死亡した日と同じ日付の日。命日も同じ。

二二　弔う人も無いと情けない、口惜しいとを掛けた修辞。

二三　死んでからの世。あの世。一七三頁注七参照。

二四　とむらい。

〽南無阿弥陀仏。

簑作　誠に今日《きょう》は[一]霜月二十日、わが身替わりに相果てし勝頼が命日。

〽暮れ行く月日も一年《ひととせ》余り、[二]南無幽霊、[三]出離生死《しゅつりしょうじ》、[四]頓生菩提《とんしょうぼだい》。

八重垣　申し勝頼様、親と親との許嫁、ありし様子を聞くよりも、嫁入りする日を待ちかねて、お前の姿を絵に描《か》かし、見れば見るほど美しい、こんな殿御と添い臥《ぶ》しの、

〽身は[五]姫御前《ひめごぜ》の[六]果報ぞと、月にも花にもたのしみは、絵像のそばで十《じゅ》種香《しゅこう》の、煙も[七]香花《こうげ》となったるか。[八]回向《えこう》しょうとてお姿を絵には描《か》かしはせぬものを、魂《たましい》かえす[九]反魂香《はんごんこう》、名画の力もあるならば、可愛とたった一言《ひとこと》のお声が聞きたい、聞きたいと、絵像の側《そば》に身を打《う》ち俯《ふ》し、[一〇]流《りゅう》涕《てい》こがれ見え給《たも》う。

一　陰暦十一月の異称。
二　梵語で帰命、敬礼などと訳す言葉。南無阿弥陀仏の略。死んだ人の魂が成仏するように弔う言葉。
三　生死の苦界を離脱すること。
四　速やかに悟りをひらくこと。いずれも追善回向の功徳によって亡者が成仏することを祈る言葉として用いる。
五　（ヒメゴゼンの略）貴人の娘の尊称。転じて、未婚の若い娘。
六　めぐりあわせのよいこと。幸運であるさま。
七　仏前にそなえる香と花。本来は遊びとしての十種香が今は回向のためにたく香となったの意。
八　仏事をいとなんで死者の冥福を祈ること。
九　（漢の孝武帝が李夫人の死後、香をたいてその面影を見たという故事から）たけば死者の姿を煙の中に現わすという香。
一〇　涙を流すこと。はげしく泣くこと。

簑作　あの泣く声は八重垣姫よな。わが名を呼びし勝頼を、誠の夫《おっと》と思いこみ、弔《とむろ》う姫と弔う濡衣。

〽[一一]不便《ふびん》ともいじらしとも、[一二]いわん方なき二人が心と、そぞろ涙にくれけるが、

ア、われながら不覚の涙。

〽襟かき合わせ立ち上がる。後ろにしょんぼり濡衣が、

濡衣　申し簑作様、合点《がてん》のゆかぬあなたのお姿、どうしたことでこのように。

簑作　ホホウ、不審もっとも、はからずも謙信に、抱えられたる衣服大小。

濡衣　テモさても、[一三]衣紋《えもん》つきなら裃の召しようまで、似たとはおろかやっぱりそのまま。[一四]形見こそ今は仇《あだ》なれこれなくば、

〽忘るることもありなんと、詠みしは別れを悲しむ歌。形見さえじゃにわが夫《つま》に[一五]みじん変わらぬこのお姿、見るにつけても忘られぬ。

一一　あわれむべきこと。かわいそう。
一二　なんとも言いようがない。
一三　衣服の着振り。着こなし。
一四　死んだ人を思い出す種となる遺品。「形見こそ今は仇なれこれなくば　忘るることもあらましものを」（古今集）を元にしている。形見のような品でさえ想い出のたねになるのに、夫とそっくりのあなたを見るにつけの意。
一五　ごくわずかも。少しも。

わたしゃ、[一]輪廻《りんね》に迷うたそうな。

〽おゆるされてと伏し沈む。泣く声もれて一間には、不審立ち聞く八重垣姫、そっと襖《ふすま》のすき間洩《まも》る、姿見まごう方もなく、

八重垣　ヤア勝頼様か。

〽飛び立つ心押し静め、正《まさ》しゅうお果てなされしもの、似たと思うは心の迷い、絵像の手前も恥ずかしと立ち戻って手を合わせ、御経読誦《おきょうどくじゅ》の鈴《りん》の声。勝頼公は濡衣が心を察して声くもらせ、

簑作　はかなき女の心から、嘆くは理《ことわり》さりながら、定めなき世と諦《あきら》めよ。

〽諫《いさ》むる言葉[二]こなたには、[三]心空《そら》なるその人の、もしやながらえおわすかと、思えば恋しくなつかしく、また覗《のぞ》いては絵姿に、見くらべるほど生き写し、[四]似はせでやはり[五]本本《ほんぼん》の勝頼様じゃないかいのと、思わず

一　梵語で流れる意。車輪が回転してきわまりないように、衆生が三界六道に迷いの生死を重ねてとどまりのないこと。迷いの世界。
二　こちらの方。
三　うわのそら。落ちつきを失ってそわそわしているさま。
四　他の者がその人に似ているのではなく。
五　本当。真実。

一間を走りいで、すがりついて泣き給えば、

八重垣　勝頼様おなつかしゅうござります。

（ト八重垣姫、簑作にすがりつく）

〽はっと思えどさあらぬ風情《ふぜい》。

簑作　こは思い寄らざる御仰《おんおお》せ。六われら簑作と申す花作り、よう〳〵只今召し抱えられし新参者、勝頼とは覚えなし、お麁相《そそう》あるな。

〽と突き放せば、

八重垣　なんと言やる。今父上に抱えられし新参者、花作りの簑作とや。みずからとしたことが、あまりよう似た面差《おもざ》しの、もしやそれかと心の七煩悩《ぼんのう》。

二人の手前も、

〽恥ずかしながら、

六　一人称、丁寧な言い方で多く男が使う。わたくし。二六〇頁注三参照。

七　衆生の心身をわずらわし悩ませる、一切の妄念。

濡衣こちへ。

濡衣　ハアー。

（ト合方になり、両人上手屋体へ入る）

八重垣　コレ濡衣、あの簑作とやらいう人、そなたはとうから近づきか。

濡衣　ハイ、イイエ。

八重垣　い[一]やいの、知る人であろうがの。

濡衣　アノお姫様としたことが、たった今見えたお人、なんのマア私が。

八重垣　イヤ隠しゃんな、今の素振り、忍[二]ぶ恋路というような。

〽可愛らしい仲かいのと思いも寄らぬ言葉にびっくり、

濡衣　オヽ、お姫様のおっしゃることわいの、人にこそよれ、なんのあなた[三]にもったいない。

八重垣　もったいないと言やるからは、どうでもそなたの知[四]るべの人か。

濡衣　そうではなけれど、大事のお主[五]《しゅう》の目をかすめ、忍[六]び男をこしらえるは、もったいないと申すことでござります。

一　相手の言ったことを否定する。「いや、そうではないだろう」。

二　人目をさける。かくす。

三　近世以後、目上や同輩である相手を敬ってさす語。あなた様。

四　知り合いの人。ゆかりのある人。

五　御主君。お仕えする御主人。

六　人の目にかくれた恋人。かくし男。

八重垣　フウそんなら知るべの人でもなく、殿[七]御でもない人なら、どうぞ今からみずからを可愛がってたもるように。

〽押しつけながら仲だちを、頼むは濡衣さま〴〵と、夕日まばゆく顔に袖《そで》、あでやかなりしその風情。

濡衣　お姫様としたことが、まだお[八]子たちと思いのほか、大それた簑作どのを。

八重垣　サア見染めたが恋路のはじめ、後《のち》ともいわず今ここで。

濡衣　仲立ちせいとおっしゃるのか。

八重垣　アイノウ。

濡衣　[九]我《が》折れ、ほんにお大名のお娘御とて、油断はならぬ恋の道、[一〇]品《しな》によったらお取持ちいたしましょうが。

簑作　アコレ濡衣、必ず麁《そ》相《そう》言うまいぞ。

濡衣　サア何もかも私が[一一]呑《の》み込んで、お取持ちいたすまいものでもないが、真実底[一二]から簑作どのを御執心でござりまするか。

七　女から男を呼ぶ尊敬語。ここでは恋愛関係にある人の意。
八　子供。
九　あきれた。
一〇　事情。状態。場合。
一一　了解する。承知する。
一二　心のそこ。物事の極まるところ。心の奥。

〽問われて猶《なお》も赤らむ顔、姫御前《ひめごぜ》の[一]あられもない殿御に惚れたという
ことが、

八重垣　嘘[二]、

〽偽りに言わりょうか。

濡衣　そのお言葉に違いなくば、なんぞたしかな誓紙[三]の証拠、それ見た上で
お仲立ち。

八重垣　オ、それこそ心やすいこと。その誓紙さえ書いたならば、

濡衣　イエ〳〵それもこっちに望みがある。わたしが望む誓紙というは、諏《す》訪《わ》法性《ほっしょう》の御兜《おんかぶと》、それが盗んでもらいたい。

八重垣　ヤア何と言やる。諏訪法性の御兜、それを盗めと言やるからは、さてはあなたが勝頼様。

〽言う口押さえて、

一　そうあってはならない。ふさわしくない。
二　真実でないこと。いつわり。
三　誓詞をしるした紙。特に、男女の愛情の変わらぬことを誓う起請文。

簑作　ハテ、[四]滅相《めっそう》な勝頼呼ばわり、みじん覚えのない簑作、麁相《そそう》[五]ばし[六]宣《のたも》うな。

〽言う顔[七]つれづれ打ち守り、許嫁《いいなずけ》ばかりにて、[八]枕交わさぬ[九]妹背《いもせ》中《なか》、お[一〇]包みあるは無理ならねど、同じ羽色の鳥つばさ、人目にそれとわからねど親と呼び、また[一一]夫鳥《つまどり》と呼[一二]ぶは生《しょう》ある習いぞや、いかにお顔が似ればとて、恋しと思う勝頼様、そも見紛《みまご》うてありりょうか、世にも人にも[一三]忍ぶなる、御《おん》身の上といいながら、連れ添うわたしになに遠慮、ついこう〳〵とお身の上明かして、得心、コレ、さして[一四]たべ、それも叶《かな》わぬことならば、いっそ殺して〳〵と、縋《すが》りついたる恨み泣き。勝頼わざと声あららげ、

勝頼　ヤア、聞きわけなき[一五]戯《たわぶ》れ言《ごと》、いかほどにのたもうとも、覚えなき身は[一六]下《げ》司《す》下《げ》郎《ろう》。よその見る目も憚《はばか》りあり、そこ退《の》き給え。

〽と突き放せば、

八重垣　スリャどのように申しても、勝頼様ではおわさぬか、ハアー。

四　とんでもない。でたらめ。
五　上の言葉を強調する語。軽率なことをば。
六　（ノリタマフの約）「言う」の尊敬語。おっしゃる。
七　つくづく。
八　男女が共に寝る。
九　夫婦仲。恋仲。
一〇　心の中をかくす。
一一　夫婦関係にある鳥。
一二　いのちあるもの。
一三　人目を避ける状態にある。かくれている。
一四　（タマヘの転）……ください。
一五　「たわむれ」に同じ。たわむれて言う言葉。じょうだん。ふざけたこと。
一六　下司・下郎、いずれも人に使われている身分の賤しい者。

〽ハッとばかりに簑作が、[一]差添逆手《さしぞえさかて》に取り給えば、こは御短慮[二]と止むる濡衣。

濡衣　まあ〳〵お待ちなされませ。

八重垣　イヤ〳〵放して殺してたも、勝頼様でもない人に、

〽戯《たわぶ》れ言の恥ずかしや、心のけがれ、絵像へ言い訳、どうも生きてはおられぬと、また取り直すを、なおも押し止《とど》め、

濡衣　まあ〳〵お待ち遊ばしませ。さすがは武家のお姫様、あっぱれなお志。そのお心を見るからは、勝頼様に逢わせましょう。ソレそこにござる簑作様が、御推量に違《たが》わず、あれが誠の勝頼様、[三]ちゃっとお逢いなされませい[四]なア。

〽突きやられてはさすがにも、はじめの恨み百[五]分《ぶ》一、

一　脇差。小刀。一七七頁注六参照。
二　考えが浅い。気の短い。
三　早く。す早く。二二一頁注三・二五七頁注一〇参照。
四　「いな」の長音化したもの。確かめと感動を表わす「いな」は「よな」の転化。近世、おもに女性の用語。
五　百分の一。

八重垣　ソレ見やいのう。

〽聞[六]こえませぬが精いっぱい、後《あと》は互いに寄り添うて、つい濡れそめに濡衣も、心[七]どきつく折からに、父謙信の声として、

謙信　ヤア〳〵簑作いずれにある。塩尻《しおじり》への返答、時[八]刻移る。

〽と立ち出ずれば、

（ト謙信[九]文箱《ふばこ》を持って出る。八重垣姫と濡衣上手屋体へ入る）

〽ハッと簑作飛びしさり、

簑作　御用意よくば、すぐさま参上。

謙信　委細のことはこの文箱に、[一〇]片時《へんし》も早くま[一一]かりこせ。

簑作　ハアー。

六　知らない。あなたの言ったことは理解できない。あんまりだ。
七　心がどきどきする（二人の濡場をすぐそばで見ているので）。
八　時間がのびる。
九　（フミハコの約）書状などを入れておく手箱。また書状を入れてやりとりする細長い箱。
一〇　かたとき。
一一　参れ。出発しろ。

〽ハッと領掌《りようじよう》[一]。文箱たずさえ、塩尻さして急ぎ行く。

（ト勝頼文箱受け取り、花道へ入る。出語りは文楽回[二]して引っ込み、
御簾《みす》うちの浄瑠璃になる）

〽謙信後《あと》を見送って、

謙信　ヤア〱、白須賀六郎[三]、早《はや》参れ。

六郎　ハアー。

〽ハッと答えて白須賀六郎、御前《ごぜん》に進めば謙信勇んで、

（ト白須賀上手より刀を持ち出る）

謙信　今この諏訪の湖に氷閉《と》ずれば渡海《とかい》[四]叶わず、塩尻までは陸路《くがじ》[五]の切所《せっしょ》[六]、油断して不覚を取るな。

六郎　ハア仰せ[七]にや及ぶべき、たとえいかなる勇[八]ありとも、われまた覚えし秘術[九]なふるまい。

一　ききいれること。承諾。
二　劇場用語。歌舞伎劇場で義太夫が出語りの場合、舞台に張出しの床を作り、そこで太夫・三味線が演奏するのは、人形芝居を模したものであるが、この床に小さな回り舞台を拵え、太夫・三味線が現われる時、あるいは入れ替わる時、または消える時、これを回す方法の称。文楽座の様式を模しているからである。
三　長尾謙信の腹心の部下。架空の人名。
四　船で海を渡ること。ここでは諏訪湖。船での航行。
五　陸上の道。
六　山路などの難所。
七　お言いつけ。御命令。御注意までもありません。
八　いさましいこと。力量がすぐれて強いこと。ここでは、勝頼がどんなに強くても、の意。
九　秘して人に表わさない術。奥の手。

〽岩壁するどき塩尻の山々谷々峠《やまやまたにだにとうげ》を[一〇]立ち切り、たとえ天地を駆けるとも、斬《き》り立て斬り伏せ追いまくり、

やがて[一一]吉左右《きっそう》お知らせ申さん。

謙信　[一二]出かした、行け。

六郎　ハアー。

〽心も足も血気の若武者、後《あと》を慕《しと》うて急ぎ行く。

（ト白須賀花道へ入る）

謙信　ヤア〳〵[一三]原小文治早《はや》参れ。

小文治　ハアー。

〽ハッと答えて原小文治、御前《ごぜん》へこそは立ち出ずる。

（ト原小文治、下手より槍《やり》にて出る）

一〇　間をさえぎって、つながらないようにする。
一一　よいたより。吉報。一五五頁注八参照。
一二　よくやった。よく言った。
一三　長尾謙信の腹心の部下。架空の人名。

謙信　今六郎をつかわしたれど、彼一人にては心もとない、その方が参りて
　[一]後詰《あとづ》めいたせ。

小文治　君の仰せをこうむる上は、六郎どのと心を合わせ、

〽秋の木の葉の散るごとく、[二]一の芒《すすき》二のすすき突き立て突き伏せ追い
まくり、

勝頼が首、

〽引提《ひっさ》げんな瞬《またた》くうち、

御安堵《ごあんど》あれや、わが君様。

〽勇み立ったる原小文治、[三]げに越後方に[四]名を得たる忠臣とこそ知られ
けり。

謙信　早行《はや》け。

一　後ろからの援助。応援。
二　群がりはえる芒を、片はしから突き伏せてゆき、逃げるところのないよう追いつめるの意か。
三　まことに。
四　名声を得る。有名な。

小文治　ハアー。

〽勇み進んで駆けり行く。

（ト原花道へ入る。八重垣姫と濡衣出る）

〽後《あと》に不審は八重垣姫。

八重垣　申し父上、ことごとしい今の有様、ありゃ何ごとでござりまする。

謙信　あれこそ武田勝頼討手《うつて》の人数。

濡衣　ナニ勝頼様を討手とな。

〽はっとばかりにどうと伏し、

八重垣　今日《きょう》は[五]いかなることなれば、過ぎ去り給いしわが夫《つま》に、再び逢うは[六]うどんげと、喜んでいたものを、またも別れになることは、何の因果ぞ情けなや。父のお慈悲にお命を、どうぞ助けて給われ。

五　どういうことか。

六　クワ科イチジク属の落葉高木。仏教では、三千年に一度花を開き、その時、如来が世に出現すると伝える。そのことから、極めて稀なこと。「うどんげの花が咲く」の約。ここでは、めったにない幸運にめぐりあえたと喜んだのに、の意。

〽と口説き嘆くに目もやらず、

謙信　ヤア武田方の回し者、憎《にっく》き女、[一]うぬには尋ぬる仔細あり、奥へ[二]うしょう。

〽と情け容赦も[三]荒気《あらぎ》の大将、[四]帳台《ちょうだい》深く入《い》りたもう。

(トこの件《くだり》よろしく、三人きまるを[五]柝《き》の頭《かしら》、[六]早舞にて)

[七]道具幕振り落とす

一　相手を卑しめて言う。おのれ。
二　「ウセアガル」の転。行く、来るなどの意を卑しめののしる語。ここでは「こい」。
三　荒儀。荒々しいふるまい。情け容赦もあらばこそ、と荒気を掛ける。
四　貴人の寝室。
五　⇨用語集
六　歌舞伎下座音楽鳴物の一。能における囃子「早舞」を模したもので、テンポの早く、緊張した場の幕切れなどに使う。
七　⇨用語集

八 **大詰《おおづめ》**

第一場　長尾館奥庭狐火《ながおやかたおくにわきつねび》の場

第二場　同《おなじく》　九 見現《みあら》わしの場

役名

息女　八重垣姫《やえがきひめ》

花守り関兵衛《せきべえ》　実は斎藤入道道三《さいとうにゅうどうどうさん》

長尾入道謙信《ながおにゅうどうけんしん》

武田家の家臣　山本勘助晴義《やまもとかんすけはるよし》

一〇 郎党（一一 カラミ）　二人

長尾三郎景勝《さぶろうかげかつ》

花四天《はなよてん》　十人

小狐《こぎつね》

第一場　長尾館奥庭狐火《ながおやかたおくにわきつねび》の場

（本舞台、奥庭の遠見、上手《かみて》寄り、あつらえの池、この奥に二重屋体、

八 歌舞伎脚本用語。一つの戯曲の最終幕をいう。⇨用語集
九 正体などを見破ること。
一〇 家来。
一一 歌舞伎用語。捕手、軍兵その他に扮して、主役と立ち回り、投げられたりして主役を引き立てる役。主役にからみつくところから言う。一四二頁注四参照。

拝殿に兜《かぶと》を飾り掛け軸あり、下手《しもて》寄り柴垣《しばがき》[一]、くぐり戸ある。道具できしだい、鳴物打ち上げ[二]、水音[三]にて幕あく。出語りの浄瑠璃にかかる)

〽思いにや、焦がれてもゆる、野辺《のべ》の狐火[四]、小夜《さよ》[五]ふけて狐火や、狐火野辺の、野辺の狐火、小夜ふけて、

(トこのうち小狐花道のスッポン[六]より出て、上手屋体、掛け軸のなかに入るなどして、八重垣姫雪洞《ぼんぼり》[七]を持ち出で来たり)

八重垣　アレあの奥の間で検校《けんぎょう》[八]が、

〽諷《うた》う唱歌《しょうが》[九]も今身の上、おいとしいは勝頼様、かかることのあるぞとも、知らず計《はか》らぬ御身《おみ》の上、別れともなるつれない父上、諫《いさ》[一〇]めても嘆いても聞き入れもなき胴欲心[一一]、娘不便《ふびん》と思《おぼ》すなら、お命助けて添わしてたべと、身を打ち伏して嘆きしが、

イヤ〳〵泣いてはいられぬところ、追手《おって》の者より先へ回り、勝頼様へこのことをお知らせ申すが近道の、

一　柴を編んでつくった垣。
二　歌舞伎演出用語。演奏しつづけてきた鳴物を終わりにする。
三　歌舞伎下座音楽鳴物の一。近くに川や池など水の流れを表わす音。大太鼓を打って出す。
四　狐が口から吐くという俗説がある。狐が現われる時、そのまわりに燃える怪火。
五　(サは接頭語) 夜がふけて。
六　舞台機構の一種。花道の七三にある小型の切穴で、床が昇降する。原則として、忍者や幽霊、妖怪変化など非現実的な役の登退場に使用される。一四二頁注三参照。
七　絹または紙張りのおおいをつけた手燭。
八　盲人の最上級の官名。
九　楽に合わせて歌う歌。ここでは琴をひきながら歌っている。
一〇　(多く長上に対して) よくない点を改めるように言う。忠告する。
一一　(ドンヨクの転) むごい心。薄情なこと。

〽諏訪《すわ》の 湖《みずうみ》舟人《ふなびと》に、渡り頼まん急がんと、[一二]小《こ》褄《づま》取る手もかいがいしく、駆けいだせしが、

イヤ〳〵、今湖に氷張り詰め、舟の往来《ゆきき》も叶《かな》わぬよし、[一三]歩路《かちじ》を行きては女の足、[一四]なんと追手に追いつかりょうか。

〽知らすにも知らされず、みす〳〵夫《おっと》を見殺しにするはいかなる身の因果。

翅《つばさ》が欲しい、羽《はね》が欲しい、飛んで行きたい、知らせたい。

〽逢いたい見たい、と夫恋《つまこい》の千々《ちぢ》に乱るる憂き思い、千年百年泣きあかし、涙に命絶ゆればとて、夫《つま》のためにはよもなるまじ、この上頼むは神仏《しんぶつ》と、床《とこ》に祭りし法性《ほっしょう》の、兜《かぶと》の前に手をつかえ、

この御《おん》兜は、諏訪明神《みょうじん》より武田家へ、授け賜わる御宝《みたから》なれば、とりも直さ

一二　（コは接頭語）着物の褄。
一三　徒歩でゆく路。
一四　（ナニトの音便）どうして。

ず諏訪の御神《おんがみ》、勝頼様の今の御難儀、助け給え、

〽救い給えと兜を取って押し頂き、押し頂きし[一]俤《おもかげ》の、もしやは人の咎《とが》めんと、うかがい下りる飛石伝い、

(トこれにて兜を取って、静かに橋の上へ来る)

〽庭の[二]溜《たま》りの泉水に、映る月[三]影怪しき姿、

アレッ。

〽ハッと驚き飛びのきしが、

今のはたしかに狐の姿、この泉水にうつりしは、ハテ、

〽[四]面妖なとどきつく胸、なでおろし〳〵、こわごわながらそろ〳〵と、差しのぞく池水に、映るはおのが影ばかり。

一 姿。顔かたち。
二 たまったもの。水を集めてつくった庭園の中の池。
三 月の光。月の光に映し出された怪しい姿。
四 不思議なこと。奇妙なこと。

たった今この水に、映った影は狐の姿、今また見ればわが俤、幻というものか、ただし迷い[五]の空目《そらめ》とやらか。ハテ、

〽怪しやと、[六]とつおいつ兜をそっと手に捧げ、覗《のぞ》けばまたも白狐《びゃっこ》の形《かたち》、水にあり〳〵[七]有明月《ありあけづき》、ふしぎに胸も濁り江の、池の汀《みぎわ》にすっくりとながめ入って、立ったりしが、

（ト兜を捧げ池を見る。[八]ドロドロ）

まことや当国諏訪明神は、狐をもって[九]使わしめと聞きつるが、明神の神体にひとしき兜なれば、[一〇]八百八狐《はっぴゃくやぎつね》つき添いて、守護する[一一]奇瑞《きずい》に疑いなし。

（トカラミ二人出て種々よろしくあって）

オ、それよ、思い出したり、今[一二]湖に氷張りつむれば、渡り初《ぞ》めする神の狐、その足跡《あしあと》を[一三]知るべにて、[一四]心やすう行きかう人馬、狐渡らぬそのさきに、渡れば水に溺るるとは、人も知ったる諏訪の湖。

〽たとえ狐は渡らずとも、夫《おっと》を思う念力に、神の力の加わる兜、勝頼

五　心がぐらついているのでしっかり見えていない。見あやまっている。
六　あれやこれやと思い迷うこと。
七　夜明けになお残る月。「ありあり」と「有」を掛けた修辞。二六二頁注三参照。
八　歌舞伎下座音楽鳴物の一名称。幽霊、妖怪変化、妖術使いなどの出現に使う。大太鼓を長撥（ながばち）で緩慢な間に打って怪奇夢幻を表現する。一四二頁注一参照。
九　神仏の使いといわれるもの。
一〇　数の多いこと。
一一　めでたいことの前兆として現われた不思議な現象。
一二　諏訪湖には「御神渡（おみわたり）」という伝説がある。湖面に張った氷に収縮のため亀裂が入り、そこが再び凍り盛り上がったようになる現象だが、その氷脈が必ず諏訪明神の上社から下社へ行くところから、土地の人々は神が渡った跡だと信じた。そして、諏訪明神の使わしめの狐がまず渡り初めをしたともする。
一三　道案内。先導。みちびき。
一四　安心して。

様に返せとある、諏訪明神の御《おん》教え。

ハハア、

〽ハハア〳〵忝《かたじけな》や有難やと、兜をとって頭にかづけば、一たちまち姿

狐火のここに燃え立ちかしこにも、乱るる姿は法性《ほっしょう》の、兜を守護する

不思議の有さま、

(ト狐火あらわれ、八重垣姫の狂ぃ二よろしくあって)

〽飛ぶがごとくに。

(ト花道七三にきまり、よろしく向こう三へ入る)

第二場　長尾館奥庭見現《ながおやかたおくにわみあら》わしの場

一　上にのせる。担う。
二　歌舞伎演出用語。能のクルイに拠った演技。憑（つ）かれたように激しく動きまわる。
三　花道を通って揚幕へ入る。

〽追って行く奥館《おくやかた》には、義晴《よしはる》公の御幼君[四]、後室《こうしつ》手弱女《たおやめ》御前《ごぜん》、饗応の宴《えん》たけなわなり。

（ト鉄砲の音する）

〽忍びいったる関兵衛が、

（ト合方風音《かざおと》になり、関兵衛肌ぬぎ、鉄砲を持ちいで、あたりをうかがい）

関兵衛　義晴の御台《みだい》[五]、手弱女御前、ただ一発にて正《まさ》しく手ごたえ、アラ嬉しや、心地よやなア。

〽喜び勇む広庭へ。

（ト花四天、十人槍《やり》を持って出て）

四天　動くな。

関兵衛　なにを。

四　幼い主君。松寿丸のこと。二六二頁二参照。

五　御台所の略。将軍、大臣などの妻の敬称。

（ト[一]大太鼓入り合方にて立ち回り、揚幕へ追い込んでキッと見得）
謙信　ヤア〳〵美濃国《みののくに》の住人、斎藤道三へ越後《えちご》の城主長尾謙信、
景勝　謙信が一子、長尾三郎景勝、
勘助　武田信玄の家臣、山本勘助、
謙信　いま改めて見参、
皆々　見参。
関兵衛　何が、なんと。
（ト[二]つっかけになり、上手《かみて》より謙信、長尾三郎景勝、下手《しもて》より、山本勘助晴義、向こうより花四天のこらず出て、関兵衛を舞台へ押し戻す）
関兵衛　花作りの関兵衛を、斎藤道三なんぞとは、何をもって何を証拠に。
謙信　おろかや道三、（ト[三]肥《ひ》前節《ぜんぶし》になり）最前打ったる鉄砲の、術覚えしは汝一人《なんじひとり》、われとわが身の罪状明白。
景勝　今ぞ謀反の斎藤道三、
勘助　かなわぬところと観念なし、
謙信　本名告《なの》って、
皆々　降参〳〵。

一　歌舞伎下座音楽合方の一種。時代物の鷹揚な立ち回りなどに使う。
二　長唄における鳴物の用語。合戦、立ち回りなど勢いよく「突っかける」感じを出す時に使う。
三　古浄瑠璃の一名称。江戸肥前掾が語り始めた一流。その浄瑠璃の特色を模した歌舞伎の下座音楽。本調子で、勇ましい物語の場などの伴奏に使われる。

関兵衛　ホヽ、さすがは謙信、よくさとった。いかにも先祖道観《どうかん》[四]が恨みの元は足利《あしかが》将軍、鉄砲をもって殺害せし、斎藤道三とは我《わ》がこと、間《ま》近くよって、三拝しろええ。

（ト引[五]きぬいてキッと見得）

皆々　さてこそな。

関兵衛　手弱女御前もやすやすと打ち殺したうえからは、天下を掌握心のまま、松寿丸《しょうじゅまる》をこれへ出し、この道三に従うまいか。

勘助　かかる危うき敵の中、手弱女御前を[六]やみやみと、館にお置き申すべきや。

景勝　鉄砲にて打ち殺せしは、[七]現在、汝が娘たる濡衣なると知らざるや。

関兵衛　ヤヽヽヽ、スリャ手弱女御前と見えたるは、娘濡衣にてあったるか。ムウー、チエヽ口惜《くちお》しや奇っ怪や、数十年の鬱憤《うっぷん》を、一時に晴らすと思いしに、かえって敵に計られしか。この上は道三が刀の[八]目《め》釘《くぎ》つづくだけ、死人《しびと》の山だ、観念せよ。

謙信　言われな道三、いま討ち取るは易けれど、手弱女御前のお命に、替わりし娘へ追善供養。

景勝　道三ごときは[九]物数ならず、

四　斎藤道三の先祖に「道観」を名乗る人物がいたかどうかは不明。「道」の字から、太田道灌（一四三二—八六）を擬したものかも知れない。

五　⇨用語集（引抜き）

六　みすみす。前後の分別もなく。

七　現存する。ほんとうの。

八　目釘は刀剣の身が柄から抜けないように孔にさす竹、銅、鉄などの釘。その釘がつづく限りということは、刀が有効に使えなくなるまで。

九　数えるに足りない。問題にしていない。

勘助　この場は、このまま、
勘助・景勝　見のがし得させん。
関兵衛　さすがはおのおのよく申した。いったんこの場は別るるとも、
謙信　また再会は戦場にて、斎藤道三、
関兵衛　かたがた、
皆々　さらば。
（ト[一]片シャギリになり、関兵衛、真ん中で[二]三段へ乗り、左右に皆々[三]引っ張りの見得よろしく）

幕

一　歌舞伎下座音楽の鳴物囃子の一名称。能管及び締太鼓で奏す。太鼓を片手で打つ部分が多いので出来た称。儀式的な使用法が多く、「松羽目物」「口上」等の幕開きはこれに限っている。また大時代な狂言の幕切れ、立者を中に詰め寄せる場などに使う。

二　劇場用語。大時代な狂言の幕切れに謀反人などが上る三段の階段へ赤毛氈を掛けた台。中心の役を際立たせるため工夫されたもの。昔は三段目まで上れるのは座頭のみで、その他の者は二段目までしか上らないとされた。

三　⇩用語集

芸談

双蝶々曲輪日記

濡髪長五郎　八世坂東三津五郎

この役は「引窓」を山城さん（故豊竹山城少掾）にお稽古して頂いたのが土台になっています。普通に考えるのよりもずっと年齢の若い役で、長吉と三つくらいしか違わないのです。「角力場」の濡髪はとかく偉い役者がするために、役者の年齢がにじみ出てしまうのでしょうねえ。人によってはかん筋を入れたり、赤い顔でする方もあります。

濡髪は生みの親が、「引窓」の婆さんで、与五郎の親に育てられたのですから、与五郎とは乳兄弟であり、そして親の代からの家来筋ということ、これが肚《はら》にないと後の「難波裏」で与五郎のために人殺しをする必然性がありません。「米屋」と「引窓」をよく読まなければ「難波裏」の殺しは出来ませんし、「角力場」で言う「与五郎殿のことについては、長五郎が命でも差しあげにゃならぬ筋があればこそ、男が手をさげ頼むじゃないか」という台詞も、心底血を吐く思いで言っています。

僕はおかげさまで「米屋」以外の濡髪は全部やりました。その昔、大阪で「難波裏」をやった時、初日に引っこんで来ると、河内屋のおじさん（先代〔二代目実川〕延若）から、あの駆け出しかたは、角力取りのかけ出しになっていないといわれました。

初めに言いました通り、性根は山城さん仕込みですが、「引窓」を教わった時に「うれしやここじゃ」の台詞が、芝居では間が抜けるとしてカットするのが常でもあり、これを言わなくてもいいですかと、たずねますと、そのひと言が言えないのならば、この役に出るのをおやめなさい、といわれました。言えない言葉ができましたか、それはおめでとう、とね。

そこで猛勉強のあげく、やっとこの言葉がいえるようになった代わり、他がすっかり言えなくなりました、と報告すると、山城さん言下に、そうです、全部だめです、ハナから全部出来ていないんですって。昔の人の考え方はこうでしたねえ。今はもう通用しますまい。こうした仕込み方にくいついて行く人がいないでしょうねえ。

親爺（先代三津五郎）は市村座で長吉と与五郎を替わったことがあります。僕も青年歌舞伎時代に与五郎をやりましたが、むつかしい役で、とてもいやでした。ああいう役は今月の片岡君（十三代目仁左衛門）のように年功をつんだ人がするもので、若い人のする役ではありませんね。

僕の話はどうも理屈ぽくなりますけれど、その昔摂津の国の水無瀬神宮は、全国の油屋の総元締だったのです。油屋はこの神宮から鑑札を貰って商売をしていたのが、山崎与次兵衛が神主から権利を買い占めた結果、日本中の油商人が困ったという事件が裏にあるので、それゆえの「道行菜種の乱咲」です。この事件を調べるとおもしろいと思うのですけれどね。

（昭和四十六年十一月歌舞伎座所演・『演劇界』昭和四十六年十二月）

放駒長吉・山崎与五郎　十三世片岡仁左衛門

「角力場」の与五郎と長吉のふた役をするのは、昭和十七年六月の中座以来で、その時の濡髪も今月と同じに〔八代目坂東〕三津五郎さんでした。昔と違って劇場が広いので、ふた役に替わるのは大変です。長吉が初めの引っこみで花道をチョコチョコ走りで入って、まもなく与五郎に替わって木戸から出てくるところが一番えらいですよ。その他は、引っこんだのと同じところから出て来るので楽です。

三十年前にふた役をやった時、十五代目〔市村〕羽左衛門さんに教えて頂いたやり方を、ところどころ大阪風にアレンジしてやっています。また、長吉ひと役をした時には先代〔初代中村〕吉右衛門さんの型でやった中から、長吉の二度目の出は、市村のおじさん〔十五代目羽左衛門〕は〽竹になあ」の唄でゆっくりと出て来るのを、今度は波野のおじさん〔初代吉右衛門〕のやり方で、〽さあさ参らんしょか」でエッサエッサと走って出ています。それから「ふったふった、ふりさらしたのじゃ」の所も、床几に座ったままの市村のおじさんのやり方でなしに、床几にまたがって駄々っ子のようにガタガタゆする。この二カ所は波野のおじさんのやり方をとりいれました。

それと、六代目〔尾上〕菊五郎〕のおじさんが教えて下さったのは、「土俵の砂をつかましておいて」の台詞で、千代ちゃんお前さんどうやるかい？　とお尋ねになったので、何の気なしに、掌《てのひら》を上に向けてこうにぎります、といいましたらば、そりゃあ違うよ、実際に砂をつかむようにするものだ、と教えられました。

そして、とかく長吉が立派すぎる、あの役はどこか子供々々しているべきで、すもうとりのなりをしているから立派に見えるけれども、大きく見えちゃいけないよ、そこをかん違いしないようにと、六代目のおじさんは言っておいででした。

もう一つ、濡髪に「あのここな素丁稚めが」と床几をつぶされて「なにさらすのじゃい」と酒樽を引きよせての見得の件《くだ》りは、どなたがなさっても酒樽を引きずって来ますが、あれはいくら関取でも片手で引っぱれるものではないよ、と。ですから私も、渾身の力をこめて持ちあげて前に置きます。この方が、剣菱のマークが確実に客席の方に向くので、ひきまわすとなかなかうまく前面に出ないものです。話が前後しますが、濡髪と対面した時に大きく見せようと煙草盆を尻の下にあてがうしぐさは、濡髪には見せないように、かつお客様には見えるように煙草盆を持った右手を動かさなくてはなりません。こうしたところのちょっとした注意のあるなしで、やっていることがいきたり死んだりするものです。

市村のおじさんの長吉は写実ばなれのした実に明るいいいものでした。播磨屋のおじさん〔初代吉右衛門〕のは、米屋の丁稚あがりという素性を考えた演出で、濡髪が「あっぱれ男、そこじゃてな」というと、「どこじゃどこじゃ」と探すような播磨屋さんと、「どこじゃてな」と床几に右手をついて濡髪を見込む——そうした違いがあるのです。

与五郎の方は、この芝居は『双蝶々』で長五郎と長吉とをきかせているとは言いながら、吾妻与五郎とうたわれているように、この場では軽い役であっても、役のあり方は重要なものだと思って大事に扱い、今回もていねいにやっています。この場のおそえものになってしまっては困るので、〔五代目片岡〕我童さんに吾妻に出て貰い、上方狂言らしい場面をとねらいました。東京の方の吾妻がどうこうというのではなしに、もともとが上方のもっちゃりしたものなので、我童さんでないと合わないと思います。

与五郎は典型的なつっころばしで、こうした役は、すべての形が美しい絵にならないといけません。吾妻を見送る時に右の肩を落としたらば、次には左の肩を落とすというように、動きの一つ一つが美しくないとねえ。

特に上方系の二枚目は、年齢《とし》をとらないと若くやれません。といって、いくら和事でもあまりダラ〳〵やったのではお客さまがうんざりしてしまいますから、いかに段取りよくギリ〳〵の線までもって行くか、いつもそれを考えます。

「親船に乗った気で」と濡髪に肩をたたかれて、床几から転げ落ちるのも市村のおじさんの通りで、ただ、少うし斜めになって転げるのはやり難いので、あとのしぐさにやりいいように、真正面をむいてのめるようにしています。市村のおじさんの与五郎は、「わしがこわいかして、二人ともとうとう逃げて行きおったわ」など、愛敬があってそれはそれはいいものでした。二枚目をする時は三枚目の心で、といわれていますし、うちの親爺（先々代仁左衛門）が大敵《おおがたき》の時は色男のつもりでといっていたのは名言ですねえ。

おとっつぁんはこの芝居のどの役もしていないでしょう。十二代目が吾妻を通してしたことがあるくらいで、この狂言を手がけたのは、片岡家では私だけですねえ。以前に通しでやりましたけれど（二十八年二月中座）、通すと与五郎と長吉のふた役は出来ず、私は与兵衛と長吉とを替わって、与五郎は〔二代目中村〕成太郎君にして貰いました。（同前）

角力場——与五郎　十三世片岡仁左衛門

さて、和事の芸ですが、まず「つっころばし」という役柄があります。

うしろからちょっと突っつくと転んでしまうような男、という意味で「つっころばし」という名ができたそうです。いい男ではあるが、力は無くて頼りない男です。

典型的なのが、『双蝶々曲輪日記』の「角力場」に出てくる山崎与五郎です。この与五郎は大家の若旦那ですが、芸者といい仲になるわ、相撲取りを贔屓《ひいき》にするわで、典型的な道楽息子。しかし、品はいいし、人はいいし、万事に鷹揚な人柄です。「つっころばし」という役柄は、そうした人柄を一つの芸にして見せるものと考えていいでしょう。

この「つっころばし」の役柄で演じる役は純粋の江戸歌舞伎にはありません。しかし、「角力場」を東京の方がなさるときは、与五郎はやはり「つっころばし」でやる。大阪の役者が「車引」の梅王丸をやるときは江戸風の荒事でやるように、東京の俳優も与五郎は上方の芸を学んでやるのです。

その意味で、この与五郎がよかったのは東京の方ですが、市村のおじさん（十五代目羽左衛門）ですね。私が初めて与五郎と長吉をやったとき教わったのが、この市村のおじさんでした。おじさんの与五郎というのは、足の運びにしろ身のこなしにしろ「つっころばし」そのものでした。結構なものでした。

ところで、この「つっころばし」という役が和事の役柄のなかでいちばん難しい。若いうちはなかなか巧《うま》くいきません。というのは照れくさいんです。白塗りの二枚目とはいいながら凛《りん》としたところは一つもない。あってはいかんのです。そこが、やるほうにはやりにくい。

この役は照れたらいけないのです。これに比べるとふつうの二枚目や辛抱立役は楽です。

私もいまなら「つっころばし」を芸としてできますが、若いときはこの種の役は堪忍してほしいと思ったものです。

「つっころばし」の役でいちばん大切なのはやわらかみです。突けば転ぶというぐらいですから、身体《からだ》に力が入ってはいけない。たとえば和事の役というのは懐手をしていることが多いのですが、懐の中で両手首をどの位置で、どのような形にしておくかで風情が違ってくるんです。「つっころばし」の役では、両手の甲を背中あわせにして胸の上の方に持ってくる。それが一つの心得ですね。腰に手をあてれば武張《ぶば》った感じになるし、両手を拳にして腹のところにあてるとやや強い感じになるし、懐手一つにしても、手の形と置きどころによってうんと風情が違ってくるものなのです。

次に、三枚目の気持ちになることです。

これは昔からいわれていることですけど、二枚目の役というのは三枚目の気持ちでやれということですな。とくに「つっころばし」はそうです。

仮にちょっと突かれて転ぶところがあるとしますね。様子をつくって「ア痛た、ア痛た」といっていたのでは和事ではあっても「つっころばし」になりません。「つっころばし」の役では「ア痛た、ア痛た、アア痛い、痛い、痛い」と大仰に痛がってみせねばいけないのです。転び方にしても、形よく転ばず、子供が仰向けにひっくり返ったように転び、「誰ぞ、おこしてんか」となるのが「つっころばし」。頼りのうて、人の手を借りないと転んでもおきあがれないというのが、この役柄の性根なんです。色男ならあんな格好せえへんがな、と思われるような格好をすることが、逆に「つっころばし」の役になるのです。

気取ってはいけないのです。これは台詞にもいえることです。与五郎を例にとると、与五郎は贔屓の相撲取りの濡髪長五郎が、放駒長吉に負かされたのでむしゃくしゃしています。そこへ長吉を贔屓の侍たちが出てきて、長五郎の悪口をいい長吉とともに去っていきます。それを黙って聞いていた与五郎は腹立ちまぎれに「なんじゃい、なんじゃい、なんじゃい、なんじゃい、なんじゃい。竹河岸の火事じゃあるまいし、ポンポン、ポンポン言いくさるない」というのですが、ふつうの二枚目は「言いくさるない」というような汚い言葉は使わないもんです。ところが与五郎はいう。生地そのままというか、飾らない人柄を出すのが、この役柄の特徴なんだと思います。

そのあと当の長五郎が、木戸から出てきますが、その膝にすがって「どうしょうどうしょう、どうしょうぞいなア」という。このあたりも思ってることが、そのまま口や動作に出てしまう。それが逆に、苦労知らずで育った大店の若旦那の姿を出すことになっているのです。そんな鷹揚さはこれにつづく場面ではっきりします。茶店の主人が長五郎の贔屓だというので、紙入れから煙草入れから次々にやってしまうのですが、なおも誉めるので、まだ何かやろうとして懐へ手を入れるのですがもう何もない。そのとき「ア、もうなんにもないワ」と素《す》のようにあっさり言うのが「つっころばし」。前後の見境いもなく身の持物を次々とやってしまって、気がつくと何もない。その鷹揚さがいいんです。これを「もうなァんにもないわいなア」と粘っていうと、物惜しみになって鷹揚さは出ません。こういう呼吸はなかなか若いときには覚えられませんし、できません。

結論をいうと「つっころばし」というのは和事のなかでも、いちばん頼りない役柄だということですね。他では『唐人殺《とうじんごろ》し』の和泉之《いずみの》介《すけ》が「つっころばし」です。

（片岡仁左衛門『とうざいとうざい——歌舞伎芸談西東——』、自由書籍、昭和五十九年）

引窓——双蝶々曲輪日記　十三世片岡仁左衛門

∴ 放生会の一夜のドラマ

〔前略〕

さて八段目の「引窓」ですが、中秋の名月の前夜、明日は生き物を放ってやる放生会《ほうじょうえ》で、今日は待宵。その一夜を舞台にした詩情味豊かな一幕です。明かり取りの天窓を巧みにつかった劇の展開、その風情に、八幡の里という田舎家のたたずまいがみごとに表現されており、役者が芝居の好き嫌いを言うのもなんですが、私はとくにこの芝居が好きです。

いまはカットするようになりましたが、ついこのあいだまでは幕開きに村の子が三、四人出て〽一合蒔いた籾種《もみだね》のその有り高は、一石一斗一升一合一勺、ヨイヨイヨイとな」の下座にあわせて振りをみせたものです。村祭りの稽古をしているのです。

いかにものどかな田園風景です。この風情がまずよろしいでしょ。そして歳《とし》とった母親をめぐって養い子の南与兵衛、のちの十次兵衛と、実の子の長五郎、嫁のお早がそれぞれの立場から、心をつくす人情が、まことにいい。

このごろのように世の中全体がぎすぎすして、感謝の心とか人への恩ということがなおざりになっている時代には、よけいにこの芝居の人情が尊いものに思われます。

理屈でいえば、引窓の件《くだ》りにしても嘘があるかもしれません。手水鉢が表にあるのに、なぜ引窓の光で水面の姿が隠れるのかと言われれば一言もない。しかし劇としてみるなら、引窓の仕掛けが人物の心理をあらわす道具として、ひじょうに巧みにつかわれています。やっていて気持ちのいい芝居です。

さて舞台では母とお早が月見の支度をしています。軽口を叩き合っているあいだに、このお早が元は新町の廓で都という名でつとめをしていたこと、先代の当主が郷代官をしていたことなどがわかります。

そこへ角力取りの濡髪長五郎が、あたりをうかがうように忍んで訪ねてきます。人を殺して追われているのです。お客さんの目には、殺してすぐ逃げてきたように見えるかもしれませんが、実は殺人事件は春におこっているのです。単独の上演ならいいのですが、通しで出すときは、前の「難波裏」の殺し場と「引窓」とでは衣裳を変えなければいけません。

私は濡髪、十次兵衛ともども何度もつとめましたが、この芝居でいちばん印象に残っているのは初代〔中村〕鴈治郎さんの舞台です。私が初めてこの芝居を見たのもそのときで、新富座でした。

鴈治郎さんの十次兵衛に、濡髪が大〔中村〕梅玉さん〔二代目〕、お早が〔初代中村〕成太郎さん〔のちの〔初代中村〕魁車《かいしゃ》〕、母親が豊島屋《てしまや》さん〔四代目〔嵐〕璃珏《りかく》〕で、子供心にも〈ええなァ〉と思いました。

鴈治郎さんはこの「引窓」を当たり役にし、生涯に何度も演じておられます。やるたびに工夫をこらして新しいやり方をなさった方ですから、いつもこうだったとは言いかねますが、私が拝見したかぎりでは、鴈治郎型というやり方がいくつかありました。

まず着付が違います。格子の着付で袴をはき、羽織が松葉色でした。

鴈治郎さんの解釈では、代官から拝領したのは羽織だけで、着物は出がけに着ていたものということなのです。それに最後まで羽織を一度も脱ぎません。それと、あとのほうで長五郎に金包みを投げつけ、ほくろを消すところをなさいません。これについては「おじさん、なぜ、なさらないのですか」と聞いたことがあるのですが、おじさんは「あそこで出たら役が悪うなるがな。それに部屋へ帰ってる暇がなくなる」と笑っておられました。今日では通用しない理屈でしょうが、むかしはそれで通ったんです。

お客さんの歌舞伎の見方が、いまとは大きく違っていたんですね。役者本位というか、理屈より役者だったんです。

先年、若鮎の会で鴈治郎さんのお弟子さんの鴈乃助さんが十次兵衛をつとめたので、「初代の型をやってみたら」とこのやり方を教えました。良い悪いはともかく、これでも話は通るのです。

濡髪で大切なことは大兵の角力取りということです。肉を着て柄は大きくみせられますが、それだけでは角力取りになりません。義太夫では角力言葉といって独特の発声、言いまわしをします。活字でそのしゃべり方を説明することはできませんが、いまも力士のしゃべり方というのは独特ですね。その発声法をとり入れたのが角力言葉です。初めて濡髪をやるとき、山城少掾に教えをうけましたが、そのとき、やかましく言われたものです。

もうひとつは動きです。内へあがるとき足は自分で洗わず、お早が洗ってくれるのにまかせます。いままでもそうですが、角力取りは腹が出ているので、足元がよく見えない。関取ともなると足は弟子まかせです。

ちょっとした仕草に角力取りの生活をとり入れることで、役がそれらしく見えます。

濡髪はいうまでもなく、母に最期の別れを告げにきたのです。母親はそうした事情は知らず、久しぶりにわが子に会ったうれしさに浮き浮きしていますが、濡髪は心に重いものをかかえている。それをみせねばなりません。

「同じ人を殺しても、運の良いのと悪いのと」としんみりし、気を変えて「ハテ、幸せなことじゃの」と言う台詞まわしや、喜ぶ母に「倅持ったと思《おぼ》し召して下さるな」と思い入れをみせるところなどに技巧がいります。

母親がせっかく訪ねてきたのだからご馳走しようと浮きたつ。それを聞いてよけい胸がふさがって「もうし、なんにもお構いなくても欠椀《かけわん》に一杯ぎり。つい食べて帰りましょ」とつぶやきます。これは死を覚悟したひとり言でもあるので「欠椀に一膳飯」などと、いいかげんなことを言っては笑われます。

このあと〽母の手盛りを牢扶持と思い諦め煙草盆」の竹本で立ちあがり、お早が差し出す煙草盆を右手で会釈してうけとり二階へあがります。ちょっとしたことですが、立ちあがったとき、すぐに刀を腰に差しておかないと、この手順がうまくいきません。差し忘れて左手に刀を持っていたりすると、煙草盆で両手がふさがってしまい二階の障子があけられないからです。

むかしは障子屋体へはいるとき、ちょっと身をかがめる。つまり濡髪の大柄な身体《からだ》をそうして表現したものです。

ここで情景ががらりと変わって、〽人の出世は時知れず」の竹本で十次兵衛の出になります。文楽でもここからが「切場」です。竹本の〽所目馴《ところめな》れぬ血気の両人」で二人の侍を連れて十次兵衛が出てくるのですが、成駒屋（初代鴈治郎）はここで「吾妻八景《あづまはっけい》」の合方をつかっておられました。この合方がお好きだったんでしょう。

私は「結びあわせし」という合方にしています。

成駒屋は前に二人の侍が出て十次兵衛はあとから出るやり方でした。私もそうしていましたが、二人を案内してくるのですから先に立ったほうがいいと思い、いまは先に出ています。

十次兵衛は二人を伴い門口へきますが、ふと思いつき、二人を母の隠居所へ案内します。芝居のほうではこの二人の侍が平凡というか、ふつうというか、十次兵衛が三人いるような印象になりますが、これでは具合が悪い。

世話物ですから赤っ面というわけにはいきませんが、声を高いところから出すとか、安手に台詞を言うとか、本当はひと工夫ほしいのです。でないと十次兵衛が引き立ちませんし、芝居に色合いがつきません。

十次兵衛の着付ですが、私は近ごろは鼠の着付に黒の紋付の羽織という好みにしています。播磨屋〔初代〔中村〕吉右衛門〕は茶色の縞という好みです。

二人の侍が奥へはいると、十次兵衛は門口へ立ち、ちょっと様子をして戸をあけ「母者人、女房ども」と世話の口調で言ったあと、時代に張って「只今立ち帰った」と言います。

この世話、時代の変わり目がひとつの技巧になります。母とお早は十次兵衛が大小を差して立派な姿で戻ってきたのを見て大いに喜びます。

十次兵衛は、母の「お上の首尾は」の問いに答えて、代官所での様子を語りますが、ここもただ淡々と話すのではなく、仕方噺《しかたばなし》のように立体的に語るのがおもしろさになります。代官の言葉は時代に威張って言い、十次兵衛自身の言葉は世話にくだけて言い、思いがけず庄屋代官にとりたてられた喜びを、はずむような調子で表現するのです。

ここで出世の喜びを満身で描いておけば、あとで、その役目を殺して長五郎を逃がしてやる情けの深さが際立ちます。

三人は「これも父御のおかげ」と喜び、そして神棚に拝礼します。十次兵衛はここで二人の侍を待たしていたことを思い出し、隠居所へ呼びに行きます。

母親は奥の一間へ、お早は納戸口へ引っこみます。

二人の侍がはいってきて、それぞれの兄と弟が殺されたことを話します。十次兵衛はその名を聞き「ふむ、すりゃ平岡郷左衛門、三原有右衛門殿となᐟ」と言う。どこかで聞いた名前だな、という思いです。

「して、殺したる者は何者」「サアその相手は、角力仲間に隠れもない、濡髪長五郎」

このやりとりのあいだに母親は障子を細目にあけて、お早は納戸口から出て下手でお茶の用意をしながら三人の話を聞いています。そこへ下手人の名として思いもかけぬ「濡髪長五郎」と聞いてびっくりします。

〽聞いて母親障子をぴっしゃり、お早は運ぶ茶碗をぐゎったり」の竹本で、お早が茶碗を落とし、十次兵衛は「ハテ、不調法な」と叱りつけます。お早はこぼした茶を拭きながら、なおも下手へ座って話に耳を立てています。お早は引っこんでしまわないと理屈にあわんとおっしゃる方もありますが、私は女房ですから、お早が下手にいてもいいように思います。

二人の侍は十次兵衛に濡髪の絵姿を渡します。十次兵衛はそれを見ながら「大きな身体《からだ》で下屋《したや》には居りますまい。とかく二階が心もとない」とつぶやきます。

この台詞を長五郎がいる上手二階を見て大きく張って言う人もありますが、いかにも事情を知っているようで具合が悪い。さりげなく言うべきです。

用事がすんで二人の侍が帰っていきます。十次兵衛はそれを送り出すと、舞台中央へ戻ってきます。

このあと手水鉢に長五郎の影が映る水鏡の場面になっていくのですが、河内屋（二代目〔実川〕延若）の十次兵衛は、そこにいたる動きに独特のやり方をしておられました。

参考のためざっと紹介しておきます。

十次兵衛が戻ってくると、お早が、長五郎を捕《と》って出そうとのつもりか、と聞きただします。その非難めいた口調に十次兵衛は「ハテ、きょうとい物の言いよう」と大刀を左へ置き、縁も由縁《ゆかり》もない男ながら捕まえて差し出すつもり、「母人にもさぞお喜びであろう」と言い放ちます。

河内屋はこの台詞のあいだ、まず懐から捕縄を出し、手に巻いて確かめ、ついで十手を出して包んであった風呂敷でみがく。初手柄をという気負いと、再び世に出ることになったうれしさを、そうした演技で表現するやり方でした。

お早がなおも口を出すので叱りつけ、そこへ母親が割ってはいる。今度は母親が十次兵衛に「その長五郎という者、よう見知っていやるのか」とただすのに、「色里でのちょとの出逢い」「大前髪、たしか右の高頬に一つの黒子《ほくろ》」と顔立ちの特色を言い、「見知らぬ者もあろうかと」と村々へ配る人相書を「これご覧下され」と母へ渡し、〽ドーレと見る母」以下の竹本で、十手に曇りがないか光にかざすようにして縁側へにじり寄ります。

そこへ二階から長五郎がのぞく。手水鉢に姿が映る。〽目早き与兵衛が水鏡」で水に映った姿に気づき、右手の風呂敷を後ろへ放り、左手で持っている十手を腰にはさみ、戻って刀を差す。それと知ったお早が引窓を引くのにぶつかり、絵姿をとってキッと極《き》まる。それが竹本の〽内は真夜となりにけり」いっぱいにはまるというのが河内屋のやり方でした。

私はここは成駒屋（初代鴈治郎）のをもとにやっていますが、お早とのやりとりのあいだはふつうの会話でやり、母に絵姿を見せたあと拝領の羽織に塵がついている心で、縁側のほうへいざり寄って手で塵を払う。

そのとき手水鉢の水鏡に気がつくというやり方にしています。

そして部屋に戻って大刀を差し、母の持っている絵姿をとりあげて右袂へ入れ、束《そく》に立って極まります。

お早が引窓をしめる。〽内は真夜となりにける」の竹本でバッタリとなって二人が極まります。

十次兵衛は「女房コリャ、何とする」と息ごむ。お早は「ハテ雨もぼろつく最早《もはや》日の暮れ」云々と言う。

十次兵衛はサテはという思い入れで「ハテ、おもしろし」と言ったあと、大きく張ってもう一度「おォもしろォし」と羽織の紐をとき、「日が暮れれば、与兵衛が役」云々と「イデ、召し捕らん」で羽織を脱ぎ捨て、右手に十手左手に捕縄を持ちます。お早があわてて「まだ日が高い」と引窓の紐を放す。〽引窓ぐゎらり、明けて言われぬ女房の」の竹本で二人が向かいあいになり、〽心づかいぞ切なけれ」で、行くやらぬの仕草があって極まりになるのです。

ところが成駒屋だけは先に言ったように、羽織を脱がれませんでした。〈そんな悠長な気分やない〉という解釈なのでしょうか。最後まで、ずっと着たままでした。

∴ 親子の義理と人情

二人の争いのあいだへ、母が奥から手箱を持って割ってはいります。銀一包みを出して、「これはコレ、御坊《ごぼう》へ差し上げて永代経《えいたいぎょう》を読んで貰い、未来を助かろうと思う大切な金なれど」と、その金で絵姿を売ってくれと言います。その言葉に十次兵衛は不審の思いで考えこみますが、上手の二階を見てハッと気づき、座って母のほうへいざり寄る思いで、「母者人、あなたは何故《なぜ》物をお隠しなされまする」と情をこめてただします。この台詞にも義太夫の心得がいるので、「母者人」という呼びかけから「お隠しなされまする」と和らかく落とすところまで、十次兵衛の思いがすべてこめられていなければ情愛が出ません。

十次兵衛は、二十年以前に養子にやったという実子のことをたずねます。それに対して母は、「さ、それ故にこの絵姿、どうぞ買いたい」と言う。それとはあからさまに言わぬものの、この一幕のなかでいちばん心のこもったやりとりになるところで、こうしたところは母親の役者がうまくないとどうにもなりません。

『堀川』といい、六段目（『忠臣蔵』）といい義太夫狂言では母親が重要です。

私は「私はあなたの子でござります」と言ったあと、「そのご子息は今に堅固でござりまするか」と世話の早間で言い、「ご息災でござりまするか」と間をもってもう一度情をこめて重ねて言うようにしています。

先に述べましたように、母は「それ故に買いたい」と言う。十次兵衛はすべてを察して、「鳥の粟を拾うように貯めおかれたその金」と母の情と役目の重さとの狭間《はざま》に苦しみながら思案します。母はなおも「未来は奈落へ沈むとも、今の思いに替えられぬわいのう」と泣き伏します。

十次兵衛は母親の真情にうたれ心を決し、思い入れをして大小を投げ出し、「両腰差せば南方十次兵衛」と張って言ったあと、がらりとくだけて「丸腰なれば今まで通り八幡の町人、南与兵衛」と世話口調で言い、絵姿を母に渡します。

母が案じ顔なのを、「日のうちは私が役目でない」と言い、お早が弁解するのを〈わかっている〉と目で抑え、「夜に入らば村々を詮議する役」と立ちあがり、お早が着せかける羽織に手を通します。そして二階へこなしあって「人をあやめて立ち退く曲者、よもこの辺りを彷徨《さまよ》いますまい」と言い、「おおかた、河内へ越ゆる抜け道は狐川を左にとり、右へ渡って山越しに、右へ渡って山越しに」と長五郎に聞かせるように言います。

母親がハッとするので、世話に調子を変え「よもや、そうは参りますまい」と軽くはずします。ここはどなたがなさっても大差ありませんが、とくに目に残っているのは成駒屋（初代鴈治郎）です。「よもや、そうは」と言ったあと「ハハハ」と笑い声を入れて「参りますまい」となるのです。まねてまねられる芸ではないのですが、役者の愛嬌があふれて絶品でした。

河内屋のは「よもや、そうは」と言ったあと手をぽんぽんと叩きながら「行きますまい」とくだけるやり方。これもいい味でした。

十次兵衛は下へおりて木戸口をあけてから思い返したようにお早を招き、先刻うけとった母の金を渡して、なにごとか囁《ささや》きます。長五郎を逃がせという指図です。お早が思わず、「えっ、そんならこれを」と高い声を出すのをさえぎるように、表へ出て「あの、長五郎は」とポンと木戸をしめ、「いずれにあるや」と極まるのです。木戸をあけておかないとこの手順はうまくいきません。

十次兵衛は花道まで行ったあと、〽折から月の雲隠れ」でまわりを見まわし、〽忍びて様子窺《うかが》いいる」と家の裏に身を隠すのですが、ここも義太夫にのった動きをみせるのが肝要です。

〽堪《こら》え兼ねたる長五郎」で二階から濡髪が駆けおりてきます。母親がとめる。

いよいよ最後の見せ場になりますが、私がいいなと思ったのは葉村屋（〈初代〉嵐璃徳《りとく》）の母親です。長五郎の足にしがみつくのです。首筋から抑えつけるような母親がありますが、相手は角力取りです。嘘になります。璃徳さんのはその点、母親の真情があふれていて、以来私が長五郎をするときは、母親の役の人に頼んでそうしてもらっています。

もうひとつ長五郎があくまで縄にかかろうと言いはるところで、母親とともにお早までが自害しようとするやり方があります。いくら義理とはいえ、お早が死ぬというのは行きすぎです。お早には好いた亭主がいる。むしろ母親をとめるのが嫁の役目です。

この芝居は、すべての人間が母親の情を察して心をきめ行動する。義理の芝居ではなく人情の芝居です。母親の一途な思いにうたれて「剃りやんす、落ちやんす」となるのがいいと思います。

さて前髪は剃ったものの、父譲りのほくろは剃り落とせない。それを見て十次兵衛が、表から路銀と書いた金包みを投げてほくろを消す。芝居ならではの技巧ですが、芝居の嘘とはわかっていても情のあふれた場面です。

この親切を見て、今度は長五郎が母親に向かって義理を説きます。母親も「あっ謝った、長五郎、よう言ってくれたな」と親の盲愛で、なさぬ仲の十次兵衛への義理を忘れていた自分の浅はかさに気がつきます。それでは夫の心が無になると、お早がなおも逆らうのをとどめて、母親は引窓の紐を縄にして長五郎にかけます。〽お早をとって突きのけ突きのけ」からのところで、ここは竹本の節にのっての動きが、目に残るいい場面です。

その前に長五郎の長い台詞がありますが、ここは角力言葉のタテ言葉で言うのが心得です。

母親が長五郎を引き据える。そこへ十次兵衛が「お手柄」と言ってはいってくる。しかし時をまちがえたふりをして、長五郎を逃がしてやります。

幕切れは大阪では、家のなかで十次兵衛が母親を制し、長五郎が外下手に座って合掌しての絵面で終わるやり方が一般的。

播磨屋のは十次兵衛が表に立って見送る態《てい》で、長五郎が花道を走ってはいるやり方です。

最後にひと言加えますと、十次兵衛はむかしは廓遊びした男で、お早も廓の女。それらしい色気が底にないといけません。とくに大阪ではそうした役づくりが大切なのです。

（片岡仁左衛門『芝居譚』、河出書房新社、平成四年）

お幸　三世尾上多賀之丞

〔九代目市川〕海老蔵〔＝十一代目団十郎〕さんの出しものの「引窓」に私は母親のお幸を勤めておりますが、この役は今度が初めてではなく、終戦後二度も、播磨屋〔初代中村吉右衛門〕さんの十次兵衛に、この役でお相手させて頂きました。また、旅でではありますが、〔二代目実川〕延若さんの十次兵衛に、お早をさせて頂いたこともあります。今度海老蔵さんがこれをお出しになるについて、以前播磨屋さんのときに濡髪をおやりになったこともございまして、ぜひ播磨屋さんのやり方でと、私にもいろいろ播磨屋さんの型をお訊《たず》ねになりました。お役に立ったかどうかは存じませんが、私の知っております限りをお話し致したような次第でございます。

今度の上演では、海老蔵さんの十次兵衛はもちろんのこと、〔二代目尾上〕松緑さんの濡髪も初役、それに〔七代目尾上〕梅幸さんのお早も、これはたしか二度目かと承知しておりますが、播磨屋さんが度々お出しになった反面、私どもの劇団では経験の浅い芝居でございますから、私も始めは内々案じていたのでございますが、初日を明けてみますと、お客様がたの評判も宜しく、私もこれならと安心致しました。

一口に申しますと美しい人情の芝居で、海老蔵さんも、義理の仲の兄と弟とその母親、またその母親に対する嫁と、その三角、四角の関係の間に醸される美しい義理人情を、出来ればうまく描いてみたい、と仰言《おっしゃ》っていられましたが、「母者人、なぜものをお隠しなされます」のところなど、とてもお見事に義理の母親に対する感情を出しておられますので、私もお相手をしていながら、大へん心を打たれました。

松緑さんの濡髪も、これまた初役とは思えないくらいお見事で、十次兵衛が外へ出て行きましたあとの、前髪を落としますところは、どうか致しますとダレ易いところでございますが、セリフもたたみ込むように仰言って、舞台をよく引き締めていられます。これは恐らく普段からの竹本研究の効果が、ここに現われたものでございましょう。梅幸さんも、お早は二度目とは申せ、もとは廓の太夫であったお早の前身を、どことなくお見せになっていて、なかなか結構なものと拝見致しております。

例のホクロ消しは、延若さんはやられませんでしたが、海老蔵さんは、播磨屋さんに倣《なら》って、やっておられます。本文にあることでもございますし、芝居の前後の経緯からも、これは致すのが本筋でございましょう。

私の役で、濡髪の人相書を譲ってくれまいかと十次兵衛に差し出すお金は、「鳥が粟をつむように」の本文によって、小粒を使う人もありますが、私は小判を包んで出すことに致しております。

（昭和三十年六月歌舞伎座所演・『幕間』昭和三十年七月）

「引窓」の母と、大阪式の演《や》り方　五世上村吉弥

「引窓」の母お幸も、晩年の吉弥の当たり役のひとつである。

昭和六十二年三月、東京の歌舞伎座で〔九代目松本〕幸四郎の南方十次兵衛、〔五代目中村〕富十郎の濡髪長五郎、〔五代目中村〕時蔵の十次兵衛女房お早。六十三年十二月、南座の顔見世では〔二代目中村〕扇雀〔＝三代目鴈治郎〕の十次兵衛、富十郎の長五郎、〔九代目沢村〕宗十郎のお早。平成二年四月、東京の歌舞伎座で再度、幸四郎の十次兵衛、〔二代目中村〕吉右衛門の長五郎、宗十郎のお早で、吉弥は請われて、いずれも母親役を演じた。

ここ数年の間に「引窓」は東西の大劇場で三回上演された。さらに平成三年の春には四国のこんぴら歌舞伎で〔初代片岡〕孝夫〔＝十五代目仁左衛門〕の十次兵衛が相手と、主役クラスは少しずつ入れ替わっている。が、母親役は、すべて吉弥だった。これも吉弥を置いて代わりがない証拠だろう。

劇評も「すぐれた上村吉弥の母お幸をはさんで」というふうに、中堅、若手が中心とはいえ、自然、吉弥に目が向けられた。

――舞台は、中秋の名月を明日にひかえた京都の郊外、八幡の里の夕べ。義理ある息子（十次兵衛）と実の子（長五郎）の間にはさまれて、心を砕く母親の哀しい姿が詩情豊かに浮かびあがってくる。

「引窓」について、私らがどうこうは言えませんが、大阪のやり方、東京のやり方はあります。自分の感想といいますか、それは、あんなのは、関西のふんいきが欲しいところですね。

まあ、やり方が大きく変わるということはありません。ただ、大阪式だと、主役の十次兵衛は町人のほうを表に出してやりますね。それで、いままで普通の町人だった南与兵衛が、南方十次兵衛と名を改め、武士になったということを、母親と女房に知らせるところで、お客を喜ばせる。

しかし、東京のほうは、元から父親が七カ村のなかで一番えらい家柄というところに、どうもこだわるやり方で、普通の町人にはなりません。だから、舞台に出てきた最初から、侍のほうを主にしていますね。

お幸の役。これは『油地獄』の母親と同じくらいしんどい役ですね。時間的にも一時間十五分、まるまる舞台に出ていて、時間は長いし、からだもえらいんです。

とくに二人の男の子への愛情の度合いの出し方が難しいんです。実の子の濡髪長五郎に対しては、初めは盲目的に、ただひたすら可愛い、小さいときによそへいっぺん里子に出した子やからということでね。人殺しの罪を背負って家へ帰ってきても、ただただ不憫《ふびん》やという思いを募らせてみせる。

そのことを、義理の息子の与兵衛やなくて、実の息子の長五郎に指摘されて、「なるほど」と、反応してみせるあたり、ここらあたりが、仕どころです。それを表現するのが非常に難しい。

お幸の役は、前にも〔三代目市川〕猿之助さんの巡業で、若手の〔三代目中村〕歌昇、〔五代目中村〕歌六のお二人の「引窓」でやっています。でも役づくりは、何ぼ考えてもきりがありませんね。

役をもらうと、すぐ本を下さい、と言うんです。きっちり覚えてないと、やることもできません。まず、しゃべる内容を覚えて、それからセリフをどういうふうに言うか、考える。その人物がよくわからんと、困りますから。

これまで皆さんのやってられたお幸を見ていると、お尋ね者の長五郎を役人に差し出すため、縄でしばるところですね。あそこで、お幸は縄をもって、長五郎の周りをぐるっとひと回りして、しばっている。

先輩の人たちのを見ていて、そのさまがね。一回もいいなあと、思ったことがなかった。何かサル回しに叩かれて、回っているサルみたいに見えるんですね。ここだけは大阪式では困るなあと思っていたんですよ。

それは、長五郎の役者、これは相撲の関取の役ですから、多分、この役者を大きく見せるという考えなんでしょうが、私はいま、言ったようなことで、やり方を変えてみたんです。ごく自然にうしろから縄をぽんと前にやって、それで長五郎を横からしばります。

そしたら、大阪の中川さん（松竹常務取締役、関西の演劇担当、中川芳三）は「そういうふうに役者さんがいろいろ工夫してくれると、芝居ももっと面白くなるんですがね」と、言われた。

中川さんも「大阪で古くからあるやり方は、きっと長五郎を勤める役者をより大きく見せるためでしょう」と、言っておられましたが、私は、とにかくサル芝居みたいになって、肝心の芝居の泣かせどころで、お客に笑われると、困ると思って。

長五郎が二階から下りてくると、そこからはお幸の縄張りなんです。長五郎の邪魔をしてはいかんけど、お幸の役者がどう工夫してみせてもいいんですね。

私らは、若い時分から自分の持ち場というか、その範囲で一所懸命やるという、教育を受けてきた。もちろん、やり過ぎると、せっかく舞台が盛り上がっているのに腰を折ってしまうことになる。その辺も心がけたつもりです。

まあ、それと今度の配役やと、皆さんちょうど何か自分の子供みたいな年配ですから、楽でしたね。自然に母親役になれました。

（昭和六十二年三月、京都の自宅で。吉弥七十七歳）

風邪と疲れが重なったんでしょうね。中日ごろ二、三日ほど、まるっきり声が出んようになって、ええ、こんなことは初めてです。でも舞台へ立つと、やっぱり気が締まります。好きなんですねえ。舞台が。

お幸は、十次兵衛とより、だいたい、長五郎とのやりとりのほうが長いんです。しかもそこが仕どころでしょ。〔二代目中村〕吉右衛門さんの長五郎で出るのは今度が初めてやが、結構な長五郎ですね。子供のころに帰って、思いっきり母親に甘え泣きしながら、「それでは（十次兵衛に）義理がすまんやろう」と、かき口説くところなんか。

母親に対して、決めつけるような言い回しでは、決してないし、お若いのに、器用で上手な役者さんですね。

（平成二年四月、東京歌舞伎座の楽屋で。吉弥八十歳）

（西村彰朗編著『一方の花・五代目上村吉弥の生涯』、私家版・平成五年）

引窓――南方十次兵衛　三世中村鴈治郎

「引窓」は竹田出雲、三好松洛、並木千柳が合作した『双蝶々曲輪日記』の八段目になります。今では人気狂言になりましたが、ながらく絶えていたのを明治二十九年に祖父〔初代鴈治郎〕が復活したのです。

〔中略〕

「引窓」だけですと、与兵衛は八幡の町人ですが、実は与兵衛は新町の廓でさんざん遊んだ男で、前の場面に当たる「浮無瀬」にそんな与兵衛の姿が描かれています。私は与兵衛を「浮無瀬」からつながった人間として造形しないといけないと思っています。顔も砥《と》の粉《こ》を交えているものの、白っぽく二枚目風にしています。私はお早も演じていますが、やはり前身は廓で都と呼ばれた遊女として演じています。例えば二人が言い争う場面にしても、半分は痴話喧嘩の心で演じています。堅気同士の夫婦とは違った色気のある雰囲気が大切なんです。お早が濡髪を庇《かば》うのを聞いて「さてはおのれの一門か」と言うところも、十手をお早の股のところに突き付けて、お前と関係のあった男かという言い方をするのです。それに対してお早は「なんのまあ」と言うのですが、これも「何をいってるの」という言い方をする。遊蕩児と色街の女が夫婦になったという感じを出すのが、玩辞楼十二曲の「引窓」の特色なんです。東京の方にそう言うとびっくりなさいます。東京のは本当に喧嘩めくのです。

与兵衛の花道の出では、うちは「遥《はる》かかなたの時鳥《ほととぎす》」という「吾妻八景《あづまはっけい》」の唄合方を使います。祖父や父〔二代目鴈治郎〕は二人侍《ににんざむらい》の後から出たそうですが、私は二人を案内する心でさきに立っています。わざと最後に出て客席を沸かせるのは、いかにも祖父らしいやり方でしょ。

家に入って「母者人、女房共」を町人風に言い、「ただ今立ち帰った」と武張《ぶば》って言って、侍姿を得意気に見せ、役所での様子を仕方話《しかたばなし》で語るところが最初の見せ場でしょう。ここは満面に嬉しさを湛《たた》えて、殿様の言葉と自分の返事を声を変えて立体的に喋ります。和事の語りを取り入れたもので、ここも祖父らしい愛嬌をたっぷりと見せる工夫です。最初は二本の刀を差したまま座ってしまい、あわてて一本抜いて側《そば》へ置くのも、町人が急に侍になった様子を見せる愛嬌なのですが、私も好きでそれを真似ています。

二人侍を迎え入れてからは、侍らしい言葉、動きになるのですが、この変化も上方の芝居らしくて面白いと思います。

手水鉢へ近寄るところは、拝領した羽織に道で塵がついた感じで縁先に出て、肩と袖を風呂敷で払おうとして長五郎の姿に気付き、風呂敷を落とすのが型になっています。他の方と違うのは、ここで羽織を脱がないことです。羽織を脱ぐと感じが強くなるからでしょうか。お幸が出てきて絵姿を売ってくれと頼む話になりますが、その間、与兵衛はずっと立ち身でいます。祖父は立ち身のいい人でしたから、この間の姿が良かったのでしょう。

母の言葉を聞いて、長五郎がお幸の実子だったと気付くところは、長い長い思い入れがあるのです。これは祖父独特の間《ま》なのでしょうね。前にも言いましたが、祖父の型には鴈治郎の生理のようなものがある。それをわきまえないとできない演技があります。

ここで「母者人、あなたは何故《なぜ》物をお隠しなされまする。私はあなたの子じゃござりませぬか」と世話の口調にくだけて、急に子どもに返る。この台詞と演技は、祖父の創った入れ事ですが、よい台詞だと思います。この役では世話と時代とをたびたび行き来する台詞回しに特徴があるのです。その変化を際立たせることで、情を盛り上げていくのです。差していた二本の刀を投げ出して、きちんと座り「両腰差せば十次兵衛」と時代に張り、「丸腰ならば相変わらずの八幡の町人」と世話にくだけます。

この後、長五郎に聞かせる肚《はら》で「河内へ越ゆる抜け道は狐川を左に取り、右へ渡って山越えに」の台詞になります。「山越し」と言っておられる方もありますが、ちょっと意味が違うでしょ。私は現代人なんでしょうか。そんなことにこだわるのですよ。

与兵衛が家を出た後、長五郎は与兵衛の情に感じ入り、二階から駆け下りて捕らえられようとしますが、お幸が泣いて頼むので前髪を剃り落とし、人相を変えることになります。しかし、お幸も父親譲りの高頰の黒子《ほくろ》は剃り落とせない。どうしようと嘆くところへ、与兵衛が路銀と書いた金包みを顔に打ちつけて黒子を取ってやる。玩辞楼十二曲のやり方では、ここがないのです。祖父の活躍していた時代は合理主義全盛だったでしょ。あまりに出来過ぎた話なので、嘘めいて嫌だったのではないのでしょうか。しかし、ここは大切でしてね。父は原作どおりやってましたし、私もやっています。

お幸が「わが子を捨てても継子に手柄さするが人間」と誤りを悟って、引窓の紐で長五郎に縄を掛けると、「ホホオ、お手柄お手柄」と与兵衛は内へ入ってきます。そこへ深夜を告げる九つの鐘が響きます。長五郎が「ありゃ、もう九つ」と言うのに「イイヤ明け六つ」と言いつくろい、「身どもが役は夜ばかり」と、長五郎の縄を切り逃がしてやるのです。「残る三つは」「母への進上」という名台詞のやりとりになり、やっていて気持ちのいい役です。最後は一同が絵面に決まるのが十二曲のやり方になっています。播磨屋さん（中村吉右衛門）のほうは長五郎が花道を走って入るやり方です。

「引窓」は祖父が復活させ、その後いろいろな方がなさるようになった狂言ですから、どなたのを拝見しても玩辞楼十二曲が基本になっているようです。ただ最近の舞台は全体に長くなっているように思います。うちのはとんとんとんとんと運ぶ、そのなかに独特の色気と愛嬌を見せていくのが特徴と言えましょうか。

（中村鴈治郎著・水落潔編『鴈治郎芸談』、向陽書房、平成十二年）

私の南与兵衛の型　初世中村鴈治郎

〽人の出世は時知れず、見出しに預かり南与兵衛、衣類大小申し受け、伴う武士は何者か、ところ目馴れぬ血気の両人……義太夫が切れ、はるかあなたの時鳥《ほととぎす》……の唄に、織殿《おりどの》の合方をあしらい、揚幕から、平岡丹平を先に、三原伝蔵が出ますと、少し長目の髷《まげ》の袋つきの［鬘《かつら》］、ぶどうねずみ色銘仙の［着付］、萌黄、鼠、茶、織込み、細縞仙台平の［袴］、革色琥珀へ丸の中へ浮きすじ蝶の紋付き［羽織］、焦茶丸打ちの［羽織紐］、お納戸の襟、鼠縮緬《ちりめん》の袖の［襦袢《じゅばん》］、黒糸柄《つか》、艶消し鞘の［大小］、紐付きの［紺足袋］、茶鼻緒の［雪駄］、竪横縞の［風呂敷包み］を持って登場すると、「アイヤ」と二人を呼び止め、「御両所」とおじぎをなし、「即ちあれが」と右手の小包みで舞台の方を指し、「拙者の宅でござりまする」とおじぎをする。

二人が案内しろと言うので「サア、こうお越しなされ、お先へまいる」というのが、下座のかかりで、右の手を上げてちょっと会釈し、腰を屈《かが》めて二人の前を通り抜け、我が家の門口へ行き、這入《はい》ろうとして考え、内を覗《のぞ》く、同時に二人が傍へ寄るのを、右の手の小包みで支え、「イヤナニ御両所、御前において仰せ付けられしは、密々の御用筋、拙者御案内仕りますまで、見苦しゅうはござれども、アレに」と下手の方を見込み、「母の隠居所がござりますれば、暫くあすこでお控え下さりましょう」と辞儀をする。「然らば隠居所でお待ち申す」と二人が言うので、下手の奥へ連れ込むと、早く母親と女房を喜ばせよう、と思うのでかどばった姿も自然と解《と》け、自宅へ這入るのが、〽二人の武士を待たせて置き、機嫌よげに内に入り……の義太夫で、「母者人、女房ども」と大きく無雑作に世話調子に呼び、戸外を覗《のぞ》いて、「ただいま立ち帰ったぞ」と武張《ぶば》るのが、合方のかかりで、門口を閉め、掌《て》を握り、肩を張り、屋体へ上がる。

〽言うに親子は一間を立ち出で……の義太夫で、母とお早が奥から出てくる。与兵衛は屋体の真ん中へ斜めに上手向きに座り、大刀を抜いて左へ、小包みを右へ置きますと、両手を膝に突き、肩を張った形に極《き》まると、母親は上手に、お早は下手に住まい、今日の首尾をこもごもに訊《たず》ねる。

与兵衛は嬉しい思い入れがあって「イヤモウ、お喜び下さりませ、首尾は上首尾でござりまする」と軽く頭を下げ、「女房ども」とお早の方へ振り返り、「そちも喜びゃ喜びゃ」と言い、あごでうなずき、のう嬉しかろう、という心をしぐさで見せ、また母の方へ向き直って挨拶しますと、二人は喜び、左右から出世の様子を聞かしてと迫りますので、「さればそのお話をいたしましょう。マア、かようでござります」というので、前の合方のつきなおしになり、町人と侍との間をいったような形に、両手を膝頭のところに置き、「今日のお召し、なんの御用かと心も心なりませず、お役所へまかり出ましてござりますれば、直ぐに御前へ通るように殿の御意、なおなお安心なりませず、オズオズ御前へ出ましてござりますが、殿の御意なされますは」と顔だけで正面を切り、殿様の身振り仮声になって、「その方ことは、当所において、七ケ村の支配をいたしたる、南方十次兵衛が倅なる由、親十次兵衛、死去の後は、退役浪々の身の上と相成りおる由、数代家筋の者なれば、今日より以前の如く、七ケ村の庄屋代官支配申し付くる間、役儀粗略なきよう相勤めてよかろう」で、左の手を膝から外して、さらに膝頭のところに置き、母の方を見て、「と直々《じきじき》の仰せ渡され」と世話で言い、また正面に直って、くだけたせりふ回しになり、「イヤもう、私もびっくりいたしまして、お上の御慈悲有難う存じまするると」でちょっと頭を下げ、「お受け申しましたれば……ソレ衣服大小を遣わせと御意なさると、畏まったと、何か御近習衆が立ちかかって、御覧の如くこの衣類大小」で自分の姿を眺め、二人にも見せて、「下し置かれ、イヤもう、私もあんまり思いがけなさに、思わず総身に」と時代で言い、母を見て、「汗を……エヘ、流しました」と世話に砕け、「これと言うも親仁様のおかげ」と懐中から手拭いを出して涙を拭い、「嬉し涙がこぼれまして、心の内では、宙を飛んで戻る道さえ」で手拭いを投げ、「私が嬉しさ、母者人御推量なされて下さりませ」で、おじぎをして涙を拭く。

二人は喜んで詰め寄り、与兵衛の衣服大小を見ることがあって、なき父に生き写しだ、と母親がいうのをお早が聞き、こんな立派な、こんな好い殿御振りか、と訊ねるのを、与兵衛は女房の方を見返って、母に見えぬよう、右の手で畳を二三度打ち、同時に顔をしかめ、首を振り、詰まらぬことを言うな、という心でたしなめます。二人は話が弾んで思わず笑いますので、与兵衛は極まりの悪い心で、右の手でお早を「コレ」と叱り、左の手は手拭いをとって、袖口から引き入れ、脇の下の冷や汗を拭き、次に右の手も入れて、右の脇の下も拭い、しまいに顔の汗も拭います。母親はこれも氏神様のおかげだ、と与兵衛とお早をうながして、屋体正面にまつった神棚を、三人が一緒に拝むのが、前の合方の止まりです。

与兵衛は両手を合わせてお辞儀をなし、三人とも再び正面へ向き直ると、ちょっと戸外へ気を配りまして、「イヤ喜びに取り紛れまして、肝心のことを失念いたしました」と以前の小包みを帯際へ差し、「ほかに仰せつけられた御用ござって、同役の衆のお供いたしましたが、密事なれば母者人」で、もう一度戸外を見込み、心遣いのこなしがあって、「しばらくお除《よ》け下さりませ、女房ども用があらば呼ぼう、勝手へゆきゃれ」と言います。

母はいかにも遠慮しようと言い、嫁もこれからは侍の女房だというので、お早もそのつもりでいると言う滑稽があり、「旦那様、後刻御意得ましょう」とお早の言葉を義太夫が取り、母親は上手障子の内、お早は下手のれん口へ入ると、与兵衛は大刀を持って立ち上がり、雪駄をはいて、門口に出て、〽与兵衛はこなたに打ち向かい……の義太夫で、下手の離れ家の方へ少し行き、「イザ、お通り下さりましょう」と言うので、以前の二人侍《ににんざむらい》が出で、「お差し合いはござりませぬか」という。「まずまずあれへ」と頭を下げ右の平手で招じる。

〽イザお通りと両人を……の義太夫で、侍二人を屋体の上手に住まわせ、自分は門口でちょっとあたりを見回して戸を閉め、二重へ上がって下手に住まい、大刀を左に置いて一礼をなし、「さて今日、殿の御前に仰せ付かれて密々の御用、仔細は各々方に承れとの儀、まずその仔細お物語り下されい」とこぶしのまま両手を突き、首を少し左へ傾《かた》げて伺う形にひかえると、合方が変わり、二人の侍は自分等には兄弟の敵《かたき》、この八幡近在に所縁《ゆかり》あって入り込む由、夜に入っては土地不案内のことゆえ、貴殿に詮議をお願いすると話す。母親は障子細目に、女房はのれん口から、この様子を覗《うかが》う。

三人はそれに心付かず、与兵衛は「然らば敵討ちも同然」とあたりを覗い、「隠密々々」と言って膝を進めて両手を突き、首を前へ出し、「もし左様な儀もござろうかと母女房まで遠ざけ、御内意を承る。シテその討たれさっしゃった、御同苗の御名は、何と申しまするな」と訊《き》く。郷左衛門、有右衛門と聞いて、身を起こし、「ム、、スリャ、平岡郷左衛門……三原有右衛門殿とな」で、前の合方が止まり、「ウーム」とちょっと瞑目して考える。御存じでござるか、と両人が聞くので、「イヤ、承ったようでも」と言って気を変え、「ある」と言い、左の肱《ひじ》を膝に載せ、左の肩を落として、顔を前へ出し、「シテ、その殺したるものは、何処《いずく》の何者」と聞く。相撲仲間で隠れなき、濡髪の長五郎、と侍は言って絵姿を出して渡します。

与兵衛は受け取り、開いて見るのが、〽聞いて母親障子ぴっしゃり、お早は運ぶ茶碗ぐゎったり……の義太夫で、文句通りのしぐさがあり、お早はのれん口から登場して、盆を取り落として、茶をこぼす、この物音に、与兵衛は絵姿を右の脇へ隠して、振り向いてお早を見、「無礼者めー」と叱る。

〽叱る夫の気を汲んで……義太夫でお早は手拭いでお茶を拭き、茶碗を取り片付ける、与兵衛は二人侍に目顔で詫びをします。

お早は下手の隅に住まう。与兵衛は絵姿を改めて眺め、それを畳んで持ったまま、両手を膝の上に置き、「シテ御両所は、どこを目当《めあて》に」と訊く。

二人は絵姿を村々に張り、油断と見せて牛部屋、柴部屋なぞ吟味すると言う。「それも御尤も、さりながら大兵なれば、よも下屋なぞにはおりますまい、ア、……とかく、二階などが心元ない」と上手の二階へ気を遣《や》り、絵姿を内懐へ入れながら、眼を閉じて考え、「先ず御両所には、楠葉橋本あたりを御詮議なされ、夜に入らば拙者が受け取り、たとえ角力取りでござろうが、柔術取りでござろうが、見付けしだいに縄打ってお渡し申さん、その段そっとも、お気遣いなされますな」と頭を下げます。二人はそれで安堵したというので、「後刻役所で」と言い、三人「御意得申す」でまた二人にお辞儀をします。与兵衛は大刀を左の手にさげ、右の手を突いて、両人を見送ると、二人は

〽松は天女……の唄で退場します。

与兵衛は立って、上手向き斜めに正面に住まい思案をなし、以前の絵姿を懐中から取り出し眺め、また打ち返し眼近に寄せ、長五郎の右の高頬に黒子《ほくろ》があるに気がつき、ひとさし指で自分で高頬のところを指すしぐさをする。お早は下手に住まい、真《まこと》に長五郎を捕らえる気かと訊く。

与兵衛は絵姿を畳みながら、正面を切り、「ウフ、、……これはまた、きょうとい物の言いよう」で、上《かみ》下《しも》の合方になり、「あの侍にゆかりもなく、長五郎に意趣もなけれども、今の両人が願いによって、役所より仰せつけられたその仔細は」と両手を膝に置き、「関口流の一手《ひとて》も覚えあること、お聞き及びあって、役

人どもに申しつけるはずなれども、当所へ来たってまだ間もなく、土地不案内の者ばかり、よって当所に住み馴れたるその方に申し付ける、日の内は彼《か》の方《かた》より詮議せん、夜に入らばこの方《ほう》より隅々まで詮議いたし……彼奴《きゃっ》」で揚幕の方を指さし、「搦《から》めとって」で、右の握り拳の甲を膝にやり、「渡しなば、国の誉れとたってのお頼み、一生の外聞、召し捕って手柄のほどをば御覧に入れなば、母人にもさぞお喜びであろうわい」と帯際から小包みを抜き出し、風呂敷を広げ、黒羅紗《くろらしゃ》の袋を取り出す。

母さんのお喜びにはならぬとお早がいうので、「とはまた何故《なぜ》に」とお早を見て、黒羅紗の袋から本磨きの十手を取り出してちょっと頂いて眺め、袋を二ツ折りにして一度拭い、今度は風呂敷を二ツ折り、四ツ折りにしてしきりに十手の曇りを拭う。お早はお前に怪我でもあれば却《かえ》ってお嘆きがあろうと長々しく言う。「やア要らざる女の差し出、汝は手柄の先折るか」とお早の方を見て、持っている十手の突《さき》を畳の上に上ぐ。お早が折るも一つはお前のためというので、「ヤア、こいつがこいつが、何ゆえ長五郎をかばいだて、濡髪を詮議して、三寸縄に括《くく》し上げ、身が手柄をあらわし、母者人のお喜びを見るは、これ第一の孝行じゃわい」と言いながら手に持つ十手を斜めにして、右と左に握り替えて眺めると、お早が長五郎を召し捕れば不孝になると言うので、「長五郎に縄掛ければ、何で身共の不孝となる」と問い、お早が詰まって、それはと言うに苛《いら》だち「エ、どういうわけじゃ」と十手を畳へ突き立て尋ねる。

お早は言葉に窮して、長五郎よりお前が弱いと言う間に、十手を袋にしまって右脇へ挿し、捕縄を左の手で取り、右の手でちょっと左の袖口を持ち、縄を持った手を、左の袂へ入れてしまい、突き袖の形になるのが、お早のせりふの切れで、「たわけ者め」と叱り上手向きになる。お早は長五郎に縄掛けたら母御の嘆き、双方怪我のないうちやめてくれと頼みます。「ヤアまだまだ濡髪をかばい立て」と言い、ちょっと思い入れをして、「ハ、ア、さては己《おの》れが一門か」と突っ込む。お早が何のまあと言うので、「そうでなくば、見出しに預かるこの与兵衛、今までとは違う。言葉返せば手は見せぬぞ」と左の手に大刀取り、中腰になって意気込むと、母が障子の内から出て止めます。与兵衛は大刀を持ったままで、右の手を突いて迎え、母親とお早の対話中、元の形に戻って、小包みの風呂敷を四ツ折りに畳み直して前へ置きます。母が長五郎を見知っているかを聞くので、ちょっと頭を下げ、「さればその長五郎といえる者、一度堀江の相撲で見受け、その後色里でちょっとの出合い、隠れもなき大前髪、たしか右の高頬に黒子」で、我が頬を右の手で指すのが上下合方の止まりで、母とお早は困ったという思い入れ、「見知らぬ者もあろうとあって、村々へくばる人相書」と懐中から絵姿を取り出して前へ置き、「これ御覧くだされ」、と母親へ絵姿を渡し、自身は畳んである風呂敷を、また二ツ折りに返して、表向きで右の肩のその風呂敷で塵を払い、裏向きで左の肩の塵を払いながら、手洗鉢の前まで進んで表向きに住まうと、右の袖の塵を払い、左の袖の塵を払い落としながら、何心なく手洗鉢の水面に眼を移すのが、〽二階より覗く長五郎、手洗鉢水に姿が写ると知らず、目早き与兵衛が水鏡、きっと見つけて見上げるを……の義太夫の文句通り、与兵衛は水に映る長五郎の姿をじっと眺め、見上げるとたんに見合わす顔、双方ハッと驚き、長五郎は閉め切る障子、与兵衛は風呂敷を落としきっとなり、大刀を取って立ち上がり腰に差すので、お早は驚きながら早速《さそく》の機転、駆け出して引窓の縄を手にする。老母は二階への通路に立ち塞がり、与兵衛とぶつかるので、母の持つ絵姿をとり、左の手に持ち直して袂に入れると突き袖のようになる、右の手で左の袖口引き、捕縄を取り出そうとして、下手斜めに正面に極まる。母親は驚き下手にタジタジとなる。〽覚《さと》るお早が引窓ぴっしゃり、内は真夜となりにけり……の義太夫で、お早が引窓の戸を閉めます。

「コリャ、女房なんとする」と言うと、「ハテ雨もぼろつく。もはや日の暮れ、あかりを点《とも》して上げましょう」とお早が言います。与兵衛は左の袂から捕縄を出して捌《さば》き、左に持って手を突き出し、十手を持つ右の手を折り、上手斜め向きにお早を見て極まり、「おもしろしおもしろし……フハ、、……」と時代に笑い、「夜に入らば与兵衛が役目、忍びいるお尋ねもの」、「イデ」と大きく言い、「召し捕って」と息込むので、お早は引窓の紐を離して戸を開け、「アレまだ、日は高い」というのが、〽と引窓ぐゎらり……の義太夫、与兵衛はなお二階へ行きかけるので、お早は両手を広げて前へ立ち塞がり、〽明けて言われぬ女房の、心遣いぞせつなけれ……の義太夫に合わして、一《ひ》イ、二《ふ》ウ、三《み》イ、と三度行きかかるを止め、今度目は与兵衛に振り払われて下手へ回り、さらに十手を振り上げて行きかける与兵衛を、今まで下手に止めていた母親が、与兵衛の前へ回って、両手で胸を押さえて戻すので、母親、与兵衛、お早という順に、タジタジタジタジと三足下がり、また与兵衛が行こうとするので、お早あとから袖を引くので、二足ばかり戻り、お早を払って、捕縄を持つ左の手を前に横に出し、十手を持つ右の手を、腰のところへ横たえ、左の膝を折ってそれにかかり、右の足を踏みのばした形で極まると、上手にいる母が両手を合わせて拝むので、与兵衛も不審だという思い入れをなし、裾にすがっているお早を振り払って、斜め下手向きに一束《いっそく》に立ち、右の手を下げ、左の手を刀の柄の上に載せて、ちょっと思案の形をします。

この間に母親は奥へ行き、再び登場して与兵衛の上手へ住まい、金包みを与兵衛の脇へ置き、一生の願いがあると言う。「ナニ伜の私へ、お頼みとは」聞き入れて下さるかと母親が言うので、「マア、仰《おっ》しゃって下さりませ」と言い上手から下手と見回し、右の膝を突いて左を立て、その膝に縄を持つ左の肱をかけ、右の十手は右の腰の辺に構えると、母親は未来の後生を願う大切な金なれど、これで絵姿を売ってくれと言うので、正面を切り、右の手を左の膝に引いて置いた形になる。

　与兵衛はじっと母親を見入って、「デハ、この……絵姿」と小声でいい、「お買いなされたいとな」と左の膝を突き、腰を浮かせて二階を見込み、その目をズウーと向こう正面の方へ移し、さては二階に忍んでいる長五郎がかねがね話に聞いた大坂にいる実子だなと心づき、十手で揚幕の方を指してその思い入れを見せ、不思議な成り行きだと両膝を突き、グタリとして首を垂れ、右の手ですすり泣き、十手と捕縄を力なく前へ置きますと、母にむかって両手を突き、世話に砕けたやさしい調子で、「母者人」と言い、かがめているからだを母の方へ捻《よ》じて見上げ、子供だという幼い心になり、「あなたなぜ私に物をお隠しなされまする。私はあなたの子でござります。エ、エ、エ……」と泣き、「おあかしなされて下さりませ」で少しくからだを起こして、「二十年前、御実子を大坂へ養子に遣わされたと聞きましたが」左の肱を膝頭にかけ、左の肩を落として顔を前へ出し、母親をじっと見て、「その御子息は今に健固でござりまするか」と両手を突き、あごを突き出して母親の顔を見ます。

　母は涙ながらに頷《うなず》いて見せ、絵姿を売ってくれと言うので、与兵衛も頷いて身を起こし、「鳥の粟を拾うように、貯め置かれたその金、仏へ上げる」で向こうを見、「布施を費やしても、この絵姿が」で正面を向き、左の袖口から絵姿を取り出してひろげ、「お買いなされたいとな」とジッとなって、絵姿を畳み直し、下手から上手へと見回して下に置くと、母が未来は奈落へ沈むとも欲しいと言うので、「アノそれほどまでに……ア、……」と右の手を顔へあてて泣き、思い入れをしてちょっと腰を立て、ズウと門口の方へ目を配りながら、右の手で大刀を抜き、左の手で小刀を取って、母の前へ二腰を置き、自分のからだも母の方へ振り向いて、両手を膝に肩を立て侍の形を見せる。

上手の合方になり、「両腰差せば南方十次兵衛」を時代で言い、肱張っている手を膝から外して軽く落とし、からだを屈めるようにして、母の顔を眺め、気を変えて世話に砕け、「丸腰ならば、今まで通りの南与兵衛、相変わらず八幡の町人、商人の代物、お望みならば……上げましょうか」と軽く言ってからだを起こし、絵姿を母親の前へ投げ遣ります。と両手を握って袴の結び目あたりへやり、少しからだを前へ乗り出して、町人になった心で母親を見ますと、スリャ売って下さるか、それではこなたの、と母親が言うに冠せ、「イヤ日の内は」を時代に言い、「私の役目ではござりませぬ」を世話に言い、クルリと下手を向き、懐中から手拭いを出して涙を拭います。

母親は絵姿を持った手を合わせて拝む、与兵衛はそこにある金包みを、左の手で取ってちょっと頂き、手拭いを広げて横に胴巻のように包むのに、後に長五郎の旅費にやる心で、それを今度は横に折って懐中に入れると、十手を右の帯際へさし、捕縄を左の袂に入れ、戸外の方に気をつけ、今までの一部始終を聞かれはせまいかと見回し、小刀を差すのが、〽いいわけ涙に時移り……の義太夫で、本釣りのかかり、〽哀れ数そう暮れの鐘、隅《くま》なき月も待宵の、光映れば……の義太夫で、引窓の上へ電気仕掛けの月が出る。

お早は奥から丸行灯を持って出る。与兵衛は中腰になり、長五郎を落としてやろうと、「夜に入れば、村々を詮議する我が役目」で、左の膝を立て、大刀を差して立ち上がり、〽言いつつ立って……の義太夫で、下手向きでじっと考え、二階の方を見上げ、母親を見おろし、低い調子で、「人を害《あや》めて立ち退く曲者、このあたりにさまよいいるよな」と二階の方を見、「河内へ越える抜け路は……母者人」と呼びかけ、正面に直り、「お、お、か、た」と、左の手を刀の柄へかけた形で、「狐川を左へ取り、右へ渡って山越しに」と言い、もう一度大きく「右へ渡って山越しに」と言うので、上手で泣いていた母親は顔を上げ、手を合わして拝む拍子に、顔と顔とを見合わすので、与兵衛は気を変え、「よもやそうは参りますまい」と世話に言い捨てて門口へ行くのが、〽情けも厚き藪畳……の義太夫で、与兵衛は格子をあけ、右の手をそれにかけて、戸外に目をくばりながら、左の手を後ろに回して女房を招くので、お早は急いで傍へ行くと、「コリャ女房、我は詮議に参る間、そちは……な……この金子で」と懐中から以前の手拭い包みを出して投げ渡し、「あとに心を付けよ」と右の手でちょっと二階を指さし、早く落とせと目で知らせます。

「そんなら、これを」とお早がいうと同時に、与兵衛は表へ出て、格子をピシャリと閉め、「アイヤ、この長五郎はー、いずれにあるやー」と時代に言って、左の手を門口の柱の上へ、右の手を下に掛け、上を向いて泣き上げる形で極まる。と風の音になり、与兵衛はツカツカと花道の七三まで行くのが〽折から月の雲隠れ……の義太夫で、電気の月を消すので、月の隠れたに心付き足下から上と見上げ、心に頷《うなず》いて再び元の門口までそっと戻り、正面を向いた形で、左の耳を格子に寄せて、内の様子を覗《うかが》い、音のしないように、左の手で大小の柄を抱えて、右の袖でそれを掩《おお》いちょっとからだを捻《ひね》るように屈めて、左の足から一ツ、二ツ、三足、後ろへ下がって隠居所の方へと去ります。

〽手を回すれば母親は、幸いあり合う窓の綱……の義太夫あたりで、下手から忍んで登場し、そっと門口の方に立ち寄り腕を組んだ後ろ向きの形で、右の耳を格子の方に寄せて、内の様子を覗っていて、〽と呼び声を、聞いて与兵衛は内に入り……の義太夫で、正面に向き直り、誰ぞ来はしまいかと、向こうを透かして見て、左の手で格子を明けたままズウーと這入りながら、「お手柄お手柄、こりゃこうのうては叶わぬところ、とてものがれぬ科人、いで受け取って御前へ引く」と言い、長五郎よりは下手に居住まって、両手を握った形で立ち身になり、両人顔を見合わせて気味合いの思い入れがあり、「女房ども、もう何時」と時代に聞く。サア夜半《よなか》にもなりましょうか、とお早を与兵衛は下手を振り返ってにらみつけ、「たわけ者め、七ツ半は最前聞いた、時刻延びると役目があがる、縄先知れぬ窓の引縄、三尺残して切るが古例」と思い入れがある。

〽すらりと抜いて縛り縄……の義太夫で、下手を向いて刀を抜き、そのまま後ろ向きになって、長五郎の背中へ刀背を当てるようにして、プツリと縛り縄を切ると、風の音になって、引窓が明くのが、〽ずっかり切れば、ぐゎらぐゎらぐゎら……の義太夫で、居所で正面に直り、右の袖口で刀を横一文字に拭って鞘へ納め、〽差し込む月は……の義太夫で、ちょっと引窓を仰ぎ見て、「南無三宝、夜が明けた、身どもが役目は夜の内ばかり、あくれば即ち放生会、生けるを放すところの法、恩に着ずとも……勝手に行きゃれ」と右の手先を二度動かして、行け行けというしぐさをしますのが、本釣りのかかりで長五郎の後ろを通って、上手へ行って立ちますと、母親はその後に、お早は下手になります。ここで九ツの鐘の音を聞いて、ヤありゃもう九ツと長五郎がいうに、冠せて「イヤ明け六ツ」と言い、長五郎の残る三ツはと言うに付けて「母への進上」と平手で母の方を指さし、重なる命は、と長五郎が言うので「アイヤそれも言わずに……さらばさらば」を素《す》で言い、長五郎と顔を見合わせ、右の手で追いやる形をなし、長五郎に手拭い包みの金を持たせて、門口に追い立て突き出す。

とピシャンと門口を閉めるのが〽別れてこそは……の三重、与兵衛は細目に格子を明けて右の手をかけ、誰か長五郎のあとをつける者はあるまいかと見送り、母親と顔を見合わせて気を変え、格子をピシャリ閉めるのが、木の頭、左へと泣き上げます。（倒扇子記す）

（大正七年三月新富座所演・『演芸画報』大正七年四月）

お早　五世沢村源之助

四、五年前でしたか、四国巡業に参りました時、〔八代目市川〕中車さんの十次兵衛で致したのが初役で、この度は二度目でございます。

その時播磨屋（〔三代目中村〕時蔵）さんからお訊《き》きして勤めましたが、今度もまた、時蔵さんに改めて訊きますと同時に、母親をなすっておいでの〔初代沢村〕鉄之助さんからも、いろいろとお訊きしました。自家《うち》に、岳父（先代源之助）が播磨屋（〔初代中村〕吉右衛門）さんが初役で十次兵衛をなさいました時、濡髪を致しましたので、その写真があり、それを見ますと、時蔵さんは、古風に裾をひいておいでになり、衣裳は伊予染めなので、私もそうしようかと思って、時蔵さんにお訊きしましたところ、この節の事だから、余り時代でない方がいいだろうと仰有《おっしゃ》って戴きましたので、このように格子の着付で、裾もひかないことに致しました。

お早は遊女上がりの役ですから、私の体は色気がありませんので、この色気を出すのに大骨折りで、何とかして、廉々《かどかど》でいろけを出したいと苦心しておりますが、どうもなかなかうまく参りません。

性根は、姑への情愛だろうと思っております。

引窓の件《くだ》りは、初めから座っている方もあるようですけれど、時蔵さんにいろいろ承り、最初立っていて、それから座ることにしています。「雨もぼろつく」のセリフなど、初めから座って言う人もありますが、私は立って言い、また座るといった風にしております。

この役は、しまいまで気の抜けないで、まるで後見みたいな役です。始終気を遣っているのですから、楽そうでいて気骨が折れますね。役によっては、自分の仕所の外で休めるのもございますが、このお早は、そうは行かないのです。

セリフ回しは、特にどうと言った約束もないようです。それから、あの本行《ほんぎょう》にない入れ事の、馬に乗ってはいしいどうどうの件りは、私の拝見した限り、どなたもなすっておいでになったと覚えておりますが、まア、あんな所で、遊女上がりの気さくで砕けたところを見せるわけなのでしょう。

なお、申し忘れましたが、最初に申し上げました初役の旅の時、九州の博多劇場に出ました折には、あすこには好劇家の多い土地で、お早は是非裾をひかなくてはならないとの御注文なので、この時には裾をひきました。

（昭和三十一年四月東横ホール所演・『演劇界』昭和三十一年五月）

濡髪長五郎　九世市川八百蔵

濡髪は東京では初めてですが、これまでに旅で二度ばかり勤めておりますので、今度で三度目になります。

最初は、先代〔七代目松本〕幸四郎師匠の一座で北海道へ巡業に行った時で、先達て亡くなられた〔五代目市川〕三升〔＝十代目市川団十郎追贈〕さんの十次兵衛、〔三代目尾上〕多賀之丞さんのお早、〔六代目市川〕団之助さんの母親と言う配役でした。その折、多賀之丞さんと団之助さんにいろいろとお聞きして勤めたのですが、もう十八、九年前の事ですから、三年前、〔八代目市川〕中車さんと九州巡業の時に二度目で勤めた時には、殆んど前のを忘れてしまい、改めて〔二代目市川〕猿之助〔＝初代猿翁〕師匠に教わり、今度もその行き方で演《し》ておりますので、この役は沢潟屋型敷き写しと言う次第なのです。

一体に、この「引窓」そのものが、歌舞伎では暫く絶えていたのを、明治時代に先代〔初代中村〕鴈治郎さんが復活なすったのだそうですから、古い型と言うのではなく、明治時代からの型が、誰と言うのでもなく伝わっているのでありますまいか。沢潟屋さんの濡髪は、播磨屋〔初代中村吉右衛門〕さんの十次兵衛で勤められたのを、播磨屋さんが、中車さんへ「お前さんの兄さんの濡髪は大層いいよ」と賞められたと言う話を聞きました。

濡髪の役は、発散させないで、抑え詰めに抑え、受ける一方の役ですけれど、私は、却《かえ》って、こんな風な内攻型の役の方が、辛抱立役と言いますか、いい気持ちで見得をするような派手な役より好きです。

性根の中心は、二度目に出て詰め寄りになる件《くだ》りと、ほくろを消してから母を諫める件りとで、殊に後の方がこの役の一番大切な個所だと思います。

難しい点と申せば、私は、こんな風に柄が小さいので、何とか、大きく見て貰いたいと言うこと、内攻型の役で、言いたいことも言わない所、それが一番難しいと思います。

それから、これは御覧になる御見物の側にはお分かりにならないでしょうと思いますが、ほくろを消されると同時に、血をその跡に付ける所、これを鏡で見ないでやるのが大層厄介です。ずれて、ほくろと血の跡の二つになったら事壊しですから、出の前に何度も練習して置かなければならないのです。まア、感じと手加減で付けるわけですが、大変厄介なのです。

こしらえは、誰方《どなた》がなすっても、ここの濡髪は、相撲場の濡髪より、ずっと若く、白粉《おしろい》も濃いようですね。これは、母が出て、伜の気持ちを見せる場だからなのでしょう。

衣裳は、今度はグッと派手になっていますが、沢潟屋さんのは、もっと縞が細く、緑のきついものだったと覚えています。

前髪を剃った跡は、両びたいの上の方に、和尚吉三のように少し三日月形を残す行き方が多いようですけれど、今度は床山さんの手勝手なのですか、あのように、殆んど普通に近い月代《さかやき》のようになっていますけれど、私の方で、別にあのように誂えたわけではありませんのです。

(同前)

研究的な「引窓」　八世市川中車

今度の上演では研究的な意味から二、三の新しい試みをやってみました。その一つは、これは私の長年の懸案だったのですが、引窓の開け閉めに応じて室内の明るさに明暗をつけてみたことです。御承知のようにこの芝居は時間的な経過、従って光線の変化が芝居の筋に大きい意味を持っていて、脚本も明らかに光線の強弱を意識して書いているのです。引窓というのは明かりとりのために屋根に切った窓のことで、戸に取り付けてある綱を引くと自由に開閉できる仕組みになっており、関西方面で使われているものなのですが、それを閉めると室内が暗くなる、その明暗の変化をしかし従来の演出では少しも取り上げていません。なぜ取り上げなかったのか、その理由は知りませんが、今度は試みとしてこの問題に当たってみたわけです。

古典物の場合、昔から伝わっているやり方を、単なる理屈や詮索癖から無闇に変えることはもとより禁物ですが、しかしこの「引窓」の場合は、さっきもいったように室内の明度は脚本では重要ですし、照明技術の発達している今日、やり方さえ適切にやるなら芝居の古典味を壊さず明暗を現わすことが可能でもあり、また許されることだと考えたのです。事実、古い芝居でも夜の場面では舞台を暗くし、手燭や行灯を持ち出すと舞台を明るくすることはやっているのですし、古典劇だから写実は絶対に禁物で邪道だとは必ずしもいえないわけです。もっとも全然近代的な光線を使って、歌舞伎の情緒を壊したのではお話になりませんが、今度のは室内だけを変化させ、外は、例えば始めの方では屋上はまだ日が当たったままにし、後の、月の出ている度は青い光線を残すようにして要するに平面的に明暗をつけているわけです。総体に東横では新しいお客が多いそうですし、こうやって明度を変えて見せると、引窓の意味もよく分かるらしいので、私としては多少の効果はあったかと思っています。

また、十次兵衛が手水鉢に映る長五郎の姿を見る件《くだ》りでも、ちょっと工夫してみました。いや工夫というより、これはむしろ文楽の竹沢弥七さんに教えられたという方が本当でしょう。というのは実は終戦後の地方巡業に一日大阪へ立ち寄る暇を得て文楽を拝見に行きました。その時ちょうど「引窓」が出ていたのですが、この件りの〽目早き与兵衛が水鏡……で弥七さんは「テン、テテン」と強く、しかも渋い音色で三味線を入れられました。こんな手はチョボの義太夫にはありませんが、これを聞いて私は強く打たれました。そして、こんな手が入るからには、与兵衛つまり後の十次兵衛に、何かこれに相応する科《しぐさ》があるはずだと感じたのです。というのはここは、今まで私の見せて頂いたのでは、与兵衛の科が、どなたのもどうも不自然で、私ももどかしく思っていたからです。そこでいろいろ考えたあげく、今度は、与兵衛が十手を持ったため汚れた手を洗いに手水鉢へ行き、柄杓《ひしゃく》を手にとる、その時フト水面に映る長五郎の影を見てハッとし、柄杓を逆手にとってグッと水面に見入る、これが絃《いと》の「テン、テテン」にはまるというようにしました。弥七さんの三味線で考えさせられた所は他にもありますが、僅か一つの「テン」にも深い意味があることが感じられ、この道の大へんなことをしみじみと思っています。

十次兵衛が母親にいう「何故《なぜ》ものをお隠しなされます」のセリフを、母親を矯《た》めるようにいう人もありますが、ここは私は義理の子の一種のひがみ、というより一種甘えるような気持ちでいっています。

この芝居はこれまでに先代〔初代中村〕鴈治郎さん、〔二代目実川〕延若さん、先代〔初代中村〕又五郎さん、播磨屋〔初代中村吉右衛門〕さんと結構なものを見せて貰い、どれをも参考にさせて頂いていますが、大体は播磨屋さんのやり方に従い、気持ちとしては義理の弟を間に挟んでの、義理の母親に対する情愛を中心にしてやっています。

〔昭和三十一年四月東横ホール所演・『幕間』昭和三十一年五月〕

本朝廿四孝

勘助住家——本朝廿四孝　十三世片岡仁左衛門

歌舞伎味の濃い「筍」

『本朝廿四孝』の三段目「勘助住家」は俗称を「筍」といっています。雪中に横蔵と慈悲蔵の兄弟が、筍を掘るという場面の趣向から、この俗称がうまれたのです。

『廿四孝』は近松半二、三好松洛らが合作した全五段の時代物の浄瑠璃で、明和三年（一七六六）正月、竹本座の初演です。実に筋の入りくんだ内容で話がややこしい。この三段目にしても序段と二段目に伏線が隠されていて、それを承知していないとよくわからないという狂言です。

序段で足利将軍が井上新左衛門と名のる浪人に鉄砲で殺され、その騒ぎにまぎれて将軍の愛妾賤《しず》の方《かた》が曲者に奪い去られます。それを目撃した長尾景虎（上杉謙信）の家来直江《なおえ》山城《やましろ》に向かって曲者が手裏剣を打ちます。その曲者は実は直江の兄の横蔵で、横蔵のちの山本勘助は武田信玄公と主従の密約がなされているのです。横蔵は賤の方の産んだ将軍の世継ぎを、わが子次郎吉と偽って養育していたというのが、この場の終わりで明らかになります。

もうひとつは二段目に伏線があり、諏訪明神の社頭で乱暴をはたらいた横蔵を、謙信の子の景勝が見逃すという場面です。それというのが景勝と横蔵は顔がそっくり。景勝は自分の身代わりに横蔵を立てようと目論み、あえて助けるのです。

また「勘助住家」の場の前に「桔梗が原」という場があり、ここで慈悲蔵（実は直江山城）は兄横蔵の横道で、わが子を捨てさせられます。それを武田家の家老高坂弾正《こうさかだんじょう》の妻唐織《からおり》が慈悲蔵を味方にしようとして拾いあげるという話があります。

これらがすべて「勘助住家」の場につながり、この場で解決します。したがって、これらの話を知識として知っておられる方はいいのですが、この場面だけをご覧になった方には話の筋が理解しにくい。しかも横蔵実は山本勘助をはじめ、実は、実は、が実に多い。

そうしたことで、この狂言がだんだん上演されにくくなってきました。

しかし「筍」の場面といい、のちの名のりの場面といい、まことに歌舞伎らしい味の濃い狂言です。筋が十分にわからなくても見ているだけで十分におもしろい、そうした一幕だと思います。次の世代の人に受け継いで上演してもらいたいと思っています。

私がこの狂言を最初に見たのは大正五年（一九一六）の歌舞伎座公演でした。二代目の河内屋の名前替えの興行で、延二郎改め二代目〔実川〕延若の横蔵、父十一代目の慈悲蔵、越路《こしじ》が八百蔵《やおぞう》（七代目〔市川〕中車）、景勝が十五代目〔市村〕羽左衛門、お種が五代目〔中村〕歌右衛門、唐織が芝雀《しばじゃく》（三代目〔中村〕雀右衛門）という錚々たる顔ぶれでした。これ以上の顔揃いの「筍」はそれ以後にはないでしょう。

私自身は昭和十七年（一九四二）に明治座で横蔵をつとめました。横蔵はこれが最初で最後です。そのときは河内屋に一から教わりました。そのときの配役は翫雀《かんじゃく》（二代目〔中村〕鴈治郎）の慈悲蔵、簑助《みのすけ》（八代目〔坂東〕三津五郎）の景勝、駒之助（十代目〔嵐〕三右衛門）のお種、〔初代嵐〕璃徳《りとく》の越路、蝶太郎

〈十代目〈嵐〉雛助〉の唐織。

その後、二十年（一九四五）の中座で河内屋の横蔵、豊田屋〈〈三代目阪東〉寿三郎〉の景勝で慈悲蔵を、二十五年（一九五〇）に御園座で〈市川〉猿之助さん〈二代目〉〈＝初代猿翁〉の横蔵で景勝をつとめています。

中座のときはちょうど空襲が激しくなったころで、道具がまわって雪中の「筍」の場になり、横蔵が藪を割って出て「窺《うかが》う兄が面魂」の大見得を切ったところになると、ブーンと警戒警報がなる。「幕や幕や」とあわてて幕をしめる。解除になって、また幕をあけて「面魂」からはじめる。次の日やってるとまた「面魂」のところで、ブーン。「筍」というとこのことを思い出します。

このときの慈悲蔵も河内屋に教わりました。

「お父っつぁんはこうしてはったぜ」と、細かいところまで教わりつとめましたが、私は横蔵をやったことより、河内屋を相手に慈悲蔵をつとめられたことのほうが幸せだったと思っています。それは立派な横蔵でした。河内屋は横蔵については二代目の〈市川〉段四郎さんに習ったように言っておられました。

世話物の呼吸で運ぶ

雪下ろしに臼挽唄《うすひきうた》で幕があくと、お定まりの勘助住家。田舎家です。文楽もそうですが、大阪ではその軒端に鳩小屋を吊ります。

慈悲蔵が苞《つと》入りの魚と釣竿とを持って戻ってきて、村人と話をするとき、その鳩小屋を指して、「あれあの鳩小屋の鳥でさえ、鳩に三枝《きんし》の礼ありて……」と言うのです。本行《ほんぎょう》にもこの一節はあります。この場の前半は、同じ兄弟でありながら横道者の兄横蔵と実直な弟慈悲蔵の対照を描くところに作意があります。しかも母の越路は孝行者の慈悲蔵をうとんじ、兄の横蔵をだいじにする。なにゆえ横蔵があんなに威張っているのか、細かい詮索をするとわけのわからないところもありますが、それらがのちのどんでん返しの趣向につながり、この狂言のおもしろさになるのですから、前半はできるだけ二人の対照が出たほうがいい。

そのためには鳩小屋を吊り、「鳩は三枝の」の台詞もきちんと言って、慈悲蔵の人となりをしっかりお客さまに印象づけたほうがいいように思います。

慈悲蔵は家へあがると苞をほどいてなかから鯉を出し、母に捧げます。父は「元気を養う谷川のます、ます、お達者になるように」の文句から鱒を出したそうです。

外題が『廿四孝』とあるように、王祥《おうしょう》の氷上の鯉、孟宗《もうそう》の雪中の筍が趣向になった一幕ですから、鯉のほうが妥当でしょう。

それを母は、邪険にしりぞけ「竹藪の筍を掘ってこい」と言う。果てに杖を振りあげて慈悲蔵を打とうとする。

この母は、夫の名を継いで山本勘助といっているほどの女丈夫であり智恵者ですから、そう見えるだけの風格と重さがないといけません。中車さんのも結構でしたが、璃徳さんの越路がそれはいいものでした。義太夫狂言三婆《さんばばあ》のひとつに数えられているほどの役ですから、この役はむずかしい。越路の役に人がいります。

慈悲蔵とのやりとりのあいだに、花道から景勝が傘をさして出てきて表で合引に腰かけている、あるいは挟箱にかけた人もあるような気もします。その景勝の前に慈悲蔵を打とうとしてよろけた越路の下駄が飛んでくる。景勝は下駄を拾いあげて、紫袱紗《ふくさ》にのせてうやうやしくはいってくる。

これも中国の張良《ちょうりょう》、黄石公《こうせき》の故事をあてこんだ趣向で、それに孔明を三顧の礼で迎えた劉備の話もきかせてあります。

この一幕は万事にそうした趣向がこらされているため、物語の運びに謎が多く重々しくなりがちです。ところが、それにつられて舞台を重々しく運びすぎると具合が悪い。長丁場なのでだれるのです。そこで前半は時代物ではありますが、世話狂言の呼吸《いき》で軽く運んでいかねばなりません。慈悲蔵の言葉ひとつをとっても、粘らぬようにさらさらと言うことが大切です。

人形では景勝と横蔵とは瓜二つということで同じ首をつかいますが、歌舞伎ではそうはいきません。景勝は赤っ面に芝《し》翫《かん》隈《ぐま》というのがふつうです。この文楽でいう「景勝下駄の段」が終わると横蔵の出になります。横蔵は夜具縞の厚綿布子、簑笠、竿をかたげて小鳥を網袋に入れて、ハアハアと手に息をかけながら出てきます。

「母者人今戻ったぞや」となかへはいり、突っ立ったまま「笠ア取って下んせ」と母に笠をとらせ、草鞋も母に脱がせ、足まで洗わせます。慈悲蔵とはまったく逆に太々しく演じるのがおもしろいので、河内屋の真骨頂があふれたところでした。

たとえば、腰の小鳥網をとり「この小鳥も晩の夜食に」と、さも母親にやるかのような口調で言ったあと、調子を変えて「こなさんに喰わすのじゃない」とつづけ「焼いてもろうて俺が喰う気」という台詞まわし、炬燵へはいろうとして蒲団をまくり「ええ、こりゃぬるいわい、水炬燵じゃ」と、母の胸に片足を突きつけて駄々をこねるところなどは、まねのできない芸でした。

河内屋独特の愛嬌が役にはまって、一代の当たり役になったのです。

寝そべりながら煙草をふかし、お種にちょっかいを出し、母にあたる長台詞は、のちの物語の伏線となるところです。

このあと、先に書いた高坂弾正の妻唐織が子を抱いて訪ねてくる件《くだ》りになり、慈悲蔵とお種との場面に話がうつります。とくにわが子を目前にしてのお種の苦しみをみせる「八寒地獄《はっかんじごく》」が見せ場です。このとき慈悲蔵が門口に錠をおろすのですが、父は腰にさげた煙草入れをかきがね（錠）代わりにしていました。

本文には「腰さげの紐、かきがねをくるむごさ」とあります。

慈悲蔵は心ありげに「どれ、裏へ行て雪の中の筍掘って進ぜよう」と去って、お種がついにたまらず砧《きぬた》の鎚《つち》で竹垣を破って子を抱きあげる。そこへどこからともなく（実は慈悲蔵が放つのですが）手裏剣が飛んできて、その子の喉笛へ立つということになるのです。

このとき寝ていた横蔵はムックと立ちあがり、側《そば》に寝かしてあった悴次郎吉を引っかかえて奥へ駆けこみます。

次郎吉は実は将軍の子松寿君《しょうじゅぎみ》ですから、これは横蔵の性根にかかわるだいじなところです。前にひとりで駆けこむ横蔵があったそうですので、ひと言っておきます。

型の妙味

ここで道具がまわって、裏山竹藪になります。慈悲蔵は浅黄、横蔵は夜具縞と柄は変わりませんが、慈悲蔵は繻子《しゅす》、横蔵はびろうどの立派な生地になります。生地が立派になったぶん、芝居の色合いが時代になるわけで、このあたりが歌舞伎のおもしろい工夫です。

道具がとまって雪幕を振り落とすと慈悲蔵が鍬をかついで立ち身の絵面をみせています。〽また掘り返せばまた一羽」云々の床があり、慈悲蔵は鍬を突いて手先が凍えたつもりで息をハァッと吹きかけます。ここは私が言うのはなんですが、父のが無類でした。白塗りの和らかみと、時代物の人物らしい味があり、〽有様つくづく打ちまもり」でちょっと極《き》まるところの風情はみごとだったと思います。

雀の飛ぶのを見て、雪中に兵書（実は源氏の白旗）ありと察し鍬を入れるところへ、上手奥の藪を割って横蔵があらわれます。

先刻書いた〽窺う兄が面魂」のところです。

横蔵は手に鋤を持ち、〽面魂」の床いっぱいに大見得をきります。そのとき後見が横蔵の後ろから阿弥陀に笠を高くかかげるのが河内屋の型です。人形もこうしていますが、いかにも時代物らしい大きさが出ます。

横蔵は、埋めてある一巻はわれにはやらぬと、鋤をとって打ちかかってきます。慈悲蔵はそれを鍬でささえ、「どっこいそうはなりますまい」と言うのですが、父の「どっこいそうは」と時代でうけて「なりますまい」と世話にくだける台詞まわしはいまも耳に残っています。

ここで二人の雪中の立ちまわりとなりますが、同じ形を相互にくり返す鸚鵡《おうむ》の手になっているのが特色です。

細かい手順は省略しますが、鍬と鋤を巧みにつかった立ちまわりはおもしろいもので、お客さんに喜ばれるところです。途中で得物が入れかわり、慈悲蔵が鋤で打ちかかると横蔵が鍬の先を踏み、その反動で柄がピンと立ち、鋤をうける形になるなど、工夫がいろいろこらされています。

最後は雪合戦になり、掘り出した箱を二人が奪いあいながら追っかけの形となり花道へ向かう。二人が七三へかかったところで道具がまた戻って、元の住家になるというのが手順です。追っかけのとき、黒御簾の合方がはいるのがふつうのやり方ですが、細い三味線がはいると（義太夫は太棹）、そこだけ世界が違ってしまうので私はつかいませんでした。義太夫狂言にはなるべく合方をつかわぬほうがいいと思います。

舞台は元の住家に戻りますが、最初の田舎家でなく高二重のもっと立派な道具になっています。理屈からいえば妙なものですが、これからのちはまったくの時代物になりますので、景容《けいよう》もそれにふさわしく立派にしているのです。そこが歌舞伎のおもしろさです。

本文ですと前に池があり、掘り出した一巻が池のなかへ落ちてしまい、横蔵が引きあげることになっていますが歌舞伎では池は出しません。横蔵がそのまま母の前へ差し出すことになっています。

兄弟が神妙に母の前へ直ると、母の態度がこれまでとガラリと変わる。慈悲蔵をほめて横蔵には白小袖と九寸五分を与える。意外や意外の展開になり、横蔵が逃げ出そうとすると手裏剣が飛んできて左の膝へ刺さる。

このあたりは半二の作らしい技巧と謎に富んだところで、見ていてわくわくするところです。

横蔵は左膝の小柄を抜きとりジーッと見て思い入れをし（序段で自分が打った小柄だからです）、首の手拭いをとって傷口を縛り「もう是《これ》まで」と九寸五分をとって右の眼《まなこ》に突っこみます。このとき後ろに倒れ、造りものの替目を右の目にはめこむのです。目に竹の柄がついていて、その柄を鬘《かつら》の台金下に差しこむ仕掛けで、これはちょっとしたアイデアでしょう。

横蔵は上手の手水鉢にいざり寄り、手にした小柄で氷を割り、水鏡にわが顔を映します。

このあたりは横蔵が軍師としての本性をあらわす正念場ですから、ていねいに演じなければなりません。「母人、景勝に似たしゃっ面に」で横蔵から山本勘助の調子に改まり、床の〽山本勘助晴義」で大きく両手をひろげ、「ヤアヤア長尾謙信の家来直江山城守」と弟（慈悲蔵）を呼び出します。

直江は織物の長裃、お種も上に裲襠《うちかけ》を着て従います。

直江が謙信につかえるというのをあざ笑い、「まこと山本勘助が崇《あが》むる主人は足利十三代の公達《きんだち》松寿君」と言うと、上手の障子屋体があいて唐織が次郎吉を抱いて高合引にかけている。ここから勘助の物語がはじまります。

勘助は足を引きながら立ちあがり、炬燵を二重真ん中に引き出し、それに腰をおろします。終始、炬燵の櫓《やぐら》を離れずに物語るのがこの場の約束です。

ずいぶん長い物語ですので、だれぬように台詞まわしに工夫をすることが大切で、最初はふつうの物語ですが、「オオサ大魚は小池にすまず」からノリ地になり、「提灯松明散る花の」で両手を打ち違いにし、「雪の信濃路」で裏向きの見得、賤の方の最期を語るところは愁いにおとすなど、変化がいります。

床の〽源家正統武将の白旗」で最前の箱から白旗を出し右手に持ち、〽ひとつの眼《まなこ》に天《あま》が下《した》」で六法を踏み、正面奥の鴨居に小柄を突き立て白旗をたらし、見得をします。

直江に母からもらった一巻を与えたのちは、兄弟でノリの台詞になりますが、〽諏訪の城まで押し寄せ押し寄せ」で衣裳を引き抜き、ブッ返って赤地錦になるのが河内屋のやり方でした。

直江の台詞をうけた「右の眼《まなこ》は越後へ進上」で右の目をつかみ出した心で、右の手を目にあてサッと差しあげる仕草をするのが型です。そのあと床の〽左の足にしっかり履き」で傷ついた左足に下駄をはき、藪竹を見込んで六法になります。そして藪畳から竹を切り、小枝を払い、白旗を吊るし大見得。最後は全員引っ張りの形で幕がおります。

（片岡仁左衛門『芝居譚』、河出書房新社、平成四年）

筍掘りの慈悲蔵　十一世片岡仁左衛門

それから一番目の『本朝廿四孝』では、珍しく廿五六年もしない筍掘りが出て、〔二代目実川〕延若の横蔵で、わたくしは慈悲蔵をしますが、元地の市村座で亡くなった〔四代目中村〕芝翫の横蔵にわたくしの兄〔三代目片岡〕我童〔＝十代目仁左衛門〕が慈悲蔵を勤めましたので、今度兄譲りという格で演《や》っています。最初は太い髷《まげ》、浅黄木綿の石持《こくもち》、黒の帯という拵えで、ここではまあ、ただもっと百姓らしくやるかやらないかなのですが、横蔵の方は前に侍がかった事のない役、慈悲蔵の方にはそれがあるのです。ところでこの慈悲蔵が魚を取って戻って参ります。あれはただの桶へ入れて提げて出るものもあり、笹へ通して持って出たものもありますが、今度は桶のびくへ入れて持ち出しています。

それからあの魚について竹の屋さん〔竹の屋主人、別号饗庭篁村（一八五五―一九二二）。劇作家・劇評家。当時、東京朝日新聞の劇評を担当していた〕が朝日に出された評に「私の直江は延若に譲って、大分気が乗らず、そのくせ母のために鯉を捕らえて来たという本文を舎弟一流の偏痴気論から、これを鱒にして谷の流れで鱒を取って来たというは外題破《こわ》しなり。『本朝廿四孝』とせしは王祥が氷上の鯉、孟宗が雪中の筍という対にこの場は仕組みしが故なり、その外にも悉皆《しっかい》山の芋を蒲焼《かばやき》にするようなものと言うべきを、畢《ひっ》竟《きょう》と誤るなど智者と呼ばれし直江兼続、しかも文学に志厚く、その頃にして文選を板刻し、今の世まで直江版と珍重せらるる程の人を手もなく打ち殺して仕舞うとは恐るべき事と言うべし」とあるように承りましたが、「お年も寄られて一日一日御気力の落ちるが悲しく、今日も猟に出で、元気を養う谷川のますますお達者成るようと志の捧げ物」と本文にも掛けてあり、鯉でもありましょうが、鱒は老いの元気を付けるものですから、大概鯉と鱒と言ったようなものにしています。そうしてこの慈悲蔵については、人形の方にはだいぶ秘密があるという事です。

それから母越路に山川の珍物よりつい裏にある竹藪の筍を掘って来いとの難題が出ますが、掘ったとて筍のありようはないのですけれど、親を思う孝心に免じて、計らず鳥の知らせで六韜三略の巻が、天から授かる事になるというのですから、ここは自分一人だけの事ですが、ここへ横蔵が出て争いになり、横蔵がシテで慈悲蔵はワキ師へ回るのです。しかし普通の丸本に出るワキとは違って、割合に複雑な性根を持っている役なのです。それから筍掘りの着付は前の通りを繻子《しゅす》にして、肌を脱ぐと紫繻子へ金と鼠で出したあした絞りの襦袢《じゅばん》を見せ、あとで直江山城守となって、生締《なまじ》めの鬘《かつら》に紫紺地へ金で鳳凰模様の織物の長上下になりますが、昔の狂言の習いとして底を割ってないところが面白く、またこの『廿四孝』の方が『菅原』ほど皮肉なものではないと思います。

（大正五年一月歌舞伎座所演・『演芸画報』大正五年二月）

勘助住家――横蔵　二世尾上松緑

　勿論初役ですが、一体、正直に言って、この芝居は昭和十何年頃かに歌舞伎座で河内屋〔二代目実川延若〕さんがなすった時のしか見た事がないんです。もっとも、勘助の役は前から是非手がけて見たいと言う希望はあったのです。実は今度は最初『五斗』の鉄砲場という会社側の話があったのですが、一度手がけていますし、なるべく初役のものをやりたかったたし、それに今月の狂言の並びから言っても『鏡獅子』だの『合邦』だの毎度のものが出ていますから、配合から言っても珍しいものが一つ位あった方がいいのではないかというので、これを出す事になった次第です。

　そう言ったわけで、私はこの役を詳しくは知りません。今度は〔三代目坂東〕薪蔵さんと〔二代目坂東〕飛鶴さんとが大体まとめてくれ、それで演《し》ています。義太夫を腹に入れてやるべきなのですが、本行《ほんぎょう》の方に訊《き》きに行く暇がなくて、その儘《まま》で演ていたところ、昨日（四日）〔四代目鶴沢〕清六さんが見物に来られて、その後でわざ〳〵部屋まで来て下さり、批評もして下すったのみか、床本まで御持参でいろ〳〵と教えて戴いたのは、本当はこちらから伺わなければならないのに、実に有難く、恐縮の至りでした。

　清六さんの仰有《おつしや》るには、私の勘助は、前半の横蔵の間が生真面目すぎる、セリフも重すぎる、あれは軽さの中に大きさを出すようにすべきだと言うんですが、承って見れば成程と思うばかり、私のつもりでは、大きさを覘《ねら》うために重くやったのですが、こうした役ではそれではいけないんですね。軽く見せて大きさを出す、その方が却《かえ》ってこうした役の大きさが出るわけなんです。で、例えば、最初の「母者人、今戻った」のセリフにしても、私の初めに言っていたのとは声の出し方からして違っていたのです。それから、子供を抱いての引ッ込みも、ああ簡単に慌ただしく引ッ込んではいけない、しっかりと抱いて大きく回るようにして引ッ込むようにと教わりましたが、これも一々御道理で、実にためになる事を伺い、何とも有難い事でした。

この頃、歌舞伎の演出論（第三者の演出者を必要とする論）が出ていますが、これは一応もっとものの論だとは言えますけれど、我々演者の側から言うと、一寸危険だとも言えるのではないかと思うんです。というのは、我々演者の方でもこうしたものは、全体が自分の腹に入った上での事でなければなりません。自分達の腹に芝居が入ってなくて、第三者に一寸注文されてその通りにするという事は大層危険だと思うんです。こうした複雑な腹や性根の摑《つか》み難いものの場合は特にそうですね。それに、古典の風味という事もありますし、……今度、清六さんから教えていただいて、特にその事を痛感した次第です。

この芝居、やはり桔梗ヶ原から出すべきでしょうね。御覧になる方の方でも分からないでしょうし、また演《や》る方の側からもやりにくいんです。

勘助の役は、動きも、片眼片足という制約があり、気持ちは楽ですが、その片眼片足も下手をすると変な事になってしまいます。段切れですから派手にしなければならないのでしょうが、と言って無闇と変に跳ねたりというのも打《ぶ》ち壊しですし、勘助の性根を何処《どこ》とはなしに見せ、しかもそれをあらわに外に出してはならぬと言った点に難しさがあります。

本を読んでも、そうした特異なものが感じられますし、作意にもその感じがあります。一口に言えば、一種のグロテスクな感じとでもいうのでしょうか。

この役は、これでなかなか疲れる役ですよ。筍掘りの追ッかけなどあって後の勘助の動きは、延若さんのを拝見していて、ハア〳〵言っていられましたが、その時、そんなに疲れるものかしらなぞと思いながら見ていましたが、自分でして見ると、本当に疲れるんです。どうやら、この役は働き盛りの我々の年輩の者でも疲れる役らしいんですね。

全体から言いますと、登場人物全部が嘘のつきッこをしているような芝居であり、役ですから、却って単純な考えで、神経質でなくやっていたのですが、清六師匠から教わって、具体的なつかみ方が出来るようになると、そう単純な気持ちでしてもいられなくなって難しくなった代わりに、またその面白味も出来て来たとも言えます。

それから、片眼片足と言えば、長い間の慣れた片輪でなく、急になった片輪でなければならないのです。まア、眼の方は、手で押さえたりという景容《けいよう》があって楽ですが、足の方はとかく慣れたビッコになり易いので、あれは、疵《きず》を忘れて動いて痛むビッコにならなくッちゃアいけないんですね。しかも、このビッコは物語の中に入っているから難しいんです。さりとて、余りこの片輪にこだわると役が小さくなりますから、その事も考えなければならないわけでしょう。

衣裳は最初は夜具縞（格子になっている）です。戦後、〔二代目市川〕猿之助〔＝初代猿翁〕さんがなすった時は、筍掘りの時のを世話に近付けたような衣裳だったようです。亡父（先代〔七代目松本〕幸四郎）がずっと以前、先代の〔十三代目守田〕勘弥さんの慈悲蔵で帝劇の女優劇で演た時も夜具縞でした。

大道具は、二度目の家も前と同じにしました。近年では普通二度目は中足の二重で奥の一間みたいな感じになるんですね。延若さんの時もそうでしたが、まア歌舞伎〔座〕ぐらいの広い舞台だと、中足でないと見栄えもしないし、横にペチャンコに広がりすぎた感じになって工合が悪いでしょうね。筍掘りも初日には背景が黒でなく雪景色をかいた鼠色のものだったのですが、それでは竹藪をかきわけて出る見得なんかしていられない感じですし、第一時代味がなくなるので、翌《あく》る日から黒に変えて貰いました。

とにかく、この役はしていてだんだん面白くなる役です。嫌になる役ではありません。

（昭和三十三年一月新橋演舞場所演・『演劇界』昭和三十三年二月）

慈悲蔵　十七世市村羽左衛門

初めてです。今まで私の拝見したこの役は、守田の小父さん（〔七代目坂東〕三津五郎）と先代の〔七代目沢村〕宗十郎さんのが主なものでした。

今度は自家《うち》の〔三代目坂東〕薪蔵と〔二代目坂東〕飛鶴がお師匠番です。両方共市村座系統のやり方で、守田さんの行き方が多いようです。

辛抱立役ですから、強い所があっていいわけです。初日には、少し弱いよと言われましたが、これは私の体が少し強いので、それを意識しすぎたためにそうなったのでしょう。で、翌日からは大分強くしました。暮れから風邪をひいてまだ直らないので、声が思うように出せないので辛いんです。

私の体から言って、横蔵と慈悲蔵とはどっちが仕勝手がいいかと仰有《おっしゃ》るのですか、そうですね、……私の体としては両方共出来なければならないはずのものでしょうね。

辛抱役ですから非常にもたれます。でも、していて面白味はある役だと思います。自分の考えている七八分通りに出来るようになったらもっと面白くやれるでしょうね。なか〳〵自分の思う通りに芝居はやれないものですよ。

役の中心は前の間だと思います。母との件《くだ》り、唐織とのやりとりの間で、また、ここが一番難しいし、ここを一番キッチリとしておかなければならないのです。腹のある個所であり、しかもやりすぎていけず、する所はしなければならないので、そうした役は他にも沢山ありますが、この役は特にそうした役の辛さが多いと思うんです。

仕事は、あれで随分細々《こまごま》とあります。が、型と言うのではなく、詳明な型は筍掘りだけ、あとは、餌差竿のところと煙草盆のきまりが定まった型と言える位なものでしょう。

心得として、一寸気の付かない事で大切なのは、帰って来てから、笠を垣根の外に置く事です。これは写実に言えば変なものですけれど、あれを外に置いておかないと、あとで唐織が赤ン坊を置く時に使えないからなのです。

性根の方は、見ている方ではガラリ〱と変わって行くので複雑で厄介なようですが、演《や》る方の側では初めの気持ちを余り変えてはいません。元々謙信の家来になっているので、その立場ですべてをしているのですからね。ですから、ただ、子供への愛情を感じるだけという解釈で演っているんです。

あとの山城守になってからは、ああいう生締《なまじ》めに長裃といった役の大体きまった定式だけのものでしょう。衣裳もこの手の役は大体きまった感じのもので行きます。筍掘りの水浅黄の繻子《しゅす》は、今度は色が薄すぎていけませんでした。向こうから見ると、照明の関係で少し萌黄がかった色に見えるそうですが、これは浅黄系統に見えなければならないんです。

筍掘りの件りは時代な感じを出せればいいと思って演《し》ています。

全体としては面白いと思います。今日（四日目）あたりからやっと腹が入って来て、楽しく演ていきます。しかし、この芝居は通して見なければすべてが分かりません。ですから、今一番困っているのは、出て来て直ぐセリフを言う時です。桔梗ヶ原の捨て子の件りがないと実にやりにくいですね。どんな風に言っていいか、そんなものを切り捨てにしてセリフをいうなんて出来ません。やっぱり感情の裏付けがなければ芝居は出来ないものです。

（同前）

長尾景勝　三世市川左団次

東劇で〔二代目市川〕猿之助〔＝初代猿翁〕さんの横蔵、大和屋〔七代目坂東〕三津五郎さんの慈悲蔵で出た時にしたのが初役で（昭和二十五年十月）、今度は二度目です。その外では、大分以前に唐織をした事がありました。

景勝は、昔は余りいい役者はしない役だったのです。それが、大立者がするようになったのは、〔二代目実川〕延若さんが大正四・五年頃東京での改名披露をなすった時、市村さん（十五代目〔羽左衛門〕）がなすってからなんですね。あの時の慈悲蔵は先々代〔十一代目片岡〕仁左衛門さんでしたが、最初、慈悲蔵を市村さんへ持って行ったのを断わられた代わりに景勝を付き合われたという事でした。

先の市村座ではこの芝居はたった一度しか出ていません。〔初代中村〕吉右衛門さんの横蔵と先代〔十三代目守田〕勘弥さんの慈悲蔵で、これは市村座でも極《ご》く古い頃で、いつだったかは一寸忘れましたが、とにかく〔三代目尾上〕菊次郎さんも生きていられて、全部揃っていた頃だった事は確かです。私も無論一座にいて見てはいますが、筍掘りで、虎の巻を掘ってポンとほうる所を覚えている位なもので、あとは一切忘れてしまいました。

私なぞ、こんな芝居は、どうも小学校で教わった歴史とコンガラがって何が何だか分からず、困ってしまいますね。今と違って、昔は小学校四・五年位から歴史を丁寧に教えてくれたでしょう？　あれで川中島の謙信だの信玄だの大層馴染みになっているだけ、芝居の方と混線しちゃうんですよ。

この役は『馬盥《ばだらい》』の春永と似たような顔のこしらえで、まアあれと同系の役なのですね、もっともあんな癇癖《かんぺき》の御《おん》大将とは違いますけれどね。人形では首が少ないから役によってすげかえる、まアそう言った程度の役でしょう。

以前の人のでは、〔五代目市川〕小団次、〔三代目中村〕歌六と言った人達のを見た事があります。極く子供の時で、ばアさんが〔十二代目中村〕勘五郎〔＝四代目仲蔵〕、唐織が先の〔四代目中村〕歌昇さん、父〔先代〔六代目〕市川門之助〕がお種をしていましたッけ。

この役は、しどころと言ってありません。まア風情だけで見せる役なのでしょう。初役の時は守田の兄さん〔〔七代目〕三津五郎〕に教わってやりました。形と動きだけでやる外はなく、何しろ、セリフを言って見て訳が分からない役なんですからね。桔梗ヶ原も演《し》たけれど、それでも訳が分からないし、丸本を読んでも分からない、だから性根の攫《つか》まえ所もないのです。

こしらえは大体先の人達と同じですが、近頃は織物がないので、羽織だけは新しく切りました。しかし、こんな役で衣裳を新しく切るなぞ勿体ないですね。余り出る芝居でもなく、あとで使えないものがありますから、余程よく考えてやらないと衣裳屋が可哀想です。昔は衣裳を立者は自前でしたから、一つ衣裳をいろいろな役に使ったものなのでしょう。

この役、仕勝手も何もありません。ただもう漠然として出ているだけのことです。（同前）

唐織　四世坂東鶴之助（＝五世中村富十郎）

初役にも何にも、この芝居を見た事さえないのです。

桔梗ヶ原が出ればよく分かるのでしょうけれど、何しろ分からないだらけで大困りです。

この役の年配というのが一体幾つ位なのでしょう。〔初代竹本〕鏡太夫さんとも先程お話し合ったのですが、それも本文にも書いてなくハッキリしません。まア大体中年増と言うつもりで演《し》ています。

一番困るのは、私はまだ義太夫訛りがよく分からない事ですね。今の関西訛りは義太夫訛りとも違うのですしね。それから、私たち若いものはゆっくり時代にしゃべるッて事が一番むずかしいんです。時代にゆっくりしゃべっていると、圧迫されそうで、早く言っちまいたくなって苦しいんです。

言う事、する事、その他〔三代目坂東〕薪蔵さんと〔二代目坂東〕飛鶴さんには教わってしていますが、その外、衣裳やなんかの事は〔三代目市川〕左団次さんに注意して戴いたり、また、〔三代目尾上〕多賀之丞さんからはセリフの切り方だの義太夫訛りだのを教えて戴くなど、稽古場では皆さんに教えて戴きましたが、もう手も足も出ない有様です。でも、こうして皆さんから教えていただける事は本当に有難い事だと思っています。

何しろ、わけの分からない役で、最初の出は九段目の戸無瀬みたいでもあり、一体、どういう役なのでしょうか。

浄瑠璃の方では、子供の事を言う時に泣いてはいけない。あくまでも武家の奥方らしくシャンとしていなければならないと言われていますが、これは、すべてがカラクリでもあるのですからそうあるべきなのでしょうけれど、しかし、つい泣きたくなってしまいます。

動きやセリフのある所、殊に捨て子のよびかけのような所の方が却《かえ》ってやりやすく、付け屋体で長い間ジッとしている、あんな所の方がずっと厄介だと思います。

（同前）

越路　　三世尾上多賀之丞

この芝居の越路は初役です。『輝虎配膳』の越路の方は戦争中でしたか、浅草の松竹座で先代〔十二代目片岡〕仁左衛門さんの輝虎の時に勤めましたが……。

初めてですし、余り見た事もないので、丸本を調べたり、人に訊《き》いたり、いろ〳〵してやっています。何しろこの三段目だけではこの役は分からず、また、あまり出ない芝居で、そう多くは見ていないので、丸本を通じて読んで見てやっと性根が摑《つか》めたという次第なのです。

昔の宮戸座で見たのは、〔十二代目中村〕勘五郎〔＝四代目仲蔵〕さんの横蔵、伯父〔四代目浅尾〕工左衛門の慈悲蔵に、母は確か〔初代尾上〕菊四郎さんだったと記憶していますが、これも子供の頃の事なので、ハッキリ覚えていません。

終戦後の東劇で〔二代目市川〕猿之助〔＝初代猿翁〕さんが出された時には去年亡くなった〔五代目市川〕新之助さんがこの母をなすっていられ、その時一寸拝見しましたが、これもよく覚えていないんです。で、今度は、〔三代目坂東〕薪蔵さんと〔二代目坂東〕飛鶴さんが詳しいので、皆さんと一緒に聞き、それと、あとは自分の工風とで大体まとめて見ましたが、さて、結果はいいか悪いか、それは向こうへ回って見て下さる皆さんの御批判に委《まか》せるほかはないのです。

まア、二・三度も手がければ、役も勝手も分かり、もっと物になるだろうとは思います。

何しろ三婆《ばば》アと言われるだけ、実にえらい役で、こう年齢《とし》をとってからだと大変にくたびれます。それに困った事には、『鏡獅子』の老女が白でこれが白、二番続きになって気持ちが悪く、その外に『合邦』の母親、『冬木心中《ふゆきしんじゅう》』の伯母と、この年齢では役も多くてなか〲骨が折れますし、一応はお断わり申しましたが、君がお婆さんを断わる手はないよと〔三代目市川〕左団次さんからも言われ、大谷会長からの強《た》ってのお勧めもあり、この年でこの大役を初役で勤めていますが、実際役者ってものは幾つになってもボケてはいられないものだとつく〲思った事でした。

勝気で気丈で、半分男みたいな婆さんですが、しかし、私は男みたいな女と言った風にはやりません。気は強くてもどこまでも女は女としてやるというのが、こうした役をする時の私の立て前なのです。ですから、この役も、昔は立役から出たので半分男みたいに骨ッぽくやったのでしょうが、私は真女方《まおんながた》出のやり方で、勝気な母としてやります。それに真女方が意識して骨ッぽくやると、却《かえ》って強くなりすぎていけません。

部分的にいうと、下駄場が一番えらいですね。気持ちの出し方が難しく、また大変に皮肉質の役で厄介なのです。する事は別にこれという程の事はありません。セリフと腹だけといった役で、それだけに丸本を読まないと分からないのです。

前にもお話したように、強い役だからと強くやると、向こうから見て男女の見分けのつかない強さになってしまうのではないかと思います。『道明寺』の覚寿は、大の男を刺し殺す婆さんですから、一見強いように見えますが、実はそんなに強い役でなく、この越路の方がずっと強いのです。また『配膳』の越路はこの越路よりもう一つも二つも強いのです。

何もかも承知の上でしているというお婆さんですから、表現の仕方が難しいし、それに、仕所はセリフのメリハリと腹をハッキリのみ込めないと思い入れが曖昧になりますから、そうならないようにする事が難しいですね。部分的に難しい所と言えば、下駄場のいきなり出て来て直ぐの、打とうとする所です。それから、景勝とのやりとりでの両方の腹の探り合いも難しく、また、セリフなどそこいらまではごく大時代に言い、横蔵の出からはガラリと変えて世話の婆さんのようにします。

後の切腹を勧める間は、『盛綱陣屋』の微妙《みみよう》のように、子供に死ねというのですから、強い母ですが、やっぱり母らしい情愛を必要としましょう。可哀想だが武士の意地のためにという心を忘れないようにしていますが、そういう情愛を受け取っていただけましたかどうですか……。

我々女方がこの種の役を加役式に強くすると、遠慮会釈もなく、まるで自分の出し物みたいに出しゃばった感じのものに見えがちなものです。人によっては、この芝居は越路の出し物だと勘違いする人もあるようですが、この芝居はどこまでも勘助の出し物で、越路のものではありません。芝居には役の位取りがきまっていて、第一の役は何の役、第二は何、第三第四は何々と、ちゃんときまっているのですから、それを間違えてはならないのです。

（同前）

お種　七世中村福助（＝七世中村芝翫）

お種は初役ですが、大体この役に限らず、この芝居全部が初めてなんです。祖父（先代〔五代目中村〕歌右衛門）がした事があって、その型を訊《き》いて演《し》ています。

女方の辛抱役で、何をするということもなく、また、すれば邪魔になります。まア、その点を気をつけてしています。

中心はやっぱり一人になってからのクドキの所でしょう。割合に他の役々と関わり合いがあるようでいてその実余りないのです。いゝえ、あるにはあるのですが、それが深いのはなく、ごくザッと一通り関連しているだけの役なんです。

私の年齢だと自分というものを全然度外視しなければ出来ない役だとも言えます。理屈を言っていてはしていられない役でしょう。

子供の所へ行くのを二度繰り返したりして、今の時代にスピードがなさすぎるのではないかと言う説もありますが、二度行く所一度ですます以外に早くしようがないわけですけれど、こうした芝居ですからやっぱり二度しています。何しろ、皆が嘘ばかりつき合い、嘘しかない芝居ですが、特にそういう事を心がけて演ているわけでもないんです。

今の時代のスピードにこだわれば、第一、とめられても木戸を壊して出て行くでしょうし、次郎吉だって可愛がらないでしょうしね。

仕事は楽です。セリフも役々の中で一番しゃべらない役なんです。何しろ書抜きで三枚半しかなく、唐織の半分もしゃべらないんですからね。

しかし、全体的に言えば好きな役です。私は一体にこんな陰気な役は仕勝手がいいんです。それにこれだけ古いと古さに抜けられるという意味で、却《かえ》ってやりやすいとも思うんです。

（同前）

八重垣姫について　六世尾上梅幸

父〔五代目尾上菊五郎〕は人形が口をきいてはいけねえなどと言っていながら、明治二十七年一月の歌舞伎座で『廿四孝』奥庭の八重垣姫を人形振《ぶ》りで演《や》った時は、人形遣いになった兄の〔二代目尾上〕菊之助と私に人形が盛んに小言を言うのですから堪《たま》りません。

この時は播磨太夫をわざ〳〵請じて出語りとしたのですが、父はそれだけ熱心で総浚《そうざら》いの日は稽古場の三州屋に早くから出掛けたが、振付の〔初代〕花柳寿輔が遅かったので、兄の菊之助に「お前一ツ狐火を演って見ねえ」というと兄貴《あに》が直ぐに立って物の美事に狐火の振りを演ったのには父も吃驚《びっくり》したようです。

これは兄でも私でもつね〴〵父が技芸《げい》のことというとそれはそれはやかましかったので、稽古の時には懸命に見ていたお陰でございました。

翌日は舞台稽古を今の帝劇式に衣裳鬘《かつら》をつけて演りましたが、こんなことは珍しゅうございました。

この時の人形遣いは黒繻子《くろじゅす》の黒衣《くろこ》で演りました。その後《ご》、私が前橋へ興行に行った時です。丁度人形遣いの名人として知られていました〔五代目〕西川伊三郎という人が座と懇意でもあったのでしょう。一ツ貴郎《あなた》が八重垣姫をお演りになるなら西川さんに遣って頂きましょうと座からの注文で、西川伊三郎が出遣いをすることになりました。

成程考えて見ると立看板なども結構です。

「奥庭は西川伊三郎出遣いにて相勤め申候」

というようなことですから、ちょっと期待されますが、さて八重垣姫で出て見ると双方が困りました。西川の方では「エ、こうは出来ませんか」と背中と首とを別々に扱うようにするのですが、こっちは人間ですから人形のようには自由がききません、西川もホト〱弱りましたが私も実に困りました。そこで二日目から私の動く方へ追《つい》て貰うことにしましたが、これなどもお話の種でしょう。

私が狐火を歌舞伎座で演じましたのは明治三十五年一月でしたが、この時は東京座で〔初代沢村〕宗之助、市村座で新派の山口〔定雄〕なぞがやはり十種香を出していたようです。

私は『本朝廿四孝』の名題の上に角書を、

大方のおすすめゆえに取りあえず
兜の威徳と名曲の美声をかりて

とつけて貰って型も随分研究致しました。

人形遣い西川喜三郎は〔六代目市村〕家橘〔＝十五代目市村羽左衛門〕、吉田金五郎は〔四代目市川〕染五郎〔＝七代目松本幸四郎〕で袋付きの鬘に色繻子の裃で出遣いを勤め〔七代目市川〕八百蔵〔＝七代目市川中車〕は黒衣で口上を述べました。

名曲の美声というのは〔三代目竹本〕伊達太夫と〔初代鶴沢〕友松〔＝初代鶴沢道八〕が出語りを勤めたからです。八重垣姫の拵えその他については余り長くなりますから題を別にしてお話し致します。〔中略〕

八重垣姫は俗に赤姫という着付赤地のもの、帯は白地の織物で父の時は〔酒井〕抱一の屏風にある扇流しの模様でした。鬘は吹輪《ふきわ》で糸ぐけを下げ、後ろへ緋縮緬《ひぢりめん》と銀の稲妻の丈長《たけなが》をかけ銀の四段の花櫛《はなぐし》を差しますが、江波や、井川の二人が鬘のことはよく研究しておりますし、付図《ふず》として松田青風さんが数百種の鬘の図を加えて下さいましたからこれから先鬘については、それを御参照下さい。

さて大阪では吹輪の髷《まげ》が十能《じゅうのう》のような形なので吹輪を十能と称しているそうです。

濡衣は文金に銀の丈長をかけ平打《ひらうち》と鼈甲《べっこう》の前差《まえざし》を差します。衣裳は黒地に露芝《つゆしば》で織物の帯を矢の字に締めます。今は大抵振袖ですがマア中振《ちゅうふり》ぐらいが真実《ほんとう》でしょう。

勝頼の鬘は前茶筌《まえちゃせん》の人もありますが棒茶筌《ぼうちゃせん》金銀の混ざった浅黄の蛍打《ほたるうち》、棒じけは油で固めたもので大阪では棒じけは鯨《くじら》だそうです。

十種香の型を書いたら長くなりますから、大抵のところを申し上げましょう。

父は十種香をするのに根岸の柏木探香《たんこう》さんについていろ〳〵作法を教えて頂きまして、香富久紗《こうふくさ》を用いました。その時に宅にありました勝頼の絵像と同じ絵像を小道具に拵えさせましたが、水浅黄の裃、とき色の着付の勝頼の絵像は十三代目市村羽左衛門の似顔なので今でも藤浪ではこれを用いております。

それから勝頼の紋は武田菱《たけだびし》が本来なのですが只今では桐の紋をつけております。これは上杉の紋なので昔はやはり菱でしたが、叔父〔九代目市川団十郎〕さんの八重垣姫の時に成駒屋〔五代目中村歌右衛門〕が勝

頼で、

「只今召し抱えられ、衣服大小改めし新参者勝頼とは覚えなし」

と言っているのに武田の紋では妙だと桐にしたのが今日に至ったのです。

館の娘八重垣姫で障子の綟子《もじこ》張《はり》をとると私は上手後ろ向き斜めに座っておりますのですが大抵の方は正面後ろ向きでございます。

「お前」を「あなた」と言ったり「添い伏し」を「妹と背の」と言うのはどなたも警察への御遠慮ですが、本文で上本《あげほん》が許可になれば本文通り言った方がよろしいのは勿論です。

やはりほんの＝で成駒屋は数珠を投げ出して、それからは数珠を持ちません、夕日まばゆく＝は濡衣に手を引かせて出て勝頼の方へ行き恥ずかしそうに座る。

褂《かけ》を脱ぐにもいろ〳〵あります。父は「夕日まばゆく」で脱ぎ、成駒屋〔五代目〕歌右衛門）は「いう顔つく〴〵」で脱ぎ、私は「いかにお顔が」で脱ぎます。堀越の叔父さん〔九代目団十郎〕は奥庭で褂《かけ》を脱いだところを見せるのだからとて御殿では褂を脱ぎませんでした。

八重垣姫が絵像を見て勝頼を見る時は流し眼をせぬこと、流し眼をすると卑しくなりますからこれはハッと見るようにしなければいけますまい。銀泥《ぎんでい》の扇子へ描いた鶴を濡衣に見せる同じ羽色《はいろ》の件《くだ》りは四代目菊五郎の型です。鳥を衝立《ついたて》に書いたのは私は頂戴出来かねます。成駒屋のは啄木鳥《きつつき》に柳が衝立に書いてあります。

掛物を濡衣にはずさせるのは杜若《とじゃく》半四郎の型を〔六代目市川〕門之助から聞いて堀越の叔父さんが用いたので、叔父さんは数珠を柱へ巻く形を残しました。

この掛物をはずさせるのは本物の勝頼がそこに居るのだから絵姿などにはモウ用はないという心持ちから

です。

「それ見やいのう」と勝頼を打とうとして、打ちかねて濡衣を袖で打つ型は父の型です。

前に私の衣裳は大体申し上げましたが他の方のは、
成駒屋——十種香は朱綸子《しゆりんず》に四季の花の総刺繍《そうぬい》、帯は白地の錦襴《きんらん》。狐火は前が古代紫に乱菊のもよう、引き抜いて白地に乱菊、帯は萌黄に錦襴、二度目の出は主に淡紅《とき》色地《いろじ》に好みの花もよう、帯は黒地繻子の縫紋《ぬいもん》。

団十郎——十種香は着付も襠《かけ》も綸子へ金銀糸《きんぎんし》で水の流れ、色糸で桜と草花を繍《ぬ》い、襟も付けも白、白唐織、牡丹《ぼたん》もようの帯、銀の花櫛、水晶で浅葱《あさぎ》の総《ふさ》のある数珠。

奥庭は古代紫綸子へ光琳の菊を色糸で繍《ぬ》った着付、無地金へ紅白の牡丹の帯、焼桐《やきぎり》の駒下駄、紫絹の鼻緒、塗骨《ぬりぼね》の丸ぼんぼり、引き抜くと白繻子へ腰高もようの乱菊、肩へ銀の薄《はく》、帯は浅葱繻子の振下《ふりさ》げ、それまでは火焔のもようであったのを乱菊に改めて名人の繍秀《ぬいひで》に作らしたのである。

奥庭の八重垣姫狐脚《きつねあし》については一つのお話がございます。それは文楽の足遣いが開場前《かいじようぜん》伏見稲荷へ一七日の願をかけ満願の日夢に狐が飛んで行く脚取《あしどり》を見て人形に用い大当たりをとり今に「狐脚」の名称さえ出来たのを歌舞伎へ取り入れ、狐の身振りで勤めたのが一ツの型になったのです。

大太夫杜若の型は兜をそっと手に捧げ——胸も濁り江の＝のあたりでソロ〳〵前の着付を抜きにかかり、詠《なが》め入って立ったりしが——で白の着付になる、これは狐になったつもりです。

八百八狐付き添うて、守護する奇瑞《きずい》に疑いなし＝と行きかかると搦《から》みが出てこれから二人の搦みを使っていろ〳〵あり屋体から注連縄《しめなわ》を持って来て八重垣姫をグル〳〵巻くと、忽《たちま》ち姿狐火ので、姫は舞台真ん中の切穴《きりあな》へ消え、直ぐ淡紅色《ときいろ》の着付で花道のスッポンから出るのです。

叔父さんは兜こそ明神の御神体ゆえ八百八狐も憑《の》りうつるものの姫は女形の心で勤めるのが当然だと言ってその心持ちで勤められました。

濡衣は文台《ぶんだい》へ紫のふくさと位牌と血染めの片袖を置きます。

ここでは濡衣の役は八重垣姫を引き立てるように演《や》るのがいいので、八重垣姫と同じように間を延ばした台詞回しで「広い世界に誰あって…」と演ったらお姫様が二人居るようになりますから、私は濡衣を演る時は少し蓮葉《はすは》まあ、オキャンのつもりで演ります。

奥庭の人形振りの拵えを申し上げますと緋綸子《ひりんず》へ金糸色糸で玉棠富貴《たまもふうき》の模様の着付白茶地錦へ亀甲《きっこう》と白赤の菊と萌黄の葉模様のある帯でした。

この頃は紫地に乱菊の模様で演る人も多くなりましたが、引き抜いて、白になると色糸で乱菊は狐というところから思い付いたのでしょう。

八重垣姫は明治三十五年一月の上演以来で、この時は〔五代目中村〕芝翫〔=五代目中村歌右衛門〕の勝頼、〔四代目尾上〕松助の謙信、家橘、染五郎の注進と人形遣い、〔二代目市川〕女寅〔=六代目市川門之助〕の濡衣でした。先にも申し上げたかも知れませんが、私の家では香ぶくさを用います。「問われてなおもあからむ顔」などのところがそれです。

十種香の帛紗《ふくさ》——十種香についてはこれまで再三申し上げましたが、実は先日の八重垣姫で使用致しました、帛紗について、ある方からお問い合わせがありましたからモウ一度申し上げておきたいと思います。

あのふくさはお茶のふくさか、それならば何流で用いるものかとのことでございますが、これは先日も申しました通り香帛紗《こうぶくさ》でございまして、私の注文では鯨の一尺八寸に一尺二寸というのでございますが、この間は曲尺《かねじゃく》に間違えられましたので、少々小《ちい》そうございました。紫と白で紫の方が折り込んでございます。

昔は香道具もいろ〳〵と並べたもので、名の通りの十種香でしたが、今では段々と邪魔扱いにされて香道具はならべなくなりました。歌舞伎座の時は上手に、よく絵巻物なぞにある鳥のよせというものがありましたが、舞台が狭いとこんなものも出せません。

それから濡衣とか八重垣とかいう名は、香の名称だということを聞いたことがございますが、面白いではございませんか。


（尾上梅幸述・井口政治筆録『梅の下風』、昭和五年十一月、法木書店刊。昭和二十八年九月、演劇出版社、尾上梅幸『梅の下風』復刊）

八重垣姫——御殿・奥庭　五世中村歌右衛門

〔前略〕
私が東京で初めて八重垣姫を演じましたのは、明治十六年九月の本所寿座で、私がまだ十代の時でした。舞鶴屋の仲蔵《じい》さん〔三代目中村仲蔵〕にすゝめられて演じたわけですが、十種香の方は先代〔初代〕花柳寿輔に手をつけて貰い、狐火の方は舞鶴屋に教わりました。人形ぶりこそしませんが、その頃はまだ思うまゝに動けましたから、殆んど踊りになる位動き、舞鶴屋が、自分の弟子の秀五郎という後ろ返りのうまい男をカラミに貸してくれましたので、思うように芝居が出来ました。

二度目の八重垣姫は東京座でしたが、これは初役の時より二十年も経ってからのことで、体も思うように動けませんでしたから、それを補うために自然工夫をしなければなりませんので、花柳勝次郎〔市山七三郎〕に相談して、狐火の方はカラミを二人使って動きの少ないように演《や》って見ましたが、工合がよかったので、その後も二人のカラミを使いました。

元来八重垣姫という役は、姫らしい品位と高尚な色気を見せることが大切で、決して蓮葉《はすは》な真似をしてはいけません。昔から三姫の一つとまで言われている役だけに、なまやさしいものではありませんから、余程心して演ずべき役であります。

大体私の八重垣姫は、養父《ちち》〔四代目中村〕芝翫や仲蔵《まいづるや》などから聞いた話や大太夫〔杜若《とじやく》〕半四郎の型などを取り入れて、それに自分の工夫を加えたものであります。

八重垣姫の扮装は、十種香の方も、狐火の方も、古来から殆んど定まっていると言って、差支えないでしょう。

先ず十種香の方では、緋綸子《ひりんず》に四季の花の総刺繍《そうぬい》、帯は白地の織物です。狐火の方は、前が薄藤色に乱菊の模様、帯は萌黄の織物。引き抜きますと、白地に乱菊の衣裳、帯はそのまゝです。そして、二度目の出には、また着付が替わります。これは一定していませんが、主に淡紅《とき》色地《いろじ》に色々な花模様のあるものにし、帯は黒繻子《くろじゅす》に縫いのあるものです。つまりこの二度目の出と共に都合三度着付が替わるわけであります。

そこで姫の型の話に移りましょう。

御殿

舞台は、本舞台高足の二重、本庇本縁高欄つき。正面襖、上下に付け屋体、網代塀にて見切り、すべて謙信館の体です。

先ず唄入り太鼓の乱れで幕があき、浄るりとなって、〽行く水の流れと人の簑作が姿見交わす長裃、悠々として立ち出で給い……で勝頼が出て台詞あり、〽思案にふさがる一間には（で勝頼がきまると）チャ、チャ、チン、シャン館の娘八重垣姫、許嫁ある勝頼の切腹ありしその日より、一間どころに引き籠もり……の、切腹ありし、あたりから綟《もじ》張りの障子内側の巻上げの布を静かに巻き上げ、〽床に絵姿かけまくも、御経読誦の鈴《りん》の音……このところ姫は絵像の前、観客に後ろ向きのまゝ座り、絵像に一寸辞儀して左手に数珠を持ち、右手にて文句の、御経読誦の……テンツンで鈴を鳴らすのが、〽鈴の音……一ぱいになります。それからチ、リ〱の合方を縫って二度鈴を鳴らし、数珠を両手にかけ大きく拝むのが、チャンチャン〱〽こなたも同じ松虫の……の濡衣の件《くだ》りになります。

それから濡衣の台詞「広い世界に誰あって……云々」から、次に勝頼の台詞「誠に今日は霜月二十日、わが身替わりに相果てし勝頼が命日」〽暮れ行く月日も一年あまり、南無幽霊出離生死頓生菩提……の、南無あたりから頓生菩提の文句一ぱいに、前面の障子を引き取らせ、その間に香を焚きます。

そして、チ、チーンシャンを聞いてからゆっくり、「申し勝頼様、親と親との許嫁、ありし様子を聞くよりも嫁入りする日を待ちかねて、お前の姿を絵に描かせ、見れば（と一寸別に言って）見る程美しい（で絵像を見ながら）こんな殿御と添い伏しの……」を言い、チン〽身は姫御前の果報ぞと……で袖に手を入れて両袖を開き、自分の姿を見て恥ずかしき思い入れにて顔を隠し、〽月にも花にも楽しみは、絵像のそばで十種香の……で、右左に体を動かし、絵像を眺め丁重に辞儀して、十種香の……の文句までに表に向き、〽煙も香華となったるか……で数珠を両手に持ち、その手を前に出し、最前くべた香の煙を見ながら絵像を見上げて一寸きまり、〽回向しょうとてお姿を絵には……で絵像を眺めつゝ左手にて脇息を引き寄せ軽く左手を載せ、〽かゝしはせぬものを……で脇息に手を載せたまゝ、かゝしは……の文句に合わせ一《ひ》イ二《ふ》ウと体を動かし三ツ目に脇息から手を外しその手を元通り脇息に載せてきまるのが、〽せぬものを……一ぱいになります。

〽魂かえす反魂香……で脇息を元の所に返し、〽名画の力も……で左手で絵像を指さし、チチチンの絃《いと》に合わせ、右手から一ツ左手で一ツと下を軽く叩き、そして左手をついて絵像を見上げるのが、〽あるなれば……の文句にあてはまります。それから、〽可愛とたった一言の、お声が聞きたいく〳〵と……で両袖を合わして涙を拭い、〽絵像のそばに身を打ち伏し、流涕《りゅうてい》こがれ見え給う……で立ち上がり後ろ向きになり、両袖に手を入れたまゝ体を身も世もあられずと言う心持ちで左右に振りながら、そのまゝ座って右側の脇息にもたれハアと泣くのが、〽こがれ見え給う……一ぱいになります。

それから勝頼の台詞「あの泣く声は八重垣姫よな……」から濡衣とのやりとりがあり、濡衣の、「私《わたし》や輪廻に迷うたそうな……」〽お許されてと伏し沈む……で濡衣がハアと泣きます。

〽泣く声漏れて一間には不審立ち聞く八重垣姫、そっと襖の……で姫は濡衣の泣く声を聞き不審の思い入れをし、立ち上がり障子の方へ行きます。〽隙間もる、姿見まごう方もなく、でゆっくり行き、そっと障子を少しあけ、勝頼の方を見てびっくりし、「ヤ勝頼様か……」と言って、すぐにそれに冠せるように床にとらせ、〽飛び立つチ、チ、チン……で、このチ、チ、チンに合わせて一旦障子をあけようとして、絵像を見てハッと思い障子をハタとしめ、〽心を押し沈め……で気を落ち着け、〽正しゅうお果てなされしもの、似たと思うは心の迷い……で立ったまゝ一度正面を見、また勝頼の方へ思い入れをして、やっぱり違うと言う心持ちで首を左右に振り、〽絵像の手前も恥ずかしと……で更に絵像を見て文句通りの思い入れをして左袖で顔を隠し、〽立ち戻って手を合わせ、御経読誦の鈴の音……で右手に持った数珠にて心の汚れを払う気持ちで左右に振り、元の所に後ろ向きに座り、鈴を二度鳴らし、数珠を両手にかけ合掌してきまります。

それから、〽勝頼公は濡衣の心を察し声くもり……で勝頼の台詞になり、「――さだめなき世と諦めよ」〽と諌むる言葉こなたには、心空なるその人の、若《も》しや長らえおわすかと……の間、絵像を拝んでいる中《うち》に勝頼の方へ気をひかれ、座ったまゝ勝頼の方を見てハッと思い、気を取り直して拝むが、また勝頼の方を見て、〽思えば恋しく……で立ち、ツト障子の方へ行きかけ、一寸躊躇して、〽なつかしく、また覗《のぞ》いては絵姿に……で、そっと障子の傍に行き、少し明けて、〽絵姿にチン、テンの絃に合わせ、両手を左右と一ツ〳〵細目に明けた障子に当て、〽見くらべる程生き写し……の、見ーくーらーべる程、の文句に合わせ下から一ツ二ツと首を上手の方へ段々振りながら絵像を見、そして、もう一度勝頼を見て更に驚き、〽似はせでやっぱりほんぼんの、勝頼様じゃないかいのと、思わず一間を走り出で、縋りついて泣き給えば……で下手障子を押し明け一間と本家体の間の渡り廊下の半ばまで出て、持った数珠を見て、マアこのようなものをという気持ちでそれを打ち捨て、今度は色気たっぷりで髪衿《えり》などを直し、すぐに勝頼のそばへ行き、浄るりの、〽走り出で縋りついて……の文句に冠せ、「勝頼様、おなつかしゅうござりましたわいなア……」と台詞をいい、勝頼の上手から取り縋って泣くのが、〽泣き給えば……の浄るり一ぱいになります。

それから、〽ハッと思えど障らぬ風情……で勝頼の台詞「こは思いよらざる御ン仰せ――御麁相《おそそう》あるな」〽と突き放せば……で、一寸突き放され、「ムウ何と言やる、今父上に（一寸頭をさげ）召し抱えられし新参者、花作りの簑作とや、自らとした事が、余りよう似た面貌《おもざし》の、若《も》しやそれかと（で一寸一間の方を見）心の煩悩（とゆっくり言ってツンと受けさせ）、二人の手前」〽恥ずかしながら……で濡衣勝頼の方を見て恥ずかしい心持ちで少し上手向きになり、右袂を持って畳にのの字を書く仕草をします。こののの字を書きますのは大抵な姫の振りに用うるもので、丁度のの字を書くように、体を品よく色気を持って動かすと言う心であります。

こうしてすぐ濡衣を見て、「濡衣こちへ」と言い、濡衣が、「ハア」と言うのが下座の胡弓入り千種《ちぐさ》の合方になり、姫は立って勝頼を見ながら不審の思い入れをし、一間に入って絵像の前を頭を下げて通り過ぎ、上手に座りますと、濡衣は、先刻姫が捨てた数珠を拾い、一間に入って経机の上に置いて、姫の下手に座り辞儀をします。

と、「これ濡衣、あの簑作とやらいう人を、そなたとうから近付きか」「ハイ――いゝえ」「いーやいの、知る人であろうがの」と言いますと、濡衣の台詞「あの、お姫様とした事が、たった今見えたお人、何のマア私が」に冠せ気味に、「いや、隠しゃんな今の素振り、忍ぶ恋路というような」（この台詞までに下座の合方を消し）、〽可愛らしい仲かいのと……で右手で濡衣を指さし、そのまゝその手を回し、濡衣の顔を見てハッと右袖で顔を隠します。

それから、〽思いもよらぬ言葉にびっくり……「あのお姫様のおっしゃる事わいの、人にこそよれ、何の彼方《あなた》に勿体ない」「ム、勿体ないと言やるからは、どうでもそなたの知るべの人か」（と早目に言う）、「イ、エ、そうではなけれども……云々……申すことでござりまする」（これから姫が一寸ゆっくり目に）「フム、すりゃ、知るべの人でもなく、また近付きでもない人なら、どうぞ今から自らを、可愛がってたもるように」〽チ、チ押しつけながら仲だちを頼むは濡衣さまさまと……（で濡衣を見て恥ずかしき思い入れで、右手を髪の鬢尻《びんじり》の所位まで一寸上げ、その手をおろし、それから濡衣の傍ににじり寄って（この時濡衣は下向きに座っている）その左肩へ両手をかけ、〽濡衣……のチョボに合わせ一イ二ウとゆすぶり、その一イ二ウの二ツ目に両手を肩から外し、前へおこつき、その右手を濡衣がとり、姫は右手を取られたまゝ左手を大きく回し、そして濡衣の手を挟み、中腰になった濡衣を姫が下から拝む形できまるのが、〽さまさまと……のチョボ一ぱいにあてはまります。この所は極《ご》く色気を持ち、可愛らしく演ずべきであります。

そして〽夕日まばゆく顔に袖、あでやかなりしその風情……で濡衣は、よろしゅうございます、そんならお逢わせ申しましょう、と言う仕草があり、姫は嬉しく忝いという気持ちで濡衣に手を合わせる、濡衣はその手を解《ほど》いて姫の帯などを直し、姫は自分で髪、衿元などを直し、濡衣に手を取られ渡り廊下まで進み、勝頼を見て傍に行くのを躊躇する、濡衣は手を引いたまゝ、〽あでやかなーりーし……のチョボに合わせ、一イ二ウ三イと二三度姫と揉み合い、トゞ勝頼の傍へ突きやられ、姫はトト……と勝頼の許《もと》まで行き、〽その風情……の文句一ぱいに勝頼の顔を見て左足を引き、一寸上向きにて立ち身のまゝ右袂を両手に持ち、恥ずかしい思い入れでニューと座ります。

すると濡衣が、「お姫様としたことが、まだお子達と思いの外、大それたあの簔作殿を」「サア見染めたが恋路の初め、後とも言わず今こゝで」「媒《なかだ》ちせいとおっしゃるのか……云々」から、勝頼の台詞があって、また濡衣の、「サア何もかも私が呑み込んでお取持ち致すまいものでもないが、真実底から簔作殿に御執心でござりますか」〽と問われてなおも赤らむ顔……で、上向きのまゝ濡衣の顔を見、その目を勝頼の方に移し、勝頼を見てハッと両袖で顔を隠します。

それから、チーン、テン、チン、チンテン〽姫御前のあられもない、殿御に惚れたということが……で、顔を隠したまゝ両方の袖先を合わせて動かし、そして右手で帯の間に差してある扇を取り出し、それを左手に持って右で扇の房を二三度もてあそび、右手で扇を開きながら中腰に伸び上がり、「うそ」と台詞で言い、チリ、ガンの絃に合わせ扇で顔を隠し、そのまゝ下向きになり、〽いつわりに言わりょう……で、扇の骨越しに勝頼の顔を見ながら伸び上がり、無意識のまゝ扇をハタと落とし、それに気がついて濡衣を見てハッと恥ずかしい思いで右袂で顔を隠してきまるのを、竹本に、〽か……と語らせます。

序《ついで》ながら申します。この、姫御前のあられもない……の前に本行《ほんぎょう》では、「勤めする身はいざ知らず」とありますが、文章が下品ですから除き、すぐに、〽姫御前の……と語らせております。

それから濡衣の台詞「そのお言葉に違いなくば、何ぞたしかな誓紙の証拠、それ見た上でお媒ち」「それは心易いこと、その誓紙さえ書いたなら」（と言いながら前に落とした扇を拾い、つぼめて帯の間に挿みます）。「それもこっちに望みがある、わたしが望む誓紙と言うは、諏訪法性の御兜、それが盗んで貰いたい」と言うのでびっくりし、「フム何といやる、諏訪法性の御兜（一寸頭を下げる）、それを盗めと言やるからは……（で勝頼を見て）さてはあなたは勝頼さま」〽と言う口おさえて……で、勝頼のそばに寄ると勝頼の台詞「ハテ滅相な勝頼呼ばわり、微塵覚えのない簒作、御龕相ばしのたもうな」〽と言う顔つれぐ〵うち守り……で、勝頼に扇で口元を押さえられ、姫は右手を勝頼の後ろにやり、押さえられた扇の前へ左袖を軽く掛け、勝頼は中腰、姫は座ったまゝの形で二三度揉み合い、〽チ、チ、チンつれぐ〵打ち守り……のチョボに合わせ、上から細かく首を振り、勝頼の顔を見上げて一寸きまります。

そして、〽許嫁ばかりにて、枕交わさぬ妹背中……で勝頼から離れ、濡衣の方を見て裲襠《かけ》を脱がせて貰い、〽お包みあるは無理ならねど……で、勝頼に文句通りの思い入れで両手をつき辞儀をし、〽同じ羽色の鳥翅《つばさ》……で、やゝ後ろ向きに衝立《ついたて》の絵を右手で指さし勝頼に示します。(この衝立の絵は雪持ちの枯木に鵲《かさゝぎ》が二羽描いてありますが、鵲にしたのは私の考えで、この鳥は雌雄ともに同じ羽色をしているということですから、本文の意味と矛盾しないと思いまして鵲にいたしました)

それから、〽人目にそれと分からねど親と呼び……で、立って衝立の傍にゆき、その上手に立ち、右袂を持った手を衝立の上に載せ、衝立の絵を見て、〽また、つま鳥と……で、絵を見ていた目をそのまゝ向こう正面に移し、ツ、ツン、シャンの絃に合わせ、右の足から一ツ二ツ三ツと前に出て右の足を前に出し、両方の袂を持ち、そして右の方を上げてきまり、〽呼ぶは生ある……で、前にきまった形のまま右足を少し上げ、それをおろして今度は手を代えて左袂の方を上げ、足も左を出し、それをまた下ろし、右足を前に出して勝頼の方を見て、見とれたまゝチンの絃に合わせ、更にまた左足を出し両袂を持って手をそのまゝ開き、体は勝頼の方に向けてきまり、〽ならいぞや……のな、ら、い、ぞ——のチョボに合わせ、左足からゆっくり一ツ二ツ三ツ、それから細かく一イ二ウ三イと下がって来てトンと後ろの柱に突き当たり、グルリと縁側の表の方へ回り、柱の上手から立って右の袂を柱に一寸掛け、勝頼を見て、見とれたまゝ思わずハッと手を外し、前へ一寸おこつき、今度は、左の袂からゆっくり、一ツ二ツと(床のポン〳〵)右の袂も柱に掛け、立ち身のまゝ柱越しに勝頼を見て、柱巻きの形できまるのがポン、ポン、テテン、テテン〳〵〳〵となります。こゝは仕所見せ所ですから特に注意して、上品に演ずべきであります。

そして、チンテン、チン、チンテンの絃の内に、柱巻きの形のまゝニュッと座り中腰になり、〽いかにお顔が似ればとて、恋しと思う勝頼さま……で中腰のまゝ勝頼を見て、それから上手の一間を見て、立って一間に入り、後ろ向きに座って絵像を眺め、〽そも見まごうて……で立って勝頼の傍まで行き、〽チン、あらりょうか……のチンの絃に合わせ両袖を開き、右の足を軽く踏んで左足を前へ出し、人形ぶりの心で、〽あらりょうか……のチョボに合わせながら左足を引き、同時に右の袖口を口元にあてて一ツ下がり、また右足を引き、袖も左の方と代え、また左足を引き、袖もまた元の右に代え、袖口を口元にあてたまゝきまります。

次に、〽世にも人にも忍ぶなる……で座って正面向きにて両方の手を出し開いてきまり、〽御身の上と言いながら……で左手を下につき右の手の平を上にして勝頼を敬う形で辞儀をし、〽連れ添う私《わたし》になに遠慮……で今度はやゝ上手向きになり右袖で一寸自分を隠し、左手で自分を指さし、文句通りの思い入れで指さした手を解《ほど》いてその手で一イ二ウ三イと畳を軽く叩き、〽ついこう〳〵とお身の上、明かして得心……で体を下手向きにし、中腰で勝頼を見て恥ずかしき思い入れで左手を耳元に持ってゆき、その手をおろしながら今度は体を勝頼の方へ後ろ向きとなって両手を膝元の下につき、後ろ向きのまゝ下がって勝頼の傍へすり寄り、体を元通り正面向きに変え、どうぞ身の上を明かして、という心持ちで勝頼を見るのです。が勝頼は知らぬ顔をしているので、ハーと泣きます。これがトツン、ツンの絃と一緒になるわけです。

すると勝頼が、「ア、コレ」と制し、ト、ト、テン……の絃と共に刀を持って立つ。それを「ア、モシ」と言いながら刀の鞘尻を両方の袂で押さえ、一イ二ウ三イと揉み合い、勝頼が振り払うので一寸手を外し、また刀を元のように押さえて勝頼を見上げてきまるのが、〽さしてたべ……のチョボ一ぱいになるのです。

それから、〽それも叶わぬ事ならば……で、前にきまった形のまゝ二三度軽く揉み合い、そして勝頼を座らせ、〽いっそ殺して〳〵と、縋りついたる恨み泣き……で右手から一つ畳を軽く叩き、また体をかえて左手でもう一度畳を叩き、そして勝頼に縋りつこうとして濡衣を見てハッと思い、勝頼から一寸離れて右袂を持った手を下につき、両足をトンと上手の方に延ばし、左袂を持った手を胸の辺に、すくうような形に持ってゆき、首を下から振って人形身のように泣き上げる形でキッパリきまるのが、〽チ、チ、チン恨み泣き……のチョボ一ぱいにあてはまります。（このサワリは最初申した通り、先代花柳寿輔につけて貰った振りで、十種香での一番の眼目となっている所であります）

それから勝頼の台詞「やア聞き分けなき戯事《たわぶれごと》、いか程にのたもうとも、覚えなき身は下司下郎、よその見る目も憚りあり、そこのき給え」〽と突き放せば……で姫は、「すりゃどのように申しても、勝頼様ではおわしませぬか」と言って「ハーッ」と泣く。これに冠せて、〽ハッとばかりに簑作が、指添《さしぞえ》逆手に取り給えば……「こは御短慮」〽と止むる濡衣……で勝頼の刀を取り上げ、「そうじゃ」と言いながらやゝ上手向きになり、柄に袂を持った手をかける。濡衣は姫を止めながら「マア〳〵お待ち遊ばしませ」と言う。その濡衣の台詞に冠せ、「イヤ〳〵離して、殺してたも、勝頼様でもない人に」〽戯事の恥ずかしや、心の穢《けが》れ絵像へ言い訳、どうも生きては居《お》られぬ、とまた取り直すを猶《なお》も押し止《とど》め……で勝頼を見て次に一間の方に目を移し、文句通りの思い入れあって、チョボの、〽どうも生きては居られぬ……と語るのに冠せて、「どうも生きては……」と同じく捨て台詞のように言い、また刀を取り直すのを、濡衣と二三度揉み合い、トヾ刀を取られ、そして濡衣が、「さすがは武家のお姫様、あっぱれなるお志、その心を見るからは、勝頼様に逢わせましょう（この時姫は不審の思い入れで濡衣の顔を見る）、それ、そこにござる簑作様が、御推量に違《たが》わず、あれが誠の勝頼様、ちゃっとお逢いなされませ」〽と突きやられてはさすがにも、始めの恨み百分一……で、濡衣に勝頼であることを教えられて寄るに寄られずニュッと立ち、困っていると濡衣に突かれ、トトト……と勝頼の傍まで行き、また躊躇して立ち身のまゝ濡衣を見て、「それ見やいのう」と言い（これは甘えるような口調でゆっくりと言う）〽聞こえませぬが精一ぱい、後は互いに抱きつき、つい濡れ初めに濡衣も、心どきつく折柄に……で、これで始め勝頼を左袂を持った手を上げて打つような形をし、その手をニュッとおろし、今度は濡衣が立って傍に来るので、それを一イ二ウ三イと袂を替えながら軽くうつ仕草をし、また濡衣に突かれて勝頼の傍まで行き、恥ずかしい思い入れで上手へ二三歩行くのを、もう一度突かれてトトト……と、よろけるように勝頼の傍へ行き、そのまま座って勝頼の膝に右手をかけ、取り縋って恥ずかしい思い入れで、左袖で顔を隠すのが、〽心どきつく折からに……のチョボ一ぱいになります。

そのうち、〽父謙信の声として……で正面奥にて謙信が、「ヤア〱簔作はいずれに居《お》る、塩尻への返答、時刻移る」と言い、謙信の出になります。この謙信の、「ヤア〱簔作は……」の声を聞いて姫はハッと驚き、濡衣を一寸見て、濡衣に手を引かれ、上手一間の内に入ります。（この入りまでに一間正面の障子を閉めさせ、入ると同時に障子内の布を下ろさせます）

それから勝頼の、〽塩尻さして、テン〱三絃入り、中の舞での入りがあり、続いて白須賀六郎、原小文治の注進が出て、向こう揚幕へ入ると、〽後に不審は八重垣姫……のチョボで、姫は先、続いて濡衣も出て、姫は向こう揚幕を見送りながら、謙信の傍に寄り、座って「申し父上、事々しい今の有様、何事でござります」と不審げに聞くと、「ホ、あれこそは武田勝頼討手の人数」と言いますのでハッと驚き、「ナニ勝頼様を討手とな」（と言ってハアーと泣く）それに冠せて、〽こはそも如何に何故と驚く二人をはったとねめつけ……のチョボで、姫は驚いて濡衣と顔を見合わせ泣き伏します。

これに構わず謙信は、「ヤア武田方の回し者、憎っくき女め、うぬには尋ぬる仔細あり、奥へうしょう」〽チャン〳〵情け用捨《ようしゃ》もあら気の大将、帳台深く……で、濡衣が立って二重より下に行きかけるを、謙信が中啓で足を払い濡衣はドウと三段に腰を落とす。姫も立って下に行きかけるのを、謙信右の中啓で濡衣の衿元を押さえ左手にて姫の胸の辺を止める。これにて濡衣は三段に腰を落とし、姫は立ち身のまゝ謙信に支えられて向こう揚幕の方を見込み、三人引ッ張りにてきまるのが木の頭、テンテン早舞の下座に床三重と共に幕というのであります。

ところで、〽後に不審は八重垣姫……で二度目に出てから、勝頼の討手のことを聞き、「エ……そんなら今の討手の者は、勝頼様を殺さんためか、ハー」と泣くのに冠せて、〽ハッとばかりに撞《どう》と伏し、……で泣き伏し、〽今日はいかなる事なれば過ぎ去り給いし我が夫《つま》に、再び逢うは優曇華《うどんげ》と……で涙を拭い、向こうを見て両手をつき、辞儀をし、〽喜んでいたものを……のこの、〽よ、ろ、こ、ん、で——に合わせて両手に袂を持ち、右から一つ、左から一つと前に開いて、その袂を胸の辺に合わせて泣き上げ、〽またも別れになる事は、何の因果ぞ情けなや……で涙を拭い、片方の袂を両手に持って、〽情けなや……の、やーア、ア……ツン〳〵〳〵〳〵に合わせて中腰になり、膝詰めで上手の方へ少し行って、ハーと泣き、すぐに謙信を見てハッと思い袂にて口を軽く押さえ、忍び泣きに泣き入ります。それから、〽父のお慈悲にお命をどうぞ助けて給われと、口説き嘆くに目もやらず……で、謙信の傍へ行き座ったまゝ謙信の膝へ両手をかけ二三度揺さぶり、それを払われて撞となり上手向きに泣きますと、すぐに、「やア武田方の回し者——奥へうしょう」〽情け用捨もあら気の大将、帳台深く……と前お話し致しました通りの幕切れとなるのでありますが、このクドキは余りパッと致しませず、前に十分なサワリもあり、そして二度目に出てから、このようなことをしておりますと、どうしてもだれ気味になりやすく、前のサワリの蒸返しのようにもなりますので、大抵は抜いて前にお話し申した手順にて幕といたしております。

なお、あと続いて狐火がございますと、謙信の出にて一間に入ったまゝあとは出ないことがあります。その時は注進が入りますと、〽あとに不審は八重垣姫……を、〽あとに不審は濡衣……と語らせ、濡衣一人出て謙信と二人で幕をしめ、そして狐火となるのでございます。

奥庭

廿四孝奥庭の場は、前の御殿十種香の場より、ツナギにて幕をあけます。大抵の人はこの場の姫を人形ぶりにて演ずるようですが、これは歌舞伎としての正道ではなく、一種の方便から、あゝいうことをする慣例となったものです。人形が魂の入った人間の真似をする事は一つの芸術となりますが、自由に動ける人間が魂のない人形の真似をするのは芸術ではありません。私はそういう考えから全部人形ぶりをさけて、まともの芝居をいたします。

さて型の話に移ります。この場は幕があくまで水音を聞かせ、あきますと止め木が入り、本釣りをコーンと打ち込んで、すぐに浄るりにかゝり、陰で琴の連弾《つれびき》きとなります。

〽思いにや焦がれて燃ゆる野辺の狐火、小夜ふけて……。また本釣りを打ち込み、すぐに下座に取って独吟が一ぱいあり、またリャーンリャ、テン、チ、チ、チン、リン、リンの琴入り床の三味線の合方、水音で、八重垣姫が下手柴折門《しおりもん》の内より、黒塗り浅黄色鼻緒付きの庭下駄をはき、左手に雪洞《ぼんぼり》を持ち、右手に褄《つま》をとって門《かど》の戸をあけて出て雪洞を翳《かざ》し、上手を一寸窺《うかが》い、更に下手奥の方を見て、それから舞台真ん中まで進

み、立ち身のまゝきまります。（この時分にニューッと合方消す）

そして下手を見ながら、「あれ、あの奥の間で検校が」〽チン、諷《うた》う唱歌《しょうが》も今身の上……で立ち身のまゝ右足を前に出し、自分の姿を見てきまり、〽おいとしいは勝頼様、かゝるたくみのあるぞとも、知らず計らぬお身の上、別れとあるもつれない父上……で、雪洞を翳したまゝ向こうを一度見て、門に続く柴垣の傍まで行き、庭下駄をぬいで褄を下ろし、雪洞を置いてまたその居所に来て座るのが、〽つれない父上……の文句一ぱいになります。それから、〽諫めても、嘆いても、聞き入れもなき……で、一寸涙を拭い、右手から一つ軽く叩いてそのまゝ後ろ向きになり、左手で下につき下手奥の間を見込んできまるのが、〽チチ、チン胴欲心……になり、〽娘不憫《ふびん》と思すなら……で、表に体を返し両袖を開いて中腰にやゝ上手を見てきまり、〽お命助けて添わせてたべと、身を打ち伏してチャン……で、左袂を両手に持ち、立って二三歩上手へ行き、二三度体を左右に振りながら下がって来て、左足をトンと踏みながらその足を前に出し、同時に両袖を合わして泣き上げてきまるのがこの、〽チャン……に合い、〽嘆きしが……で、きまった形のまゝ体を左右に振って泣きながら座ります。

そしてハッと心づき、「イヤ〱泣いて居《い》られぬ所、追手の者より先へ回り、勝頼様にこの事を、お知らせ申すが（で一寸息を呑んで、ア、そうであったという思い入れでポンと軽く右手で膝を打ち）マ、近道の」（とキッパリ言い）〽テン諏訪の湖舟人に渡り頼まん急がんと、小褄取る手も甲斐々々しく、駆け出《いだ》せしが……で裾前を直し、更に帯を両手で締め直す仕草があり、うしろ振下げ帯を右手左手と分けて持ち、そのまゝ花道七三の先まで急ぎ足に歩いて行き、

〽駆け出せしが……で立ち止まり、「イヤイヤイーヤ」とゆっくりめに言いながら七三の所まで戻って一

寸きまり、「今湖に氷はりつめ、船の往来《ゆきき》も叶わぬ由、歩路《かちじ》を行ては女子の足、何と追手に追いつかりょう」〽知らすにも知らされず、みす〳〵夫《おっと》を見殺しに、するは如何なる身の因果……で、立ち身のまゝ揚幕の方を右袖でさし、そして自分の姿を見て文句通りの思い入れで泣き伏して座り、また台詞「ア、翅《つばさ》がほしい」と言って右袖を前に出し、それを見て、「羽《はね》がほしい」と叫んで左袖を開き、「飛んで行きたい」で、立って右足を前に出し、両袖を開いて一寸きまり、「知らせたアい」と言いながら、それに合わせて開いた両袖を内側に巻いて座り、中腰にて向こう揚幕を見込んでキッパリときまります。それから床の、〽逢いたーい……で、また立ち上がり、両袖を開いて右足をトンと踏み、一イ二ウ三イと前に歩き、左足を出して一寸きまるのが、〽逢いたーい……の文句一ぱいになり、〽見たいと夫恋《つまこい》の……で、出した足から一ツ二ツ三ツと下がり、〽千々に乱るる憂き思い……でモ一度左足を前に出し、その足からまた一イ二ウ三イと下がって来て座り、〽千年百年泣き明かし、涙に命絶ゆればとて、夫のためにはよもなるまじ……で、右袂を返して見、左袂も同じようにし、そして袂を持った両手を胸の辺に抱き合わせてきまるのが、〽泣き明かし……になり、それから涙を拭い、向こう揚幕の方を一寸見て首を左右に振るのが、〽よもなるまじ……の文句までにあてはまります。

〽この上頼むは神仏と床に祭りし法性の……のチョボの間にまた涙を拭い立ち上がり、向こう揚幕の方を見ながら一回りしてモ一度揚幕の方に目をやり、その目をズーッと舞台上手の家体に飾ってある兜に移し、「フム」とうなずくと同時に右手で右膝を打ち、左足を軽く踏んで右足を前に出すのと同時に、右袂を両手に持ちきまるのが、〽フムヨーイ、チン、チン、チン〳〵〳〵……の絃に合わせて、きまった形のまゝ二三度うなずく仕草あって舞台にかゝり、ズッと歩いて上手家体に上がり、下寄りに座りチリ手洗《ちょうず》をするのが、カヽリで、〽兜の前に手をつかえ……で両手をつき、辞儀をします。そして、「この御ン兜は諏訪明神より武田家へ授け給わる御宝《み》なれば、取りも直さず諏訪の御ン神《がみ》（ツンと受けさせ）、勝頼様の今の御難儀、助け給え」と言い、〽救い給え……のチョボで両手を前に出し、押し戴く形で二度そのまま頭を下げ、〽兜を取って押し戴き、押し戴きし俤《おもかげ》の若《も》しやは人の咎めんと……の間に兜の真ん前に座り、辞儀をして立って兜を右手に取り、〽窺《うかが》いおりる……で正面を向き、上下《かみしも》をうかがい見ながら縁に出て思わず右足を下に踏み落とし、同時に兜を左手に隠すように持ち替えてきまるのが、〽チン飛石伝い……になります。それから、〽庭の溜りの泉水に……で下へおり、四辺を窺いながら橋の上に来て、〽映る月影……で月を見ながら右に回り、兜を右手に持ち替え、正面向きにてモ一度上から泉水を窺《のぞ》き込むのが、〽怪しき姿（この時雷序《らいじょ》のドロ〳〵を聞かせ、あとは薄い水音の合方）となり、「アレッ」〽ハッと驚き……で、文句通り驚いて左袖で顔を掩《おお》いながら舞台下手寄りまで来て倒れ、同時に兜を置き、モ一度中腰にて泉水の方を見、〽飛び退きしが……の一ぱいに両手を大きく後ろへ回し、右手だけ下につき、腰を落として驚きの形できまり、

「今のはたしかに（と早めに言い、これにて一寸不審の思い入れがあり）狐の姿（と恐る〳〵言い）この泉水に（左手で泉水を指さし）映りしはハテ」〽めんようなと、どきつく胸撫でおろし〳〵……で、座ったまゝ正面を向いて右手を懐に入れ胸を二三度撫でおろし、立って下手を見ながら回り、〽こわ〴〵ながらチン……で橋の近くまで歩み、一寸おこつき、そのはずみに右足を前に出し、泉水の方を見てハッと思い入れをすると同時に右足を引き、〽そろ〳〵と……で、この、そーろ、そーろ、に合わせ、二度両手を交互に前に出し、ゆっくり歩き、あとは普通に歩いて橋の上まで進み、〽さーし覗《のぞ》く池水に……で両袖で顔を掩いな

がら、こわ〴〵覗きこみ、〽映るは己が影ばかり……で、両袖を開いて右から回り、観客に後ろ向きになり、そのまゝの形で泉水に姿を映し見て、右から回って正面向きになり、両手を鬢《びん》へかざし、水鏡で自分の姿をモ一度見ます。そして、「たった今泉水に映りし影は狐の姿、今また見れば我が俤（と一寸考え）、幻というものか（と言いながら舞台真ん中まで来ます）、但し迷いの空目《そらめ》とやらか、ハーテ」（とキッパリ言い）、〽怪しやと右《と》つ左《おい》つ……で立ち身のまゝ不審の思い入れをし、そして兜を見てまた泉水を覗き、うなずいて兜を右手に持ち橋の上に行く。次に、〽兜をそっと手に捧げ、覗けばまたも白狐の形（で雷序のドロ〴〵）……で右手に兜を持ち、左手を一寸右袂にかけ、泉水を覗き込み「アレッ」と驚き、左手に兜を持ち替え、〽水にあり〴〵有明月……でモ一度覗き込み、そして左手の兜の影に隠れるようにして蹲《しゃが》み、〽チン〴〵不思議に胸も濁り江の、池の汀《みぎわ》にすっくりと、眺め入って、チン、チン、チン……（この間に着付を引き抜き）〽立ったりしが……で、左手に兜を持って高く捧げ翳《かざ》し、右手を左袂に一寸かけ、右足を前に出して絵《え》面《めん》（楽屋の俳優言葉では画面《がめん》と言わない）の形でキッパリときまります。序《ついで》ながら申しますが、〽不思議に胸も濁り江の……という辺から、そろ〴〵着付を抜きかゝって、前記のように白の着付になってしまいますが、あれは大太夫半四郎の型で、大太夫は、こゝで姫が狐になったつもりでそのようにしたということです。

それから合方の、〽チチツン、トツツ……（この間ドロ〴〵、後は薄い水音）の間に、左手の兜を右手に持ち変え、モ一度泉水を覗きこむ。この時黒衣《くろこ》後見が差し金で、兜を引っ掛け、下《した》の下手まで持って行く。姫がこれを見て驚くのがカヽリで、早目の合方になり、右袂を持ち、その兜を取りに行くと、後見が兜を持って上手へ行く。それをまた追うて上へ行くと、後見はまた下へ行くのを、体を回して座り、兜を見ながら足摺りで舞台真ん中まで来る。それからまたモ一度後見が上手へ行くと、今度は下手から座って両袂を胸で合わせ、膝詰めで一イ二ウ三イと絃に合わせながら前に出て、今度は立って、舞台真ん中で座り、兜を押さえて、きまるのが、〽チン、チン、シャン……になります。

それから、すぐに台詞で、「誠や当国諏訪明神は、狐を以《もっ》て使わしめと聞きつるが、明神の神体に等しき兜なれば、八百八狐付き添うて、守護する奇瑞《きずい》に疑いなし」とキッパリ言い、そして一寸考えて「フム」とうなずき、右手に兜を持って下手に行きかけると、そこへカラミが二人出て、一人のカラミと顔を見合わせ、向こうは止める形で行く手を遮る。そして向き合いになり、左右に一イ二ウ三イと体を動かし、前にかゝって来て兜を奪い上手に行きかけるのを、姫は左手を襟元にかけて止め、モ一人のカラミが下手から、「ヤッ」と声をかけるのを一寸見返り、そのカラミが一イ二ウ三イと三足後へ下がって足を開いて両手を広げ止める形をする、と同時に姫も上手のカラミを前の如く止めて右足を少し上げ、右手を握って右乳のあたりに上げ(狐の手つきです)、左肩をグッと後ろに引いて立ち身のまゝキッパリきまるのが、下座のヒーテンにあてはまります。(この時上下から狐火を出す)

このカラミを二人出すのは、大太夫が始めたことで、私は不自由な体で余り動けないために、舞鶴屋の仲《じい》蔵《さん》に勧められて大太夫のやった通りにいたしました。前のきまる所などは、三人一緒にピッタリきまらなければいけませんから、それだけにカラミの方も技倆《うで》のある役者でないと巧《うま》く勤まりません。

それからまた狂いのチョボの合方になり、〽ツチン、ツチン、ツツン……の絃に合わせ、きまった形のまゝ、首を右から一ツ二ツ三ツと右左に振り、〽チン、チレチン、チレテツツン、チリ、チレツン、テン、チリレン、テツヅン、シャン……で上手のカラミを回して兜を奪い返し左手に持ち、「ハッ」と一つトンボを切らせ、同時に兜を右手に持ち替える。すると上下からカラミが傍へ寄って来るのを右手に持った兜で、下の方から一イ二ウ三イと上下を払って真ん中に立ち、右手の兜を高く捧げて、姫は立ち身のまゝ三人引ッ張りできまるのが、〽チリレン、テツ、ツン、シャン……の合方一ぱいになり、それから、〽トトレントトレン、ト、レトレン……の合方で、姫は兜を持ったまゝカラミと前後と兜を取りやりの仕草があり、またカラミ二人が傍へ寄って来るのを今度は左手に兜を持ち替え、二人を左右に払って、真ん中で座り、中腰にて左の兜を捧げて、きまるのが二度目の、〽チリ、レン、テツツン、シャン……になります。と下手のカラミが直ぐ両手を広げて「ヤッ」と声をかけてかゝるので、同時に姫は、右手に兜を持ち替え、カラミと向き合いになり、それがカゝリで、〽ツツーンツーンツ、ツン……で、両方きまったまゝの形で下へ三つ送って行き、チョボの、〽ポンポン、に合わせ、姫は「ハッ」と声をかけ、兜を左に持ち変えながら下手のカラミに、トンボを返らせると同時に、今度は上手のカラミが前と同じようにかゝる。姫はまた前と同じ式で上手の方もトンボを返らせると、また下手からかゝるのが、〽ツーンテン〳〵チリレン、テツツン、シャンになり、このテツツン、シャンの絃一ぱいに姫はまた右手に兜を持ち替え、下手カラミと向き合いになり、一ツ二ツと体を左右に動かし向き合いの形のまゝ「ハッ」と声をかけ、カラミを前の方に一度トンボを返らせ、すぐに猿返りをさせ（この猿返りは、うしろトンボと違い、座ったまゝ後ろへ体を返すのです）、また向き合いになり、姫は右手兜を高く捧げながら立ち身のまゝグッと体を前こゞみにしますとカラミは反りながら後ろへ倒れます。それからまた早目の合方になり、姫が右手に捧げた兜を、上手のカラミが奪うのを取りやりの仕草があり、トゞ百回りをして二人のカラミの真ん中に割って入り、上下に分かして座り、兜を右袂にて軽く押さえてきまるのが、〽チリ〳〵〳〵チリ〳〵……チレ、チン、シャン一ぱいになります。

そして台詞となり、「おゝそれよ、思い出したり、今湖に氷張りつむれば渡り初めする神の狐、その足跡をしるべにて、心安う行来《ゆきこ》う人馬、狐渡らぬその先に、渡れば水に溺るゝとは、人も知ったる諏訪の湖」〽チ、チャン〱チャン〱〱、たとえ狐は渡らずとも……のこのチ、チャン〱〱〱の絃に合わせ、右袂を両手に持ち、右膝から一イ二ウ三イと三ツ前へ出て両手を開き向こう正面を見て、〽夫《おっと》を思う念力に、神の力の加わる兜……で、開いた両手を胸の辺に持って行き、向こう揚幕の方を見込み、その目を下の兜に移し、〽勝頼様に返せとある、諏訪明神の御ン教え……で上向きになってまた両手をつき、上手家体の方を見て辞儀をし、すぐに正面に向き直り「ハハア」と言ってそれにかぶせ、〽ハハアかたじけなや、ありがたやと、……で両手を合わせ文句通りの思い入れで伏し拝み、〽兜を取って頭にチン、チン、チン〱〱……で兜をとり立ち上がると、カラミがまた上下から「ヤッ」とかゝり、姫は兜を両手に持ったまゝ髪の上より冠り（この時なるべく髪をこわさぬよう高くかゝげる）、立ち身のまゝカラミは上下共姫の腰に付いて三人一緒にきまるのが、〽かつげば……になります。それから、チン、チリ、トチ、ル、トツツル、テツ、ツ、トン、ツツ、テツツ、テ、ツトン、ツ、ツレ、ツレ〱……の合方にあわせ、きまった形のまゝ一寸腰を入れて、右足から一ツ前に出し、また左足も一ツ前に出して、そして束《そく》に立って、〽ツツレ〱ツレ〱〱……の絃に合わせ、足を踏みながら上の方から一回りして、〽忽《たちま》ち姿狐火の、こゝに燃え立ち、かしこにも、乱るゝ姿は法性の、兜を守護する不思議の有様……で、下手のカラミを右手で払って上手のカラミと入れ替わり、左手に兜を持ち上手に行きかけると、二人のカラミが続いて止める。それをまた振り払うて兜を右に持ち替え、体を後ろ向きに変えてモ一度行きかけると、またカラミ二人も後ろ向きに体を変え、前のように腰へ付くので振り払い、同時に兜に引かれる気持ちで上手の方に兜を右手、左手と持ち替えながら、引かれる形で大きく回り、そして柴垣の中へ半分体を隠し、そこへカラミが追って来て兜を取ろうとする。その時大ドロになり、姫は兜を持ったまゝ柴垣に身を隠します。これで淡紅《とき》色の縫模様の着付、黒襦子縫いの帯に手早く着替える。（この間大ドロでつなぐ）

姫は支度出来て、下寄りの観音開きになっている柴垣より割って出て、兜を右手に持ったまゝ花道付け際より少し離れた所に顔をうつむき加減にして立ち身できまる（この時大ドロを打ち上げる）。するとカラミの一人、上手から「ヤッ」と声をかけて腰に付くので、姫はハッと心づき、それを払うとまた傍に来かゝるので、軽くカラミの胸を突くのがカヽリで、〽飛ぶがチャン〳〵……になり、姫は花道七三まで行き、おこついて、ばったりと倒れ（この時元の姫に返る気持ち）、そのまゝ舞台の方を見やり自分は座ったまゝ、「ハッ」と声をかけてカラミ二人をトンボ返りさせる。カラミ二人はすぐに一本の注連縄《しめなわ》を肩にかけ、一寸おこついて二人一緒にトンボを返って撞《どう》となる。同時に姫は立って左足を前に出し、右手に兜を持ち、高く翳《かざ》して左手を袂に一寸かけ、向こう揚幕の方を見込んで見得をしてキッパリきまるのがチョンと木の頭、それから、〽チャ、チャ、チャン〳〵〳〵〳〵の三重になり（この間を縫い大ドロを打たせる）、この、〽チャ、チャ、チャン〳〵に合わせ、右足から右手の兜に引かれる気持ちで一寸前に歩み、また左手に兜を持ち替え、今度は左足から前に出てまた右手に兜を持ち替え、右足を引いて一寸きまり、それから色気を帯びて右足から一ツ二ツ三ツと前に出て、また引かれる気持ちで段々早めに向こう揚幕に入ります。この時軽くツケを打たせ、姫の体が入るのにやゝ遅れ勝ちに、ゆっくり幕を引かせ、大ドロ打ち上げにて止め木、幕となるのであります。この花道の入りは中々むずかしいもので、兜に惹かれる気持ち、また、姫としての色気や形の点などを十分に注意せねばなりません。

なお大太夫はこの注連縄の所で、カラミが姫の体をくる〳〵巻き、〽忽ち姿狐火のこゝに燃え立ちかしこにも……になって、姫の姿は舞台真ん中のスッポンに消え、そして今度は花道のスッポンから出たそうですが、その時は元の八重垣姫になっているつもりで淡紅色《とき》か何かの着付に変わり、狐の持って行く兜について入って行ったと言うことです。面白い趣向ですが、私の方では体の都合上、前申した通り姫が狐になって、また姫に復《かえ》るというその心持ちだけを取り入れて、着付だけを替えることにいたしました。

この奥庭に、上方では、狐の八重垣姫を二人出して宙乗りをやった人もありました。私も子供の時に大阪で誰かのを見ましたが、これは妙でないと思いました。それから東京で、妙な格好の縫いぐるみの狐を沢山出す人もありますが、あれは狐火だけにして、狐は出さぬ方がいゝと思うのです。第一見た目がよくないし、それに肝腎な姫が邪魔されて引き立たないことになるのです。

もう一つ序《ついで》ながら申します。この廿四孝の勝頼の紋を五三の桐に改めたのは私で、これは手前味噌のようですけれども記しておきたいと思います。――昔は武田家の定紋であるところの武田菱《たけだびし》で、これは錦絵を見れば判りますが、私はあの所の文句を精読して、「ようよう只今召し抱えられ、衣服大小改めし新参者」とあることに重きを置き、上杉謙信の定紋の五三の桐に改めたわけです。それからはずっと今日まで一般にこの五三の桐を用うることになっています。

（中村歌右衛門口述・安部豊編『魁玉夜話　歌舞伎の型』、文谷書房、昭和二十五年）

八重垣姫　六世中村歌右衛門

この三カ月の間に、偶然、三姫を続けて勤めました。四月に時姫、五月大阪で雪姫、それから今月は八重垣姫と言うわけですが、この三姫は、それぐ〳〵違った特色のある役ですから、一概に、どれが一番難しく、どれが容易《やさ》しいと申すわけには参りませんけれども、わたくしと致しましては、何と申しましても、三つの中では、この「十種香」の八重垣姫が一番重く、大きい役のように思われます。「狐火」の方は、動きがあり、何とか繕いようもあって、まだしも演《や》り易いのですが、「十種香」の方は動きが少なくて、ジックリと見せる芝居ですから、本当に手重い役だと存じます。

「十種香」の方から申しますとやり方は父先代歌右衛門以来の成駒屋型で、いつもと殆んど変わらない行き方をしております。本屋体との廊下を渡殿《わたどの》にしないで、窓の付いた庭の見えない廊下にするのも、自家《うち》はいつもこうなのでして、これは、成駒屋型ではおしどりを使わないからなのです。

焼香の件《くだ》りで、いつもと一寸変えましたのは、〽名画の力もあるならば」の件りをこれまでは正面向きで致しておりましたが、余り同じになるので、今度は後ろ向きにして見たのと、〽呼ぶは生ある習いぞや」の柱巻きの件りで、柱巻きになる前にクルリと前面《まえづら》（縁側）の方を回り、当たって柱巻きになるのを、今度は前へ出ないで、一度裏向きになってからにしています。これは前へ回るように父からも教わりましたし、今までずっと大抵そうしておりましたのですが、今度は大道具の関係で、縁側が狭いので、回って回れなくはないのですけれど、一寸恐いので、止むを得ず前を回らないことに致しましたのです。

それから、柱巻きの両袖を柱にかける件り、父は、若い時は派手に、中年で引き締めて、年をとってからはまた派手に返るようにと言うことを申し、晩年には柱にかけた袖を随分高くして派手に見せたものですけれど、私が教わる時には、袖の位置のことは特に申しませんでしたから、まア、大体、いつも今度のような位置に致しております。

その外、サワリなど、すっかり父のと同じ手順でございます。

奥庭の方も、成駒屋型では、人形振《ぶ》りは全然致しませんし、カラミを二人遣ってのやりとりも、動き、段取り、すべて、大体、いつも今度の通りに致しております。もっとも、その時〱の都合で、カラミとのやりとりは二・三の抜き差しはありますけれども……。

祭壇の所へ行った最初に、両手の指先で何か括《くく》るような科《しぐ》さをしてから、両手をぶっ違えて胸に当てるような振りがありますが、これは「チリチョウ」と申してこの役に限らず、いろ〱なものに出て来ます。殊に、踊りには多い科さのようですが、あれは浄《きよ》めの意味なのですね。ここの引き抜きは、最初の藤色、水鏡で引き抜いて白、それから最後に淡紅《とき》色になりますが、これも、自家《うち》ではいつもこの行き方に決まっております。

（昭和三十一年六月新橋演舞場所演・『演劇界』昭和三十一年七月）

勝頼　十四世守田勘弥

二段目の「勝頼切腹」の出たのは、大歌舞伎では七八十年振りなのだそうで、勿論、私だけでなく、出演関係者一同誰も演《し》た事も見た事も、聞いた事もありません。

しかし、文楽では稀に出たそうですし、つい最近も、今度の文楽再築の開場式の興行で出たばかりだそうですから、丁度先月は大阪の歌舞伎座に出演しておりましたのを幸い、〔吉田〕玉男さんにいろ〳〵とお訊《き》きしました。玉男さんも珍しい出し物なので大分苦心されたようです。

歌舞伎の方では、すっかりやり方も残っていず、小芝居では二十数年前出た事もあったと聞きましたが、その外、亡くなった自家《うち》の三吉が六方座と言う研究劇を飛行館で致した時、ここを研究的にやった事もあるのですが、確か、その時も、文楽とすっかり同じ行き方だったとおぼえております。〔三吉は坂東姓、先代〔七代目市川〕団蔵の門弟市川紅若の子で先代勘弥の門弟だった人〕

扮装は大体人形の演出が基準で、十種香以外を申しますと、最初の盲《めくら》勝頼が淡紅《とき》色地《いろじ》に唐草笹りんどう、手鞠《てまり》などを縫いにした熨斗目《のしめ》の着付に、水色繻子《じゅす》に武田菱《たけだびし》を格子にし、その上に鳳凰を散らした熨斗目の長袴、これは紋が桐になっていますからおかしいと思ってダメを出しているのです。十種香は上杉家から賜った衣服ですから桐が当然ですが、ここは武田の紋でなければならないはずなのですからね。それから、最初、長袴でなく、普通の袴と言う案もあったのですが、十種香が長で、濡衣が亡き恋人とそっくりだと言って泣くのに照応して、なるべく似た姿の方がいいと言うので、長にしたのです。

簑作実は勝頼は、紫紺地にのりこぼしで襦袢《じゅばん》は赤を着、帯は黒繻子、鉄砲渡しでは藤色地に大ぶりの桜小紋、奥庭の関兵衛見顕しでは、本当は、いつもの十種香のこしらえの儘《まま》で出るつもりでいたのですが、謙信が十種香のとは替えて出ますから、対照上、私の方も替えましたが、着付は淡紅《とき》色地《いろじ》に織物の熨斗目、長裃はくすんだ青磁色がかった水浅黄地に花模様の織物ですけれど、この長裃は馬鹿に地味なので、止むを得ず、鬘《かつら》や着付と合わないので他の物と替える予定です。織物の有り布《ぎれ》で三反物はこれだけだったので、あれで一応間に合わせたので、普通の袴だと二反で済むのに、長は三反要《い》るのです。それから、簑作ののゝりゝこぼしは、最初水浅黄の石持《こくもち》と言う案も出ましたが、そうなると、筍掘りも出た場合、慈悲蔵は何を着るかと言う事になり、今度のようなものに決まったわけでした。

やり方の方では、大体、文楽を基準として、歌舞伎の定式に箝《は》めて行くより外はないのですが、やっぱり、長い間出ないものは、それだけのものと言うのでしょうか、ここと言って特に面白い芝居の仕所もないようです。

困るのは、盲勝頼が、本当の大名の胤《たね》ではないのに、自分は一切偽者とは思わず、死ぬまで本物と信じ込んでいる事です。従って、品位は必要ですし、と言って、本物でない生まれも何処《どこ》かになくてはならない訳のものでしょう？　ですから、私は、主として切腹してからの態度や動作にそれを覗《ねら》って見ました。つまり、手負いになってから、大名の若殿役の約束よりは稍々《やや》品を落として演《し》ているのです。

芝居としても、何か仕所を拵えなければ面白くないので、その点も考えて、例えば、義清が盲勝頼の首を持って帰る時、簑作の方を義清が振り返って見る、簑作は顔見合わせて、ハッとなり手を合わせて首を拝むと言った芝居を拵えるのに、義清役の〔五代目中村〕福助《たかさごや》さんに振り返って貰うように願いましたが、その他では、兵部が斬りかける件《くだ》りの「瓜か茄子《なすび》を切るように」の辺り、思わず侍になり〳〵突き放せば」で見得をし、兵部の「ヤア土ほぜりに似ぬ不敵者」で、ハッとなってまた百姓に戻りお辞儀をすると言ったようなことをします。幕外は、最初の台本にはなかったのですが、文楽にも昔は引ッ込みがあったと聞き、それに、これから謙信館へ二人で行くと言う感じも出ますし、十種香の場の前にこの二人の道行がある、その俤《おもかげ》も幾らか出せるので、幕外にしました。この幕外を、昔は、簑作が笠を持って六方を踏んで引ッ込み、濡衣がその様子を見て恋人の偽勝頼の姿にそっくりなので嬉しそうに、その後から扇で煽《あお》ぎながら入ると言った風な派手なやり方をする行き方もあったそうですが、いかにも昔のお芝居らしいのんびりした面白味があるとは思いますが、今日《こんにち》、いくら何でもそんな事は出来ませんから、私は、逆に、ここは愁いの淋し味の方で行く事にし、ここで濡衣が血染めの片袖を出して愁いの科《こな》しが双方にあるようにと、〔八代目沢村〕宗十郎さんに、片袖を出して貰うように注文しました。この片袖は、前髪としては白では色気がなく、水浅黄か何かの方が至当なわけですが、そうすると「十種香」で濡衣が使う時、白でなければ見た目がおかしいので、盲勝頼では白を着たのですけれど、丸本物は、こんな工合で、他の場の事を考えると、その場だけの衣裳を着るわけには行かない場合が往々にしてあるようですね。

玉男さんからいろ〳〵聞いたところでは、この段切れは「寺子屋」のいろは送り式に、丁寧に運びその間に何かと仕事があるのだそうですが、今度は時間の都合で割ゼリフで手早く切り上げましたし、信玄とのやりとりでも、〽用意の鉄丸《てつがん》車輪の如く投げ付け給えば」で、投げるのを、簑作が笠で受け止める科《こな》しがあり恐らく、これは肌を脱いで派手にやるので、だからこそ、この役が赤の襦袢《じゆばん》を着て、それがパッと目立ってその効果があがるのでしょう。その他、「引揚げ」にはいろ〳〵と仕事があるようですが、一切、時間の都合でカットになりました。

「十種香」の方は、大体、いつもの通りですが、〽後ろにしょんぼり濡衣が」で、左わきに刀をトンと突くのが変わっています。このトンと突くのは、この役としては荒っぽい科《しぐ》さで、いけないとされているのですが、前の盲勝頼と照応させているためでして、その科さや姿が前の盲勝頼とそっくりなので、濡衣がその姿を見て泣けるようにと言う心持ちなのです。

ここの着付は、淡紅色《とき》を着る人もありますが、私は亡父〔十三代目守田勘弥〕と同じく赤を着ます。それに、切腹や奥庭で淡紅色《とき》を着ますしね。

「勝頼切腹」は、まア、あれだけの芝居ですけれど、しかし、これを出すと、十種香の勝頼が実にやり易くていい心持ちですね。第一、出て来る最初の瞬間から勝頼になれる気がしますし、のっけの「我民間に育ち」のセリフが、実に楽にスラリと言えるのです。と言うのは、ここだけだと、見物の方々が、何が何だか訳が分からないだろうと、私の方でも不安な気持ちがするのに、今度はその意味が分かっているはずですし、鉄砲渡しでは衣服大小を賜わって入るのですから「ああ、あれを着て出て来たのだな」と言う事で、こしらえの方から言っても、スラリと頭に入るわけでもあり、何か安心して楽な気持ちで芝居が出来るような気が致します。

（同前）

濡衣　八世沢村宗十郎

〔「勝頼切腹」の場は〕何しろ何十年振りの復活で、見た事も聞いた事もありませんので、文楽へ行くより外はなく、私は、幸い、〔吉田〕文五郎さんとは以前から親しくして戴いておりましたから、訊《き》きに参りましたが、文五郎さんも、ここの濡衣に限って、特にサワリの型はないから、自分で工夫なさるようにとのことで、まア、皆さんとも御相談の上で、あのように致しております。

私としては、信玄館の濡衣は十種香とは時日の隔たりはさしてないのですけれども、一寸若い気持ちで致した方が、この場の性質《たち》や十種香との取り合わせから言って至当かと思い、そうしておりますが、言って見れば、役は全然違いますけれども、若殿と腰元との恋仲と言う点で、「勘当場」の千鳥のような心持ちを含めて演《し》ております。で、ここの衣裳も、グッと派手にしたいと思い、初日には紫紺地のパッとしたものを着ましたが、どうも浮き立ちすぎるのと、勝頼の衣裳に合わないので、藤色にしようかとも思い、結局、今の鼠地に替えました。これは霞に秋草の模様です。鬘《かつら》は十種香と気を替えたいとも思って見ましたが、他に適当なものもなく、やっぱり、これは十種香と同じく文金で行くより仕方がないので、そう致しております。帯は緑地の織物に、牡丹《ぼたん》やその他の花に観世水《かんぜみず》の模様のものです。

扮装が替わると言えば、〔二代目中村〕芝鶴さんの奥方も、初日は下げ髪でかつら巻のついた、勘当場の延寿を派手にしたようなものだったのが、今のような帽子付きの片外しになったのでした。

する事では、何しろ、出て来て、いきなり直ぐサワリになるのですから、少々戸惑います。余り動いてもおかしなものですし、で、先程も申しましたように十種香よりは少し若い気持ち、千鳥と似たような心持ちで致しておりますので……。

やり方は、大体、歌舞伎の定式に箝《は》めて運んで行き、しまいの自害しようとする件《くだ》りで、関兵衛の小刀をとってするのが、特に工夫と言えば言える位なものでしょう。

「十種香」の方は、度々勤めておりますが、大体、いつもの通りと殆んど変わりありません。やり方は、父〔七代目沢村宗十郎〕の型に、先代〔六代目尾上〕梅幸さんのを拝見して大層結構だと存じましたので、その型も幾分か斟酌して演《し》ております。

焼香の時、片袖でなく、短冊を使う型もあり、私もいつか一度それで致した事がありましたが、勿論片袖の方が本当ですし、今度は前が出たので、自分でも納得が行き、御見物の方でもよく分かって、「切腹場」の出た事は、その点でも結構なことと思っております。

父の濡衣は、せりふ回しなど歌舞伎風の独特な言い回しで、大層派手なものでして、最初の「広い世界に誰あって」から、八重垣姫と同じようにゆっくりと張って申したものですけれど、今日では、すべて本行風《ほんぎょう》にと言う行き方になっていますし、シテの姫に対するワキの腰元と言う遠慮もありますから、ずっと地味に早目な言い方を致します。父の歌舞伎風の派手な行き方はこののっけのせりふ回しだけでなく、随所にあり、いかにもお芝居らしくて面白いとも思い、私もそんな風に言って見たいのですけれども、他の皆さんとの調和も考えて、一人浮き立たないようにと、このように致しておりますので……。

こしらえは、人によっては大振袖を着る方もありますが、私は父と同じく中振袖を着ます。やり方も、父が文五郎さんからいろ〳〵と聞いて工夫した型を、私が以前新宿第一劇場で初めて勤めた時に教わり、今度も主としてその通りに致しておりますのです。大体において、先の梅幸さんの型より大分アッサリした行き方なのです。

父から言われた事は、この役は、間《ま》をうまく持たして八重垣姫のアナがあかぬようにと気をつける役で、余り際立たないようにしなければならない、例えば、焼香の件りでも、手早く片袖や焼香の道具をお客様の気の付かないように片付け、〽後ろにションボリ濡衣が」のキッカケにはめて、いつの間にか勝頼の傍に寄っていると言った工合に、ソーッと、殊更らしくなく手順を運ぶようにするのでして、私も父の言ったようにしているつもりなのです。

ここの濡衣は、すべて、切腹場よりは老けた心持ちで演《や》り、後半は、全然姫の後見役みたいなもので、姫の方へ合わせるように合わせるようにと致し、姫を勝頼の方へ突きやる件りなど、日によって、突きやる件りが一度しかない時は、その間に合わせるようにと運びますし、また、姫が立っている時はこっちで座り、姫が座っている時はこっちが立つようにすると言った塩梅《あんばい》に、絵面になるようにと、何事も姫を勤める人に合わせるよう、心を配っています。

姫が勝頼に縋り付いて濡れの形になっての〽心どきつく」では、濡衣は扇でバタ〳〵自分を煽《あお》ぎますが、ここは後ろ向きでするのと、正面向きでするのとあり、これは、先代梅幸さんの正面向きでなすったのが大層よかったのを覚えているので私は正面向きに致しております。

なお、言葉では、最初の焼香場で、「父御の悪事も露知らず」の父御を、普通歌舞伎では「テテゴ」と言いますが、本行では「チチゴ」と言うのが本当なのだと聞きましたけれど、ずっと歌舞伎では、「テテゴ」ですし私一人が習慣を破って、変に耳立ってもと思い、いつものように「テテゴ」と申しております。

（同前）

本朝廿四孝の「十種香」「狐火」——八重垣姫　三世中村鴈治郎

『本朝廿四孝』の「十種香」の八重垣姫は、九九年（十一月）に国立劇場で久し振りに演じたのですが、これも東京と大阪とでは装置からして違います。大阪式は、装置が古風な御殿ですが、東京は武家屋体になっています。

〔中略〕

「十種香」の八重垣姫は歌舞伎の三姫の一つと言われ、とくに東京の役者さんは大切にしておられます。それは大名のお姫様の恋を品良く見せるという内容が、歌舞伎の高尚化をめざす明治の俳優たちにとっては格好のものだったのでしょう。装置が古風な御殿から白木の武家屋体になったのは何時《いつ》からかは知りませんが、五代目尾上菊五郎さんは上手に池を飾り、九代目〔市川〕団十郎さんは義太夫の詞章を品の良いものに改められました。

大阪では丸本どおりの詞章で演じますし、装置もいつもの黒塗りの御殿です。

つまり、この一幕は、八重垣姫の燃えるような恋心を、いかに見せるかが主眼の芝居で、物語性が稀薄ですからそこが逆に難しいともいえるでしょう。

八重垣姫には品位が大切ですが、私が教わったのは、世間知らずで育った大名のお姫様なので物怖じしない。好きなら好きではっきりしている。妙に恥ずかしがってはお姫様にならないということでした。私はそういう解釈でやってますので、濡衣に取り持ちを頼むところも、わざわざ濡衣を上手へ呼びつけたりせず、勝頼を挟んで下手にいる濡衣に「後とも言わずいまここで」と言っています。文楽もそうですし、そのほうがおおらかな感じが出るように思います。打掛けを脱ぐところもいろいろな解釈があるようですが、私は絵像の勝頼とそっくりな男がいるのにびっくりして、思わず走り出た時に肩から滑り落ちるという感じでやっています。和事の「羽織落とし」のテクニックを応用したのです。

五代目〔中村〕歌右衛門型ではこまかい動きが付いていて「呼ぶは生ある習いぞや」で柱巻きになるのですが、私は柱巻きはしません。欄干に手を突いて、背を反らして絵像を見返るようにしています。武智〔鉄二〕先生は「八重垣姫は絵像に恋をしていたんだよ」と言っておられました。私も絵像への思いを大切にしています。物語そのものに起伏がないものですから、舞台がとかくだれがちになります。それを救うためには、八重垣姫の動きがいつも美しい絵になっていないといけない。そこが最大の難しさではないでしょうか。

国立劇場では、この後に「狐火」を演じました。「十種香」の最後に、八重垣姫の父の謙信は簒作を勝頼と見破っており、勝頼を塩尻に使いにやった後、討手を差し向けて殺そうと計る話があります。それを知った八重垣姫は勝頼を助けるため、奥庭に祭ってある武田家の宝の諏訪法性の兜に祈り、兜を手にします。すると諏訪明神のお使い姫である狐が現われて、八重垣姫を導くのです。

この「狐火」は、人形振《ぶ》りと言って、役者が人形になって演じるやり方にしました。大阪では八重垣姫は、先代の〔三代目〕中村雀右衛門さんが得意にしておられて、京屋型というのがあるのです。その京屋型が人形振りで、今の文楽のやり方の基本にもなっています。国立劇場の時は文楽の吉田文雀さんに教わって務めたのですが、この時は途中で人間に戻るやり方にしたので、肉体的にはきつかったですね。と言うのは、人形振りで派手に動き回った後、人間に戻って「まことや当国諏訪明神は狐をもってつかわしめと聞きつるが」以下の長台詞を、イキの詰《つ》んだタテコトバで言うのが大変なんですよ。武智歌舞伎で八重垣姫を「十種香」から「狐火」まで演じましてね。この時は人形振りではなかったのですが、「まことや当国諏訪明神は狐をもって」以下のタテコトバのお稽古のところで目を回してしまったんです。イキを詰めた台詞の上、お稽古そのものが激しいでしょ。目の中をオーロラが飛びました。武智先生からは「そこまでいったら一人前だ」と褒められたのですが、そんなことしていたら死にますよ。この間、「狐火」をやった時、その時のことを思い出しました。しかし、そんな厳しい稽古を体験したからこそ、今の自分があるのだと思います。

（中村鴈治郎著・水落潔編『鴈治郎芸談』、向陽書房、平成十二年）

〔編著者注〕芸談の抜粋・引用に際しては、漢字表記、仮名遣い、ルビの付け方、見出しの付け方などを一部改めた。なお、文中の〔　〕内は編著者の補記である。

解説

双蝶々曲輪日記

〔通称〕『双蝶々』。また各場面については「相撲場」「橋本」「引窓」などとよぶ。なお丸本内題には「関取濡髪／名取放駒」という角書がある。また各段に内容を示した短いカタリがついている（「梗概」参照）。

〔初演年月・初演座・主な演者〕　本曲はもと人形浄瑠璃に書き下ろされた作品である。初演は寛延二年（一七四九）七月二十四日より、大坂道頓堀、竹本座。太夫は竹本大隅掾、竹本政太夫、竹本上総太夫ら、三味線は竹沢両助、大西藤蔵、竹沢弥七ら、人形遣い、吉田文三郎、吉田才治、桐竹助三郎らである。

歌舞伎化されたのは、同年八月、京都・布袋屋梅之丞座。座本・嵐三右衛門。中山新九郎の濡髪大当り（『歌舞伎細見』）、濡髪・中山新九郎、放駒・藤川平九郎（『日本文学大辞典』）などの記述がある。また『義太夫年表』の『双蝶々』の項に、「慶大蔵の絵尽しの最終丁裏に次の墨書がある。名代布袋や梅之丞／座元嵐三右衛門／南側芝居にて此狂言寛延二年巳八月三日より大当り／浄るり　竹本音太夫／竹本弓太郎／三絃駒沢平六／狂言作者　並木永輔」と報告されている。人形浄瑠璃で初日を出してから、十日後に早くも歌舞伎化されたことになる。

同年三月刊の役者評判記『役者花双六』によれば、嵐座に〈中山新九郎〉の名は見えない。しかし翌寛延三年二月の伊勢古市芝居で、中山新九郎（濡髪）、中山文七（十次兵衛）、桐山紋治（長吉）、笹尾音十郎（与五郎）らにより『双蝶々曲輪日記』を上演した記録が『伊勢歌舞伎年代記』にあるとのことである。

当時、悪役で評判であった藤川平九郎の放駒などは考えにくく、配役の点では確認できないが、寛延二年に京都で歌舞伎化され、評判であったことは確かなようである。なお、『歌舞伎年表』には、この年に『双蝶々』に関する記述はない。

大坂では四年後の宝暦三年（一七五三）五月五日より、道頓堀角の芝居で、座本三桝大五郎一座で上演されている。配役は、三桝大五郎の放駒、藤川平九郎の濡髪。

『歌舞伎年表』によると、江戸でおくれて二十年後の安永三年（一七七四）九月、中村座で〈四番続〉として上演されている。配役は放駒・与兵衛（三世大谷広次）、みやこ（中村里好）、濡髪・治部右衛門（初世中村仲蔵）、あづま（二世佐野川市松）、与五郎（二世市川門之助）。〈四番続〉とあるが、どの場を上演したか確定は出来ない。

〔作者〕　二世竹田出雲、三好松洛、並木千柳（宗輔）の合作。各段の執筆分担に関しては、森修は四ツ目・米屋＝宗輔、六ツ目・橋本＝出雲、八ツ目・引窓＝宗輔と推定したのに対して、内山美樹子は、米屋は松洛の可能性が強い、と修正している。なお歌舞伎化に関しては、その都度、上演座に付いている狂言作者が、適宜手を加えたと思われる。

〔題材・実説〕　外題の「双蝶々」は、角書にもある濡髪長五郎と放駒長吉という、二人の〈長〉の字を名にもった角力取りを主人公に、その達引を中心にしたものであることを示している。七ツ目・道行に「ヤア長五郎か、コリヤ長吉、われも長、われも長、二人合せて蝶々とまれ、菜種にとまれ」と、狂乱した与五郎が菜種の花で、二人の角力取りの蝶々髷をぶつところがある。

「曲輪日記」は、与五郎と遊女吾妻、与兵衛と遊女都の二組の、大坂新町の廓での色模様を描いたことから名付けられたものである。

濡髪長五郎については、『摂陽奇観』巻廿五下「関取濡髪長五郎の話」の条に、『武摂雙蝶秘録』を引用して、次のように述べている。「上州沼田城主土岐丹後守殿（享保年中大坂御城代なり）江戸家来岩村長右衛門といふ者故あつて浪人し城州八幡に蟄居し、都倉与惣兵衛と改名して手跡の指南を業とす。其子長五郎生得角力を好み、同所荒石斧右衛門といふ角力取の養子と相成、荒石長五郎と名乗りけり。（八幡の荒石斧右衛門は其頃角力仲間の親方のよし）此長五郎は若気の血気に喧嘩口論を好み、平常に紙を水に浸し、額に手拭にて捲く、尤もこれ用意の宜しき也。濡れたる紙は刃物とても通ることなし。異国にては紙具足とて水にて数枚の紙を身に張りける由。この理をもつて長五郎も常に濡紙を額に当つる故に荒石という名乗はあれ共諸人ぬれかみ〳〵とぞ呼びける。（濡髪にあらず濡紙也）丹後守大坂御城代の節、濡髪長五郎難波裏にて服部惣右衛門といへる侍と喧嘩をなし、遂に右惣右衛門を殺して親里八幡に身を潜みけれども、天網遁がれがたく入牢に及ぶ、これ享保中の事也」云々。

因みに本曲二ツ目・角力場で、濡髪が放駒に言うセリフに「ホ、、侍が抜いて切掛けうが、何奴《どいつ》が抜いて掛かろうが、額に濡髪、鎖鉢巻より、慥《たし》かな請人《うけて》、ハ、切りにくかろ」とある。

放駒長吉に関しては、実説らしきものはない。ただ『南水雑誌』巻一（『浪速叢書』第一所収）や『南水漫遊』初篇二の巻（『新群書類従』第二所収）に若干の記述があり、実父丸屋仁左衛門が大宝寺町で搗米屋を営んでいたと記してある。（平成十五年一月、国立劇場所演の「米屋」の場では、丸に仁の字を染め抜いたのれんを用いていた。）

吾妻と与五郎の巷説は、元禄の俗謡にも歌われた有名なもので、『落葉集』巻四「古来中興当流踊歌百番」

の第一番の山崎与次兵衛踊に「吾妻請出す山崎与次兵衛、うけ出すく山崎与次兵衛、今は思ひの下紐とけて、廓住居のうき辛さをば、聞くも中々うらめしや」云々とある。山崎与次兵衛のモデルは、摂津国郡山の豪商・坂上与右衛門の替名であるとする説と、淀屋辰五郎とする説がある。

〔先行作品・影響作品〕『双蝶々』は前述の実説を素材として作られた作品というより、吾妻・与五郎に関しては、近松門左衛門作『山崎与次兵衛・寿の門松《ねびきのかどまつ》』（享保三年＝一七一八）、長五郎・長吉に関しては、西沢一風・田中千柳合作の『昔米万石通《むかしごめまんごくどうし》』（享保十年＝一七二五）の先行作に拠るところが多い。この関係のない二作を、ないまぜにしたところに本作の着想の妙と面白味がある。とは言え、与五郎・吾妻の件《くだり》と、長吉・長五郎の件を貫通するガッチリとした骨格がなく、緊密な構成を欠き、世話物として九段つづきは、やや長すぎる感がある。

寛政末頃（一八〇〇）成立と推定される『浄瑠璃譜』に「此浄瑠璃趣向は能けれど夏祭と同事。団七に徳兵衛を前髪にせしやうな狂言とはなはだ不入りなり。此趣向歌舞伎にては長吉長五郎とて大入りをなし、今も歌舞伎の狂言となり、操りには余りいたさず」とある。確かにこの作品は、初演時は不評だったようである。後述するように、やや雑多に盛り込みすぎた点はあるが、必ずしも作品の出来が悪かった訳ではない。現に『竹本不断桜』（宝暦九年＝一七五九）には「上上吉　双蝶々曲輪日記／箱入の進上物　いつまでもちのよい干鯛」とある。

ただ出雲、松洛、千柳という黄金トリオによって『夏祭浪花鑑』（一七四五）につづいて『菅原伝授手習鑑』（四六）、『義経千本桜』（四七）、『仮名手本忠臣蔵』（四八）と毎年傑作が書き下ろされ、いずれもが大評判となった次の年である。作者の方にも人形芝居の見物の方にも、いささか疲れが見えて来た、と言えないこともないのである。ともあれこの作品は、歌舞伎化されることによって、より面白味を増す要素があったのである。現に前述したように、人形浄瑠璃での初日から旬日の後に歌舞伎化されている。当時の歌舞伎界は、人形芝居を次々と歌舞伎化する状況にあったとはいえ、早すぎる。歌舞伎者の勘の良さかも知れない。

歌舞伎では「吾妻与次兵衛物」という新しい〈世界〉が生まれ、長吉・長五郎を含めて書替狂言や他の世界との〈ないまぜ物〉が続く。そして意外にも江戸での作品が多い。主な作品を年代順に列記すると、

○『子宝愛護曾我《こだから・あいごそが》』（宝暦五年＝一七五五、江戸・市村座）
○『猿若万代厦《ばんだいぶたい》』（天明六年＝一七八六、江戸・中村座。中村重助作）
○『関取菖蒲絺《かたびら》』（寛政九年＝一七九七、江戸・河原崎座。初世桜田治助作）
○『誧競艶仲町《いきじくらべ・はでななかちょう》』（享和二年＝一八〇二、江戸・中村座。二世瀬川如皐作）
○『春商《はるあきない》恋山崎』（文化五年＝一八〇八、江戸・市村座。四世鶴屋南北作）
○『当穐八幡祭《できあき・やわたまつり》』（文化七年＝一八一〇、江戸・市村座。四世鶴屋南北作）
○『色情《ふけわたり》曲輪蝶花形』（文化十一年＝一八一四、江戸・中村座。奈河篤助作）
○『双蝶々賑曾我《にぎわいそが》』（文化十一年＝一八一四、江戸・森田座。『春商恋山崎』の再演）
○『染替蝶桔梗《そめかえて・ちょうにききよう》』（文化十三年＝一八一六、江戸・河原崎座。四世鶴屋南北作）
○『卒曾我《ねんねんそが》曲輪日記』（文政元年＝一八一八、江戸・中村座。二世桜田治助作）
○『蝶鶇《ちようもひよく》山崎踊』（文政二年＝一八一九、江戸・玉川座。四世鶴屋南北作）
○『御摂曾我《ごひいきそが》閏正月』（文政五年＝一八二二、江戸・市村座。二世瀬川如皐作）
○『蝶々孖梅菊《ふたごのきょうだい》』（文政十一年＝一八二八、江戸・河原崎座。四世鶴屋南北作）

○『種花蝶々色成穐《はなにちょう・いろのできあき》』（天保十二年＝一八四一、江戸・市村座。西沢一鳳作）
○『世界袷《あわせ》蝶全小紋《ちょうちょうこもん》』（安政六年＝一八五九、江戸・市村座。『卒曾我』の改題、再演）
○『蝶同《ちょうちょう》孖梅菊』（慶応二年＝一八六六、江戸・市村座。『蝶々孖梅菊』を黙阿弥が添削、再演）
以上のように、二、三を除いては、ほとんどが再演されていない。

　上方での書替物の調査が進んでいないためもあってか、報告されているものは、ごく少ない。
○『侠競《だてくらべ》廓日記』（寛政十二年＝一八〇〇、大坂・角の芝居。近松徳三、奈河篤助ら作）
この作品は、中国白話小説にある貧しい油売りが全盛の遊女を見染めて一夜の情を求める話（「売油郎独占花魁」）を『双蝶々』の世界に組み入れたもので、山崎屋与五郎・遊女都の筋と、油売り与兵衛と遊女吾妻の筋を中心に、幻竹右衛門と鐘の太兵衛の達引や山崎屋浄閑慈愛の筋などをからませた複雑な展開をみせる通し狂言であったらしい。そのうち与兵衛の件《くだり》が好評であった。それで、
○『油商人《あぶらあきんど》廓話《くるわばなし》』（享和三年＝一八〇三、京都・四条北側芝居。座本・吾妻富次郎）
と改題、油売り与兵衛とあづまの筋に絞り込んで上演、すこぶる好評をえた。この時の役者は三世嵐吉三郎（後の初代嵐璃寛）の与兵衛、二世芳沢いろはのあづまであった。京阪で吉三郎が当てた後、初世実川延三郎、三世片岡我童（後の十代目片岡仁左衛門）らが得意とし、近年では二世実川延若が度々演じ、代表的な上方狂言として人気があった。台本は『日本戯曲全集21　滑稽狂言集』（春陽堂版）にある。

　なお講談の『紺屋高尾』や『名物幾代餅』はこの狂言にヒントを得て創作されたもののようである。

〔鑑賞〕　前述したように、この作品は人形浄瑠璃に比して、歌舞伎の方が自由かつ大胆に演出をかえ、役者の持ち味や芸風を活かした工夫がほどこされ、観客を楽しませ、人気を博して来た。原作と本書で採用し

た台本を比較しながら、鑑賞のポイントを順に述べてゆく。

序幕　浮無瀬・清水観音舞台

まず序幕にこの場をおいたところが珍しい。近年の歌舞伎の上演は、ほとんどが「角力場」と「引窓」に限られている。それも独立して別々に上演されることが多い。安永・天明頃（一七七二―八九）の大坂での上演本を採用している『日本戯曲全集29　義太夫狂言世話物集』には、この場がある。今回の脚色者（山田庄一）は、この場を復活したのは「与五郎・吾妻、与兵衛・都の二組の恋の対照を強調するためである」と言っている。この場面があることによって、外題の下半分の「曲輪日記」が活きてくるのである。「その意味で、この場は努めて純上方の世話物風に脚色してある」とも語っている。二人の優男のうち、与五郎は、次の「角力場」で更にその〈つっころばし〉の性格が強調されているが、この場でも吾妻との痴話喧嘩などは、近松の『冥途の飛脚』の改作『封印切』の茶室の場同様、上方歌舞伎の典型的な演出が展開される。一方与兵衛は、今は笛売りに身をやつしているが、悪侍二人を手玉にとり、関口流の一手も習い覚えた八幡の郷士であるという前身を見せ、後の「引窓」への性格を一貫させている。

更に脚色者の工夫は、原作では三ツ目・新町揚屋で見せる〈小指の身代わり〉（「梗概」参照）の件《くだり》を、清水観音へ持って来たことである。「新町揚屋の場」は、やや冗長で、歌舞伎でもほとんど上演されたことはない。また与兵衛の〈佐渡七殺し〉も、新町揚屋でのことであるが、この場の事件として書き加え、「引窓」での濡髪の述懐「同じ人を殺しても、運のよいのと悪いのと」に照応させている。悪侍たちとの立ち回りの末、与兵衛が舞台から傘を用いて飛びおりる演出も、歌舞伎らしい。（もっとも、「梗概」でも述べたが、原作では吾妻が与兵衛を自分の蒲団の中へかくまい、都が二人の仲を邪推することなどがあるが、今回の台本では、都が床几の下へ与兵衛をかくすことになっている。）

序幕としては、やや盛り沢山の気味はあるが、端敵にいたるまで見せ場のある一幕になっている。

二幕目　角力場

この場も、歌舞伎風な演出がいろいろ考案され、原作以上に面白い場として人気がある。堂々たる関取の濡髪と素人相撲の生一本な若僧の放駒との風格や貫禄の違いを、さまざまな仕科《しぐさ》で示すように工夫されており（本文脚注参照）、その対照の面白味がこの場の見どころである。人気、実力の競い合う役者の顔合わせには最適の狂言で、上演頻度は高い。

中心は二人の角力取りであるが、与五郎の〈つっころばし〉ぶりも見逃せない。序幕「浮無瀬」でも見せたが、この場では更にその点が強調される。この役は、放駒と二役早替わりで見せる演出でも、たびたび上演される。（この台本もそうである。）その場合、放駒が花道を場幕へ入ったあと、二人侍のやりとりがあって、花道へ入る。すると放駒から替わった与五郎が、角力場の木戸口から出て、こわごわ侍の後ろ姿に悪態をつく。そして出て来た濡髪に甘える。濡髪が「大船に乗った気でおいでなされませ」と言うと、途端に若旦那気分にもどる。そして茶屋の亭主が濡髪をほめると、煙草入れ、羽織などを与える。弟子の持っている風呂敷をあけて、濡髪の大きな部屋着を、亭主と二人で着て、花道を入る演出もある。現鴈治郎はこの公演で、濡髪が負けたのが恥ずかしいと、手拭いで頬かむりをして入った。彼のやや理知的な芸風が、従来の〈つっころばし〉に適さないこともあるが、与五郎の演出としてはよろしくない。

近年の「角力場」では、与五郎の父・与次兵衛の件を省くことが多いが、この台本では入れているのが珍しい。原作では、この場のカタリが「相撲の花扇に異見の親骨」とあるので、本来は与次兵衛が中心の場なのである。しかし現行歌舞伎演出のように濡髪・放駒の場となり、しかも「橋本」の場につづかない場合は、与次兵衛をカットする方がかえってすっきりするとも言える。しかし大坂商人の一面をあらわす場としては、捨てがたい。（この台本では、「梗概」で述べたように、扇子にたとえての意見は省略されている。）

〔第三段　新町井筒屋の段〕

文楽・歌舞伎共に上演されたことはほとんどない。今回の台本でも省略されている。ただし前述したように、この段の主な趣向である〈小指の身代わり〉と与兵衛の〈佐渡七殺し〉は序幕に持ち込まれている。

〔第四段　大宝寺米屋の段〕

今回の台本では省略されている。この場は歌舞伎では江戸時代には、「角力場・米屋・難波裏」のセットでよく上演されていた（平成十五年一月、国立劇場でも上演）。男勝りの姉おせきが、長吉の放埒を改心させるために、講中を頼んで一芝居打つのだが、その方法がいささかあざといので、嫌われたのかも知れない。ただこの場がないと、長五郎と長吉が兄弟分になることがわからない。

三幕目　難波芝居裏殺し

原作では五ツ目。ドラマとしては別段どうという場ではないが、全体の筋立ての上では、与五郎が二人の侍に苛められて発狂し、濡髪が侍二人と駕籠かき二人を殺して逃亡する、という後への展開へつながる場として必要となってくる。

演出としては『夏祭』の長町裏の場で、団七が義平次に苛められ、じっと堪えるが、最後に義平次を殺す件《くだり》を思わせる。

今回の台本では、「米屋」がなく、長五郎・長吉が喧嘩別れをした「角力場」につづくので、駆けつけた長吉の口から、長五郎に加勢するようになった経緯を説明させている。

〔**第六段　橋本の段**〕

今回の台本では省かれている。原作は近松の『寿の門松』を粉本としているが、近松は豪商と武士の二人の父親の、それぞれ息子と娘への心情を対比させているが、本作では更に駕籠かき（吾妻の父）という下層町人の老人を加えて、三人三様の子供への思い、処世観を描いているところに新味があり、その対比が面白い。従って語り物として情味があり、文楽では大曲として扱われ人気がある。しかし歌舞伎の場合、三人の芸達者な老人役が揃いにくいこともあって、上演されることは余りない。

〔**第七段　道行**〕

今回の台本では大詰におかれているので、その個所で述べる。

四幕目　八幡の里引窓の場

原作では八ツ目にあたる。この場は〈引窓〉の開閉による明暗を趣向に活かしているだけでなく、全段を通して、文学的にもすぐれた部分であり、曲中最高の幕である。この幕は、江戸期には盛んに上演されていたが、何故か明治に入って途絶えていた。それを再興したのが初代中村鴈治郎で、彼が南方十次兵衛を初演したのは、明治二十九年（一八九六）中座である。彼のあと二代目実川延若が、明治四十一年（一九〇八）、ついで初代中村吉右衛門が大正十五年（一九二六）に演じて好評を博し、以後人気狂言として上演を繰り返している。役者によって台本がちがうし、演出に関しても、それぞれ工夫がなされている。

近年の台本では、幕開きは舞台は空、床の竹本があって、正面のれん口より、お早がお供え物を持って登場する。今回の台本では、里の子供が踊っているのを、お早が小芋の皮をむきながら見ているところから始まる。これは旧八月十五夜、放生会の前夜、待宵の季節感とそれを迎える村の雰囲気をただよわせる場で、本筋の戯曲が展開する前にこうした一見無駄な場面をおくのは、上方歌舞伎では常套の演出であった。

この場の役々の演出については、別掲の「芸談」でそれぞれ語られている。また歌舞伎鑑賞入門の類の書物にも多々述べてあるので、詳しくは省略する。本書の台本の脚注をも参照されたい。

五幕目　乱朝恋山崎

道行は原作は七ツ目にあり、本名題は「菜種の乱咲」。義太夫節の掛け合いで、与五郎、吾妻、長五郎、長吉の四人が出る。ここで「双蝶々」の説明がなされることは前述した。

宝暦十二年（一七六二）十二月、大坂で上演の時、すでに道行は宮古路千歌太夫の国太夫ぶしに変わっている。今回の台本は、書替狂言の一つ『種花蝶々色成稚』の五幕目に出た常磐津節による所作事で、外題は「乱朝恋山崎」（俗に「与五郎狂乱」という）。初演は天保十二年（一八四一）江戸・市村座。作詞・三世桜田治助、作曲・岸沢式佐、振付・四世西川扇蔵。配役は与五郎・十二世市村羽左衛門、吾妻・初世坂東しうか、占師六根庄太夫・二世市川九蔵。原作「菜種の乱咲」に拠っているが、狂乱した与五郎とそれを追う吾妻、それに長吉、長五郎の代わりに占師をからませている。詞章の中に〽ずっと見通し三芳屋《みよし》と」とある。これは九蔵の屋号が当時〈三芳屋〉であったからである（九蔵は後の六世市川団蔵、その時の屋号は三河屋）。これが、上方舞の楳茂都流（扇性振付）に伝えられていたので、今回それが採用された。

なお、道行が歌舞伎化された場合、新しく登場する歌舞伎のための劇場音楽を採用してゆくのは、原作の義太夫節以上に華やかさがあったためであろう。また登場人物を変更するのは、長五郎・長吉を演ずる役者が必ずしも舞踊を得意としなかった、という実際的な事情もあったのであろう。

〔第九段　幻竹右衛門住家の段〕

河内国勧心寺村で、相撲の勧進元をする竹右衛門のところに濡髪が身を隠している。やって来た追手を相手に、駆けつけた放駒と竹右衛門が大立ち回りをする。その後、南方十次兵衛が濡髪を召し捕って、大坂へおくる、という大詰である（「梗概」参照）。歌舞伎でも、文楽でも上演されたことはほとんどない。

平成九年（一九九七）二月、猿之助が春秋座公演で、『双蝶々』の通し狂言の大切として、国立劇場で久々に復活上演した。ただし十次兵衛は出さず、放駒の立ち回りで幕にした。

〔諸本〕　歌舞伎台本

○『日本戯曲全集29　義太夫狂言世話物集』、春陽堂、昭和五年七月刊

（序幕　浮無瀬、清水堂、二幕目　角力場、三幕目　米屋、難波裏、四幕目　橋本、五幕目　道行菜種の乱咲、大詰　八幡村与兵衛内）安永・天明頃の大坂本。

○『名作歌舞伎全集7　丸本世話物集』、東京創元新社、昭和四十四年三月刊

（序幕　角力場、二幕目　米屋、難波裏、三幕目　橋本、大詰　八幡の里）「角力場」・「八幡の里」、明治三十四年六月、劇場不明、演劇博物館所蔵本。「米屋」、昭和四十二年八月、大阪朝日座、「橋本」、昭和十八年三月、劇場不明、松竹大谷図書館所蔵本。

〔底本〕　昭和四十三年（一九六八）九月、国立劇場上演台本。脚本・山田庄一、演出・戸部銀作、美術・大塚克三、振付・楳茂都陸平。『国立劇場上演台本集4』所収。

主な配役。南与兵衛、後に南方十次兵衛（中村鴈治郎）、濡髪長五郎（実川延若）、山崎与五郎・放駒長

吉・藤屋都、後にお早（中村扇雀）、お幸（中村霞仙）、山崎与次兵衛（嵐吉三郎）、井筒屋おまつ（片岡我童）、藤屋吾妻（沢村田之助）、手代権九郎・平岡丹平（嵐璃珏）、手代庄八（中村成太郎）、平岡郷左衛門（市川寿美蔵）、三原有右衛門（嵐三右衛門）、三原伝造・占師（中村松若）。

なお脚色者山田庄一氏から、今回の台本の原本は、おそらく初代鴈治郎所演本と思われる関西松竹所蔵のものを使用したとの、私信をいただいている。

〔参考文献〕

○院本（浄瑠璃原作・全段所収）

日本名著全集『浄瑠璃名作集　下』、日本名著全集刊行会、昭和四年二月、黒木勘蔵校訂

続帝国文庫『竹田出雲浄瑠璃集』、博文館、明治三十一年六月、水谷弓彦（不倒）校訂

○国立劇場芸能調査室編『上演資料集』二一五号（昭和四十三年九月刊）・二五〇号（昭和六十一年三月刊）・四三三号（平成十三年六月刊）・四五二号（平成十五年一月刊）

国立劇場では、主催公演毎に、上演年表、解説、鑑賞、型、芸談、劇評、参考資料一覧などを収録した『上演資料集』を刊行している。大変便利である。

本朝廿四孝

〔通称〕『廿四孝』。また各場面毎に、「筍」「十種香」「奥庭」などとよぶ。角書は「武田信玄／長尾謙信」。語りに「雪の中のたけのこは忠義と見ゆる朝貌《あさがお》の白小袖色かを残す老女のぐんばいは信濃の品者それは山がつこれは山もと／氷の上の通路は狐と見ゆる菊畠の大振袖恋に此世を捨子のさいはいはすはくせ者敵もだんじやう味方もだんじやう」とある。

〔初演年月・初演座・主な演者〕本曲はもと人形浄瑠璃に書き下ろされた作品である。初演は明和三年（一七六六）一月十四日、大坂道頓堀、竹本座。太夫は、竹本住太夫、竹本染太夫、竹本島太夫、竹本鐘太夫ら、三味線は鶴沢文蔵、竹沢岸三郎、鶴沢寛治ら、人形遣い、吉田文三郎、吉田才治、桐竹貫十郎らである。

歌舞伎化されたのは、『歌舞伎年表』によると、同明和三年五月、大坂、座本・三桝大五郎・中村歌右衛門。（劇場は中之芝居とも考えられるが、確証はない。）主な配役は、濡衣・唐織（二世山下金作）、慈悲蔵（初世嵐吉三郎）、関兵衛（初世中村歌右衛門）、八重垣姫（初世嵐雛助＝三世嵐小六）、勝頼・簑作（二世嵐三五郎）、高坂弾正・横蔵（初世三桝大五郎）。

江戸では安永五年（一七七六）夏、中村座で、四世市川団蔵の慈悲蔵、二世山下金作の女房おたね、二世嵐三五郎の勝頼・簑作、初世三桝大五郎の高坂弾正・横蔵といった配役で興行があったと『歌舞伎年代記』

に記されているが、『戯場談話』及び『芝居年代記』にはない、と報告されている。

京都での上演は、これも『歌舞伎年表』によれば、かなりおくれて寛政二年（一七九〇）三月、亀谷座での上演が最初である。その時の配役は、横蔵・関兵衛（初世嵐雛助）、勝頼・簑作・慈悲蔵（二世嵐三五郎）、景勝（五世片岡仁左衛門）、濡衣・お種（初世沢村国太郎）である。

〔作者〕 近松半二、三好松洛、竹田因幡、竹田小出、竹田平七、竹本三郎兵衛らが作者連名に名を連ねているが、ほとんど半二一人の執筆と考えられている。

〔題材・実説〕 角書に「武田信玄／長尾謙信」とあるように、戦国時代の武田・上杉両家の確執を題材とするが、斎藤道三をからませ、諏訪湖の白狐伝説、更に中国の廿四孝の中の説話を取り入れるなど、半二らしい複雑な構成・展開を見せる五段の時代浄瑠璃で、古来、難解な作品とされている。なお、後世では〈上杉謙信〉の名の方が一般的であるが、謙信の出自は長尾家であり、後に上杉の名跡を譲られるが、長尾謙信時代の方が長く、江戸時代を通じて〈長尾謙信〉と呼ばれることが多かった。従って、本曲でも〈長尾謙信〉を役名として、子息（史実では養子）の景勝も役名では〈長尾景勝〉となっている。また江戸時代、米沢藩主としての上杉家への遠慮があったのかも知れない。因みに武田家は、信玄の息、勝頼の死によって、実質的に滅びている。

「名称」は、中国の故事「廿四孝」の日本版という意味であるが、三段目の切に、中国の廿四孝の王祥、孟宗、郭巨の故事が取り入れられているのみで、全篇が廿四孝とかかわりがある訳ではない。

廿四孝は、中国（うちインド人一人）の太古より元代（一二七一―一三八六）に至る二十四人の孝子の話をいう。元の時代に、郭居敬が編集した『全相二十四孝詩選』が祖型とされている。日本に渡来したのは、はっきりしないが、南北朝期の五山僧の詩に「二十四孝」の故事が散見される由。室町末期には御伽草子の『二十四孝』が成立しており、近世の嵯峨本や奈良絵本にもみられる。徳川幕府が文教政策として、儒教を奨励し忠孝を鼓吹したため、以後関連した書物の刊行は多く、寺子屋教育の教科書的にも利用され、民衆の中に滲透していった。郡司正勝の旧稿（『幕間』昭和三十一年七月）を参考に、標題と人物とその内容を簡単に紹介しておく。

○孝感動天・大舜。舜の孝に感じて、象が耕作を手伝った話。
○親嘗湯薬・文帝。高貴な身分であったが、みずから、病母に薬湯を進めた話。
○囓指痛心・曾参。親が親指を囓むと、遠出していても胸に痛みを感じて、飛んで帰った話。
○単衣順母・閔損。閔損の継母が、彼の着物に芦の穂を入れて着せたが、これを知った父が追い出そうとしたのをいさめた話。
○為親負米・仲由。貧しくて親のために米を負って苦労した話。
○売身葬父・董永。父を葬る費用がなく、身を売ると、美女がきて妻となり、絹を織ってその借財をつぐなって、天に昇った話。
○鹿乳奉親・剡子。親の眼病に、鹿の乳がよいというのを聞き、鹿の皮をかぶって鹿の群れの中に入ったところを、狩人に射られようとしたが救われた話。
○行傭供母・江革。母を車に乗せて乱世を避けて歩き、のちに高官になった話。
○懐橘遺親・陸績。母のために橘の実を懐中していた話。
○乳姑不怠・唐夫人。年老いた姑のために乳を与え養った話。

○恣蚊飽血・呉猛。貧しくて蚊帳がなく、親を安眠させるため、裸になって蚊を自分の方に集めた話。
●臥氷求鯉・王祥。母のために、裸になって氷の上に伏し、氷を溶かして水中の鯉を得た話。
●為母埋児・郭巨。母を養うために、子を生埋めにしようとし、穴を掘ると金の釜が出てきた話。
○搤虎救親・楊香。父が虎に食われるところを身代わりに立とうとして助かった話。
○棄官尋母・朱寿昌。父に去られた母を、官職を捨ててさがし出した話。
○嘗糞憂心・庾黔婁。父の糞をなめて病を直した話。
○戯綵娯親・老莱子。老年の父母を嘆かせないために、いつまでも子供の遊びをしてみせた話。
○拾椹供親・蔡順。母のために、桑の実を選り分けて拾うのをみて、賊が米を与えた話。
○扇枕温衾・黄香。親の寝床を夏は煽ぎ、冬は暖めた話。
○湧泉躍鯉・姜詩。井の水を嫌った母のために、遠くの江まで水を汲みにいったが、天が感じて、家のそばに泉が湧き出した話。
○聞雷泣墓・王裒。雷嫌いの母のために、死後も雷の鳴るときは、墓へ行って守った話。
○刻木事親・丁蘭。親の死後も、木像を作って、いますがごとくに仕えた話。
●哭竹生筍・孟宗。母のために天に祈り、寒中に筍を得た話。
○滌親溺器・黄山谷。高官であったが、親の病気のときは、糞尿の世話をみずからした話。

（本作に関係のある話は、●で示した。）

〔先行作品・影響作品〕　近松門左衛門の『信州川中島合戦』（享保六年＝一七二一）に、武田・上杉両家の嗣子（勝頼）と息女（衛門姫。『廿四孝』では八重垣姫）の恋愛、山本勘助と直江山城守との兄弟関係、勘助母の性格や行動など、拠るところが多いとされる。また桜井頼母の『甲斐軽薄男《たわれを》／信濃歌舞女《うかれめ》・三軍桔梗原』（延享二年＝一七四五）や浅田一鳥、豊竹応律らの『甲斐源氏桜軍配』などからも作意を流用していることが従来から指摘されてきた。

内山美樹子は、そうした先行作と共に半二自身の前作、『太平記菊水巻』（宝暦九年＝一七五九）の二段目と本作の三段目、『奥州安達原』（宝暦十二年＝一七六二）の貞任、宗任と景勝、横蔵の関係などに、深い影響のあることを指摘している。

ともあれ、本作は、荒唐無稽支離滅裂な作品ではないが、技巧をこらし、複雑かつ難解であることは確かである。

〔鑑賞〕『廿四孝』は、歌舞伎では八重垣姫を中心とした「十種香・奥庭」の場の上演頻度がずばぬけて多い。ついで「筍」と通称される「勘助住家」が稀に上演される程度で、他の場面は、ほとんど演ぜられることはない。

今回は台本にそって　一応全幕の鑑賞についてのべておく。

序幕　第一場　足利館の場

歌舞伎でこの場が上演されたのは、近年はほとんどない。上演年表を調べても、明治十年代はまだ「大序より御殿まで」と言った公演が京阪では見られるが、二十年代になると「桔梗ヶ原より狐火まで」という公演形態が多くなる。今回底本として用いた、昭和五十二年六月公演の大序上演は、恐らく明治以後初めてであろう。

時代浄瑠璃の常として〈大序〉は発端、以後のストーリイの展開の上で、それも〈通し〉として上演する場合、必要であるが、後の場面が独立して上演することが多くなると、その必要度は少なくなる。『忠臣蔵』大序のように、様式的に完成してくると、上演価値もあり、見ごたえもするが、他の時代物の大序のように、上演されないまま打ち捨てられていると、演出上の工夫もなく、従って芝居としての面白味も少ない。ただ今回のように〈通し〉で上演される場合、武田・長尾両家の確執の原因、勝頼と八重垣姫が許嫁になる経緯はよくわかる。

序幕　第二場　足利館奥殿の場

この場をつけることによって、影の人物として斎藤道三を登場させ、以後の複雑な展開への興味をもたせる効果はある。また次に続く、勝頼の切腹、景勝と横蔵との交渉などの理由の説明、伏線にはなっている。もちろん原作通りではなく、歌舞伎らしいアレンジはほどこされている。珍しいことは確かで、たまには上演しておいた方がいいし、こうした仕事は、やはり国立劇場公演なればこそ、という気はする。（日本戯曲全集本にも、この場はない。歌舞伎台本として刊行されるのは恐らく初めてであろう。）

原作、初段中ノ口、誓願寺の段は、丸々省略されている。「梗概」参照。

第二幕　第一場　諏訪明神お百度の場(A)

原作の二段目口にあたる。この場は本来端場なのだが、長いので、口の口、と口の詰に分かれている。歌舞伎の場合、〈通し〉と言い条、次に続く場面「勝頼切腹」と「勘助住家」とによって、その前半（口）と後半（詰）と二通りの台本がある。今回は後にどちらの場も上演されるので、どちらも並べておいた。（ひとつづきの舞台として上演されることはほとんどない。）

まず、(A)（原作の口ノ口）では、明神祭礼の宵宮の賑わいの雰囲気を出す訳だが、早々に唐織、入江を出し、次の「桔梗が原」でも見せる二人の確執の下地を見せておく。そして悪者にからまれる簑作を、兵部が出て助けて帰る。その後、濡衣が現われ、主人でもあり恋人でもある勝頼の命乞いにお百度を踏みにくる。それに横蔵がからむ。横蔵は無法者ではあるが、若い女に親切な面も出しておく。

三件とも、次の場へつなぐ、いわば筋売り的な場で、この場自体にはドラマの展開も、各役の見せ場といったところはない。端場というのは、本来そういう役目の場なのである。

更に、幕切れに、車遣いや、道三、入江、唐織、景勝まで出してダンマリ模様を見せるのは、サービスである。しかし一面、人物間の関係がはっきりしないので、いささか混乱を招くおそれもある。

第二幕　第一場　諏訪明神お百度石の場(B)

幕開きは、(A)同様、仕出しを出して祭礼宵宮の雰囲気を出し、あとは横蔵が中心である。横蔵は神様を相手に一人博奕を打つ。横蔵の没義道《もぎどう》ぶりを見せる一人芝居であり、役者のニンが物を言う場である。藤馬らとの立ち回りのあと、景勝が出る。横蔵はすんなりと景勝の手討ちを承服し、景勝もあっさり横蔵を助命する。二人のやりとりは役者の貫禄、風格で見せるので、役者が揃わないと思わせぶりなだけの場になる。本質的には、後の「勘助住家」への伏線なのである。

第二幕　第二場　武田信玄館切腹の場

原作では二段目の切の中と詰にあたる。俗に「勝頼切腹」という。

この場も、文楽では稀に上演されるのみで、歌舞伎でも滅多に公演されなかった。明治・大正期にも大歌舞伎ではほとんど上演をみず、昭和も戦後三十一年六月の新橋演舞場での公演が久々であった。以後、歌右衛門の莟会の特別公演として昭和四十年四月、東横ホールで上演されたのと、四十六年十月の国立劇場公演くらいのものである。

今回の台本では、第一場(A)につづく。

濡衣がお百度から戻って来て、持ち帰った明神社頭の鈴の緒を、奥方に見せる。そこへ使者として村上義清がやってくる。序幕の将軍暗殺より、すでに二年が経過している。その時の約束で、勝頼は切腹しなければならない。義清は常盤井御前の命乞いに対して、朝顔の凋むまで宥免する。盲目の勝頼が登場し、濡衣との色事がある。「十種香」では脇役の濡衣も、ここでは主役である。母親は二人を駆け落ちさせようとするが、義清に見つかり、勝頼は切腹する。そのあと、兵部が簑作を連れて館へ戻って来る。身替わりの役に立たなかった簑作を殺そうとする兵部を信玄が成敗して、一部始終を説明する。先に、勝頼の早い時点での死に驚いた見物も、状況を納得する。これで「十種香」の場で、簑作の勝頼と濡衣との以前より親しい関係が了解される。

「十種香」では、本物の勝頼と八重垣姫の濡事に父親を配するのに対して、この場では偽者の勝頼と濡衣との色模様に母親がからむ。こうしたシンメトリイも半二らしい戯曲構成である。但し〈通し〉で上演しないかぎりその効果は出ない。

第三幕　第一場　信濃国桔梗が原の場

原作、三段目ノ口、桔梗ヶ原の段に当たる。端場ではあるが、いわゆる〈立端場〉で、重要な状況が展開する。

まず幕開きは、歌舞伎らしく、甲斐と越後両国の中間たちの草苅りとそれに伴う喧嘩から始まる。つづいて唐織・入江が出て言葉争いになるが、一応納まって両者共退場。ここで舞台が空になる。

創元社版「名作歌舞伎全集」本では、幕外で中間の喧嘩があり、ついで高坂が出て、傍示のそばの捨て子を見つけ、越名がそれをさえぎる。唐織、入江が赤子に乳を飲ますことで、赤子を争う場へ移る。従って慈悲蔵が子を捨てる場はない。春陽堂版「日本戯曲全集」本は今回の台本に近いが、幕末の江戸での上演本なので、状況が変わっても「東西――」の掛け声はない。

慈悲蔵が花道より出て、我が子峰松を捨てる。この部分の本文（歌舞伎では竹本の語り）に〽生得、親に孝心の道はむかしの郭巨にも変わらで積もる年の数」と初めて外題の「廿四孝」に関連した詞章が出る。前述したが、郭巨は「二十四孝」の一、後漢の人、家が貧しく、母が減食するのを見て、食扶持を減らすため、一子を埋めようと思って地を掘ったところ、黄金が六斗四升出た。その上に「天孝子郭巨に賜ふ」と記してあったという。一説に黄金の釜が出たともいい、「郭巨の釜掘り」という寄席芸もある。本作では、母のためではなく、兄横蔵の命令で捨てるのであるが、母もそれを黙認している。我が子を捨てる愁嘆場で、慈悲蔵役者の見せ場である。

そのあと、この捨て子をめぐって、高坂弾正・唐織、越名弾正・入江の詰開きが面白い。〈乳房のくじ取り〉という方法も珍しい。

第三幕　第二場　山本勘助住家の場

原作では三段目の切（中と詰）に当たる。

幕開きは義太夫狂言らしく、仕出しの猟師と慈悲蔵の女房お種とのやりとりがあり、状況の説明をしておいて、退場する。原作では、猟師達のいる場へ、慈悲蔵が帰ってくるが、歌舞伎では、慈悲蔵の出を引き立てるために、猟師達の帰ったあと、花道から出る。

越路が慈悲蔵に「この裏にある竹藪で、筍を掘ってこい」と命じ、「この寒の内に筍が」と答えたのに対して、「このくらいの難題に困るようでは智者とは呼ばれぬ」と言う。これも「廿四孝」の一、孟宗の故事を踏まえての趣向である。但し、埋められていたのは、母の埋めた「六韜三略」ではなく、横蔵が隠しておいた「源氏の白旗」である。この半二のトリックを誤解している解説書が多い。

長尾景勝の出も、本文では〽万卒は求め安く、一将は得難しと、此隠家の弓取を慕《したひ》て、一人門《かど》の口」とあり、一人で忍んでくるのだが、歌舞伎では郎党が四人ついて来る。木戸口にかけている待つ間も、傘をさしかけて、雪を避ける。景勝役者の幕内での地位がこうした演出を生んだのである。ただ、門口で待つ時は一人であるが、主従の契約がすんで、母に渡す、死装束の無紋上下白小袖を入れた「其箱是へと取寄て」と本文にあるから、やはり家来は連れて来たようである。

この部分は、越路と景勝が互いに相手の肚をさぐりあう場である。従って初見の観客には、あとの場をみて初めて納得がゆく、難しい場である。第二幕第一場(B)（一六二―四頁）が伏線となって、この場と照応している。

横蔵の母親、そして慈悲蔵、お種を相手にした横道ぶりは、今日常識では度がすぎているが、その無茶苦茶さが、かえって愛敬にもなり、ただの冷酷非道さから救われる。

むしろこの場につづく、峰松を巡って、慈悲蔵・お種に対する、唐織の策謀、越路の叱責の方が冷酷である。俗にいう「八寒地獄」のお種の愁嘆が見せ場ではあるが、結局、峰松が死ぬ訳で、一寸救われない気がする。この場の上演が少ないのはやはりそういう所にも原因があると思う。

今回の台本では、峰松が懐剣が打たれて絶命したあと、〽コハ何事と驚くうち、次郎吉引き立て横蔵は、一間をさしてかけ入れば」の件《くだり》をカットしているのはいけない。

第三幕　第三場　勘助住家裏手竹藪の場

横蔵と慈悲蔵の雪中の立ち回り。横蔵が鋤、慈悲蔵が鍬という、農具をタテの道具に用いるのは珍しい。つかみ合いの所で、二人が同じ手をくりかえす手法を、〈オウム〉と称している。掘り出した箱は、本文では、池に落ち、それを横蔵が引き上げ、母親に差し出すのだが、池のない場合が多い。

第三幕　第四場　元の勘助住家の場

〈元の勘助住家〉へ戻るのだが、実際は、続く芝居のやりやすいように、同じ勘助住家ではあるが別の舞台面に変わる。

母のすすめる仕官——景勝の身代わりになるために死ぬ事を拒否した横蔵は、自ら小柄で右の目をえぐって顔の相好を変える。あと派手な型をたっぷり使った物語となる。

横蔵はすでに武田信玄の、慈悲蔵は長尾景勝の家臣になっていることが、突如判明する。本文の中には、伏線として注意深く書き込まれてはいるが、一般の観客にはやはり唐突な感じはする。だから、そうした理屈をこえて力＝芸の魅力でねじ伏せるような役者が必要だと思う。

第四幕　道行　似合の女夫丸

原作の四段目の景事。

簑作実は勝頼と濡衣が薬売りに姿をかえて、信濃へ急ぐ道行で、第二幕第二場の幕切れ（本書一九〇頁）に続く。原作では二人だけであるが、第二幕第一場(A)の車遣い勘八、権六が登場して、二人にからむ。

歌舞伎公演の義太夫節の演奏は、伝統歌舞伎保存会所属の竹本の太夫、三味線が担当する。特に文楽協会会員が出演する時は、〈文楽座連中〉と書き出す。この場合、出演する歌舞伎役者はセリフを言わないという不文律がある。この台本で、幕開きに権六、勘八はセリフを言うが、これは原作にない役だからである。黒衣が口上触れで、文楽座連中出演を告げた後は、役者はセリフを言わない。但し、途中で濡衣が「そもこの薬は陸奥南部に」云々の一言だけ言うことになっている。

二人の踊りだけでは舞台面が淋しいので、カラミをつけて派手にしたのである。

このあと原作では「四段目・跡　和田山別所の段」がある（「梗概」参照）。歌舞伎はもちろん、文楽でも滅多に上演されたことはない。

第五幕　第一場　長尾謙信館鉄砲渡しの場

原作の四段目切の中に当たる。

義太夫狂言の常套として、幕開きに仕出しの腰元達のやりとりで状況を説明しておく。

近年は「十種香」だけ独立して上演されることが多いが、この場をつけることによって、何故簑作があの扮装で「十種香」の場に登場するかがよくわかる。また「狐火」で終わって「見現わしの場」の上演がない場合は、「鉄砲渡し」を先につける意味がない。今回の台本のように、それぞれの場が上演されると、各場の効果が互いに反映し合って、良く判る。ただ〈筋を通す〉だけの上演でなく、それぞれの役に、続く場へ照応する演出の工夫がほしい。

第五幕　第二場　謙信館十種香の場

原作の四段目の切に当たる。

この場の上演頻度は全段を通じてずば抜けて多い。それだけに、各時代の名優が工夫に工夫を重ね、その役の心理の動きやそれに伴う型が、細部にいたるまで記録・伝承され、各優の芸談が残されている。本書にも、その代表的なものを収録したので、それを参照ねがいたい。

なお〈十種香〉は、十炷香《じゅしゅごう》とも言い、梅檀《せんだん》、沈水《じんすい》、蘇合《そごう》、薫陸《くんろく》、鬱金《うこん》、青木《せいぼく》、白膠《はっこう》、零陵《れいりょう》、甘松《かんしょう》、鶏舌《けいぜつ》の十種類の名香をいった。のち、数種の香一〇包を炷《た》いて香の名を聞き分けて当てる遊び、聞香をいうようになった。ここでは、結婚したら勝頼と二人で十種香遊びをしようと集めた香の数々も、今では亡き勝頼を弔うための焼香用の香になってしまった、という意味に使っている。

大詰　第一場　長尾館奥庭狐火の場

原作の四段目の切に当たる。

普通、前場「十種香」の続きであるが、舞台転換に時間がかかるので、三重やオクリはなく、道具幕でつなぐ。この台本では、大詰が二場に分かれているが、通常は「狐火」だけが上演される。

姫の動きを人形ぶりで演ずることも多い。その場合、人形遣いの役が出る。

姫にカラミが出るのは、理屈から言えばおかしいのだが、姫一人の踊りを派手にするための歌舞伎の演出である。

大詰　第二場　長尾館奥庭見現わしの場

原作では前場に続く場で、本文では〽兜を取つて頭にかづけば……乱るゝ姿は法性の、兜を守護する不思議の有様」のあと〽飛ぶがごとくに」といった姫の引っ込みを指示する詞章はなく、〽此方《こなた》の間《ま》には手弱女御前、始終の様子を窺ふとも」と、姫の後ろ姿を見送った形で関兵衛が登場し、手弱女御前を狙う。

この場は上演されたことがない。原作ではこのあとに、五段目戦場の段が大詰となるのだが、今回の台本は、この場を大詰としているので、時代物の通し狂言の大詰、幕切れらしく、皆々が登場し、関兵衛が中央三段に上り、全員引っ張りの見得で幕になる。

〔諸本〕　歌舞伎台本

○『日本戯曲全集28　義太夫狂言時代物集』、春陽堂、昭和三年七月刊

（序幕　諏訪明神、二幕目　武田信玄館、三幕目　桔梗ヶ原、四幕目　山本勘助住家、大詰　長尾謙信館奥庭狐火）序幕、二幕目は天保頃の大坂上演本、三・四幕、大詰は文久元年十一月、江戸・市村座所演本。

○『名作歌舞伎全集5　丸本時代物集四』、東京創元新社、昭和四十五年十月刊

（序幕　諏訪明神お百度、二幕目　武田信玄館、三幕目　桔梗ヶ原、四幕目　山本勘助住家、五幕目　景事　似合の女夫丸、六幕目　鉄砲渡し、七幕目　謙信館十種香、奥庭狐火、大詰　奥庭見現わし）四・七幕は明治二十九年四月、竹柴清吉と署名のある演劇博物館所蔵本（但しこの月には上演なし）、他は松竹大谷図書館所蔵本（上演年月不明）。

〔底本〕　本書の底本には、昭和四十六年（一九七一）十月、国立劇場上演台本と、昭和五十二年（一九七七）六月、国立劇場上演台本の二種を使用した。四十六年は戸部銀作、五十二年は山口広一の監修、つまり台本はそれぞれ両氏の手になったものである。

戸部本の構成は、序幕　諏訪明神お百度、二幕目　武田信玄館切腹、三幕目　道行似合の女夫丸、四幕目　長尾謙信館鉄砲渡し、十種香、大詰　長尾館奥庭狐火、見現わし。

山口本は、序幕　足利館、同奥殿、第二幕　諏訪明神お百度石、第三幕　桔梗が原、第四幕　勘助住家、

同裏手竹藪、元の勘助住家。

いずれも〈通し〉とは称しているが、戸部本は原作の二段目口、切、四段目道行、切、山口本は初段大序、切中、二段目口、三段目口、中、詰のみを脚色している。それで両本を用いて、五段目を除き、一、二、三、四のほぼ全篇の現行歌舞伎台本を紹介することにした。但し、「諏訪明神社頭の場」は、それぞれ以後に続く場面によって、脚色の仕方が違うので、二種Ⓐ Ⓑを並べておいた。

上演時の主な配役は、昭和四十六年十月公演、百姓横蔵後に山本勘助（嵐三右衛門）、板垣兵部（嵐璃珏）、武田信玄・原小文次（市村竹之丞）、長尾景勝（市村吉五郎）、長尾謙信（尾上菊次郎）、常盤井御前（片岡我童）、花守関兵衛実は斎藤道三（実川延若）、道行の濡衣・八重垣姫（中村歌右衛門）、簑作実は武田勝頼（中村鴈治郎）、濡衣（中村芝翫）、武田勝頼実は板垣兵部の伜（中村福助）。

昭和五十二年六月公演。井上新左衛門実は斎藤道三（市川猿之助）、武田晴信・高坂弾正（市川染五郎）、長尾謙信（市村吉五郎）、入江（大谷友右衛門）、越路（尾上菊次郎）、足利義晴・唐織（沢村宗十郎）、慈悲蔵実は直江山城守（中村勘三郎）、長尾景勝（中村吉右衛門）、側室賤ノ方（中村芝雀）、手弱女御前・お種（中村雀右衛門）、越名弾正（坂東亀蔵）、横蔵後に山本勘助（松本幸四郎）。

〔参考文献〕

○院本（浄瑠璃原作・全段所収）
日本名著全集『浄瑠璃名作集　下』、日本名著全集刊行会、昭和四年、黒木勘蔵校訂
岩波文庫『本朝廿四孝』、岩波書店、昭和十四年、守随憲治校訂
帝国文庫『浄瑠璃名作集』、博文館、明治三十年、大橋新太郎編集

有朋堂文庫『浄瑠璃名作集　上』、有朋堂書店、大正十五年、松山米太郎校訂

○国立劇場芸能調査室編『上演資料集』七一号（昭和四十六年十月刊）・一四〇号（昭和五十二年六月刊）・四一三号（平成十一年十一月刊）・四三五号（平成十三年九月刊。この号は文楽公演に際して編集されたものであるが、歌舞伎舞台鑑賞のためにも有益な文献が収録されている）

いずれも、これまでに刊行、発表された書物、論文のリストが網羅されていて便利である。

編著者略歴
権藤芳一（ごんどう　よしかず）
一九三〇年生
同志社大学卒
日本古典芸能専攻
主要著書
「近代歌舞伎劇評家論」
「能に生きる歴史群像」
「能楽手帖」
「文楽の世界」
「日本古典芸能・歌舞伎」（共著）

双蝶々曲輪日記
本朝廿四孝　　歌舞伎オン・ステージ19

二〇〇三年七月一五日　印刷
二〇〇三年七月三〇日　発行

編著者　©権藤芳一
装丁者　平野甲賀
発行者　川村雅之
発行所　株式会社　白水社
東京都千代田区神田小川町三－二四
電話　営業部(〇三)三二九一－七八一一
　　　編集部(〇三)三二九一－七八二一
振替〇〇一九〇－五－三三二二八
郵便番号一〇一－〇〇五二
http://www.hakusuisha.co.jp
乱丁・落丁本は、送料小社負担にてお取り替えいたします。
印刷　三秀舎・東京美術
製本　加瀬製本所
Printed in Japan　ISBN4-560-03289-0

歌舞伎オン・ステージ

kabuki on-stage

全25冊・別冊1

＊白ヌキ数字は既刊

【監修】郡司正勝／廣末保／服部幸雄／小池章太郎／諏訪春雄

■B6判　一六二頁〜五三七頁
■各巻本体二二〇〇円〜四八〇〇円

わが国の伝統演劇を代表する歌舞伎はその魅力といい、文化的意義といい、世界に誇りうる舞台芸術である。同時代の大衆の機敏な精神と旺盛な美意識によってつちかわれてきた歌舞伎を、現代人の感性にひきつけて再発見するために、名作歌舞伎の新しい視線と読書感覚を呼び起こす。

①青砥稿花紅彩画（あおとぞうしはなのにしきえ）
蔦紅葉宇都谷峠（つたもみじうつのやとうげ）
②妹背山婦女庭訓（いもせやまおんなていきん）
伊賀越道中双六（いがごえどうちゅうすごろく）
③伊勢音頭恋寝刃（いせおんどこいのねたば）
夏祭浪花鑑（なつまつりなにわかがみ）
④一谷嫩軍記（いちのたにふたばぐんき）
近江源氏先陣館（おうみげんじせんじんやかた）
絵本太功記（えほんたいこうき）
梶原平三誉石切（かじわらへいぞうほまれのいしきり）
⑤桜姫東文章（さくらひめあずまぶんしょう）
⑥鏡山旧錦絵（かがみやまこきょうのにしきえ）
加賀見山再岩藤（かがみやまごにちのいわふじ）
⑦籠釣瓶花街酔醒（かごつるべさとのえいざめ）
神明恵和合取組（かみのめぐみわごうのとりくみ）
⑧仮名手本忠臣蔵（かなでほんちゅうしんぐら）

⑨盟三五大切（かみかけてさんごたいせつ）
時桔梗出世請状（ときもきょうしゅっせのうけじょう）
⑩勧進帳（かんじんちょう）　毛抜（けぬき）
暫（しばらく）　鳴神（なるかみ）　矢の根（やのね）
⑪天衣紛上野初花（くもにまごううえののはつはな）
⑫傾城反魂香（けいせいはんごんこう）
嫗山姥（こもちやまうば）
国性爺合戦（こくせんやかっせん）
平家女護島（へいけにょごのしま）
信州川中島合戦（しんしゅうかわなかじまかっせん）
⑬五大力恋緘（ごだいりきこいのふうじめ）
桜門五三桐（さんもんごさんのきり）
⑭三人吉三廓初買（さんにんきちさくるわのはつがい）
⑮新版歌祭文（しんぱんうたざいもん）
摂州合邦辻（せっしゅうがっぽうがつじ）
ひらかな盛衰記（ひらがなせいすいき）

⑯菅原伝授手習鑑（すがわらでんじゅてならいかがみ）
⑰助六由縁江戸桜（すけろくゆかりのえどざくら）
寿曾我対面（ことぶきそがのたいめん）
⑱東海道四谷怪談（とうかいどうよつやかいだん）
⑲双蝶々曲輪日記（ふたつちょうちょうくるわにっき）
本朝廿四孝（ほんちょうにじゅうしこう）
⑳伽羅先代萩（めいぼくせんだいはぎ）
伊達競阿国戯場（だてくらべおくにかぶき）
㉑義経千本桜（よしつねせんぼんざくら）
㉒与話情浮名横櫛（よわなさけうきなのよこぐし）
㉓御浜御殿綱豊卿（おはまごてんつなとよきょう）
巷談宵宮雨（こうだんよみやのあめ）
㉔桐一葉（きりひとは）
鳥辺山心中（とりべやましんじゅう）
修禅寺物語（しゅぜんじものがたり）
㉕舞踊集
別冊　歌舞伎——方法と原点を探る

価格は税抜きです．別途に消費税が加算されます．
重版にあたり価格が変更になることがありますので，ご了承下さい．

合（相）方《あいかた》　三味線中心の下座音楽の一種。

揚幕《あげまく》　花道の出入り口にかけたのれん幕。舞台の左右の出入り口にある幕をいうこともある。

浅黄（葱）幕《あさぎまく》　水色一色の幕。昼の屋外を暗示する。舞台転換にも用いられる。

あつらえ　役者の好みで注文した道具や下座音楽。

一番目《いちばんめ》　一番目狂言の略。江戸時代中期以降、前狂言の時代物をいった。世話物中心の二番目の対。

大薩摩《おおざつま》　主として荒事に用いる伴奏音楽の一種。

大詰め《おおづめ》　一番目の最終幕。のち一日の興行の最終幕。

大道具《おおどうぐ》　舞台に固定された道具や装置。小道具の対。

置舞台《おきぶたい》　舞台の上に敷く低い舞台。

思（い）入れ　役者の自由にまかされた心理表現の演技。

書割り《かきわり》　紙や布に描かれた舞台の背景。

瓦燈口《かとうぐち》　時代物の御殿の場の正面に設ける出入り口。類型的な大道具の一種。

上手《かみて》**・下手**《しもて》　舞台に向って右を上《かみ》、左を下《しも》という。

柝（木）《き》　拍子木。幕の始め終り、効果音等を表現。

きっとなる　決然・厳然・毅然等を演技で示すこと。あるいは軽い意の〝きまり〟を示す。

柝の頭《きのかしら》　閉幕や道具替りに際して、狂言方がキッカケによって打つ第一の柝の音。

くどき　慕情・愛情等を表現する演出。

黒幕《くろまく》　黒一色の幕。夜の屋外を暗示する。

下座音楽《げざおんがく》　舞台に向って右手の囃子部屋で演奏される効果音楽の総称。幕末に左手の黒御簾《みす》内に移った。

こなし　「思い入れ」が多くは表情表現であるのに対し、その役のその場の感情を、しぐさで表現すること。

三重《さんじゅう》　人物の登退場、場面変りなどを示す三味線楽。

仕出し《しだし》　登場人物中の下っぱの役。

砂切《しゃぎり》　各一幕が終るごとに「止柝《とめぎ》」を聞くとただちに下座で囃子方が演奏する鳴物。

捨てぜりふ　台本に指定のないことばを役者が即興的に思いつきでいうこと。

大臣（尽）柱《だいじんばしら》　舞台中央に江戸中期まで残された柱。

たて　立回り、太刀打ちともいう。武器を用いた様式的な闘争場面。

つなぎ　拍子木の打法。いったん幕を閉め、次の幕をすぐに開ける場合、狂言方が間《ま》をおいて連続的に、軽く二つずつ打ち、観客にすぐ開くという合図を行う。